OS IMPUNES

RICHARD PRICE
sob o pseudônimo de HARRY BRANDT

Os impunes
Romance

Tradução
Jorio Dauster

Copyright © 2015 by Richard Price. Todos os direitos reservados, incluindo direitos de reprodução do todo ou de parte do todo, em qualquer formato.

Grafia atualizada segundo o Acordo Ortográfico da Língua Portuguesa de 1990, que entrou em vigor no Brasil em 2009.

Título original
The Whites: A Novel

Capa
David Shoemaker

Fotos de capa
Acima: Elliott Erwitt/ Magnum Photos/ Fotoarena
Abaixo: Aluxum/ iStock

Preparação
Ciça Caropreso

Revisão
Thaís Totino Richter
Huendel Viana

Dados Internacionais de Catalogação na Publicação (CIP)
(Câmara Brasileira do Livro, SP, Brasil)

Brandt, Harry
        Os impunes : Romance / Richard Price, sob o pseudônimo de Harry Brandt ; tradução Jorio Dauster. — 1ª ed. — São Paulo : Companhia das Letras, 2017.
        Título original: The Whites: A Novel.
        ISBN 978-85-359-2938-6

        1. Romance norte-americana I. Título.

17-04442   CDD-813

Índice para catálogo sistemático:
1. Romances: Literatura norte-americana 813

[2017]
Todos os direitos desta edição reservados à
EDITORA SCHWARCZ S.A.
Rua Bandeira Paulista, 702, cj. 32
04532-002 — São Paulo — SP
Telefone: (11) 3707-3500
www.companhiadasletras.com.br
www.blogdacompanhia.com.br
facebook.com/companhiadasletras
instagram.com/companhiadasletras
twitter.com/cialetras

À *minha extraordinária mulher, Lorraine Adams*
No meu quarteirão ainda brincamos…
No meu quarteirão ainda rezamos…

Às *minhas sublimes filhas, Annie e Genevieve*
À *minha mãe, Harriet, e a meu irmão, Randolph Scott*
À *memória de Carl Brandt* (1935-2013)
E *à memória de meu pai, Milton Price* (1924-2008)

Quem pensou que eles não ouviriam os mortos?
Quem pensou que eles pudessem pôr de quarentena
Aqueles que já não são, que foram um dia?
Stephen Edgar, "Nocturnal"

A investigação de homicídios constitui uma grande
responsabilidade, por isso não permita que ninguém o
afaste da verdade e o impeça de cumprir seu
compromisso pessoal de buscar que a justiça seja feita.
Não apenas pelo morto, mas também pelos membros
da família que estão vivos.
Vernon Geberth, *Practical Homicide Investigation* (4. ed.)

1.

Enquanto Billy Graves seguia pela Segunda Avenida a caminho do trabalho, o número de pessoas nas ruas o inquietou: já passava da uma e quinze da manhã e ainda havia mais gente entrando nos bares do que saindo, cada qual precisando abrir caminho à força em meio a grupos de fumantes embriagados que, cambaleando, bloqueavam as portas de entrada. Ele odiava as leis contra o fumo. Elas só criavam problemas — barulho para os vizinhos altas horas da noite, espaço suficiente do lado de fora para que os brigões começassem a trocar porradas e uma epidemia de táxis e limusines vazios buzinando para atrair clientes.

Era a noite de São Patrício, a pior do ano para a equipe do plantão noturno do Departamento de Polícia de Nova York, o punhado de detetives sob o comando de Billy que cuidava dos crimes ocorridos em Manhattan, desde as Washington Heights até a Wall Street, entre uma e oito da manhã, quando não existia nenhum patrulhamento de rotina nos diversos distritos policiais. Havia outras noites ruins, a do Halloween e a véspera de Ano-Novo, só para mencionar duas, mas a de São Patrício era a mais preocupante, com uma violência mais espontânea e tecnologicamente menos sofisticada. Pisadas, objetos contundentes, punhos — mais pontos de sutura do que cirurgias, porém muita truculência.

Uma e quinze da manhã: como sempre, as chamadas podiam acontecer a qualquer momento, mas a experiência lhe ensinara que as horas mais perigosas, em especial num feriado em que se bebia muito, eram entre três, quando os bares e as boates começavam a fechar, com todo mundo saindo ao mesmo tempo, e cinco da manhã, quando os porristas mais inveterados ficavam sem combustível e caminhavam trôpegos antes de apagar por completo. No entanto, sendo a cidade o que era, Billy nunca sabia exatamente quando voltaria a ver seu travesseiro. Às oito ainda poderia estar numa delegacia registrando os pontos principais de um incidente que havia resultado em lesões corporais graves, para a turma que logo assumiria o trabalho, enquanto o agressor ou continuava solto ou roncava numa cela; ele também poderia estar na sala de espera da emergência do hospital do Harlem, do Beth Israel ou do St. Luke's-Roosevelt, interrogando parentes ou testemunhas, aguardando para saber se a vítima iria desta para melhor ou sobreviveria. E também poderia estar zanzando na cena de um crime, com as mãos nos bolsos, remexendo os detritos com a ponta do sapato à procura de cartuchos; ou, ou, ou, se o Príncipe da Paz estivesse de plantão e o trânsito fosse leve na direção de Yonkers, poderia chegar em casa a tempo de levar as crianças para a escola.

Alguns detetives gostavam de ações violentas, mesmo no turno da noite, mas Billy não era um deles. Tinha sempre a esperança de que o caos noturno de Manhattan não merecesse a atenção de sua equipe e produzisse apenas alguns casinhos de merda que pudessem ser passados para outros policiais no dia seguinte.

"E aí, Coreano, como vai?", ele disse, arrastando as palavras ao entrar na loja de conveniência, aberta vinte e quatro horas, em frente a seu escritório, na Terceira Avenida. Joon, o balconista da noite, com seus óculos de aros de chifre remendados com fita adesiva, começou automaticamente a pegar o kit de produtos noturnos de seu cliente habitual: três latinhas de meio litro do energético Rockstar, dois tubos de uma gelatina também estimulante, um maço de Camel Lights.

Billy abriu uma lata da bebida antes que ela fosse para a sacola.

"Muito dessa merda faz você se sentir mais cansado ainda", disse o coreano, repetindo a preleção de sempre. "Como um bumerangue."

"Sem dúvida."

Enquanto ele pegava seu cartão Visa, a câmera de segurança junto à caixa registradora retratou Billy em toda a sua gloriosa forma: corpo de jogador de futebol americano mas de ombros caídos; no rosto pálido, olhos marcados pelo cansaço e encimados por um chumaço de cabelo prematuramente grisalho. Ele só tinha quarenta e dois anos, porém aquela aparência de papel celofane amassado combinada com a postura clássica de uma pessoa insone uma vez o havia feito entrar num cinema pagando a meia-entrada de idosos. O ser humano não foi feito para começar a trabalhar depois da meia-noite, e ponto-final. O salário extra que se danasse.

O escritório do turno da noite ficava no segundo andar da 15ª Delegacia e era compartilhado com a Divisão de Homicídios Sul, que o ocupava durante o dia. Parecia um misto de parque de diversões e necrotério entupido de escrivaninhas de metal cinzento, feericamente iluminado por luzes fluorescentes e demarcado por divisórias de plástico repletas de fotos enormes e autografadas de esportistas e atores — Derek Jeter, Samuel L. Jackson, Rex Ryan e Harvey Keitel —, bem como de instantâneos dos próprios policiais e de seus parentes, além de cenas tenebrosas de crimes. Um aquário de quase dois metros e meio, habitado por um bagre em miniatura que lembrava um tubarão decorava uma parede de blocos de concreto, enquanto a parede oposta ostentava uma imensa bandeira americana que poderia muito bem estar tremulando diante de qualquer embaixada.

Ninguém de sua equipe havia chegado: Emmett Butter, ator nas horas vagas e que, de tão novo no time, ainda não tinha sido autorizado por Billy a liderar uma missão; Gene Feeley, que na década de 1980 havia participado do grupo que desbaratou o império de crack de Fat Cat Nichols e que atualmente, depois de trinta e dois anos de serviço, era proprietário de dois bares em Queens e só estava na ativa para engrossar a aposentadoria; Alice Stupak, que trabalhava à noite para ficar com a família de dia; e Roger Mayo, que trabalhava à noite para não ficar com a família de dia.

Era comum encontrar a sala deserta trinta minutos depois de iniciado o turno, porque Billy pouco se importava onde seus detetives estavam, desde que atendessem seu telefonema quando precisava deles. Não via a necessidade de fazê-los ficar sentados diante de suas mesas a noite toda, como se estivessem numa prisão. No entanto, em troca dessa liberdade, se qualquer um deles — exceto Feeley, cuja antiguidade no departamento lhe permitia fazer o que bem entendesse — não respondesse à sua chamada, uma vez que fosse, seria expulso da equipe mesmo que isso se devesse a baterias descarregadas, necessidades fisiológicas, furto de celular, guerra dos mundos ou Juízo Final.

Deixando a sacola de compras em seu cubículo sem janelas, Billy atravessou a sala e, percorrendo um curto corredor, foi até a mesa do despachante, ocupada por Rollie Towers, apelidado de A Roda, um rapaz enorme com cara de Buda e vestido com uma calça de moletom e um blusão esportivo da universidade de justiça criminal John Jay. Suas nádegas extravasavam os limites da cadeira de plástico trançado enquanto ele recebia as chamadas para o turno da noite, vindas dos mais diversos locais onde ocorriam crimes e que lidava com elas como se fosse um goleiro.

"Olha, sargento, o chefe ainda não chegou", disse Rollie, acenando com a cabeça para Billy, "mas acho que ele vai dizer o seguinte. Ninguém se machucou, o cara nem tem certeza se era um revólver. Eu trataria só de interrogar ele muito bem até o pessoal da $5^{\underline{a}}$ chegar amanhã de manhã, e veja se isso está relacionado com alguma coisa em que eles estão trabalhando, certo? Não há mesmo muito que possamos fazer agora. Tudo bem... tudo bem... tudo bem."

Desligando e virando a cadeira na direção de Billy: "Tudo bem".

"Alguma coisa?", perguntou Billy, esticando a mão para pegar um Doritos de Rollie e depois desistindo.

"Tiroteio na área da $32^{\underline{a}}$, duas atiradoras, uma na calçada e a outra no banco de trás de um táxi da comunidade. Poucos metros de distância, seis tiros ao todo e, escuta só, ninguém saiu ferido. Que tal a pontaria?"

"O táxi estava em movimento?"

"Começando a andar. Uma das mulheres perseguia a outra ali perto do parque Eisenhower, ela pulou para dentro do carro, gritou para o chofer arrancar, mas, na hora em que ele viu a arma, saltou do carro e saiu correndo de volta para o Senegal. A esta altura já deve estar no meio do caminho."

"Pernas pra que te quero."

"Butter e Mayo estão na $32^{\underline{a}}$ enquanto as mocinhas se preparam para dormir."

"E o motorista do táxi? Sem brincadeira."

"Acharam ele a oito quarteirões dali, tentando subir numa árvore. Levaram para ser interrogado, mas, como o sujeito só fala wolof e francês, estão esperando um tradutor."

"Mais alguma coisa?"

"Não, senhor."

"E quem está comigo hoje?" Billy tinha horror a voluntários, uma coleção sempre variável de detetives de outros turnos que precisavam fazer horas extras e que, todas as noites, complementavam sua pequena equipe, a maioria se revelando totalmente inútil depois das duas da manhã.

"Em princípio três, mas um está com o filho doente e o outro foi visto pela última vez numa festinha de aposentados na 9ª, por isso é melhor você verificar se ele tem condições de vir pra cá. E também dar uma olhada no cara que a delegacia do Central Park nos mandou."

"Ele está aí? Não vi ninguém."

"Dá uma olhada debaixo do tapete."

Billy voltou à sala. O voluntário Theodore Moretti estava escondido à vista de qualquer um, todo dobrado, os ombros tocando nos joelhos, sentado atrás da mesa mais distante da porta.

"Estou pairando", ele sussurrou no celular, "neste momento você está me respirando, Jesse. Estou ao seu redor…"

Baixo e atarracado, Moretti tinha cabelo liso e preto repartido bem no meio do crânio e olhos de guaxinim que faziam os de Billy parecer límpidos e estreitos.

"Como vai?", disse Billy, postando-se diante dele, mãos nos bolsos. Mas, antes que pudesse se identificar como o chefe, Moretti simplesmente se levantou e saiu da sala, voltando um momento depois, ainda ao telefone.

"Você pensa mesmo que pode se livrar de mim assim fácil?", disse Moretti à pobre Jesse. Billy identificou o tipo na hora e depois o dispensou para sempre. Embora o ganho extra fosse a principal motivação dos voluntários que faziam bico à noite, às vezes algum detetive vinha apenas porque isso lhe permitia assediar alguém.

Uma e quarenta e cinco. Os pneus numa rua secundária atapetada de lâmpadas quebradas soavam como pipoca estourando. Depois de um embate entre a gangue Skrilla Hill Killaz, da Coolidge Houses, e a Stack Money Goons, da Madisons, quatro rapazes tinham sido levados ao hospital St. Luke's para que seus cortes fossem suturados, um deles com um caco de vidro projetando-se para fora da córnea como a vela em miniatura de um barco. Onde eles conseguiram todas aquelas lâmpadas era um mistério.

Quando Billy e Moretti desceram do carro, os membros da Divisão de Repressão às Gangues da 2ª e da 9ª, seis jovens de blusões e tênis de cano alto, curvados como se colhessem trigo, já algemavam com braçadeiras de plástico os rapazes de bruços no chão. O campo de batalha estava flanqueado por duas camadas de curiosos: nas calçadas, dezenas de moradores do bairro, alguns, apesar da hora, acompanhados de crianças; mais acima, igual número de pessoas debruçadas nas janelas dos tristonhos apartamentos de sala e quarto que ladeavam a rua estreita.

A bermuda de zuarte que ia até a canela e a cabeça raspada davam uma aparência de valentão de meia-idade a Eddie Lopez, o oficial de inteligência da Divisão, que se aproximava de Billy levando no braço, como se fosse enfeite, uma dúzia de algemas ainda não usadas.

"Essas duas turmas vinham se provocando no Facebook a semana toda. Devíamos ter chegado aqui antes deles."

Billy se voltou para Moretti. "Os garotos na emergência. Vai lá com alguém da Divisão de Repressão às Gangues e começa a interrogar essa gente."

"Tá falando sério? Eles não vão dizer porra nenhuma."

"Seja como for..." Billy fez sinal para que ele fosse em frente, pensando que, assim, seria um babaca a menos.

Na outra extremidade do quarteirão, despontando da escuridão como um carnívoro em pleno ataque, surgiu um táxi estropiado que freou quase em cima de onde estavam os detidos. Vestida com um roupão de banho, uma mulher de quarenta anos pulou do banco de trás antes que o carro parasse por completo.

"Disseram que meu filho pode perder um olho!"

"Sete dólares", disse o motorista, estendendo a mão para fora da janela do carro.

"Vai começar", Lopez murmurou para Billy antes de se afastar. "Srta. Carter, com todo o respeito, não fomos nós que falamos para o Jermaine vir pra cá às duas da manhã se meter com os Skrillas."

"Como é que você sabe o que ele veio fazer aqui?" A luz dos lampiões transformava seus óculos sem aro em discos de fogo pálido.

"Porque eu o conheço", respondeu Lopez. "Já tive que lidar com ele."

"Ele ganhou uma bolsa para frequentar o Sullivan County Community College no ano que vem!"

"Isso é ótimo, mas não muda o que aconteceu."

"Desculpe, Charlene", disse uma das mulheres, descendo da calçada, "com todo o respeito, mas a verdade é que você tem tanta culpa quanto o rapaz que jogou o vidro."

"*Como é que é?*", exclamou a srta. Carter, erguendo a cabeça como se estivesse apontando uma pistola.

"Sete dólares", repetiu o motorista.

Billy deu a ele uma nota de cinco e mandou que saísse do quarteirão de marcha a ré.

"Ouço você em todas as reuniões da comunidade", disse a

mulher, "falando o tempo todo que seu filho é um bom garoto, que ele não gosta de se meter em confusão, que é o ambiente, as circunstâncias, mas o policial aqui tem razão. Em vez de enfrentar seu filho, você só ficava inventando desculpas para ele. O que você esperava?"

A mãe do garoto arregalou os olhos e ficou imóvel; Billy, sabendo o que estava por vir, agarrou o braço da mulher no momento em que ela tentou dar um soco no queixo da outra.

Risinhos e murmúrios irromperam entre os espectadores. Um cigarro veio girando até atingir o ombro de Billy, mas, naquele espaço confinado, impossível saber quem tinha sido o alvo. *C'est la guerre.*

Enquanto dava um passo para trás limpando as cinzas do blusão, seu celular tocou: Rollie, A Roda.

"Chefe, lembra da Olimpíada de 72?"

"Não muito."

"Do massacre em Munique?"

"Sei..."

"Tínhamos um cara lá. Ajudou a ganharmos a prata no revezamento, Horace Woody."

"Sei..."

"Mora nas Terry Towers, em Chelsea."

"Sei..."

"O pessoal da delegacia de lá acabou de telefonar, alguém roubou a medalha dele. Quer que a gente dê uma olhada? Pode atrair a atenção da mídia, e o Mayo está lá sentado falando sozinho outra vez."

"Então manda ele ir para a emergência do St. Luke's e tomar conta do Moretti, ver se ele não está roubando bisturis nem nada."

"E o caso da medalha roubada?"

Lopez olhou para ele por cima da cabeça de um membro

de treze anos, já algemado, dos Money Stackers. "Ei, sargento. Fica tranquilo, a gente cuida de tudo agora."

"Diga para a Stupak ir se encontrar comigo", disse Billy ao telefone. "Estou indo para lá."

Tinha a impressão de que era uma coisa à toa, mas nunca conhecera um atleta olímpico.

As Terry Towers eram prédios de doze andares bem vagabundos construídos pelo governo, mas um pouquinho melhores que os conjuntos habitacionais onde os elevadores nunca funcionavam e os halls de entrada fediam a mil demônios. O apartamento 7G era pequeno, abafado e bagunçado, os pratos do jantar ainda estavam na mesinha da quitinete às duas e quarenta e cinco da manhã. No centro da diminuta sala, Horace Woody, com bem mais de sessenta anos, mas geneticamente abençoado com o físico de um jovem magricela, estava com as mãos na cintura, vestido apenas com um calção, o peito liso da cor de um bom casaco de pele de camelo. Mas seus olhos pareciam marasquino, e o bafo de bebida era tão doce que provocou engulhos em Billy.

"Não é que eu não desconfie quem roubou a porra da medalha", disse Woody com certa dificuldade para pronunciar as palavras, enquanto olhava fixamente para a namorada, Carla Garret, encostada num antiquado aparelho de TV decorado com garrafas de bebida de formatos exóticos e velhas fotografias em molduras de acrílico. Ela talvez tivesse metade da idade dele, era um tanto pesada, com olhos serenos e realistas. A contorção cômica e resignada de seus lábios confirmava o palpite de Billy de que aquele caso não passava de uma bobagem, na pior das hipóteses um desentendimento doméstico, mas ele não se importava, fascinado pela curiosa aparência juvenil daquele homem de meia-idade.

"Tem gente", disse Woody, "que simplesmente não quer que você aproveite a vida."

Ouviram-se algumas batidas leves na porta da frente; em seguida, Alice Stupak, de um metro e sessenta e três mas a compleição de um ônibus, entrou no apartamento. Seu rosto cronicamente rosado e as franjas indomáveis traziam sempre à mente de Billy a imagem de um Peter Pan alcoólico e recém-saído de uma batalha.

"E aí, como vai todo mundo?", ela disse em voz alta, em tom alegre e autoritário. Depois, concentrando-se no protagonista: "E o senhor? Tudo bem esta noite?".

Woody recuou, num gesto de desaprovação que Billy já vira Alice provocar nos outros, em especial, mas não somente, nos clientes homens pegos de surpresa. No entanto, por mais assustadora que ela parecesse a certas pessoas, Billy sabia se tratar de alguém carente de amor, sempre suspirando por um policial ou bombeiro, por um balconista de bar ou porteiro, eternamente levada ao desespero porque todos esses namorados em potencial pensavam que ela fosse lésbica.

"Minha senhora?", disse Stupak balançando a cabeça na direção da namorada de Woody. "Por que nos chamaram?"

Carla Garret se afastou do móvel e começou a caminhar lentamente para os fundos do apartamento, fazendo sinal com o dedo para que Billy a seguisse.

O banheiro, com uma luminária em forma de halo, era apertado demais, vidros e tubos destampados de produtos para pele e cabelo espalhavam-se pela beirada da pia e da banheira, toalhas usadas estavam penduradas em todos os ganchos e cabides, fios de cabelo caídos em lugares que fizeram Billy afastar os olhos. Quando a namorada de Woody começou a remexer no cesto de roupa suja cheio até em cima e com um cheiro bastante acentuado, o celular de Billy tocou: Stacey Taylor pela terceira vez em dois dias, seu estômago dando um grito de alerta enquanto ele desligava, como havia feito nas outras vezes.

"A medalha está aí dentro?", Woody rugiu do corredor. "Sei que você pôs aí dentro."

"Trate de voltar e ver a sua televisão", disse a voz de Stupak através da porta fechada.

A mulher enfim se ergueu do cesto de roupa suja tendo na mão a medalha de prata, do tamanho de um pires.

"Olha, quando ele toma umas e outras, quer botar ela no prego e começar vida nova. Já fez isso várias vezes, e sabe quanto recebeu por ela?"

"Alguns milhares?"

"Cento e vinte cinco dólares."

"Posso pegar?"

Billy ficou desapontado ao ver como era leve, mesmo assim sentiu alguma excitação.

"Olha, o Horace é legal a maior parte do tempo, quer dizer, já estive com gente pior, é só quando põe a mão numa garrafa de Cherry Heering, sabe? O cara adora uma bebida alcoólica doce, igual criança. Você pode deixar na mesa um bom conhaque de cinquenta dólares ou um Johnnie Walker Black que ele nem vai abrir. Mas um licor com gosto de balinha roxa? Sai de baixo."

"Quero minha maldita medalha de volta!", Woody berrou de algum ponto bem distante no apartamento.

"Meu senhor, o que é que eu acabei de dizer?", exclamou Stupak com uma ponta de raiva.

"Começar vida nova...", murmurou a namorada. "Todas as lojas de penhor daqui já têm meu telefone, para quando ele aparece lá. Porra, ele quer mesmo se mandar? Eu empresto o dinheiro, mas isto aqui faz parte da história do país."

Billy gostou dela, embora simplesmente não entendesse como uma mulher assim tão lúcida não mantinha a casa limpa.

"E o que você quer que eu faça?"

"Nada. Desculpa por terem te chamado. Normalmente quem vem são uns caras de uniforme da delegacia, a maioria só porque ele foi um atleta famoso, e brincamos de Onde será que ela escondeu dessa vez, mas você é um detetive, fico sem jeito de ver que foi incomodado."

Quando abriram a porta do banheiro, Woody já tinha voltado à sala, esparramado no sofá de vinil e vendo a MTV sem som, os olhos gelatinosos já quase se fechando. Billy deixou cair a medalha no peito dele. "Caso resolvido." Caminhando com Stupak para o elevador, verificou a hora: três e meia. Mais noventa minutos e ele provavelmente teria escapado do pior.

"Que te parece?"

"Você é o chefe, chefe."

"O Finnerty?", Billy perguntou, pensando que, afinal, não se pode deixar de celebrar. Só um gole.

"Eu sempre quis ir à Irlanda", Stupak gritou para o belo e jovem bartender, tentando vencer o som da música ambiente. "No ano passado, tínhamos reservas e tudo, mas, veja só, dois dias antes minha namorada teve uma apendicite."

"Você sempre pode pegar um avião sozinha, né?", ele disse, educado, olhando por cima do ombro dela para duas mulheres que acabavam de entrar. "É um país muito hospitaleiro."

E foi isso, o sujeito debruçando-se sobre o balcão para beijar as recém-chegadas e deixando Stupak corar enquanto se inclinava sobre sua caneca de cerveja.

"Eu nunca fui à Irlanda", disse Billy. "Quero dizer, pra quê? Vivo cercado de irlandeses o dia todo."

"Eu nunca devia ter falado 'namorada'", disse Stupak.

O celular dele tocou, graças a Deus não era A Roda, mas sua mulher. Billy correu para a rua a fim de que ela não ouvisse a barulheira e começasse a fazer perguntas.

"Ei", a voz dele como sempre se tornando mais grave quando ela chamava tão tarde da noite. "Não está conseguindo dormir?"

"Nadinha."

"Tomou o sonífero?"

"Acho que esqueci, mas agora não dá mais, preciso acordar daqui a três horas."

"Por que não toma meio comprimido?"

"Não posso."

"Está certo, mas você já sabe como vai ser: na pior das hipóteses você vai ter um dia duro amanhã, mas não vai morrer por causa disso."

"A que horas você vai voltar para casa?"

"Vou tentar escapar mais cedo."

"Odeio isso, Billy."

"Sei que você odeia." O celular começou a vibrar de novo. Rollie Towers na linha dois. "Espera um pouco."

"Realmente odeio."

"Espera só…" Então, passando para a outra linha: "Oi, o que é que há?".

"Justo quando você achou que ia sair da chuva."

"Não fode, o que foi que aconteceu?"

"Feliz Dia de São Patrício", disse A Roda.

Ao chegarem à Penn Station, Billy e quase toda a sua equipe desceram para a longa e imunda galeria que ligava os trens de Long Island às plataformas do metrô na extremidade oposta.

Os policiais que haviam chegado antes ao local do crime, todos agentes não uniformizados das duas linhas, tinham controlado a situação melhor do que ele podia esperar. Sem saber o que deviam preservar do rastro de sangue de trinta metros, tinham-no cercado por completo com fitas de plástico e latas de lixo, como se fosse uma pista de slalom nas montanhas. Também tinham, milagrosamente, conseguido reunir a maioria dos passageiros que voltavam para casa alcoolizados e se encontravam diante do painel de informações sobre os trens quando o ataque ocorreu, comboiando todos para uma sala de espera triangular e fortemente iluminada junto ao saguão principal da estação. Dando uma olhada na sala, Billy viu a maior parte das testemunhas sentava em bancos de madeira, de boca aberta e roncando, com o queixo voltado para cima como filhotes de passarinhos famintos.

"Parece que o cara foi cortado debaixo daquele painel de informações sobre os trens, saiu correndo e o gás acabou ao chegar ao metrô", informou Gene Feeley, o nó da gravata desfeito e torto como Sinatra no último bis.

Billy estava surpreso de vê-lo lá, e mais ainda por ter sido ele o primeiro detetive a chegar. Mas Feeley era assim mesmo, o veterano que normalmente desdenhava de qualquer missão em que não houvesse pelo menos três vítimas fatais ou um policial morto, matéria de primeira página.

"Onde está o corpo?", perguntou Billy, imaginando que já teria muita sorte se visse os filhos na hora do jantar.

"Basta seguir a trilha de tijolos amarelos", disse Feeley, apontando para as pegadas de tênis marrom-avermelhadas que indicavam o caminho, como instruções sanguinárias de passos de dança. "Esse vai para o álbum de recordações, eu garanto."

Chegaram às catracas do metrô no momento em que um expresso que rumava para o sul parou na estação, mais farristas de porre desembarcando na plataforma aos gritos, gargalhando, tropeçando, soprando vuvuzelas, todos supondo que o cadáver de olhos abertos era só um bêbado e que os dois detetives de meia-idade do Departamento de Investigação Técnica haviam escolhido ir trabalhar de metrô, suas maletas de peritos técnicos fazendo-os parecer caixeiros-viajantes.

Billy abordou um detetive da companhia de metrô que ia passando. "Olha, não podemos deixar os trens pararem aqui num momento deste. Pode falar com seu chefe?"

"Sargento, estamos na Penn Station."

"Sei onde estamos, mas não quero uma nova manada de bêbados pisoteando a minha cena do crime de cinco em cinco minutos."

A vítima estava deitada de lado, com pescoço e tronco encolhidos, e o braço e a perna esquerda esticados para longe do corpo como se ele estivesse tentando chutar a ponta dos dedos. Billy teve a impressão de que o sujeito havia tentado pular a catraca, perdeu muito sangue no meio do salto e apagou daquele jeito, morrendo em pleno ar antes de desabar como uma pedra.

"Ele está parecendo um atleta de corrida com obstáculos que caiu na frente de uma caixa de cereal", disse Feeley antes de se afastar.

Quando um técnico do DIT começou a puxar com todo o cuidado a carteira da vítima do bolso da calça jeans que um dia já tinha sido azul-celeste, Billy deixou de se maravilhar com a curiosa postura do corpo e deu uma primeira e boa olhada em seu rosto. Vinte e poucos anos, olhos azuis esbugalhados de surpresa, sobrancelhas muito finas e arqueadas. Pele branca como leite, cabelo bem preto, uma beleza feminina que beirava a perversidade.

Billy ficou olhando e olhando por um bom tempo, e pensando: Não pode ser. "Ele se chama Bannion?"

"Segura um pouco o telefone", disse o técnico, pegando a carteira de motorista do rapaz. "Isso mesmo, o sobrenome é Bannion. O primeiro nome é..."

"Jeffrey", disse Billy, e em seguida: "Puta que pariu".

"De onde é que eu conheço esse nome?", perguntou o homem do DIT, sem muito interesse por uma resposta.

Jeffrey Bannion... Billy imediatamente pensou em chamar John Pavlicek, depois levou em conta a hora e decidiu esperar ao menos o dia clarear, embora Big John talvez não se importasse em ser acordado com essa notícia.

Oito anos antes, um menino de doze anos chamado Thomas Rivera havia sido encontrado debaixo de um colchão sujo numa casinha de criança no alto de uma árvore, no quintal da família Bannion, vizinhos dele na City Island. Tinha sido morto com golpes na cabeça e a roupa de cama que o cobria estava salpicada de esperma. John Pavlicek, companheiro de Billy em investigações criminais no final da década de 1990, mas na ocasião atuando como detetive na Força-Tarefa de Homicídios do Bronx, fora chamado quando um cão farejador descobriu o cadáver três dias depois do desaparecimento do menino.

O irmão mais novo de Jeffrey Bannion, Eugene, grandalhão e com dificuldades de aprendizado, admitiu ter se masturbado na casinha da árvore, onde sempre ia fazer isso, porém disse que, quando viu o menino, ele já estava morto. Jeffrey, com dezenove anos, contou a Pavlicek que naquele dia estava doente, de cama, e que Eugene tinha lhe dito que era o culpado. No entanto, quando os policiais apertaram Eugene, ele não apenas sustentou sua versão como mostrou-se incapaz de especular de que forma Thomas Rivera poderia ter ido parar em cima da árvore ou que tipo de arma fora usada no crime. Como o pessoal da

Força-Tarefa de Homicídios tinha usado de todos os truques para cercá-lo, não era crível que um garoto retardado de quinze anos conseguisse tapeá-los.

Pavlicek desconfiou desde o começo do irmão mais velho, mas não foi possível desmontar sua história de que estava de cama. Com isso, o irmão mais novo foi mandado para o centro de delinquentes juvenis Robert N. Davoren, em Rikers, uma verdadeira placa de Petri para as gangues dos Bloods, dos Ñetas e dos MS-13, onde foi posto em contato com todos os internos sem a necessária avaliação psiquiátrica. Cinco dias depois de sua internação, o garotão branco e abobalhado que costumava distribuir socos para todos os lados quando ficava nervoso foi assassinado, e sua morte ocasionou tantas manchetes quanto as do menino que ele supostamente havia matado.

Depois de alguns dias, apesar da intensa campanha de Pavlicek, o homicídio de Rivera foi dado como "encerrado com a prisão do culpado", o que impediu, formalmente, a continuidade de qualquer investigação. Pouco depois, Jeffrey Bannion fez as malas e se mudou do estado com vários familiares. De início, Pavlicek tentou engolir sua frustração dedicando-se de corpo e alma a outras tarefas — embora jamais tenha perdido contato com os pais de Thomas Rivera ou deixado de conhecer o paradeiro de Bannion. Entretanto, quando soube, através de seus contatos, de dois ataques cujas vítimas eram garotos pré-adolescentes, ambos ocorridos em cidades pequenas onde Jeffrey morava na época, sem que as investigações tivessem resultado em nenhuma prisão, sua obsessão em pegá-lo tinha renascido com toda a força.

Mais tarde, Bannion voltou a morar em Nova York, dividindo uma casa em Seaford, Long Island, com três amigos. Pavlicek, ainda na cola dele tal como um inspetor Javert, entrou em contato com a 7ª Delegacia no bairro vizinho de Wantagh e com o Departamento de Detetives do condado de Nassau, mas Jeffrey havia mantido a barra limpa ou ficara ainda mais esperto com a idade. A última vez em que se ouvira falar nele — causando grande irritação — foi quando Jeffrey, não fazia muito tempo, havia se candidatado a trabalhar como auxiliar em departamentos de polícia de uma dezena de cidadezinhas de Long Island, tendo sido chamado a iniciar treinamento em três deles.

"Meu supervisor quer saber por quanto tempo precisamos fechar a estação", disse o detetive do metrô ao regressar.

"Vamos trabalhar o mais rápido possível", respondeu Billy.

"Ele diz que precisamos limpar o sangue até as cinco e meia, e também retirar o corpo. É nessa hora que começam a chegar pra valer as pessoas que vêm dos subúrbios."

Limpar ou preservar... Limpar ou preservar... Alguém vai reclamar, alguém sempre reclama.

Quando mais uma leva de pessoas desceu trôpega no último trem das duas da manhã na Penn Station, uma mocinha fixou os olhos arregalados em Bannion por um segundo, voltou-se com uma expressão de horror para o namorado e vomitou na plataforma, acrescentado seu DNA à mistura já existente ali.

"É uma noite ruim para isso", disse o policial do metrô.

Voltando à galeria imunda, Billy acompanhou com os olhos até onde iam as fitas. Além do sangue ainda em processo de coagulação, o chão — coalhado de papéis de bala, copos de isopor, uma peça ou outra de roupa, uma garrafa de bebida quebrada, mas ainda inteira graças ao rótulo adesivo — oferecia coisas demais e absolutamente nada.

Enquanto os técnicos continuavam a recolher material e a fotografar, enquanto os detetives das duas linhas e sua equipe começaram a trabalhar na sala de espera, zanzando em torno das semiconscientes testemunhas em potencial como um bando de enfermeiras, Billy reparou que um dos passageiros adormecidos tinha uma mancha que parecia ser de sangue em sua camisa dos Rangers.

Billy sentou-se ao lado dele no banco de madeira, a cabeça do rapaz tão caída para trás que dava a impressão de que alguém havia cortado sua garganta.

"Oi, amigo." Billy o cutucou.

O rapaz acordou, sacudindo a cabeça como um animal de desenho animado cuja cabeça acabou de ser atingida por uma bigorna.

"Qual o seu nome?"

"Mike."

"Mike de quê?"

"O quê?"

"Mike, de onde veio esse sangue aí em você?"

"Em mim?" Ainda sacudindo a cabeça de um lado para o outro.

"Em você."

"Onde…" Olhando para a camisa, e em seguida: "Isto é sangue?".

"Você conhece Jeffrey Bannion?"

"Se eu conheço ele?"

Billy esperando. Um, dois, três…

"Onde é que ele está?", o rapaz perguntou.

"Quer dizer que você conhece ele? Jeffrey Bannion?"

"E se eu conhecer?"

"Você viu o que aconteceu?"

"O quê? Do que você está falando, o que é que aconteceu?"

"Ele foi esfaqueado."

O rapaz ficou de pé num salto. "O quê? Vou matar o filho da puta que fez isso."

"Matar quem?"

"O quê?"

"Quem você quer matar?"

"Como é que eu vou saber, porra? Quem fez isso. Deixa eles comigo."

"Você viu a coisa?"

"Vi o quê?"

"Quando foi que você viu ele pela última vez? Onde ele estava, com quem ele estava."

"Ele é como um irmão pra mim."

"Com quem ele estava?"

"Como é que eu vou saber? Sou o quê, a mulherzinha dele?"

"A o que dele? Onde é que você mora?"

"Strong Island."

"Seja mais específico."

"Seaford."

"Quem mais estava com vocês, me aponta aí sua turminha."

"Minha turminha?"

"Quem, aqui desta sala, estava com vocês esta noite, quando todos voltavam para Seaford?"

"Não sou traíra."

"Estou perguntando quem são os amigos dele."

Mike virou a cabeça como se ela fosse a torre enferrujada de um tanque de guerra, passando em revista metade dos passageiros de olhos embaçados a seu redor.

"*Ei*", gritou. "Ouviram o que aconteceu?"

Ele não recebeu nem mesmo um olhar.

"Alguém está carregando alguma coisa hoje?", Billy perguntou.

"Maconha?"

"Uma arma."

"Tudo é uma arma."

"De novo: como é que você arranjou esse sangue aí?"

"Que sangue?", disse o rapaz, tocando o rosto com a mão.

"Alguém de sua tur... alguém brigou com alguém esta noite?"

"Esta noite?" O rapaz piscou. "Esta noite a gente veio para a cidade."

Billy decidiu mandar todos eles para a delegacia do centro-sul, a fim de se curarem da ressaca antes de serem interrogados de novo. Seu palpite era que esses interrogatórios não iam dar em nada. Também estava convencido de que, com metade da população que vivia na costa pisoteando a cena do crime como gnus em migração, as análises técnicas seriam igualmente inúteis. Estava apostando suas fichas na gravação das câmeras de segurança.

Telefonou para o capitão de sua divisão, que começou a grasnar como um pato, como se o próprio Billy tivesse matado Bannion; trabalhou um pouco com os policiais do metrô junto às catracas e com os detetives da linha de trens debaixo do painel de informações; depois, rezando para ganhar na loteria, subiu até a salinha apertada onde ficavam os monitores, mas lá o técnico de plantão lhe disse que o disco rígido onde todas as gravações eram arquivadas tinha sido danificado por alguém que derramara café nele horas antes, e que a única possibilidade de salvar o filme seria enviá-lo a um laboratório especializado, o que poderia levar dias, senão semanas.

De volta à plataforma e precisando que alguém de sua equipe supervisionasse o transporte das testemunhas, Billy começou a se aproximar de Feeley, mas desistiu ao vê-lo conversando com um subinspetor de cabelo branco, os dois provavelmente trocando lembranças do tempo em que perseguiam Pancho Villa.

Então, foi procurar Stupak e a encontrou em frente a uma loja de calzones, com porta reforçada contra distúrbios de rua, interrogando um funcionário da manutenção. Assim que disse a Stupak o que queria, o olhar dela dirigiu-se automaticamente para Feeley. "O que é que há?", ela murmurou. "O general Grant está ocupado demais se preparando para a batalha de Gettysburg?"

Ninguém gostava de ter Feeley na equipe, mas ninguém desgostava mais disso que Alice, que odiava tanto a rede de relacionamentos dos veteranos quanto de preguiçosos que costumavam fugir a seus deveres. Também era pessoal: apesar dos dezesseis anos dela de serviço, inclusive dos sete na área de emergências e dos três na equipe de Detenção de Fugitivos Violentos, o sacana do velho se divertia chamando-a vez por outra de Bonequinha.

Quando Stupak se pôs a caminho, Billy atendeu a outra chamada histérica de seu capitão, seguida de uma conversa com o comandante da delegacia centro-sul. Depois, às sete da manhã, com a cena do crime sob controle e nenhuma testemunha em condições de falar, Billy decidiu dar um pulinho em Yonkers só para levar as crianças à escola.

Àquela hora o trânsito em direção à Henry Hudson Parkway era misericordiosamente leve, e às sete e quarenta e cinco ele entrava em sua rua. Viu Carmen em cima de uma escada de um metro e oitenta, em frente à garagem, tentando tirar uma bola de basquete murcha que tinha ficado presa entre o aro e a tabela desde janeiro, quando o frio passou a impedir os meninos de jogarem.

"Só empurra, Carm."

"Já tentei. Está muito encaixada."

Sentado atrás do volante, exausto, Billy observou-a fazendo

força para soltar a bola, o sol da manhã dando um tom de gelo ao poliéster branco de seu uniforme de enfermeira.

Era sua segunda mulher. A primeira, Diane, uma terapeuta de arte afro-americana, o deixara depois dos protestos sensacionalistas que se seguiram ao disparo acidental, mas quase fatal, com os quais ele atingira um menino de origem latina no Bronx. Verdade seja dita, a bala que feriu o garoto atravessou primeiro o alvo desejado, um sujeito gigantesco e drogado que brandia um pedaço de cano já ensanguentado. No começo, Diane, que só tinha vinte e três anos — e Billy vinte e cinco —, se esforçou para aguentar firme, mas, depois que os jornais entraram em cena e um pastor do Bronx com bons contatos na mídia promoveu um mês de uma vigília de protesto em volta da casa deles em Staten Island, ela aos poucos foi se distanciando e acabou indo embora.

Billy conheceu Carmen quando servia na Divisão de Identificação do necrotério, tendo sido mandado para lá numa espécie de exílio interno, depois do disparo. Naquele dia ela fora identificar Damian Robles, que, até sofrer uma overdose trinta e seis horas antes, era seu marido.

Apesar de viciado em heroína, Robles tinha sido um profissional de artes marciais com um físico absurdamente escultural, e Billy se envergonhava de reconhecer que, dois dias depois de morto, o cara ainda tinha uma aparência melhor que a dele em seus melhores momentos.

No entanto, rei morto, rei posto — e, vinte minutos depois de conhecê-la, quando se postaram lado a lado para contemplarem o cadáver através de uma janela comprida e retangular, ele simplesmente deixou escapar a pergunta: "O que você estava fazendo casada com um vagabundo desses?".

Entretanto, em vez de lhe dar um tapa na cara ou sair berrando, ela respondeu com toda a calma: "Eu achava que ele era o que eu merecia".

Em um mês, eles já estavam deixando suas roupas no apartamento um do outro. Em um ano, já estavam enviando recados aos amigos para reservarem a data do casamento.

A atração que ela sentiu por ele, ou foi assim que Billy pensou na época, foi fácil de explicar: a recém-viúva olhando ao redor e se agarrando ao primeiro policial protetor e disponível que encontrou. Ele babava quando sentia que alguém o via como "meu herói", mas nesse caso se apaixonara apenas por causa da aparência dela e pelo seu modo de falar: grandes olhos com bordas escuras num rosto em formato de coração, pele cor de torrada e aquela voz — preguiçosa e rouquenha quando lhe dava vontade, reforçada por um riso profundo e desinibido que o deixava tonto de prazer. Desejo sexual existira desde o começo; as outras coisas mais duradouras — confiança, ternura, companheirismo etc. — só tinham vindo com o tempo.

Não que fosse fácil viver com ela. Suas mudanças de humor eram violentas, ela tinha sonhos brutais e com frequência o acordava falando enquanto dormia, suplicando de forma chorosa e pouco coerente para ser deixada em paz. E aquilo que Billy de início julgara ser um desejo passageiro de proteção se transformou, com o correr dos anos, numa torrente visceral e quase nunca explicitada de necessidade dele, uma carência que ele jamais entendeu bem e à qual procurava suprir com todas as suas forças. As exigências emocionais de Carmen nunca o esgotavam; algo nela o fazia querer se tornar uma pessoa melhor. Ele a amava, amava apoiá-la, amava o fato de que o que sempre considerara em si, com certa vergonha, como uma personalidade sem graça, como uma impassibilidade insossa, houvesse se tornado a rocha segura no mar revolto da vida de outra pessoa.

Contudo, havia algo dentro dela que Billy não conseguia alcançar. Às vezes se sentia como um cavaleiro incumbido de proteger uma donzela de um dragão que só ela via, por isso prestava atenção em suas palavras quando chorava durante o sono, quando seus lamentos que beiravam o pânico tornavam-se menos coerentes e talvez mais próximos de sua origem profunda. Mas como ele não era dotado de uma grande capacidade analítica, seus estudos secretos não haviam resultado em nada. Criado numa casa em que lhe fora ensinado a aceitar as pessoas como elas são, a não fazer perguntas, numa casa em que o traço de caráter mais louvado era um nível de tolerância de índio apache, ele preferiria morrer a perguntar diretamente à sua mulher e mãe de seus dois filhos, depois de doze anos de vida em comum: Quem É Você.

"Onde estão os especialistas em sobrevivência na selva?", ele perguntou do carro.

"Vai levar eles?", ela perguntou.

"Vou, mas deixei um cadáver na Penn Station, por isso tenho que voltar logo."

"Eu posso levá-los."

"Não, só me diz onde..."

"*Declan!*"

As pálpebras de Billy, fatigadas pela noite em claro, se fecharam, doloridas: a solução inicial de Carmen para encontrar alguém era berrar seu nome.

Experimentando um último momento de inação, deixou que seu olhar vagasse na direção da varanda da frente, onde tremulava a faixa de náilon verde que Carmen pusera ali em homenagem ao Dia de São Patrício, com um trevo e gnomos. Embora o prazo de validade dela tivesse expirado fazia um dia, Billy sabia que, na hora do jantar, a faixa já teria sido substituída por outra que representasse a Páscoa, com coelhinhos e ovos coloridos sobre um fundo azul-claro.

"Vou buscá-los", disse Billy por fim, descendo do carro como se usasse próteses nos quadris.

O interior da casa era uma enorme e simpática bagunça — um repositório de brinquedos e artigos esportivos de meninos espalhados pela sala de visitas, cobrindo o sofá e o par de poltronas forradas de um brocado já bem gasto; uma grande cozinha amarela, com uma mesa pintada para parecer um móvel antigo de fazenda eternamente coalhada de contas, panfletos, vidros de temperos e, de vez em quando, um chapéu ou uma luva; três quartos separados por paredes finas que pediam uma mão de tinta; e a sala do porão que, por algum motivo, cheirava a cogumelos. Onde quer que se olhasse havia provas da obsessão de Carmen por objetos de mau gosto com temas campestres: espigas de milho ou abóboras de verdade, de cerâmica ou de papel machê expostas em qualquer superfície disponível, frases banais inscritas em tábuas presas por correntes, ventoinhas compradas em barracas no campo, desenhos de camponesas ordenhando vacas em placas ovais de madeira, quadros emoldurados de celeiros, cabanas com telhados de colmo e solitárias estradinhas rurais em número suficiente para abastecer um museu do interior. Uma vez ou outra isso o irritava, mas Billy não tinha coragem de questionar o gosto de sua mulher em matéria de decoração, tendo em vista a infância e o início da adolescência que ela havia passado no arruinado Bronx do final da década de 1980, a juventude no famigerado bairro East Metro de Atlanta e seu trabalho atual de enfermeira na triagem da emergência do hospital St. Ann's, onde eram corriqueiros os casos de ferimentos por faca ou arma de fogo. Na verdade, ele não dava a mínima para a aparência da casa desde que isso a fizesse feliz. Tudo que lhe importava eram seus livros, as estantes na sala de estar cheias de romances policiais escritos principalmente por colegas de profissão, livros de autoajuda para aposentados pouco exigentes, biografias de atletas e manuais de negócios imobiliários, estes últimos dados por John Pavlicek, que faria questão de contratá-lo para ajudar a dirigir seu império de prédios de apartamentos no momento em que Billy pedisse as contas na polícia. Procurando pelos meninos, Billy encontrou seu filho de seis anos, Carlos, sentado na beira de sua caminha estreita e vestido com roupa de camuflagem, contemplando o avô, de setenta e oito anos, que dormia debaixo de uma coberta com a estampa do X-Men. O pai de Billy tinha sido um prestigiado oficial de polícia da cidade, que começara a se destacar durante as violentas manifestações contra a guerra do Vietnã no final da década de 1960. Atualmente, porém, costumava achar que seus dois netos se chamavam Billy e que ainda morava em sua primeira casa, na Fordham Heights, com a esposa já falecida. Além disso, acordava com frequência no meio da noite e se metia na cama ou de um dos garotos, ou de Billy e Carmen, obrigando todo mundo a dormir de pijama.

"Vamos embora, companheiro."

"O vovô vai morrer?", Carlos perguntou calmamente.

"Hoje não."

Declan, de oito anos, também vestido com roupa camuflada desde a bota até o boné de excursionista, estava ajoelhado na sala de visitas tentando puxar o coelho de debaixo do sofá com um bastão de hóquei, enquanto o animal, encolhido e inamistoso, bufava como um dragão-de-komodo.

"Dec, deixa o bichinho aí."

"E se ele morder um fio elétrico?"

"Aí vai ter carne de coelho no jantar. Vamos embora."

Quando por fim saíram de casa, o celular de Billy tocou, era outra vez o capitão, e ele se fechou no carro antes que os meninos entrassem e estragassem seu esquema.

"Ei, chefe."

"Onde é que você está?"

"Na delegacia centro-sul escrevendo o relatório e esperando que algumas testemunhas ressuscitem."

"Por que você deixou limparem a cena do crime?"

"Porque era na Penn Station. A encruzilhada do mundo ocidental."

"E você é o quê, a Radio Free America? Desde quando a polícia do metrô manda na gente?"

"Dessa vez eles tinham razão." E acrescentou: "Na minha opinião".

"E as gravações da câmera de segurança?"

"Falha no equipamento."

"Falha no equipamento."

"Mandaram os filmes para um laboratório especializado."

"Papai!", gritou Declan, batendo na janela.

"Billy!" Carmen se aproximou com uma bola de basquete congelada. "Que diabo você está fazendo? Eles vão se atrasar!"

"Que foi isso?", perguntou o capitão.

"Chefe, uma das testemunhas acaba de dar um nome. Ligo mais tarde."

Depois de deixar os filhos na escola, Billy voltou à cidade, escreveu o relatório para os detetives do turno do dia na centro-sul — agora a dor de cabeça era deles —, passou informações a alguns chefes, driblou um repórter policial, evitou uma câmera de televisão e pegou o carro de novo. Quando enfim regressou à sua casa pela segunda vez, à uma da tarde, Millie Singh, supostamente a empregada da família, assistia a um programa de televisão com seu pai na sala de visitas, nenhum dos dois se dando conta da chegada dele.

Millie mal sabia lidar com um esfregão, preparava pratos da culinária dos índios caribenhos capazes de incendiar gargantas e era dada a tirar sonecas no trabalho. No entanto, anos antes tinha sido a única pessoa na paisagem lunar de certo distrito policial com coragem suficiente para assumir posição acerca de um homicídio causado pelo conflito entre duas gangues, precisando dormir na banheira de sua casa para se proteger dos disparos feitos à noite através das janelas, até que Billy e outros policiais a instalaram num dos prédios reformados de Pavlicek. Dez anos depois, mais ou menos ao mesmo tempo que a demência precoce do pai de Billy havia sido diagnosticada, a filha adolescente de Millie voltou para Trinidad a fim de viver com o pai, e ela perdeu o emprego na Dunkin' Donuts. Contratá-la como empregada doméstica pareceu uma boa ideia na época e, justiça seja feita a Millie, os meninos a adoravam, ela adorava o pai dele e sua carteira de motorista estava em dia. Além do mais, Carmen gostava de fazer ela mesma a limpeza da casa, se é que se podia chamar aquilo de limpeza.

Billy entrou na cozinha, encheu meio copo de leite com vodca e suco de mirtilo — a única coisa capaz de fazê-lo dormir àquela hora — e foi ao banheiro. Guardou a pistola Glock 9 na estante mais alta do armário de roupas, atrás de uma caixa de sapato cheia de extratos bancários velhos e, movido por uma última centelha de energia, telefonou para Pavlicek a fim de lhe dar a notícia sobre Bannion.

"Oi."

"Tô sabendo", disse Pavlicek.

"O que é que você achou?", disse Billy, esparramando-se na cama fresca.

"Que Deus existe, afinal."

"Cena estranha."

"Também ouvi isso."

"Ouviu de quem?"

"Dos tantãs."

"Os Rivera sabem?"

"Telefonei para eles hoje de manhã."

"Como eles encararam a coisa?"

"O pai ficou frio, a mãe nem tanto. Vou até City Island ver os dois mais tarde."

"Legal." Billy sentiu os olhos cada vez mais pesados. "Quero que você vá comigo."

"John, estou dormindo."

"Você viu o filho da puta morto. Eles podem precisar te fazer algumas perguntas."

"Ah, não, isso é assunto entre vocês."

"Billy, estou te pedindo."

Ele gargarejou o resto da bebida, mastigou um pedacinho de gelo. "Então marca lá pelas seis, acabei de deitar."

"Obrigado."

"Você fica me devendo essa."

"Depois a gente pega o Whelan e vamos para o restaurante."

"O jantar é hoje?"

"Sim, senhor."

"Está bem, deixa eu dormir."

"Ei", Pavlicek prosseguiu, "qual é a coisa mais babaca que se diz numa situação dessas?"

"Caso encerrado."

"Pode ir buscar seu prêmio", disse Pavlicek, desligando o telefone.

Ele tinha se esquecido completamente do jantar, do encontro mensal no restaurante de carnes dos autodenominados Gansos Selvagens, sete jovens policiais que no final da década de 1990 tinham em média três anos de serviço, um grupo coeso e responsável por uma das piores áreas do East Bronx. Dos sete membros da equipe original, um se mudara para o Arizona depois da aposentadoria e outro morrera por fumar três maços por dia, deixando um grupo de cinco integrantes muito comprometidos: Billy, Pavlicek, Jimmy Whelan, Yasmeen Assaf-Doyle e Redman Brown.

Naqueles tempos, eles tinham sido notáveis, incrivelmente proativos, às vezes chegando aos locais de conflito antes mesmo de seus atores; e eram decatletas, perseguiam suas presas através de quintais e apartamentos, em cima de telhados, subiam e desciam escadas de incêndio, mergulhavam onde houvesse água. Muitos policiais espancavam os prisioneiros depois de terem sido obrigados a persegui-los, mas os Gansos Selvagens se excitavam com a caça, frequentemente tratando os detidos como membros de um time de beisebol derrotado. Viam-se como uma família, sentimento estendido automaticamente às pessoas de quem gostavam na vizinhança: donos de botequins e bares, de barbearias e lojas de conveniências, mas também vendedores de loterias clandestinas — já que consideravam que esse jogo existia desde os tempos bíblicos —, uns poucos vendedores de maconha da velha guarda e um punhado de proprietários de restaurantes que mantinham salas secretas de jogatina no andar de cima ou no porão de seus estabelecimentos, onde os Gansos Selvagens podiam relaxar e beber de graça.

No que dizia respeito a objetos roubados, os receptadores com frequência ofereciam aos integrantes do Departamento de Polícia de Nova York descontos de cortesia na compra de mochilas para os meninos, calças estilosas, ferramentas e tudo mais. Um drinque aqui, uma trepada em pé ali, vez por outra um suéter de caxemira baratinho — nenhum dos Gansos Selvagens recebia dinheiro, cobrava proteção nem perdia os bons modos. Embora periodicamente fossem chamados a comboiar algumas prostitutas em sua viagem de praxe à cadeia, em geral toleravam as mais discretas e, de preferência, as mais engraçadas. Viciados não agressivos eram deixados nas ruas e usados como informantes. Os traficantes, contudo, eram sempre a bola da vez.

E se um membro da família fosse machucado por um adversário desleal — uma puta que ficasse de olho roxo ou tivesse o dedo quebrado por seu cafetão, um Ganso Selvagem que levasse um teco pelas costas, um operador de cassino ou proprietário de bar atacado por um vadiozinho da região —, eles então uniam forças, e as surras e os banimentos começavam. Tudo era uma questão de família: executavam suas tarefas de rotina como se esperava deles, mas realmente entravam em ação em favor daqueles que consideravam "dignos", levando em conta que algumas pessoas do East Bronx, como de qualquer lugar, como de todos os lugares, sempre tentariam se drogar para fugir da realidade, desfrutar de uma dose de amor extracurricular, sonhar em enriquecer com alguns números anotados num pedaço de papel amarrotado. Nem todos os policiais tinham atitude tão benevolente com os marginais do bairro, mas, aos olhos das pessoas que eles protegiam e às vezes vingavam, os Gansos Selvagens desfilavam pelas ruas como deuses.

A boa e a má notícia era que o tipo de trabalho policial altamente produtivo que eles executavam constituía um caminho rápido para obterem um distintivo dourado. Em cinco anos, todos os Gansos Selvagens tinham sido promovidos, e o irônico foi que Billy, o mais jovem e inexperiente deles, acabou sendo o primeiro contemplado. Depois do incidente do disparo, que lhe rendeu tanto um elogio formal por bravura como um inquérito civil, o departamento, no melhor estilo morde e assopra, decidiu promovê-lo para enterrá-lo — no caso, no porão do necrotério, porque a Divisão de Identificação, como as demais, era composta sobretudo de detetives.

Com o tempo, alguns Gansos Selvagens se tornaram melhores como detetives do que tinham sido como policiais de rua; outros não brilharam tanto depois de ganharem seus distintivos dourados. Alguns descobriram dons adormecidos, outros perderam a chance de utilizar dons que sempre haviam possuído.

E foi também como detetives, espalhados pelas equipes de inúmeras delegacias, que, assim como Pavlicek ao se defrontar com um Jeffrey Bannion, eles depararam com suas próprias Brancas,* criminosos que haviam agido em seus distritos e escapado incólumes da justiça. Por isso, ao se aposentarem, os obcecados caçadores do antigo grupo Gansos Selvagens levavam para casa arquivos furtados, que estudavam à noite em seus escritórios ou em suas casas, dando ainda um ou outro telefonema não autorizado: para o balconista considerado pouco relevante da mercearia onde o assassino tomara o café da manhã no dia do crime, para o primo no norte do estado que nunca havia sido corretamente interrogado sobre a última conversa telefônica com a vítima, para o vizinho idoso que tomou um ônibus da Greyhound para ir morar com os netos na Virgínia dois dias depois do banho de sangue do outro lado da parede de sua sala de visitas — e sempre, sempre, para as esposas, os filhos e parentes da pessoa assassinada: no aniversário do crime, no aniversário da vítima, no Natal, só para não perderem o contato e lembrar aos que ficaram que eles haviam prometido uma prisão naquela noite sangrenta tantos anos antes e que ainda não tinham desistido.

Nenhum deles pedira que esses crimes fizessem parte de sua vida, nenhum deles pedira que aqueles assassinos os perseguissem de forma tão constante e aleatória como surtos de malária,

---

* Referência à baleia branca Moby Dick, que, no romance de Herman Melville, é perseguida obsessivamente pelo capitão Ahab por ter destruído seu navio e lhe arrancado uma das pernas numa viagem anterior. (N. T.)

nenhum deles pedira para se sentir tão impotente diante dos estudos cruéis e incessantes que era compelido a realizar. Mas lá estavam todos eles: Pavlicek para sempre na cola de Jeffrey Bannion; Jimmy Whelan, na de Brian Tomassi, o líder de uma gangue de brancos que, depois da queda das Torres, havia feito um garoto paquistanês ser atropelado e morto por um carro; Redman Brown, na cola de Sweetpea Harris, o assassino de um aluno de ginásio que ia ganhar uma bolsa universitária graças à sua habilidade como jogador de basquete, mas que o fizera bancar o bobo numa partida na quadra do bairro; Yasmeen Assaf-Doyle, para sempre na cola de Eric Cortez, um bandidinho de vinte e oito anos que havia matado a facadas um garoto míope e magricela só porque ele conversou com a namorada de catorze anos de Cortez na escola em que os dois estudavam.

E o próprio Billy, no primeiro ano em que voltou à superfície como detetive de uma delegacia, depois de tanto tempo de vida subterrânea, como um cogumelo entre cadáveres, viu-se preso para sempre a Curtis Taft, que numa só noite matara três mulheres: Tonya Howard, de vinte e oito anos, que terminara o romance com o sujeito que a mataria; sua sobrinha de catorze anos, Memori Williams, que por acaso estava passando a noite com Tonya quando Taft resolveu se vingar; e Dreena Bailey, a filha de quatro anos de Tonya com outro homem. Três tiros, três mulheres mortas, depois de volta à cama. Curtis Taft, segundo Billy, era a Branca mais demoníaca. Mas, na opinião dos outros infelizes caçadores, todas elas eram.

Vinte anos depois de terem corrido pelas ruas como soldados servindo nas piores partes de um campo de batalha, quase todos haviam começado vida nova. Redman, atingido por um tiro nos quadris num incidente com reféns, havia se aposentado por invalidez com três quartos do salário e passara a cuidar da casa funerária do pai no Harlem. Jimmy Whelan, sempre meio doidão, pediu demissão antes de ser demitido e, como zelador itinerante de edifícios, viveu temporariamente em alguns dos melhores apartamentos de porão da cidade. Yasmeen, que não suportava a mentalidade de seus chefes, tornou-se assistente do diretor de crimes contra alunos numa universidade de Manhattan e conseguiu distinguir-se em seu novo trabalho pelo número de reclamações que fazia contra os chefes. Pavlicek, que já se virava quando ainda usava uniforme, ficou ocupado demais administrando sua riqueza. Só Billy, o mais novo do grupo, ainda pertencia à força. E não tinha nenhuma razão para deixar de fazê-lo: como seu pai havia declarado ao levantar um brinde na noite em que Billy se formara na academia: "A Deus, que devia ser um gênio por ter inventado este trabalho".

Uma hora depois do telefonema para Pavlicek, Billy estava sonhando com Jeffrey Bannion — nu, boiando numa enorme redoma cheia de ponche vermelho —, quando um dos meninos voltou da escola e bateu a porta da frente como se estivesse sendo perseguido por lobos. Um segundo depois ele ouviu Carlos gritar para o irmão: "Você desistiu, então eu ganhei!", ao que se seguiu o berro de Carmen: "Já cansei de dizer para vocês não berrarem dentro de casa!".

Mesmo assim, Billy conseguiu dormir por mais meia hora, até que os lençóis começaram a farfalhar e Carmen, nua, aninhou-se em suas costas enquanto a mão esquerda contornava o corpo e avançava para dentro da cueca. Billy estava tão cansado que pensou que iria morrer, mas a mão dela no seu pau era a mão dela no seu pau.

"Recebemos três garotos com ferimentos à bala três dias seguidos", ela murmurou no ouvido dele. "Ficamos sabendo que o segundo garoto atirou no primeiro porque ele atirou em alguém da sua gangue; o terceiro atirou no segundo em retaliação e o melhor amigo do segundo atirou no terceiro pela mesma razão. Uma olimpíada de imbecilidade. Alguma coisa acontecendo aí embaixo?"

"Me dá um segundo, tá?"

Depois de doze anos, eles transavam muito bem, Billy achava, em geral duas vezes por semana; e pareciam estar ganhando peso em sincronia, nada de tão ruim, porque Carmen ainda podia usar biquíni na praia, embora Billy não tirasse mais a camisa regata. No começo, nenhuma posição ou fantasia sexual era proibida, porém, à medida que foram se sentindo mais confortáveis na relação, quase sempre recorriam ao papai e mamãe após algumas rápidas preliminares. Depois, impreterivelmente, corriam eufóricos para a geladeira em busca do prazer seguinte.

"Ah, bom", ela disse.

E, com um misto de otimismo e exaustão, Billy concluiu que talvez não precisasse mesmo dormir naquela semana.

Milton Ramos

O bêbado algemado no banco de trás havia perdido três mil dólares apostando na final do campeonato de basquete e decidiu que a culpa era do rosto de sua mulher, cuja geografia passou imediatamente a modificar.

"Loucuras de março. Se eu fosse você, usaria isso na minha defesa", disse o companheiro de Milton sem se voltar para trás.

"Quero que ela se foda, e você também."

"Sabe de uma coisa? Continue mesmo com essa atitude, porque os juízes odeiam o remorso sincero."

"E quem é você?", disse o bêbado, olhando desconfiado para Milton, sentado em silêncio ao volante.

"Está falando comigo?", ele perguntou, procurando pelos olhos do sujeito pelo retrovisor.

"Sabe o que significa LIC?" O bêbado inclinou-se para a frente, sua malevolência se expandindo, buscando um alvo. "Latino, Índio, Crioulo. Tudo junto dá a porra de um macaco. Você."

Milton parou o carro junto ao Roberto Clemente Park e desligou o motor. Ficou sentado um momento com a palma das mãos no colo.

"Será que podemos não fazer isso?", seu companheiro perguntou com ar resignado.

"Tá ceeerto, tá ceeerto", vindo do banco de trás.

Milton abriu o porta-malas acionando a alavanca sob o volante, desceu e foi até a traseira do carro.

"Que merda ele está fazendo?", o bêbado perguntou.

"Cala a boca", disse o companheiro num tom raivoso e um tanto deprimido.

A porta de trás do carro foi aberta de repente e Milton puxou o prisioneiro do carro pelo cotovelo. Na mão livre carregava um bastão telescópico e uma toalha suja de graxa.

"Que merda você está fazendo?"

Sem responder, Milton foi empurrando o prisioneiro para dentro do parque até encontrar o que considerou um local adequado. Não aberto demais nem muito cerrado, com galhos suficientemente baixos para serem agarrados.

"O que você está fazendo?"

"Deita, por favor."

"O quê?"

Milton deu-lhe um soco no peito e o bêbado caiu de costas na grama, os ombros ardendo devido ao impacto quando aterrissou com as mãos algemadas para trás.

"Meu Deus, cara, o que é que você está fazendo?" Agora quase uma súplica, a voz subitamente bem mais sóbria que minutos antes.

Milton sabia que nunca deveria ter recebido um distintivo dourado. Era um prêmio equivocado por ter estado no lugar errado na hora errada, em uma barbearia durante um assalto em sua vizinhança do Bronx, quando dois imbecis com pistolas calibre 38 entraram no momento em que ele estava sepultado debaixo de um avental, toalhas e creme de barbear. Como a loja era um ponto conhecido de loteria clandestina e um alvo fácil, depois que um dos barbeiros levou um tiro no joelho Milton, com um pontapé, fez sua cadeira girar e começou a disparar por baixo do avental de poliéster, que de pronto pegou fogo. Quando o barbeiro conseguiu apagar as chamas, ele tinha queimaduras de segundo grau no braço e na coxa esquerdas.

Os dois ladrões, um atingido na garganta e o outro no rosto, sobreviveram, mas seguiram direto do hospital para a cadeia. O prefeito e o chefe de polícia foram visitá-lo na enfermaria de queimados do mesmo hospital, onde seu superior lhe entregou o distintivo de detetive diante das câmeras de televisão.

A pergunta que lhe fizeram foi: "Para onde você quer ir?".

Para onde. Ele queria ir para algum lugar onde pudesse se esconder.

O patrulhamento sempre tinha sido sua especialidade, a rua sua cabine de comando — justiça de fronteira, olho por olho, obtenção de informações mediante espancamentos extracurriculares. Ele seria um péssimo detetive, sabia disso: não suficientemente brilhante para seguir pistas documentais, não especialmente sutil ou paciente numa sala de interrogatório e, quando provocado, com um temperamento anormalmente violento apesar de muito frio.

Desde o tiroteio na barbearia, ele tinha servido em sete delegacias diferentes em cinco anos. Truculento e incompetente, era um ônus para todas as equipes, até que foi parar na 4-6 do Bronx. Antes mesmo da chegada de Milton, o tenente de lá recebeu uma mensagem dizendo que estava prestando um bom serviço ao detetive Ramos, que todos apreciavam isso, todo mundo livre daquela batata quente. O novo chefe de Milton tomou a sábia decisão de ocultá-lo na divisão de roubos e furtos, que tinha uma média de trinta e cinco casos por mês, todos difíceis de solucionar. Mesmo nesse posto deprimente e de baixas expectativas, ele conseguiu passar três anos sem fazer uma só prisão, quando então se tornou supervisor das ocorrências noturnas, tendo que entrar às oito da manhã, a fim de distribuir os registros acumulados na noite anterior aos demais detetives do turno do dia — uma tarefa das mais tacanhas que se possa imaginar.

Entretanto, após um longo período nesse purgatório, um novo chefe, enfim, o pôs de volta na equipe regular. Seis meses depois, não havia um só membro na 4-6 que não temesse ouvir a frase, em geral pronunciada baixinho e sem grandes inflexões, "Quer fazer o favor de descer do carro?".

Milton pegou a toalha suja e a dobrou cuidadosamente para fazer uma faixa grossa. Depois se postou em cima do bêbado e cobriu a garganta dele com a toalha. Puxando o bastão telescópico em sua extensão máxima, estendeu-o por cima do centro da toalha. Pisando com cuidado na extremidade mais fina com o pé direito, apertou a vara de aço contra a garganta do sujeito. Então, agarrando-se a um galho para manter o equilíbrio e modular a pressão, pisou na extremidade da empunhadura, de modo que todo o seu peso se concentrasse no pomo de adão. Peso que oscilava entre oitenta e dois e oitenta e seis quilos, dependendo da estação do ano e do feriado que tinha acabado de passar.

Os olhos repentinamente esbugalhados do bêbado ficaram úmidos e de um vermelho-dourado, enquanto o único som que ele era capaz de fazer consistia num tênue pipilar, como o de um pintinho num galinheiro distante.

Passados uns trinta segundos, Milton tirou os pés do bastão, um de cada vez, depois se agachou e levantou a toalha grossa: a garganta não tinha nenhuma marca. Recolocou a toalha na garganta do sujeito e mais uma vez equilibrou o bastão no centro.

"Mais uma vez?"

O bêbado sacudiu a cabeça, sem nem mesmo produzir o fraco som do pio.

"Vamos..." Milton se pôs de pé, retomou o equilíbrio sobre as duas extremidades do bastão e começou a balançar de um lado para o outro. "No caso de eu nunca mais voltar a te ver."

2.

Enquanto atravessavam a ponte Triborough no imenso Lexus cor de creme de Pavlicek, Billy sentiu que poderia ficar de pé no banco do carona sem nem tocar o teto. Para seu dono, contudo, o gigantesco utilitário esportivo constituía uma necessidade. Pavlicek era quase suficientemente grande para ter seu próprio código postal, um metro e noventa e três, cabeça do tamanho da de um escafandro, torso de halterofilista e mãos que no passado, por causa de uma aposta, tinham esmagado uma batata crua. Embora o corpo e o rosto houvessem sido em parte amaciados pela aposentadoria, sua presença ainda tendia a fazer com que todos ao redor, inclusive Billy, se comportassem. Homem grande, carro grande, vida grande.

Na opinião de Billy, Pavlicek fora, do grupo original, o que melhor havia preparado sua saída. Qualquer policial que trabalhasse numa delegacia era capaz de dizer para onde o dinheiro ia, mas o gênio de Pavlicek, nos idos da década de 1990, foi perceber para onde ele não ia: residências arruinadas e sem teto, de vários andares, invadidas por usuários de crack, prédios de apartamentos sem elevador, os palácios abandonados das classes trabalhadoras que haviam experimentado sua época de ouro nos anos 1940 — se é que um dia isso tivesse mesmo acontecido. Ele foi comprando essas propriedades, uma de cada vez, por um acúmulo negociado de impostos atrasados e hipotecas vencidas, seja da prefeitura, seja dos proprietários desesperados, pagando em média sete mil e quinhentos dólares no começo e, depois, quando outros especuladores começaram a entrar no jogo, nunca nada acima de cinquenta mil. E, fechada uma compra, Pavlicek era bom em esvaziar os imóveis, oferecendo primeiro dinheiro vivo e, mais tarde, violência aos sem-teto e viciados que insistiam em permanecer no local depois da venda.

No início, Pavlicek fazia todo o trabalho sujo sozinho, raramente precisando ir além de aparecer sem aviso prévio de madrugada, exibindo o revólver que usava no serviço ou um taco de beisebol. Com o aumento do número de prédios adquiridos, começou a contratar, para fazerem o que chamava de despejos espontâneos, sobretudo policiais que haviam perdido o uniforme, caras que tinham sido apanhados por levar grana, bater em prisioneiros ou coisa pior, perdendo por isso tanto seus distintivos quanto suas pensões e que estavam loucos para receber algum dinheirinho mesmo em tarefas de caráter duvidoso.

Uma vez afastados os criadores de caso e marginais, Pavlicek rapidamente restaurava as propriedades e conseguia ocupá-las com gente decente — sempre havia gente decente —, priorizando idosos que viviam de pensões ou que possuíam outros tipos de renda fixa, assim como aqueles que faziam arranjos para que a prefeitura ou os bancos pagassem diretamente os aluguéis à empresa de Pavlicek. Como resultado de tudo isso, cinco anos depois de se aposentar ele era dono de vinte e oito propriedades, quase todas em estado precário mas relativamente dentro das exigências legais na área de Washington Heights e do Bronx.

Tinha também uma casa em Pelham Manor do tamanho de um navio-tanque e uma fortuna pessoal de trinta milhões de dólares, com alguns centavos a mais ou a menos.

Mas, embora abençoado em matéria de riqueza, fora amaldiçoado na vida pessoal: depois de três anos de um casamento relativamente feliz, sua mulher, Angela, tentou afogar o filho deles de seis meses na piscina infantil do quintal. Quatro meses depois, ao sair pela primeira vez da clínica psiquiátrica Payne-Whitney, ela tentou de novo. Dezenove anos mais tarde permanecia internada, mais recentemente numa instituição de tratamento residencial em Michigan, não muito longe da casa dos pais dela em Wisconsin. Pavlicek ainda sofria por causa de Angela e ainda se odiava por ter negligenciado a dor e a loucura dela no passado. Tanto quanto Billy sabia, os dois continuavam casados.

"Você nunca saiu do país?", Pavlicek perguntou quando passaram diante do Centro Psiquiátrico Judiciário, apelidado de Fábrica de Doidos, na Wards Island.

"Nunquinha", Billy respondeu, procurando ver através das janelas com grades os prisioneiros entupidos de Torazina. "Meu pai foi à Inglaterra algumas vezes, serviu no Vietnã."

"Bom pra ele. Mas guerra não conta."

"Uma vez fui a Porto Rico com Carmen para ver a avó dela."

"Porto Rico é parte dos Estados Unidos. Além disso, visita à família não conta."

"Então acho que estou à toa há quarenta e dois anos. Aonde é que você quer chegar, sabichão?"

"Já te contei da vez que fui a Amsterdam com John Junior?"

"Você foi a Amsterdam?"

"Há quatro anos fui convidado para participar de uma conferência sobre recuperação urbana lá, e quis levar o rapaz. Ele tinha dezesseis anos, me disse que era uma cidade bem legal e: 'Vou deixar você me levar pra Amsterdam...'"

"Deixar."

"'... Vou deixar você me levar, se fumar comigo lá. Nick Perlmutter foi com o pai dele no ano passado e me disse que os dois ficaram chapados juntos.' E disse: 'Assim pelo menos você vai saber com quem estou fumando'."

"Não acredito que você fez isso."

"Me desculpe, mas você nunca fumou um baseado?"

"Com meus filhos?"

"Seus filhos são pequenos, Billy. É diferente mais tarde, é como tentar segurar a água com as mãos. Vai por mim."

"Nem por isso você precisa fumar com eles."

Pavlicek deu de ombros.

Sentindo-se um pouco escandalizado, Billy calou a boca.

"De qualquer forma, chegamos lá e fomos direto para o café mais próximo, sentamos do lado de fora, de frente para uma plaza, platz, sei lá o quê, Junior todo exibido, querendo mostrar que sabia ler um menu de maconha igual a uma carta de vinhos, pediu um troço supostamente suave, demos umas tragadas e... nós dois ficamos muito doidos. No começo foi engraçado — não sabíamos como tirar fotografias, segurávamos a câmera de um jeito errado, rindo, você sabe, chapadões mesmo. Até que uma senhora holandesa que estava no bar ficou com pena da gente, saiu e fez o favor de tirar as fotos pra gente. Dois idiotas americanos doidões em Amsterdam, coisa nunca vista antes. Ficamos rindo como dois imbecis por meia hora, depois a paranoia bateu direto e ficamos mudos. Uma hora de silêncio total, só imaginando como íamos encontrar a porra do hotel. Prinzengracht, Schminzenstrasse, onde fica a casa da Anne Frank, será que somos uns meio-judeus desprezíveis se não dermos uma passada por lá, como é que eu vou conseguir levantar. Foram horas assim, até que Johnnie virou e disse: 'Bom, esta não foi uma das minhas melhores ideias, não é mesmo?'. Ele voltou para casa no dia seguinte, não há nada para se fazer naquela cidade, mas tive que ficar para os grupos de discussão. Me senti péssimo... Quer dizer, tudo bem, você tem razão, só um babaca precisa se engraçar com o filho desse jeito. Mas sabe de uma coisa? Uma semana depois, quando finalmente cheguei em casa, vi que Johnnie tinha pregado na porta do quarto dele, com fita adesiva, todas as nossas fotos que a holandesa tirou e, puta que pariu, parecia que a gente tinha se divertido pra burro. E agora quando nós... Sempre damos umas risadas quando o assunto surge numa conversa, pelas fotos e pela maneira que contamos às pessoas. É como se, depois de algum tempo, virássemos uma dupla de comediantes. E aí a gente esquece, eu esqueço de como me senti mal, eu simplesmente..."

Billy ouviu um repentino som áspero de lágrimas na voz de Pavlicek, que não soube como interpretar. Por isso ficou calado até chegarem aonde iam, depois de vinte minutos bem tensos.

Os Rivera, como todo mundo na City Island, moravam em uma das ruas curtas que se ramificavam a partir da única avenida que percorre, como uma espinha dorsal, os pouco mais de três quilômetros da estreita faixa de terra que leva ao Long Island Sound. A casa deles, uma construção em estilo rococó que já conhecera dias melhores, ficava na ponta da Fordham Street, o bater das ondas audível em todos os aposentos. O casal podia ver duas coisas: o braço de mar no ponto em que os estados de Nova York e Connecticut se encontram sob as águas e as ruínas da casa do outro lado da rua, a uns trinta metros, em cujo quintal o corpo do filho deles, Thomas, tinha sido encontrado cinco anos antes, abandonado e desfigurado. A casa estava sendo demolida pelos novos proprietários, as paredes transformadas em monturos agressivos, lanças de madeira se projetando em todas as direções como uma representação abstrata de sua notoriedade.

Ray Rivera, que tinha engordado quase trinta quilos desde a noite em que seu filho fora encontrado, ficou de pé no gramado com Billy e Pavlicek fumando um cigarro atrás do outro e contemplando os escombros à sua frente. Sua mulher, Nora, estava em algum lugar dentro da casa, sem dúvida ciente da presença dos visitantes, mas não querendo vê-los. Para Billy, a maior parte do ganho de peso de Rivera parecia concentrada no torso e no rosto, em vez de na barriga, nas diversas bolsas sob os olhos, na carne cada vez mais mole de seu peito largo, em seus ombros grossos e projetados para a frente. Billy já tinha visto essa transformação em pais que lutavam diariamente com a morte violenta de um filho. Depois de alguns anos, aquele peso emocional podia apagar as diferenças de gênero num casal, deixando ambos mais parecidos do que se tivessem vivido juntos até os noventa anos.

"Vocês sabem, realmente tenho sentimentos conflitantes sobre a demolição daquela merda." Rivera, sacudido por uma tosse úmida, apertou os lábios com a manzorra e deu outra tragada. "Fico pensando que talvez estejam destruindo alguma prova ou que talvez um restinho da alma dele ainda esteja lá."

"Ele não está mais lá, Ray", disse Pavlicek. "Sei que você sabe disso."

Billy viu um movimento atrás de uma janela do segundo andar: Nora lá em cima, olhando todos os dias por horas e horas para o lado oposto da rua.

"As pessoas nos perguntam por que não nos mudamos daqui, mas seria como se o abandonássemos, sabe?"

De repente a janela se abriu, Nora Rivera debruçou-se para fora, o rosto em fogo, grasnindo: "Por que *eles* não se mudam?".

Pavlicek ergueu uma das mãos numa saudação. "Oi, Nora."

A janela foi fechada com o estrondo de um tiro.

"Vocês sabem, conheço muita gente, eu podia ter dado alguns telefonemas na hora que quisesse. Uma vez um cara me ligou. Mas, se eu quisesse aquele tal de Jeffrey morto, eu teria feito isso sem a ajuda de ninguém."

"Não faz seu gênero, Ray."

"Vocês têm ideia de quantas vezes eu sentei aqui fora na varanda com um revólver na mão? Sempre continuava bebendo até desistir."

"Há alguma coisa que você queira me perguntar sobre o Jeffrey Bannion?", Billy se ofereceu.

Rivera ignorou a pergunta. "No ano passado fomos à convenção nacional das pessoas que procuram salvaguardar certas recordações. Johnny foi conosco", disse, apontando com o queixo para Pavlicek. "Havia uma porção de oficinas e seminários, e participei de um grupo de apoio aos pais que tiveram filhos assassinados." Rivera deu outra tragada úmida no cigarro. "Aí um sujeito, um motoqueiro velho do Texas, contou que assistiu à execução do assassino de seu filho em Huntsville. Disse que não fez a menor diferença, que foi uma decepção. Não sei se seria o meu caso."

"Ray", disse Pavlicek com toda a gentileza, "temos que ir embora."

"Nosso pastor diz que Jesus Cristo quer que a gente tente esquecer, mas uma coisa é certa: nesses últimos anos estou inteiramente ligado no Deus dos judeus."

Encontraram Jimmy Whelan no saguão de entrada do prédio de apartamentos da Fort Washington Avenue, onde ele morava e trabalhava como zelador, um edifício decadente em formato de H e com um pátio bem comprido, construído antes da guerra. Naquela hora, cheiros de comida de três continentes desciam pelo poço do elevador como um nevoeiro.

Whelan estava com boa aparência para os seus quarenta e seis anos, um ex-halterofilista enxuto e bem servido de cabelos castanhos, nariz grande e o bigode exagerado de um pistoleiro. Coisa que não estava muito longe da verdade: ao se aposentar, ele detinha o recorde de incidentes com disparos justificados entre todos os policiais da ativa em Nova York. No final da carreira, fora transferido para a equipe encarregada de examinar a cena dos crimes, um dos lugares onde era menos provável que um detetive precisasse sacar a arma. Mas, mesmo lá, conseguiu participar de um tiroteio ao se ver envolvido, às três da manhã, no roubo de um botequim onde fora comprar café, a dois quarteirões de distância de um duplo assassinato que vinha sendo investigado por sua equipe na área de New Lots do Brooklyn.

Vestido naquela noite com calça jeans de boca larga e um casaco de couro vermelho com colarinhos alongados, ele estava postado diante de dois obsoletos elevadores falando em tom autoritário com um morador de tez cor de caramelo, olhos vagamente asiáticos e bigode fininho, que carregava nas costas um saco de viagem como um marinheiro com licença para baixar à terra.

"O que é que você está fazendo?", Whelan perguntou, ríspido.

"Espalhando felicidade!", respondeu o morador quase aos gritos, sua voz enrouquecida pelo uísque.

"Felicidade? Você está louco? Volta lá pra cima, porra."

"Como vão os senhores?", o sujeito disse, estendendo a mão ao se voltar na direção de Billy e Pavlicek. "Esteban Appleyard."

Whelan se afastou abruptamente, sacudindo a cabeça como se não suportasse mais aquele idiota.

"O que você tem aí dentro?", Billy perguntou.

Appleyard abriu o saco e mostrou vidrinhos de perfume Rihanna Rebelle, garrafinhas de conhaque Alizé VS e pacotes de cigarrilhas White Owl envoltos em celofane.

"Pega uma cigarrilha", disse Appleyard sorrindo.

"Não fumo", Billy mentiu.

"Vou pro carro", Pavlicek murmurou, voltando-se tão depressa que quase colidiu com Whelan, que retornava para mais uma troca com Appleyard.

"Onde está o dinheiro?"

"Vão depositar no meu banco."

"Quando?"

"Não sei."

Whelan se virou na direção de Billy. "Esse cara acabou de ganhar dez milhões na loteria, dá para acreditar?"

"Verdade?"

Billy sabia que a irritação de Whelan não tinha a ver com inveja. Levando a sério seu trabalho de zelador, apesar da antiga rapidez no gatilho, Jimmy sempre projetava esse espírito de censura nos membros mais claramente autodestrutivos daquilo que considerava ser o seu rebanho.

Um dos elevadores se abriu com um gemido e dele saiu uma mulher com um turbante africano, carregando nos braços roupas dobradas para lavar.

Appleyard enfiou a mão no saco e pescou um vidro de perfume. "Pra você, *Chiqui*."

"Não uso isso", ela disse bruscamente, tão irritada com ele quanto Whelan.

"Me dá um beijo."

"Você devia se mudar daqui", afastando o rosto do bafo de álcool de noventa graus. "Todo mundo sabe."

Olhando para o saguão, agora desprovido de quase todos os móveis e espelhos que o decoravam na década de 1920, Billy se surpreendeu por ver Pavlicek ainda ali, derreado no único sofá, as mãos sustentando a cabeça como se estivesse exausto demais para chegar à rua.

"Você tem um carro?", Whelan perguntou a Appleyard.

"Tô comprando um. Gosto daquele Maybach. Como o de Diddy. Uma cor de chocolate bacana."

"Você sabe dirigir?"

"Antes de levar aquele tiro, dirigi por catorze anos um caminhão que transportava carne de frango", ele respondeu, puxando para baixo o colarinho do suéter a fim de mostrar a cicatriz na clavícula.

Whelan tirou do bolso um molho de chaves e o pôs no bolso de Appleyard. "Sabe qual é o meu carro?"

"O Elantra?" Appleyard fungou. "Nem morto eu entro naquele troço."

"Vá lá pra cima e faça as malas. Pegue o meu carro e fique na minha cabana em Monticello por uma semana. Decida onde você quer morar, o que você vai fazer no futuro, porque aqui vão te comer vivo."

A mulher concordou com a cabeça.

"Negativo, ô meu." Appleyard fez um gesto de desdém. "O pessoal me conhece."

"Exatamente. E se alguém bater na minha porta daqui a três dias e disser que está sentindo um cheiro ruim no 5D? Não quero te encontrar, saber que um doidão qualquer te torturou para conseguir o código do seu cartão, te deixou com uma chave de parafuso cravada na orelha."

"Sei, tá bem." O saco de Appleyard escapou das mãos dele, os vidros de perfume e as garrafas de conhaque tilintando ao baterem no chão de pedra. "Mas eu não concordo."

A moradora africana por fim se foi, atravessando o saguão a caminho da porta de entrada. Pavlicek nem ergueu os olhos quando ela passou junto ao sofá e seu volumoso roupão raspou nos joelhos dele.

"E para de distribuir essas merdas. Senão você não vai durar nem dois dias. Qual é o problema contigo?"

"Quanto você quer pela cabana e pelo carro?", Appleyard perguntou, dando uma olhada dentro do saco para verificar se alguma coisa havia se quebrado. "Eu sei que você quer alguma coisa."

"Por uma semana?", disse Whelan, apertando os olhos enquanto observava o teto. "Mil e quinhentos."

"E depois eu tenho que me preocupar porque os outros é que querem tomar o meu dinheiro, né?"

"Por dois mil você me leva junto."

"Então eu tenho que pagar para você ir pra sua própria casa? Lá tem TV?"

"Claro."

"Vendem comida por lá?"

"Não, todo mundo anda de quatro e come grama."

"Bares?"

"Você está proibido de entrar em qualquer bar."

"Negativo, vou ficar por aqui mesmo", disse Appleyard devolvendo as chaves. "Aqui é o meu lugar."

"Olha", Whelan voltou à carga. "Te vendo o carro por mil e duzentos."

"Acho que não." Appleyard deu uma risada, pôs o saco de novo nas costas e seguiu pelo corredor para ir bater de porta em porta nos apartamentos.

Quando eles finalmente chegaram à rua, Pavlicek caminhando em silêncio, o celular de Billy tocou, Stacey Taylor de novo, Billy desligando o telefonema dela outra vez.

O Collin's ficava no centro financeiro, numa ruela de paralelepípedos ladeada por casas célebres de comerciantes do século XIX e por bares com nomes de poetas irlandeses; o conjunto parecia existir dentro de uma redoma antiga cercada por imensos prédios de escritórios futurísticos. Eles foram os primeiros a chegar, e o gerente, Stephan Cunliffe, transplantado de Belfast e que, por força do sangue, adorava policiais e escritores, trouxe uma bandeja do uísque irlandês Midleton antes mesmo que se sentassem.

"*Sláinte*", disse Cunliffe, erguendo o próprio copo.

Embora Billy também fosse de origem irlandesa, podia passar o resto da vida sem ouvir aquele brinde de novo.

"O sr. Brown está vindo?"

"Redman está às voltas com um funeral", disse Billy.

"E a querida sra. Assaf-Doyle?"

"Como sempre, vai chegar quando quiser chegar."

O que aconteceu vinte minutos depois, ela precipitando-se em direção à mesa como uma lufada de vento, os enormes olhos negros sob o cabelo de um preto-azulado molhado e penteado para trás como se ela tivesse acabado de sair da academia. Como de praxe, vestia seu velho casaco de riponga, pele de carneiro com bordados vagamente tibetanos e alamares em vez de botões.

"Cadê o meu?", disse Yasmeen vendo os copos vazios.

Cunliffe estalou os dedos e uma nova rodada apareceu, como se o garçom estivesse com a bandeja escondida atrás das costas o tempo todo.

"Meu trabalho esta semana?", ela perguntou, desvencilhando-se do casaco. "Uma garota do dormitório, ela é da Índia, perdeu o cabaço para um sujeitinho metido a besta do Village, o cara filmou tudo e agora está ameaçando mandar para os pais dela se a moça parar de trepar com ele. Aí tive que ir ao apartamento do filho da puta e fiz ele se borrar de medo perguntando se ele queria que eu chamasse a turma da pesada. Ah, e hoje? Me mandaram investigar um suéter desaparecido. Seja como for, *besahah*." Tomou sua bebida de um gole, depois disse: "Então, Billy, caiu pra você o troço do Bannion?".

"Às quatro da manhã."

"Penn Station, uma porrada de gente, hein? Alguma pista?"

"Agora só perguntando pro pessoal da centro-sul. Sou só o porteiro da noite."

"Você já viu aquele filme? Quase pedi meu dinheiro de volta."

"Que filme?", Whelan perguntou.

"Seja como for, um brinde ao Bannion", ela disse, erguendo seu segundo copo. "Que coisas ruins aconteçam com gente ruim."

"Apoiado."

"Primeiro o Tomassi, depois o Bannion", ela disse. "É como se a Justiça começasse a dar uma espiada por baixo da venda dos olhos."

"Epa, espera aí", disse Billy, levantando a mão. "Brian Tomassi? O que aconteceu com ele?"

"Tá falando sério?", Whelan perguntou. "Você não lê jornais?"

"Fala logo."

"Sabe aquela parte da Pelham Parkway perto da Bronx House, onde ele e sua gangue correram atrás do Yusuf Khan até ele ser atropelado por um táxi?"

"Sei, e daí?"

"Um pouco mais para o sul, chapado às duas da manhã, Tomassi pisou na rua e se juntou para todo o sempre com um ônibus da linha 12."

"Quando foi isso?"

"Mês passado."

"Assim sem mais nem menos?"

"Assim sem mais nem menos."

Rindo, Billy fez um sinal de cabeça para Whelan. "Você empurrou ele?"

"Bem que eu queria, pode crer."

Billy se lembrou de que, um dia depois que aquilo aconteceu, Whelan lhe contou como o menino, em pânico, atravessando às cegas a avenida de quatro pistas que seguia para o norte, foi atingido por um veículo pesado que vinha a mais de cem por hora. De tão alto, o som do impacto fez disparar os alarmes de outros carros na vizinhança.

"Ei, qual foi a última coisa que passou pela cabeça do Tomassi quando ele foi esmagado por aquele ônibus?", perguntou Yasmeen.

"O cu dele", grunhiu Pavlicek, suas primeiras palavras desde que haviam se sentado. "Meu Deus, se vocês vão ficar contando umas piadas de merda…"

Mais uma vez Billy notou que ele estava à beira das lágrimas. "Você está bem, companheiro?"

"Eu?", disse Pavlicek fazendo cara de alegre rápido demais. "Sabe o que eu estava fazendo hoje quando te chamei? Circulando por um dos meus prédios com uma exorcista. Arranjei um empreiteiro chinês para esvaziar o lugar, o pessoal dele entrou e saiu quinze minutos depois dizendo que era mal-assombrado, que não iam voltar de jeito nenhum. Por isso fui atrás de um exorcista."

"Os chineses são os piores", disse Yasmeen, "são supersticiosos demais!"

"Você já ouviu falar de algum chinês que se suicidou?", Whelan acrescentou. "Eles não acreditam numa morte rápida e sem dor."

"E onde é que você achou essa exorcista?", Billy perguntou.

"A mulher tem uma charutaria perto da minha casa. É uma dessas bruxas modernas que, nas horas vagas, caça fantasmas."

"E é mesmo pra valer?"

"Ela sabe o que se espera dela, então arma um bom espetáculo. Vem com lanternas, umidificadores, aqueles sininhos de vento, músicas da Enya…"

"Quem você vai chamar…"

"A única coisa é que eles têm os deuses deles e nós temos os nossos."

"Nós temos deuses?"

Esperaram Pavlicek continuar, mas ele pareceu perder o interesse em sua história.

"Mas e aí, funcionou ou não?", perguntou Billy.

"O quê?"

"O exorcismo."

"Ainda não terminou", disse Pavlicek, dando a impressão de que estava desligado.

"E aí, Billy, como vai a família?", perguntou Yasmeen, trocando um olhar com ele. — Deixa pra lá — e virando o terceiro ou talvez quarto copo.

"Bem, quer dizer, meu pai não está nada melhor, mas…"

"Meu pai uma vez tentou me convencer a deixar que ele fosse morar conosco. Plantei o rabo dele num asilo antes que ele completasse a frase."

"Você tem um coração de ouro, Yazzie", disse Whelan.

"O que você quer dizer com isso, que eu tenho um coração de ouro? O cara era um psicopata. Costumava ficar de porre e nos queimar com cigarro. Eu tenho coração, sim. Por que você sempre quer que eu me sinta mal?"

"Eu estou brincando, Yasmeen."

"Não, não está", ela disse, já pronunciando as palavras com dificuldade. Depois de uma pausa longa demais: "Que merda. Você sempre faz eu me sentir mal. O que é que eu te fiz?".

Em seguida ela mergulhou numa de suas famosas crises de mau humor. Por experiência própria, Billy sabia haver uma boa chance de não ouvirem mais uma só palavra dela no restante da noite.

Yasmeen era a única mulher que Billy conhecia capaz de rivalizar com sua esposa nas mudanças súbitas de estado de espírito. Elas eram até fisicamente parecidas e, embora a cor da pele de Yasmeen viesse de seu pai sírio e da mãe turca, constantemente a chamavam de *mami* e se dirigiam a ela em espanhol, razão pela qual, irritada, mais de uma vez pediu para ser transferida para uma área de classe mais alta. Mas era uma amiga ferozmente leal, censurando de maneira severa a primeira mulher de Billy em público, na frente dos manifestantes que a haviam levado a abandoná-lo depois do incidente com o disparo — bem, talvez não tivesse sido uma boa ideia. Anos depois, quando Carmen passou por uma fase particularmente sombria, ela tomou conta das crianças durante todo o verão, até sua mulher se recuperar.

Por isso Billy estava disposto a aceitar qualquer comportamento tempestuoso que viesse dela, mas, com Yasmeen amuada em sua tenda e Pavlicek num semicoma de melancolia, a atmosfera de repente ficou irrespirável.

"Posso contar uma coisa pra vocês?", disse Billy, tentando levantar os ânimos. "Você falou em exorcismo e eu nunca contei isto a ninguém, porque tinha vergonha, mas… Depois de passar uns seis meses tentando arranjar uma prova contra Curtis Taft, Carmen me convenceu a consultar uma vidente."

"Tá brincando!", disse Whelan, como um escada de comediante aproveitando a deixa.

"Uma italiana velha de Brewster, mas eu estava tão desesperado… Telefonei para a casa dela e fui lá, juro que ela parecia o Casey Stengel. Oi, como vai, obrigado por me receber, entrei na sala de visitas, as paredes cobertas com cartas de agradecimento de vários departamentos de polícia do país, talvez algumas do Canadá, outra de uma cidade alemã. Um bocado impressionante até você chegar mais perto e ler uma delas: 'Fui informado de que a senhora teria prestado alguma ajuda no homicídio ainda não solucionado de fulano de tal. Obrigado por seu empenho e entusiasmo. Atenciosamente, Elmo Butkus, chefe de polícia, French Kiss, Idaho'. Mas, de qualquer forma, lá estou eu. Sentei no sofá, ela numa cadeira de balanço. Como ela tinha dito para eu levar alguns objetos das vítimas, lhe entreguei um prendedor de cabelo da menina de quatro anos, chamada Dreena Bailey, o iPod da Memori Williams e a Bíblia da Tonya Howard. Contei a ela o que achávamos que tinha acontecido, Taft chegando lá perto do dia amanhecer, três tiros antes de ir embora, ele volta para casa e se deita ao lado da namorada, que continuava dormindo.

"Ela me disse: 'Certo, a coisa funciona assim. Vou ficar sentada aqui e pensar sobre o que você acabou de me contar. Depois vou ficar um pouco agitada e dizer coisas, uma palavra, uma frase, que você precisa anotar. Tudo o que eu disser'. E continuou: 'Não sei o que significam as coisas que eu vou dizer, são como peças de um quebra-cabeça que você vai ter que montar, entendeu? Você é o detetive, não eu. Tudo bem?'.

"Eu disse que tudo bem.

"'E, olha', ela disse, 'nunca cobro nada dos policiais, estou cumprindo um dever cívico, tudo que peço é uma carta no papel do seu departamento agradecendo minha ajuda.' Respondi: 'Está bem, não é problema, vamos em frente'. Aí ela começou a se balançar na cadeira, esfregando o prendedor da Dreena, e falou: 'Quatro aninhos, essa pobre menina, ela nunca teve uma chance, nunca vai ver sua mãe de novo ou pular corda, aquele filho da puta, sacana... MANTEIGA!'.

"Ela falou tão alto que eu quase pulei pela janela, mas anotei 'manteiga' e ela recomeçou: 'Que tipo de miserável seria capaz de tirar a vida a sangue frio... ÁGUA CORRENTE!'. Legal, anotei 'água corrente', mas tudo no mundo está perto de alguma água corrente, um rio, uma pia, um esgoto. Fala sério! Aí ela começou com a Memori. 'Catorze anos, toda a porra da vida na frente dela, esse porco desgraçado, esse merda... PNEUS!'

"Está bem, 'pneus'.

"'Ele tira a vida dessas três jovens e depois faz o quê? Vai pra casa e se enfia de novo na cama com sua nova namorada, como se tivesse se levantado para dar uma mijadinha, e você nem imagina quem era essa vagabunda idiota... PRIVADA QUEBRADA!'

"E eu juro pela vida dos meus filhos que, quando ela disse 'privada quebrada', eu quase me mijei."

"Por quê?", perguntou Whelan, aparentemente seu único ouvinte.

"Escuta só", disse Billy, inclinando-se para a frente. "Os corpos foram achados pelo novo namorado da Tonya Howard, quando ele foi à casa dela umas cinco, seis horas depois. Àquela altura, o rigor mortis já ia avançado. Demos com Memori e Tonya na sala de visitas e pensamos que era tudo, mas quando abri a porta do banheiro..." Billy passou a mão na boca seca. "Olha, quando Taft vivia com Tonya, sempre que queria castigar a menininha levava ela para o banheiro, e foi lá que ele a matou naquela manhã, enfiando depois sua cabeça e ombros na privada. Como eu disse, a rigidez já tinha se instalado e não conseguimos puxá-la para fora, por isso tivemos que usar uma marreta para quebrar o vaso de porcelana. Aí a velha fala em 'privada quebrada'. Não me pergunte como."

"E o que aconteceu depois?"

"Levei a mulher para ver o apartamento no conjunto residencial, quem sabe ela captasse alguma coisa no ar."

"E captou?"

"Negativo."

"O que ela disse quando viu a privada quebrada?"

"Só fez um sinal com a cabeça, tipo 'Bem que falei'."

"Ela também acertou sobre a água corrente", disse Whelan.

"Vendo o troço pelo lado técnico."

"Isso também, acho que sim."

"E você escreveu a tal carta?"

"Estou caprichando."

"O problema com o irmão mais novo", disse Pavlicek de repente, dirigindo-se às suas mãos, "aquele que foi preso, é que as pessoas retardadas são as mais difíceis de interrogar, porque não sabem quando estão encurraladas nas cordas. 'Os técnicos dizem que ele foi morto com um taco de golfe, Eugene. Existe algum taco de golfe na casa?'

"'Não sei.'

"'Bom, encontramos um.'

"'Legal.'

"'Achamos suas impressões digitais nele.'

"'Legal.'

"'Então como é que você não sabia que tinha um taco de golfe em casa?'

"'Não sei.'

"'Você gosta de jogar golfe?'

"'Não.'

"'Então, vou ter que perguntar outra vez: como é que as suas impressões digitais foram parar no taco?'

"'Não sei...'"

Pavlicek respirou fundo, seu olhar passando das mãos para o copo que não tocara. "Me lembro de haver tentado provocar o Jeffrey dizendo: 'Não deve ser fácil viver com um irmão débil mental'. Sabe o que ele respondeu? 'Você devia tentar, para ficar sabendo.'"

Pegou seu copo de Midleton e bebeu de um gole.

"Uma verdadeira belezinha", murmurou, calando-se depois. Ao contar a história, não havia olhado nem uma vez para seus amigos, fazendo Billy pensar que o assassinato de Bannion talvez o tivesse jogado numa tremenda depressão, como um Ahab pós-parto caso o autor tivesse permitido que ele matasse a baleia e voltasse para sua família.

"Vai se foder com o seu 'coração de ouro'", Yasmeen gritou, de repente totalmente bêbada e em prantos. "Por que você sempre tem que fazer eu me sentir tão mal?"

Antes que Whelan pudesse responder, ela se inclinou para Billy, sussurrou com voz pastosa em seu ouvido: "Às vezes ainda sinto seu gosto", depois encostou a testa na mesa e caiu no sono.

"Acho que para o Jeffrey", disse Pavlicek, dirigindo-se a ninguém, "Thomas Rivera, seu irmão Eugene, o troço todo foi como puxar a toalha sem derrubar a louça que estava em cima da mesa." Depois, com a voz pouco clara: "Se havia alguém que merecesse, não é mesmo?".

Billy e Whelan trocaram um olhar inexpressivo antes de atentarem para o garçom, que finalmente havia chegado para entregar os cardápios e anunciar os pratos do dia.

A primeira missão de Billy só ocorreu pouco antes do raiar do dia, um assalto a uma floricultura naquela parte decrépita da Broadway onde o Harlem se transforma na Hamilton Heights, o ambiente pesado da vizinhança sendo compensado pela visão surpreendente do rio Hudson, que parece saltar do leito para receber a avenida quando ela chega ao topo da colina. Naquela hora do limbo, o parceiro preferido de Billy era Roger Mayo, um fumante inveterado com peito de pombo e oito anos no turno da noite, quase mudo, um mistério, pois ninguém na equipe sabia de onde ele tinha vindo nem para onde tinha ido depois. Mayo, porém, era um notívago por natureza, alguém com quem Billy podia contar para não cair dormindo no colo de um suspeito no meio de um interrogatório às seis da manhã, o que não era pedir pouco.

Esquivando-se de diversos carros de polícia estacionados em segunda e terceira fila para chegarem à calçada, eles passaram diante das portas abertas de uma ambulância e viram uma jovem latina gorducha sentada lá dentro, com marcas roxas de dedos em volta do pescoço.

"Como ela está?", Mayo perguntou a um enfermeiro da emergência.

"Puta da vida."

Deixando que Mayo tomasse o depoimento dela, Billy caminhou até a cena do crime, uma floricultura minúscula caindo aos pedaços, com os batentes da porta apodrecidos, uma única vitrine e teto baixo. O chão era coberto por um linóleo carcomido e, acima da câmara fria para flores praticamente vazia, havia uma espécie de mezanino rudimentar, os estalidos e guinchos causados pelo movimento de pés lá em cima impedindo que se ouvisse o jazz suave que vinha de trás de uma estante com bicos-de-papagaio e um mostruário giratório de cartões de presente.

Depois de subir alguns degraus de pinho cru, Billy se viu num quarto com apenas três paredes mais parecido com uma cela, onde vários policiais e enfermeiros impediam que avistasse o culpado, Wallice Oliver. Tratava-se de um sujeito frágil de setenta anos, com o peito nu e um cavanhaque faraônico, derreado na cama estreita e respirando asmaticamente. A toalha em torno de seu pescoço o fazia parecer um lutador de boxe idoso.

Quando um enfermeiro enfiou um espirômetro na boca de Oliver para avaliar sua capacidade pulmonar, Billy registrou o que havia ao redor. Num canto, um saxofone dourado de pé sobre sua base; em outro canto uma escrivaninha de pernas finas, seu mata-borrão coberto de frascos de remédio, um vidro de azeite de oliva, uma ankh, um crucifixo e uma estrela de davi. Presas por fita adesiva às paredes, duas fotos de Oliver quando jovem, uma no palco com Rahsaan Roland Kirk, a outra tocando na Sun Ra Arkestra.

Billy abriu caminho entre o amontoado de uniformes até chegar à cama.

"Quer me contar o que aconteceu?"

"Já contei tudo." Oliver ergueu o corpo para vê-lo melhor.

"Só mais essa vez."

"Ela apareceu faz tempo, era perto do Dia dos Namorados", ele disse, parando para fazer uma inalação com epinefrina, "e falou que estava procurando uma planta para dar à sua mãe. Uma menina ainda, olhou, não comprou nada, foi embora, e aí voltou algumas horas depois, perguntou se eu precisava de uma ajudante na loja, e, para dizer a verdade, com isto aqui eu mal consigo me sustentar, sabe? Ela foi embora, mas voltou pela terceira vez, naquela noite mesmo, bateu na porta na horinha que eu ia apagar as luzes, entrou, se ajoelhou, botou meu pau na boca e disse: 'Papai, se você me deixar morar aqui, pode me comer a hora que quiser'. Dito e feito, voltei a ser um homem outra vez, mas ela é um demônio e fodeu com a minha vida. Eu era casado com uma professora, tinha uma casa legal, larguei tudo pra ficar aqui com ela, com esse teto quase batendo na minha cabeça. Nem posso mais esticar as costas, e olha que eu aguento muita coisa ruim só pra ficar de novo de pau duro, mas o que ela me disse esta noite…" Oliver curvou a cabeça, apertou seus dedos cerosos cor de âmbar. "Nunca uma palavra me machucou tanto em toda a minha vida."

Deixando a cena do crime uma hora depois, o sol nascente acentuando o vazio da rua, Billy ouviu seu celular tocar, Stacey Taylor de novo, dessa vez um texto:

sei que vc está desligando minhas chamadas para com isso

Milton Ramos

"Nem vou perguntar quem atirou, porque sei que você não viu, certo?"

Milton falava com um membro da gangue da Shakespeare Avenue que estava sentado, com a cabeça enfaixada, na maca móvel da sala de traumas na emergência do hospital St. Ann's. "Cadê as minhas roupas?", perguntou a vítima, virando a cabeça para um lado e para o outro, na tentativa de ver além de Milton, de pé a menos de trinta centímetros dele no espaço fechado por cortinas. "Chama a porra da enfermeira."

Milton deu um tempo, olhando com frieza para a área traumatizada em torno da têmpora de Carlos Hernandez, onde a bala passara raspando, que por fim começava a inchar para valer, fazendo com que a grossa atadura de gaze fosse se levantando devagar como um suflê sangrento.

"Sabe de uma coisa?", disse Milton finalmente. "Não me diga nada. Cuida disso você mesmo, ou pelo menos deixa ele tentar de novo e acabar o que começou, porque, juro por Deus", continuou, fechando seu caderninho de notas, "estou cagando e andando."

"Tá vendo? Você já está perdendo o controle comigo."

"Não estou, não. Falo do fundo do coração, garotão: tô cagando. Só faz o possível pra não ser num playground ou numa quadra de basquete. É só isso que eu te peço."

Milton nunca viu sentido num detetive de patrulha se envolver num tiroteio de gangues logo no começo, sabendo que a turma da inteligência da 4-6, que conhecia pelo nome todos os integrantes dos bandos, provavelmente já tinha, a essa altura, acionado seus informantes. À tarde estariam não apenas caçando o atirador nas ruas mas também ameaçando as duas gangues em conflito — a Shakespeare Over All e a Creston On Top — caso estivessem planejando uma retaliação ou contrarretaliação. O fato é que, duas horas depois de escapar por pouco, Carlos já era notícia velha, agora todo mundo só se importava em minimizar a inevitável confusão que se seguiria.

"Vou te falar um troço", disse Milton, inclinando-se e pondo uma das mãos no joelho nu de Carlos. "Me dê um nome e você ganha uma saída de graça da cadeia por minha conta."

"Eu não estou na cadeia."

"Hoje não."

"Você gosta de botar a mão aí?"

"Preferia botar em volta do teu pescoço."

Milton virou-se para sair.

"Você devia me dar o teu cartão", Carlos disse.

"Devia, mas sobraram poucos."

Perdendo o controle, o caralho.

Voltando à recepção, Milton passou pela enfermeira latina encarregada da triagem e continuou pelo corredor central da sala de espera, os bancos estranhamente silenciosos apesar de ocupados. Ao aproximar a mão da parede, para acionar o botão que abria a porta da rua, ele hesitou, tomado de repente por uma poderosa sensação de haver esquecido alguma coisa importante, como se tivesse acordado de um sonho intenso e tentasse relembrar os detalhes que se apagavam. Apalpou-se — arma, caderninho de notas, carteira, chaves, tudo lá —, deu meia-volta e refez o caminho, passando em frente ao balcão de triagem e indo na direção da porta da sala de traumas antes de parar e se dirigir de novo à saída, dessa vez buscando um ponto de onde pudesse dar uma boa olhada naquela enfermeira sem que ela notasse.

Parando num lugar menos iluminado, olhou-a fixamente por um bom tempo, só saindo do transe quando sentiu que ela começava a reparar em sua presença. Em seguida, baixou a cabeça e foi embora, não levantando os olhos até estar de novo na rua, a repentina claridade do sol contribuindo para aumentar seu senso já agudo de desorientação.

Só mais tarde, ainda confuso enquanto redigia o relatório sobre Carlos Fernandez, Milton tardiamente registrou o nome que constava no crachá preso ao uniforme branco, anotando-o com uma caligrafia trêmula:

C GRAVES

Querendo ficar sozinho com aquela informação, esgueirou-se para dentro do quartinho sem janelas onde os policiais podiam tirar uma soneca. Ignorou a presença de dois detetives deitados de barriga para cima e parecendo semimortos em cantos opostos da fétida cela, sentou-se na beirada de uma cama desfeita e tentou organizar os pensamentos.

C Graves. O C ele sabia. O *Graves*, deduziu, era o sobrenome do marido.

"Carmen Graves", ele disse, testando o som daquilo.

Muito bem. Casada, bola pra frente, provavelmente alguns filhos, uma carreira.

Bola pra frente.

Foi difícil até respirar.

3.

Ao entrar em casa às oito da manhã, Billy encontrou seu pai e os dois filhos comendo waffles, o velho de pijama, os meninos, como sempre, de uniforme de combate, que incluía crachá e bota de paraquedista em tamanho menor.

"Os alunos ocuparam dois prédios da universidade, um pelos negros, vocês sabem, os afro-americanos, o outro pelos radicais brancos, que nós chamávamos de suburbanos, porque eles viviam nos bairros ricos longe do centro", disse seu pai. "Não acho que um grupo confiava no outro, ou pelo menos os negros não confiavam nos brancos. E Charley Weiss, meu chefe na Força de Patrulhamento Tático, depois de dois dias esperando o sinal verde, finalmente pegou o megafone e disse: 'Vocês têm quinze minutos para esvaziar os prédios, senão vamos aí expulsar vocês'."

"Pai", disse Billy.

"Ora, os... os afro-americanos já tinham alguma experiência onde moravam e sabiam que não estávamos para brincadeira, por isso, depois de gritarem alguns palavrões das janelas das salas de aula, trataram de sair direitinho. E os suburbanos? Como eles nunca tinham enfrentado a polícia, tudo aquilo era uma aventura para eles: 'Venham buscar a gente, seus porcos!'."

"Porcos?", Carlos perguntou levantando os olhos de seu waffle.

"Pai."

"E sempre que precisávamos invadir algum lugar, Charley Weiss me punha na primeira leva. 'Manda o Grandalhão.'"

"Grandalhão", Declan sussurrou, o rosto se iluminando.

"E aí entramos e fomos batendo. Foi feio, alguns dos nossos ficaram chateados depois, mas baixamos a porrada naquele dia..."

"Pai..."

"Alguns estudantes choravam e imploravam para pararmos, mas a gente invade um lugar desses, já está nervoso com toda a porra da espera, o coração batendo tão forte que..."

"Ei, meninos..."

"Derrubei um que tentou arrancar meu rádio, enfiei o cassetete nas costelas dele como tinham me ensinado, dói pra burro, e, escutem só esta: ele lá, caído no chão, olhou pra mim e disse: 'Sr. Graves, para, por favor para...'. Olhei melhor a cara dele e, por incrível que pareça, era o filho do casal de quem tínhamos comprado nossa casa quando nos mudamos para a Island. Gente boa. Bom menino também. A última vez que eu tinha visto ele fazia quatro anos, ele devia ter uns catorze, quinze anos, mas nos reconhecemos naquele dia, sem dúvida."

"Você se sentiu mal, vovô?", perguntou Declan, a história um pouco acima da capacidade de compreensão de Carlos.

"É, me senti. Comecei a gritar com ele: 'Por que diabo você agarrou meu rádio?'. Ele disse: 'Não sei! Não sei!'. Levantei ele do chão, levei até lá fora do prédio, só larguei na esquina da Amsterdam Avenue. Eu disse que ele devia ir para a emergência do St. Luke's, para desaparecer."

"Mamãe trabalha lá na emergência", disse Carlos com voz alegre.

"Tentei dizer a mim mesmo que aqueles rapazes mereceram o que tiveram, que estavam procurando nos derrubar como uma grande nação, mas, é verdade, me senti mal. Naquele dia me senti mal."

Sabendo que o pior havia passado, Billy finalmente foi cuidar de seu café, maravilhado, como sempre ao ouvir aquela história, com o fato de que, depois de se aposentar, vinte anos após aquelas manifestações sangrentas, o primeiro emprego do pai como civil foi na direção de segurança estudantil daquela mesma universidade.

"Seja como for", disse seu pai pondo-se de pé, "tenho que pegar a avó de vocês no banco."

Declan olhou para Billy, depois para o avô. "Vovô", ele disse com suavidade, "a vovó já morreu."

O velho parou na porta e virou-se para a mesa. "Não fica bem você dizer uma coisa dessas, Declan."

Billy observou o pai entrar no carro sem chave na ignição, sabendo que ele ficaria sentado ali até esquecer por que estava sentado ali, e depois voltaria para dentro de casa.

Em seu quarto, no andar de cima, Billy guardou a Glock, ficou só de cueca e caiu na cama. Lutando contra o sono, ficou olhando para o teto, até que ouviu o barulho do calhambeque de Millie, com escapamento sem silencioso, descer a rua, indicando o início de seu dia de trabalho, que consistia em imitar o papel de uma empregada doméstica e, mais importante, assistir aos programas matinais da TV com seu pai. Acomodando-se perto dele o mais que podia, sem se sentar em seu colo, ela tocava constantemente em seu braço e comentava as cenas na tela no esforço de mantê-lo alerta no aqui e agora, tarefa cada vez mais difícil.

Como costuma acontecer, o pai de Billy se tornara seu filho, e ele estava decidido a assumir as funções paternas do mesmo modo que havia se beneficiado delas — com paciência, bom humor quando possível e uma dose infinita de tolerância com a debilidade da mente dele. Na infância, a mãe de Billy tinha sido apenas mãe, cumprindo as obrigações de praxe, não exatamente indiferente a ele, porém mais focada em criar e educar suas irmãs, dois terços da ninhada, aos olhos dela trabalho mais que suficiente. O papel do velho Billy como pai tinha sido modesto, mas ele estava sempre lá, não muito mais afetuoso que sua mulher, porém, de qualquer modo, uma presença poderosamente reconfortante na vida do filho. Quando estava em casa, ele estava em casa para valer — uma habilidade que Billy ainda precisava desenvolver com sua própria família — e não se deixava enganar quando chamado a examinar os álibis do filho com relação a tudo, desde ser reprovado em espanhol e biologia até os porres de cerveja na juventude e uma briga no estacionamento do White Castle. Raramente punia e, num bairro onde metade dos pais parecia tratar os filhos indisciplinados como sacos de pancada, nunca usando as mãos. Mas, o que era mais importante para Billy, seu pai assistia a todas as partidas de futebol americano quando ele jogava, desde o curso primário e peladas de rua até a universidade, sem jamais berrar apoplético na beira do campo, criticando sua atuação. Na Liga Juvenil do condado de Nassau, quando Billy jogou como *quarterback*, ganhou as três partidas iniciais, mas acabou sendo substituído pelo filho do treinador, um atleta inferior a ele. Lembrava-se de que seu pai tentou argumentar com o sujeito naquele sábado de manhã, mas, quando se deu conta de que a conversa era inútil, simplesmente deu de ombros e se afastou, os olhos brilhando, contendo o choro.

Na Universidade Hofstra, que Billy frequentou por dois anos com uma bolsa para jogar futebol americano, seu pai continuou presente na arquibancada, assistindo à maioria das partidas disputadas fora de casa pela equipe Pride, inclusive nas viagens para Orono, no Maine, e Burlington, em Vermont, que exigiam pernoitar naquelas cidades. Isso só acabou quando, no primeiro semestre do segundo ano, Billy foi pego vendendo maconha nos dormitórios. Seu pai recorreu a todos os pistolões que tinha no departamento de polícia de Hempstead a fim de evitar que Billy fosse preso, mas não fez o menor esforço para impedir que a universidade o pusesse para fora. E, quando Billy voltou para casa no dia da expulsão, aniquilado e envergonhado demais para pedir perdão aos pais, o velho Billy, decidindo que a autoflagelação do filho era punição bastante, apenas lhe perguntou o que ele pensava fazer da vida. Quando Billy mostrou-se incapaz de produzir uma resposta, naquela primeira noite ou na seguinte, então, e só então, ele sugeriu a academia de polícia.

Quando Billy desceu, às três da tarde, ficou surpreso ao ver o irmão de Carmen, Victor Acosta, com seu marido, Richard Kubin, num canto da cozinha. Apenas dois anos mais novo que a irmã, Victor nem parecia ter idade para votar, algo que, segundo Billy, tinha menos a ver com sua estatura baixa e físico absurdamente musculoso do que com seu permanente ar de prontidão — olhos bem abertos e atentos debaixo de supercílios bastante arqueados e quase triangulares, lábios entreabertos —, que o fazia parecer estar o tempo todo procurando ouvir uma voz longínqua que anunciava algo importante.

"Oi, o que é que há de novo?", Billy balbuciou, envergonhado por ainda estar de pijama.

"Oi", Victor respondeu pouco animado, apertando a mão de Billy sem olhar em seus olhos.

"Está tudo bem?", Billy perguntou ao cunhado, cuja expressão soturna era incomum nele, um negativo de si próprio.

"Tudo legal."

"Oi, como vai?", disse Billy, estendendo a mão para Richard, mais velho, com um olhar menos ávido, um sujeito tranquilão, do tipo que não frequenta academias de ginástica e que tendia a assumir uma postura bem discreta quando se encontrava com a família de Victor.

"Estou bem", respondeu Richard, como se quisesse ir embora, mas não desejasse ofender ninguém.

"Onde está a Carmen?"

"Aqui." Uma terceira voz pouco animada, sua mulher atrás dele, no canto oposto da cozinha, braços cruzados sobre o peito, olhos fixos no chão.

"O que aconteceu?"

"Nada", Carmen disse sem levantar a vista.

"Nada?", Victor retrucou asperamente.

"O que houve?", perguntou Billy, dirigindo-se aos dois homens.

"Vamos fazer uma adoção", respondeu Victor. "Só isso."

Carmen soltou o ar pelo nariz, ainda examinando os ladrilhos do chão.

"Passamos por aqui para dar a boa notícia", Richard acrescentou, sua voz tão impassível que Billy não saberia dizer se ele estava sendo sarcástico.

"Não, estou feliz por vocês", disse Carmen, olhando agora para o quintal. "Estou mesmo."

Billy acompanhou os homens até o velho Range Rover deles, estacionado na entrada da garagem.

"Vejam só, uma adoção", ele conseguiu gaguejar. "De onde?"

"Do Brasil", disse Victor.

"Brasil, hum? Menino? Menina?"

"Um de cada."

"Gêmeos?"

"Não se pode separar o casal", disse Richard, destrancando a porta do lado do motorista.

Meu marido… Billy nunca achou que tivesse o menor problema com casamentos gays, mas sua cabeça ainda não era capaz de processar outro homem pronunciando essas duas palavras.

"Você contou para a sua irmã que são dois?"

"Eu ia contar", Victor respondeu, "mas fiquei com medo que o coração dela não aguentasse tanta alegria."

"Seja como for, isso é ótimo, realmente ótimo", disse Billy, acrescentando como que para se desculpar: "Vocês querem que a gente organize um chá de bebê ou algo assim?".

Pelo menos isso fez os dois sorrirem.

Quando Billy voltou para dentro de casa, Carmen ainda estava de pé, enfiada no canto da cozinha.

"O que é que há de errado com você?"

"Uma criança com dois pais."

"Não entendo, seu irmão vem trazer uma notícia dessas e você não consegue dar um abraço nele nem nada?"

"Acho que não", ela respondeu em tom desafiador, mas começando a choramingar.

"Só me diz o que está acontecendo."

"Por que para você sempre tem que estar acontecendo alguma coisa?", ela rebateu, irritada, depois saiu da cozinha, subiu a escada e bateu a porta do quarto com estrondo.

E a coisa ficou por aí. Onde sempre ficava quando o assunto era Victor e, pensando bem, muitos e muitos outros.

Às cinco da tarde, Billy entrou na Casa Funerária da Família Brown, no Adam Clayton Powell Boulevard. Na capela apinhada — uma sala de estar remanejada, iluminada por lâmpadas fluorescentes e dotada de um bom número de cadeiras de armar — pairava uma nuvem de fumaça de cigarros de maconha. O membro de vinte e dois anos de uma gangue, conhecido como

Hi-Life e morto com um tiro em retaliação a uma retaliação anterior, jazia em seu caixão num dos cantos da frente da capela, diante de numerosos admiradores. A maioria usava camisetas grandes demais com a frase "Descanse em paz" e uma fotografia de Hi-Life sentado nos degraus da entrada de uma casa. Outra foto dele, plastificada, pendia do pescoço de cada um, presa por um colar de contas, como um crachá de acesso aos bastidores de algum teatro.

Caminhando junto à divisória de compensado que separava a capela de uma sequência de cubículos usados como escritórios, Billy passou pelo pai idoso de Redman no primeiro cubículo, onde, recostado na cadeira, ele jogava pôquer no computador. No segundo cubículo, a quinta mulher de Redman — Nora, de vinte e três anos — estava deitada num divã, lendo, com seu sotaque da Costa do Marfim, um livro para o sétimo ou oitavo filho de Redman, Rafer, um menininho com uma sonda gastrointestinal inserida no estômago. Por fim, no último cubículo, estava o próprio Redman, com seus quase dois metros de altura, curvado sobre a escrivaninha chupando ruidosamente fios de macarrão chinês direto de uma embalagem de plástico, a frágil estante de arame atrás dele cheia de urnas de papelão com cinzas de corpos que não haviam sido recolhidas pelos parentes desde a década de 1990.

"Aí está ele", disse Redman, oferecendo uma mão com dedos absurdamente compridos, mas permanecendo sentado devido à bala que cinco anos antes atravessara seus quadris.

"Meu Deus", disse Billy, abanando a fumaça de maconha.

"Eles pagam igualzinho a todo mundo."

"Você já ouviu falar de fumo passivo?"

"Isso é só uma historinha que contam por aí."

"Uma conspiração, você quer dizer."

"Você é que está dizendo, eu não."

"Como os cintos de segurança?"

"O governo não pode me mandar botar o cinto. Se eu me arrebentar, o problema é meu."

Um menininho de uns três anos, vestido com uma camiseta do Hi-Life que ia até o seu tênis, entrou e saiu do cubículo desacompanhado.

"Como é que foi o jantar ontem?"

"Não querendo me fazer de engraçado", disse Billy, "foi como um funeral."

"Espero que não por causa do Bannion. Vocês deviam é estar fazendo aquela dança dos irlandeses pelas ruas."

"Pra dizer a verdade, o troço foi um fiasco."

"Ouvi dizer que ele perdeu todo o sangue."

"Nunca vi nada igual. Aparentemente o sangue acabou quando ele estava pulando; ele caiu como uma pedra."

"Sem uma gota de sangue… Facilita o meu trabalho."

"Não o meu. Tinha um rastro de sangue que dava a volta no quarteirão."

Uma mulher idosa, também vestida com uma camiseta do Hi-Life, passou pelo corredor tossindo como se fosse expelir os pulmões. Os dois a observaram puxar uma pesada cortina no fim do corredor e se deparar, sobre a mesa de preparação, com um cadáver sem uma perna que parecia cento e quarenta quilos de massa de panqueca, com uma seringa de vinte e três centímetros enfiada na mandíbula por um dos lados da boca.

"Oh!"

"O banheiro fica perto da entrada", disse Redman. "Na outra direção."

"Oh." Ela deu meia-volta e se foi sem olhar para eles.

"Preciso instalar uma porta", disse Redman, voltando a seu jantar.

Rafer, agora num andador para bebês, entrou voando no

cubículo do pai e teve de ser interceptado antes de se chocar contra a estante de urnas para cinzas.

"Mais devagar aqui, garotão", disse Redman, fazendo uma careta de dor por causa do movimento brusco.

Billy sentia pena de vê-lo tão fragilizado; no passado, Redman salvara sua vida ao agarrá-lo com uma das mãos quando ele caiu do patamar enferrujado no quinto andar de uma escada de incêndio ao tentarem entrar no apartamento de um traficante de drogas pela janela do quarto. Redman, que vinha atrás dele e ainda estava no quarto andar, agarrou seu braço em plena queda e, enquanto Billy pedalava no ar a quase quinze metros da calçada, o segurou até ele conseguir se sustentar com a outra mão. A recordação daquela queda abortada ainda o fazia saltar na cama às quatro da manhã.

"Ele está melhorando?", Billy perguntou, acenando na direção de Rafer e, inconscientemente, tocando no próprio estômago.

"Não."

Como Redman nunca tinha sido chegado numa conversa fiada, Billy ficou sem saber o que mais poderia dizer sobre o assunto.

"Está vendo aquele crioulo careca lá?", perguntou Redman apontando um homem esbelto de meia-idade sentado na capela e ostentando uma gravata-borboleta e um terno branco barato mas impecável, seu crânio raspado reluzindo sob o candelabro ordinário como se tivesse sido polido com cera para carro. "Antoine Davis-Bey. Foi essa a enguia que fez Sweetpea Harris sair debaixo da pedra."

"Lutei contra a justiça e a justiça perdeu", disse Billy, preparando-se para outra diatribe sobre Sweetpea.

"Sabe, vi ele na semana passada, o Harris. Apareceu aqui para o enterro de um amigo e teve o desplante de vir até a minha mesa perguntar como eu estava, acredita?" Redman se afastou do jantar com cara de nojo. "Foi preso algumas vezes depois que matou Salaam, mas ouvi dizer que, na última vez, bancou o esperto e alegou que tinha um problema como viciado em drogas. Evitou a cadeia para fazer um programa de reabilitação, mas há quem diga que sentar numa rodinha de pessoas oito horas por dia e aguentar os berros de um idiota qualquer é pior do que seis meses num navio-prisão."

Na avaliação de Billy, apesar do permanente desejo de Redman de levar Sweetpea para um tribunal, ele era menos obcecado com sua Branca loucamente atrevida do que com a vítima dela, Salaam Pridgen. Assim como o próprio Redman nos velhos tempos, Salaam, aos quinze anos e ainda cursando o ginasial, era um fenômeno já cortejado pelos olheiros das universidades, um garoto muito magro e com a velocidade de um guepardo que, como Redman diria para quem quisesse ouvir, tinha o melhor arranque numa quadra de basquete que ele já tinha visto na vida. Como detetive no Harlem na época do assassinato, oito anos antes, Redman vinha observando o rapaz jogar desde o ginásio, depois para a Rice e para os Gauchos, de vez em quando numa pelada em qualquer lugar, do Marcus Garvey Park a uma meia quadra de um aro só preso à parede dos fundos de uma escola primária.

Redman não tinha o menor problema em falar dessas coisas com as pessoas, inclusive com os cadáveres mudos que preparava diariamente para o dia do Juízo Final, mas só Billy e alguns poucos sabiam que, além de seu interesse pelo garoto, ele tivera uma queda pela mãe de Salaam. Em determinado momento de sua vida, entre duas esposas, Redman se tornara amigo dela enquanto assistia às partidas de seu filho. Durante algum tempo pareceu que a amizade levaria a algo mais, porém a morte do garoto fez aquela mulher inteligente e vigorosa, com grande apetite pela vida, se transformar numa pessoa gaguejante, de olhar sem viço, que levava um tempão para virar a cabeça na direção de quem a chamava.

"Você também defendia esse merda?", Redman grunhiu para Antoine Davis-Bey, que havia surgido de repente na porta do cubículo.

"Preto e pobre", disse Davis-Bey, piscando o olho para Billy.

"Preto e pobre, é? O caixão custou oito mil dólares, e o pessoal dele pagou em dinheiro vivo."

"Às vezes você está numa boa, às vezes na pior. Espere e veja como eles vão estar daqui a seis meses", disse Davis-Bey, dando outra piscadela para Billy, como se sacanear Redman fosse uma distração para todo mundo.

"Sabe o que eles chamam de quatrocentos advogados presos por uma corrente e jogados num vulcão?", Redman perguntou.

"Chega, gente", disse Billy.

"Só quero saber uma coisinha", continuou o advogado, olhando a hora em seu enorme relógio de pulso, "aqueles oito mil dólares estão em que bolso agora?"

"Que tal se eu pegar essa tua gravata-borboleta, der uns giros nela em volta do teu pescoço, soltar e ver você sair rodopiando pela sala?"

"Ah, porra", disse Billy, "vocês parecem os meus filhos."

"Foi ele que começou", disse Bey piscando pela última vez e indo embora.

Observando Bey se afastar, Billy olhou com atenção a capela e viu um dos presentes subir no púlpito exibindo três dentes de ouro e um boné azul dos Giants.

"Hi-Life, quero dizer uma coisa sobre Hi-Life, ele sabia muitas piadas, cara, sempre contava muitas piadas. E sempre reclamava que seus dentes estavam frios, certo?"

"O filho da puta do Sweetpea", disse Redman, oferecendo

um fio de macarrão chinês para o seu filhinho entubado. "Continuo torcendo pra que alguém enrabe ele."

"Ele ainda mora no bairro?"

"No número 122 da rua West 118, terceiro andar, nos fundos, mas ouvi dizer que passa a maior parte do tempo com sua, abre aspas, noivinha, fecha aspas, no Bronx."

"Bom, se há algo em que o Bronx é imbatível é sua capacidade de ferir as pessoas", disse Billy. "A hora dele vai chegar."

O celular de Billy tocou quando ele estava no meio do caminho entre a funerária e seu carro.

"Estou com o seu distintivo aqui", disse Dennis Doyle, o marido de Yasmeen. "Estava debaixo da nossa cama. Você deve ter deixado cair ontem à noite, quando trouxe ela para casa. Quer vir pegar?"

Antes de responder, Billy, por um segundo, analisou detidamente as inflexões na voz de Dennis, como sempre procurando algum sinal mínimo de raiva.

"Alô?", disse Dennis.

Billy não conseguiu perceber nenhuma farpa. Nunca havia, o que o deixava louco.

"Estou indo agora mesmo."

Às vezes ainda sinto seu gosto… As últimas palavras de Yasmeen para ele no restaurante, e depois sussurradas outra vez junto à sua orelha direita antes de apagar por completo, com os braços em volta do pescoço de Billy enquanto ele a punha na cama vestida como estava. Bêbada demais para dirigir depois daquela catastrófica reunião e com Dennis trabalhando das quatro da tarde à meia-noite como sargento encarregado de roubos na 4-6, Billy se incumbiu de levá-la para casa, praticamente carregá-la no colo até o apartamento, e acomodá-la na cama — tudo cem por cento respeitável, como se Dennis estivesse observando através de uma câmera oculta.

Os três se conheciam desde os tempos da academia, quando, sem saber, Dennis e Billy a namoravam. Dennis estava apaixonado, Billy não. Isso durou cinco meses, ambos no escuro até a véspera do Ano-Novo de 1994, quando Yasmeen entrou no Gordon's, um bar frequentado por policiais perto da academia, e os dois foram na direção dela ao mesmo tempo. Billy entendeu na hora a situação e, rápido, deu um passo atrás, deixando que Dennis, sem reparar em nada, a abraçasse, os olhos tristes e sensíveis de Yasmeen fixados nele por cima dos ombros de seu atual marido. E a coisa acabou ali mesmo: nenhum rancor, foi bom enquanto durou, você merece o melhor.

Dennis a pediu em casamento naquela mesma noite, quando os dois estavam no maior porre, as garçonetes se esgueirando com dificuldade entre as mesas do bar úmido e escuro com bandejas de cerveja distribuída gratuitamente para comemorar o evento. De início ela negou, dizendo que só um filho da puta seria capaz de propor casamento às cinco da manhã a uma moça respeitável num bar vagabundo frequentado por policiais. Dennis se sentiu tão mal por ter feito o pedido numa hora imprópria que começou a chorar e, para a surpresa de Billy, foram essas lágrimas idiotas que decidiram a questão. Yasmeen por fim concordou, afagando o cabelo de Dennis. "Está bem, vamos casar." Billy assistiu a tudo de uma extremidade do bar, certo de que tinha sido a proposta de casamento mais patética que já testemunhara — Dennis nem havia se levantado da cadeira.

Ele achou que não ia durar um ano, porém já haviam se passado vinte anos, além de: duas filhas, uma casa geminada de três quartos com vista para o rio Hudson em Riverdale e um chalé de veraneio em Greenwood Lake.

"E aí, como ela está se sentindo?", Billy perguntou a Dennis, sentado à sua frente na sala de visitas.

"Veja você mesmo", respondeu Dennis, indicando com o queixo a porta fechada do quarto no final do corredor, o casaco tibetano de riponga de Yasmeen ainda caído junto à porta como um cão de guarda peludo dezoito horas depois de Billy a ter carregado para dentro do quarto.

"Escuta", disse Dennis, sentado na beira do sofá e se inclinando para a frente. "Que chato isso de ontem à noite, agradeço por você ter trazido Yasmeen para casa. Mas me ajuda aqui: que merda foi que aconteceu?"

"Olha, tudo que eu posso te dizer é que ela começou a virar um copo atrás do outro desde que pisou no restaurante. Sei lá, talvez a notícia do Bannion tenha mexido outra vez com ela sobre o caso do Cortez."

"Meu Deus, tomara que não. Te juro, quando ela está com esse Cortez na cabeça, isto aqui vira um reino do terror, ela grita com as crianças, comigo, primeiro não consegue dormir, depois não consegue acordar, aí não consegue comer, depois não consegue parar de comer. Tento fazê-la fumar um baseado, mas nem isso ajuda."

"E ela está bebendo muito agora?"

"Ela está passando por uma fase ruim."

"O que é que você chama de fase?"

"Uns dois meses, por aí."

"Todas as noites?"

Dennis abriu e fechou as mãos.

"Isso não é uma fase, é uma eternidade."

"Estou falando com algumas pessoas", ele disse.

"Mas ela deixou pra lá o Cortez?"

A Branca de Yasmeen, Eric Cortez, era — e, tanto quanto Billy sabia, continuava sendo — uma doçura. Um homem já adulto que, cinco anos antes, enfiara uma faca no coração de um menino de treze anos, Raymond Del Pino, por ele conversar com a namorada de Cortez, uma menina de catorze anos, no refeitório da escola.

Isso por si só já era horrível, porém Cortez também havia telefonado para sua jovem vítima vinte e quatro horas antes do ato para lhe dizer o que faria. Por meio dos amigos da vítima, a equipe de Yasmeen logo soube do telefonema e quem fizera a ligação, mas, a fim de poder acusá-lo de um crime sem testemunhas, precisavam pôr as mãos no celular dele. No entanto, quando chegaram ao apartamento do assassino com um mandado de apreensão de seu telefone, Cortez, espichado num sofá com sua namorada quase débil mental, deu uma olhada no documento, riu e disse: "Esse não é o meu número". E não era: na pressa de fazer o juiz assinar o mandado, Yasmeen sem querer havia trocado dois algarismos. Voltaram ao apartamento duas horas depois, mas Cortez já havia dado sumiço no objeto de desejo da polícia, e a coisa acabou assim, Cortez ainda fazendo das suas e Yasmeen, mortificada pela culpa, batendo com a cabeça na parede nos últimos cinco anos, em busca de outras maneiras de prendê-lo.

Dennis se levantou do sofá e puxou duas caixas de papelão de debaixo de uma pequena escrivaninha. Na última vez em que Billy vira aquelas caixas sobre o homicídio de Raymond Del Pino, elas estavam abarrotadas de relatórios sobre o caso, documentos judiciais e cadernos de notas, exatamente como no dia em que Yasmeen se aposentou e finalmente as levou da delegacia, sua equipe, toda alegre, abrindo portas à sua passagem, até ela chegar à rua. Mas agora as caixas só continham recibos, talões de cheque, papel de carta, selos.

"Dá pra você imaginar a minha satisfação quando vi Yasmeen jogar fora toda aquela merda?"

"Quando foi isso?"

"Alguns meses atrás saí do elevador e lá estava ela, jogando tudo na lixeira do incinerador. Não acreditei no que eu estava vendo." Dennis olhou para o casaco caído junto à porta. "Minha esperança era de que tudo mudasse depois daquilo."

"Olha, se serve de consolo, ela não foi a única aberração ontem à noite."

"Billy, ela não é uma aberração."

"Ei, escuta, você sabe que eu não quis dizer... Mas preciso te contar. Sabe o Pavlicek? Era como se alguém estivesse andando dentro da cabeça dele com uma lanterna na mão."

"Bom, isso é compreensível por causa dessa coisa dele com o Bannion."

"Você acha? Deixa eu te dizer uma coisa: e se, em vez dele, fosse o Curtis Taft que tivesse batido as botas? Tá brincando comigo?"

"Bom, mas o Pavlicek é um bicho diferente."

"Ah, isso é. A Yasmeen te contou do dia em que encontramos três integrantes da Ñeta Junior amarrados e mortos com um tiro na cabeça num apartamento da Southern Boulevard? Não valiam nada, mas ainda eram garotos. Sabe o que Pavlicek fez? Levou todos nós para o Jimmy's Bronx River Café."

"As pessoas mudam."

"Se você acha isso..."

Dentro do quarto, Yasmeen chamou o marido com uma vozinha bem fraca.

"E como anda o turno da noite?", Dennis perguntou, tentando ignorar os gemidos quase inaudíveis.

"Sabe como é, calmo, agitado, calmo, agitado. E como vão as crianças?"

"Bem, e as suas?"

"Tudo é uma arma", disse Billy, enquanto os chamados de Yasmeen ficavam mais altos.

"Melhor ter meninas", Dennis grunhiu, enquanto enfim se levantava, relutante, para ir ao quarto. "A pior coisa que elas fazem é uma excluir a outra."

Agora a sós, vendo pela janela Nova Jersey do outro lado do rio, Billy se deu ao luxo de rememorar Yasmeen antes da noite no Gordon's em que Dennis sem querer acabou com a alegria deles. Os dois haviam se entendido muito bem nos meses em que estiveram juntos, fazendo tudo que os namorados fazem fora de casa, mas basicamente o que os unia era o sexo. Ambos juravam um ao outro que eram as melhores fodas que já tinham tido, o que não chegava a ser grande coisa, uma vez que não passavam de jovens católicos de classe baixa com pouco mais de vinte anos. Todo o repertório erótico de Billy consistia em enfiar o mais rápido possível, retirar parcialmente o mais rápido possível, e repetir se necessário. Naquela época, Dennis era ainda mais sexualmente ingênuo que os dois; em sua festa de despedida de solteiro, confessou a Billy, padrinho de casamento, que sabia que Yasmeen não era virgem quando propôs casamento, mas que a amava demais para não perdoá-la.

Dennis voltou do quarto parecendo um cirurgião com más notícias. Pela milésima vez em vinte anos Billy se perguntou se ele sabia do romance dos dois e simplesmente não dizia nada.

"Seja como for..." Billy se ergueu devagar e pegou o paletó.

"Tem certeza que não quer um café, um drinque, qualquer coisa?", Dennis perguntou, ainda de pé, inclinando o corpo na direção da cozinha.

"Estou bem."

"Tem certeza?"

"Sério mesmo, tenho que me mandar."

Desistindo, Dennis se sentou no sofá. "Sabe, eu devia ter levado o distintivo para você."

"Não tem problema", disse Billy, indo em direção à porta da frente.

"É que eu não quis deixar ela sozinha assim, entende?"

"Entendo perfeitamente."

"Só espero que ela não volte a ficar doida por causa do Cortez, entende o que estou dizendo?", disse Dennis com o olhar perdido. "Isso eu não ia aguentar."

A noite foi uma tranquilidade, o ponto alto a informação de que duas mulheres estavam se agredindo com machados ou espadas em frente a um dormitório da Universidade de Nova York. Verificou-se depois que tudo não passava de uma briga entre duas garotas bêbadas fantasiadas de Xena que, ao saírem de uma festa à fantasia, resolveram duelar com suas armas de espuma. Às sete e meia da manhã, a caminho de casa, Billy estava quase pegando a sua saída na autoestrada quando lembrou que dia era e voltou à cidade.

Carmen se consultava com duas terapeutas, uma das quais uma ex-freira atarracada que, paga pela seção 1146 do sindicato de trabalhadores na área da saúde, pulava de hospital em hospital do Bronx como um juiz itinerante. Ela tinha um consultório improvisado no St. Ann's que cheirava um pouco como o necrotério localizado na outra extremidade do corredor, um cheiro tão familiar para Billy que só reforçava seu sentimento a respeito daquelas sessões conjuntas, duas vezes ao mês, sobretudo quando do eram marcadas tão cedo.

"Você precisa entender", disse Carmen. "Victor, quando era pequeno, não sabia nem manter seus peixinhos molhados, e agora vai cuidar de uma criança? Ela vai morrer em um mês."

"Meu Deus", exclamou Billy. "Você ouviu o que você disse? Nem parece você."

"Você pode explicar melhor, Billy?", perguntou a terapeuta num tom tranquilizador.

"É, Billy, você pode explicar melhor isso?"

"Carm, Victor é seu irmão, por que você está sempre tão irritada com ele?"

"Por que ele está sempre tão irritado comigo?"

Billy desistiu.

"Está bem", disse a terapeuta, "vamos examinar primeiro sua pergunta, Carmen. Por que seu irmão está sempre irritado com você?"

"Ele não está", disse Billy.

"Deixe ela falar."

"Já discutimos isso um milhão de vezes", disse Carmen. "Quando ele tinha doze anos, tive que ir morar com meu pai em Atlanta e ele achou que eu o tinha abandonado. Já disse isso a você um milhão de vezes."

"'Tive que' implica que não houve escolha."

"Meu pai estava *doente*."

"Ele havia se casado de novo. Tinha uma mulher", disse Billy, esperando, e recebendo, um sinal de advertência da terapeuta com o dedo.

"A mulher dele era praticamente uma retardada", disse Carmen. "Igual a ele."

"Por isso uma jovem de quinze anos 'tinha que' largar a sua vida de jovem no Bronx — mãe, irmão, escola, amigos..."

"Eu não *tinha* nenhum amigo."

Exceto Victor, Billy sabia, pois Carmen sempre lhe dizia que seu irmão mais novo era então seu único amigo no mundo, "farinha do mesmo saco", como ela os definia.

"... deixando todas as pessoas que amava, para ficar com um homem que a havia abandonado na infância, e a toda a família, tão cedo que ela nem se lembrava de sua aparência?"

"Outras coisas estavam acontecendo", disse Carmen. "Eu também já lhe contei isso."

"Sim, contou, mas acho que talvez tenha chegado a hora de começarmos a explorar um pouco dessas 'outras coisas'."

Fez-se um silêncio tenso na sala, Billy evitando os olhos de sua mulher, esperando que ela dissesse alguma coisa, qualquer coisa, sobre o que ele passara a ver como a Fuga para Atlanta.

"Você se sentiria mais confortável se seu marido saísse da sala?"

Carmen deu de ombros.

Por isso, os três ficaram lá sentados, ouvindo o chiado das macas passando pelo corredor durante um minuto ou mais, até que Carmen enfim abriu a boca.

"Não gosto desse Cymbalta que você me receitou. Me deixa muito maníaca. Além do mais, acho que me impede de ter orgasmos."

"Meu Deus, Carmen", disse Billy, corando, não tanto de vergonha, mas de pena de sua mulher.

Mais tarde, enquanto caminhavam em silêncio até o estacionamento do St. Ann's, para que cada um pegasse seu carro, Billy se lembrou de certa vez haver perguntado a Carmen por que ela não havia falado com sua terapeuta sobre um problema sério referente aos filhos deles. Sua resposta — *"Porque isso é uma coisa particular"* — o fizera rir tanto que seus olhos se encheram de lágrimas.

Milton Ramos

Rosa de Lima.

Filhas de Jacó.

Dez minutos em cada uma dessas instituições o faziam se sentir como se estivesse respirando através de um canudinho amassado. Visitar as duas no mesmo dia lhe dava a sensação de ser um filhote de foca que tinha levado uma marretada na cabeça.

Primeiro a porra daquela escola: uma espécie de evento em que os pais falavam de suas carreiras o fez ficar de pé como um boneco emburrado, jogando o peso do corpo de um lado para o outro, diante de uns vinte e poucos alunos da terceira série. A professora gostosa que não era freira continuou no fundo da sala com o nariz enfiado nuns papéis, nem ao menos o ouvindo ou levantando os olhos em sua direção enquanto ele, balbuciante, dissertava sobre a beleza de sua profissão.

E as perguntas...

Você já matou alguém?

Não.

(Um, mas ele tinha merecido.)

Posso ver seu revólver?

Não ando armado.

(Não, não pode ver a porra da minha pistola.)

Já foi na casa do meu tio?

Quem é o seu tio?

Reuben Matos. Ele mora na Sherman Avenue.

Já, uma vez.

(Pelo menos.)

Quanto você ganha?

O suficiente para pagar a mensalidade desta escola.

Você às vezes fica zangado com a Sofia?

Nunca.

(Nunca.)

Por que ela é tão gorda?

Milton olhou para sua filha, sentada no meio da primeira fila e o encarando com expressão resignada, e depois de novo para o garoto que fizera a pergunta.

Por que você é tão feio?

A mãe dela está mesmo morta?

Está.

Como ela morreu?

Ei! Isso dirigido à semifreira de cabeça baixa no fundo da sala. O que é que você está fazendo aí? Fumando crack?

Essa não é uma pergunta delicada, Anthony, ela respondeu sem levantar os olhos.

Qual é o seu time preferido?

Red Sox.

Vaias.

Você gosta do Paizão?

Eu sou o Paizão.

E mais uma vez: Você já matou alguém?

Eu disse que não.

(Dois, mas eles mereceram. Três.)

* * *

E agora ali no Centro de Assistência aos Idosos Filhas de Jacó, cheirando a cachorro-quente e produto de limpeza, violinos de Mantovani inundando os corredores como uma droga antipsicótica musical, velhos sentados sozinhos no vestíbulo contemplando o vazio e o deixando furioso com os filhos que os tinham abandonado. Antes mesmo de chegar aos elevadores, e não pela primeira vez, uma velha, confundindo-o com algum servente chamado José, perguntou se ele tinha vindo consertar o aquecedor de seu quarto.

Sua tia Pauline possuía ali uma pequena suíte — ao menos ele havia conseguido arranjar isso para ela — e ficou falando sem parar sobre uma salada havaiana viscosa que haviam lhe servido uma semana atrás. Enquanto isso, sentado no sofá, ele observava os objetos de arte expostos: uma tigela com frutas de papel machê prateado e dourado; duas mãos em prece feitas de plástico em tamanho natural; dois — isso mesmo — dois menorás de louça; um chifre de carneiro envernizado e montado sobre uma base; e o desenho emoldurado de um violinista flutuando de lado sobre um gueto urbano de dimensões desproporcionais. *Tante* Pauline tinha mantido sua fé religiosa, ainda que só sentimentalmente, ao contrário da irmã, a mãe de Milton, que se casara com um porto-riquenho para infernizar os pais. Por outro lado, seu pai também se casara com sua mãe para infernizar os pais dele. Tinha sido um casamento feito no inferno e, se o desaparecimento para sempre de seu pai, quando Milton tinha dez anos, não chegou a ser motivo de festa, também não abalou ninguém a ponto de deixarem de se alimentar.

"Então, você não trouxe a Sofia?", Pauline perguntou.

"Sofia está na escola. Trago no fim de semana."

Sentada diante dele numa imensa poltrona que mais parecia um trono, as mãos cruzadas sobre o barrigão, sua tia reparou que ele examinava as fotos dele, dela e dos parentes já falecidos, espalhadas nas mesinhas de cabeceira e nos parapeitos das janelas.

"Falo com eles o tempo todo", ela disse.

"Eu também."

"No meio da noite, às vezes acordo e vejo minha irmã de pé num canto do quarto."

"Vejo todos eles."

"Seu irmão era tão bonzinho!"

"Qual deles?", perguntou, embora soubesse. O Homenzinho era o predileto de todo mundo.

"Aquele dia matou sua mãe."

"Também matou meu outro irmão."

"Quem, Edgar?"

"É", ele disse lentamente, "seu sobrinho mais velho."

"Edgar foi sempre tão enfezado."

Milton se levantou, caminhou um pouco em volta da mesinha de centro para se acalmar.

"Ele tomava conta de nós, tia Pauline. Mamãe, com seu problema de circulação, metade do tempo nem conseguia sair de casa."

"Você também era bem enfezadinho naquela época. Os dois. E veja você agora, um homem de verdade que não esquece a família."

"A família é tudo."

"Nem meus filhos me visitam, mas você vem igual a um relógio."

Claro que ele ia. Pauline ficara com ele durante três anos, logo depois que o massacre em câmera lenta havia terminado, a mudança de sua casa no Bronx para a dela no Brooklyn tendo possivelmente salvado sua vida.

Ele respirou fundo antes de trocar a marcha. "Tia Pauline, quando você ia nos visitar naquela época, lembra de uma moça do nosso prédio, a Carmen? Porto-riquenha, de uns quinze anos?"

"Carmen?"

"Talvez ela passasse mais tempo com o Homenzinho, o Rudy."

"Carmen..."

"Magricela, olhos grandes, cabelo comprido."

"Espera, Carmen. Do primeiro andar. A mãe se chamava Dolores."

"Isso mesmo. Você viu ela alguma vez com o Rudy?"

"A Dolores?"

"Carmen."

"O quê, juntos?"

"Sei lá, de mãos dadas, namorando, talvez brigando."

"A Dolores também tinha um filho, Willy? William?"

"Victor. Mas se concentra na Carmen."

"Ele parecia meio, você sabe, daquele jeito, o garoto, não que aquilo me incomodasse."

"Tia Pauline", disse Milton, abanando as mãos. "Carmen. Alguma vez você viu ela com Rudy?"

"Não me lembro."

"Pensa bem."

"Bem que eu queria."

"Não faz mal." Era mesmo meio impossível.

"Por que, de repente, você está perguntando sobre a Carmen?"

"Por nada." Milton deu de ombros, tentando manter a voz o mais tranquila possível. "Eu achei que talvez tivesse visto ela outro dia. Provavelmente devia ser outra pessoa."

Mas seria realmente ela? Ah, sim, sem dúvida. Como ele poderia esquecer aqueles olhos grande cor de chá, caídos nos cantos, que davam a ela uma expressão tristonha como as das almas do purgatório, aquelas figuras de mulheres perdidas e sofredoras nos livros de religião que lhe causavam o maior tesão quando era garoto? Ele até havia se interessado por Carmen por um bom tempo, quando a família dela se mudara para o prédio, uma recordação tão nojenta e torturante para ele agora que sentia vontade de arrancar fora seu próprio cérebro.

Olhou para o relógio em formato de sol acima da cabeça de Pauline: duas e meia, hora do chá. Foi até a geladeira, pegou a garrafa de dois litros do zinfandel da Família Gallo e encheu um copo.

"Setenta e quatro anos, e finalmente virei uma alcoólatra", ela disse; era a frase que sempre dizia quando Milton servia o vinho.

"Você vai sobreviver."

"Por que você e seu irmão chamavam o Rudy de pequeno?"

"Porque todos na família nunca passaram de um metro e setenta e três e, quando o Rudy nasceu, de repente ele já tinha um e noventa."

"Não entendo."

Os olhos dele ficaram nublados.

"O que é que aconteceu com a Dolores?", Pauline perguntou.

"Ouvi dizer que teve câncer", disse Milton, "uns dois anos depois que..."

Depois do quê? Da tragédia? Ele odiava aquela palavra, cheirava a... Destino? Inevitabilidade? Babaquice. Chorar e voltar para casa? Vai se foder. Render-se aos mistérios do Grande Feiticeiro?

Render-se? O que você pode fazer?

Muito.

"E nunca acharam aqueles filhos da puta que mataram ele", Pauline disse.

"Não, não acharam, titia", disse Milton se levantando, dessa vez para ir embora. "Nem vão achar."

4.

Quando Billy chegou à cena da troca de tiros no Lower East Side bem em frente ao conjunto residencial Alfred E. Smith Houses, as duas vítimas, conscientes e parecendo mais enfurecidas que traumatizadas, estavam sendo postas em ambulâncias separadas, enquanto uma multidão de garotos curiosos e vizinhos tirava fotografias com seus celulares.

"Alguém corre o risco de morrer?", ele perguntou a Stupak.

"Duvido. Os dois estavam urrando com todas as forças antes de você chegar."

"Já sabemos quem atirou?"

"Você está olhando pra eles", disse Mayo.

"Qual?"

"Os dois."

"Mesmo?"

"Parece que eles estavam vindo de direções opostas pela Oliver", disse Stupak, "e um decidiu apagar o outro ao mesmo tempo. As câmeras gravaram tudo e recuperamos as armas."

"Igual àquele desenho *Spy vs. Spy*, só que os dois são pretos", disse Mayo, esgotando sua cota de palavras daquela noite e se afastando para ir fumar.

"Então, chefe, preciso saber se eles são criminosos ou vítimas", disse Stupak.

Billy pensou por um momento. "São crítimas."

"Você está achando isso engraçado?", perguntou uma jovem latina com rispidez, os olhos faiscando de raiva.

"Oi, como vai? Você conhece um desses caras?", perguntou Stupak com toda a calma, fazendo a garota correr para o conjunto residencial. "Você pode me trazer ela de volta, por favor?", ela pediu a um policial.

O celular de Billy vibrou dentro de seu paletó esporte, um novo texto de Stacey:

pode fazer o favor de responder as minhas chamadas só assim vou parar

Ele a conhecia o suficiente para saber que era verdade e que estava na hora de acabar com aquilo. Para se fortalecer, entrou num botequim que ficava aberto a noite toda e saiu bebendo um energético com cafeína.

"Oi, sou eu."

"Meu Deus, o cara está vivo."

"Desculpe, meu celular tem andado…"

"Esquece, esquece."

Teria sido a bebida que deu um gosto tão bom ao cigarro, ou vice-versa? "E então, o que é que há? Tudo bem com você?"

Como sempre, depois de resistir bravamente a responder aos telefonemas de Stacey, agora que estava falando com ela não sabia qual tinha sido o grande problema.

"Tudo bem, mas preciso te contar uma coisa", ela disse.

"O quê?"

"Vamos tomar café da manhã juntos, é uma longa história."

"Me dá pelo menos a manchete."

"Apenas venha tomar o café da manhã comigo."

"Stacey..."

"Você vai gostar, se vier. Quer dizer, 'gostar' talvez não seja a palavra certa."

Era essa a grande questão.

Cinco horas depois, Billy estava sentado em seu carro, na área externa de estacionamento de um desses restaurantes instalados em vagões fora de circulação e usados como cafés vagabundos, onde tomaria o desjejum com Stacey Taylor. Fumou um cigarro, depois outro, atrasando tanto quanto possível o encontro. Reunir-se com ela era sempre uma experiência mentalmente penosa, o equivalente psíquico a regressar a um campo de batalha com um antigo inimigo anos depois da carnificina que horrorizara os dois, desejosos agora de se aproximarem, mas incapazes de se livrar do gosto amargo que ainda sentiam no fundo da garganta.

Em 1977, Stacey era uma jovem repórter do *New York Post*, uma iniciante arrojada que se aferrou ao notório caso do disparo de Billy que atingira duas pessoas no Bronx. Buscando se afirmar no jornalismo, ela resolveu investigar o boato de que ele estaria drogado quando puxou o gatilho, com base em duas testemunhas oculares, dispostas a fazerem declarações públicas, que alegavam tê-lo visto cheirando nos fundos de um bar da Intervale Avenue uma hora antes do disparo, e com base também em outras duas testemunhas, que não desejavam ter seus nomes divulgados, mas que corroboravam as declarações daquelas que haviam concordado em se identificar abertamente. Stacey pressionou seus editores, garantindo o rigor da checagem que havia feito sobre a idoneidade dessas fontes, e os bombardeou com informações sobre os abusos policiais naquela área, coisa mais fácil de ela colher naquelas ruas do que flores.

E ela nem precisava ter se esforçado tanto. Como uma semana antes o *Post* saíra na frente do *Daily News* ao noticiar o suicídio de um juiz num motel usado por viciados em drogas, seus editores estavam ansiosos para ir à forra. A história foi publicada na primeira página por dois dias seguidos, por isso, ao ser demolida logo depois, todos se queimaram, mas ninguém de forma tão grave como Stacey. No final das contas, tudo teve a ver com confirmar suas fontes: ansiosa por não perder o furo gastando muito tempo num levantamento rigoroso, ela não havia verificado nada.

Investigações a fundo — conduzidas pelo *Daily News*, para causar ainda maior constrangimento — revelaram que uma das testemunhas cujos nomes foram divulgados era irmão de um traficante de heroína que Billy prendera, enquanto a outra, por duas vezes, já havia testemunhado em falso contra policiais, para se vingar de suas várias detenções por agentes daquela delegacia. Já as duas que não quiseram ter seus nomes revelados não foram localizadas depois que a reportagem foi às bancas.

Com Stacey apanhada mentindo e sem nenhuma prova que sustentasse sua acusação, a história foi enterrada depressa, embora jamais tenha sido desmentida formalmente. Uma semana depois, ela foi demitida, e a história sobre sua história é que se tornou relevante, sendo comentada nas páginas de opinião de todo o país e em numerosos debates na televisão.

Condenada por ameaçar de modo irresponsável, e em benefício próprio, a reputação de um bom policial, física e emocionalmente devastada pelo vexame, incapaz de se sustentar mesmo que decidisse enfrentar a situação, Stacey voltou a morar com os pais em Rochester. Com a ajuda do pai, tornou-se sócia de um food truck chamado My Hero, que ficava estacionado quase o tempo todo em frente ao complexo de dormitórios da Universidade Estadual de Nova York em Brockport. Depois de dois anos fazendo sanduíches em tempo integral naquele exílio chuvoso, ela sofreu outro abalo quando seus pais morreram numa colisão com uma ambulância num cruzamento a três quarteirões de onde a família morava. Ela passou as duas semanas seguintes ao enterro sozinha em casa, esperando que alguém a visitasse, depois tratou de vendê-la. Passados alguns meses, temporariamente abonada com o produto da venda, com uma pequena herança e com o dinheiro que recebeu ao se desfazer de sua parte no My Hero, ela voltou de mansinho para a cidade.

Não conseguindo emprego como repórter, mas se valendo das habilidades que desenvolvera no jornalismo, reinventou-se como detetive particular, ganhando o suficiente para alugar um apartamento de um dormitório num prédio sem elevador perto da Universidade de Columbia. Durante algum tempo, manteve a esperança de trabalhar de novo em um jornal, sonho que terminou no dia em que aceitou um convite para participar de um seminário sobre ética e ambição na escola de jornalismo da universidade, experiência que a fez se sentir como um cadáver ainda com sensibilidade sendo dissecado por estudantes de medicina numa aula de anatomia.

Em vez de se comprazer com a justiça poética do fracasso de Stacey, Billy se sentiu dividido — não, na verdade penalizado, praticamente ignorando que ela tentara subir na carreira galgando suas costas quebradas. Partiu dele o primeiro gesto, entrando em contato com ela através de um e-mail um ano depois da volta de Stacey à cidade, e desde então, aos poucos, cautelosamente, tornaram-se amigos. Stacey ficara tão surpresa quanto envergonhada por Billy não ter nutrido um desejo de vingança e jamais imaginou que a delicada iniciativa dele fosse motivada simplesmente pela velha compaixão cristã.

* * *

Quando Billy, por fim, decidiu entrar no restaurante, viu-a de imediato, sentada num compartimento dos fundos — já passada dos quarenta, magra demais, vinho demais, televisão de madrugada demais —, batendo um cigarro no tampo de fórmica e lendo o jornal que havia lhe dado um pé na bunda dezoito anos antes, por ela haver entendido tudo errado sobre Billy e o disparo. Usava um suéter de gola alta com nervuras verticais que lhe dava uma aparência ainda mais ossuda, além de acentuar sua ligeira escoliose. O cabelo, de um louro tão claro que era impossível dizer se já estava ficando grisalho, havia sido puxado para trás e preso com elástico, formando um rabo de cavalo, e seus olhos alertas estavam, como sempre, um pouco ávidos demais, como se ela desejasse alguma coisa que não podia ter. Tinha sido um mulherão, e a queda a machucava muito.

"Oi, como vai?", disse Billy ao se sentar.

"A carne é tão dura que se levantou do prato e encheu o café de porrada, que era fraco demais para se defender."

"Não diga."

"Esse negócio de detetive particular é uma merda. Odeio as pessoas que me contratam e odeio as pessoas que elas querem que eu encontre."

"Como assim?"

"Nunca entregue uma intimação a um sujeito com uma panela de bacon na mão. Protegi o rosto com o braço, mas estraguei um casaco de inverno excelente."

"Ainda bem que fazia frio naquele dia", ele disse, gentil. Depois, querendo que ela entrasse logo no assunto: "E então…".

"Voltei a escrever."

"Por dinheiro?"

"Não é muito, mas claro que sim."

"Que bom." A coisa talvez fosse demorar.

"Estou escrevendo uma coluna na internet sobre sexo."

"Uma o quê?"

"Para uma revista eletrônica, *Matterhorn*."

"O que é exatamente uma revista eletrônica?"

"Deixa pra lá — meu pseudônimo é Lance Driver."

"Um homem?"

"Um homem que dá conselhos a outros homens."

"Opa, isso é..."

"Ontem expliquei pra um idiota que se a namorada dele quer enfiar o dedo no cu dele isso não significa que ela acha que ele é veado."

"Não?"

"Significa que ela está curiosa, quer conhecer o corpo dele."

"Está bem", disse Billy. "E enfia até onde?"

Stacey finalmente acendeu seu cigarro, deu uma tragada rápida e o apagou antes que pudesse ser presa.

"Meu limite é a primeira articulação do dedo."

"Legal", disse Billy se mexendo na cadeira. "E aí, o que é que você queria me contar?"

"Estou namorando."

"Ah, é?"

"Tenho quarenta e cinco anos e arranjei um namorado. Ele tem cinquenta e sete e arranjou uma namorada. Quero dizer, por acaso alguém tem alguma coisa a ver com essa porra?"

O que quer que ela tivesse para contar a estava deixando muito nervosa, embora chamar Stacey de nervosa era como dizer que a água é molhada. Quando ela estava daquele jeito, era cruel apressá-la.

"O seu namorado, o que é que ele faz?"

"É o editor da *Matterhorn*."

"Ele é bom pra você?"

"Muito gentil essa sua pergunta."

"Sim ou não?"

Stacey afastou o olhar. "É chegado a uma uva."

"Quanto?"

"Duas garrafas, talvez um pouco mais. É um bêbado tranquilo, mas no final da noite é como estar falando com uma criança."

"Você já tentou o AA?"

"Não consigo que ele chegue nem perto desse alfabeto."

"Ele vai te prejudicar."

"Ele vai é morrer, isso é o que ele vai."

"Ameace ir embora."

"Não quero."

"Ameaçar?"

"Ir embora. Fazia oito anos que eu não namorava. Gosto de me preocupar de novo com a minha aparência. Gosto de dormir com alguém encostado em mim."

"Acho que você arranjou um problema, Stacey."

O garçom enfim se aproximou, alguns fios de cabelo avermelhados e cinzentos cobrindo a careca, o avental na altura do peito.

"Experimente o omelete com geleia de uva." Stacey tossiu. "É ótimo."

"Só café." Depois, voltando-se para ela: "Não é que eu não goste de ver você, mas por que estou aqui?".

"Está preparado?"

Billy aguardou.

"Lembra que a Memori Williams tinha uma irmã gêmea?"

"Shakira, não é?" Billy pegou um dos cigarros de Stacey, aquilo não estava cheirando bem.

"Shakira Barker. Não vou entender nunca como gêmeas podem ter sobrenomes diferentes."

Billy voltou a visualizar o sofá na sala de visitas, a cabeça de

Memori no colo de Tonya Howard, o ferimento de entrada da bala acima do olho direito como uma framboesa estourada.

"Na última vez que ouvi falar de Shakira, ela estava indo melhor", disse Billy sem esperança, "fazendo um desses cursos que ensinam a ser uma boa mãe."

"É", disse Stacey respirando fundo, "mas não mais."

Billy olhou-a fixamente: É por isso que não atendo os seus telefonemas, é por isso...

"O que aconteceu?"

Quando Stacey concluiu sua história, Billy tinha os olhos grudados em sua xícara de café fraco, o rosto contorcido pela fúria.

"Preciso que você encontre alguém para mim", ele disse.

"Achei que você ia precisar", disse Stacey, passando uma folha de papel por cima da mesa para ele. "Já está aqui."

Billy leu rapidamente o documento e ficou sabendo que Curtis Taft ainda trabalhava na mesma empresa de segurança que o empregava na época do triplo homicídio e que agora morava na Co-op City do Bronx. Mas o lugar onde podia ser encontrado naquela semana não era no trabalho ou em casa, e sim no hospital Columbia Presbyterian, onde se recuperava de uma cirurgia de úlcera perfurada.

"Te agradeço por isto", disse ele, segurando a folha.

Stacey encolheu os ombros, olhou para o lado e Billy sentiu a mortificação que, passados tantos anos, ainda a habitava por causa do fracasso que acabara com sua carreira.

"Sério, obrigado mesmo", disse Billy, tão mortificado quanto ela, pois Stacey estivera certa o tempo todo: ao fazer o disparo que matou aquele homem e depois atingiu a virilha do menino de dez anos, Billy estava com cocaína até a raiz do cabelo. Naquela noite todos os Gansos Selvagens estavam, fato que guardariam para si até a morte.

"E então, sr. Taft, como vamos indo hoje?" A voz de Billy fervilhava de raiva quando abriu de um golpe a cortina que corria em torno da cama de hospital. A visão de sua Branca fez Billy vibrar com uma onda de energia aturdida, fez seus olhos cintilar. "Pô, você de novo", Curtis gemeu, afastando a cabeça carnuda.

Billy não estava acreditando: o rapaz tinha praticamente dobrado de tamanho depois dos homicídios, o torso tão inflado que os braços pareciam nadadeiras.

Taft tentou passar o braço por cima do corpo para apertar o botão que chamava a enfermeira, porém Billy agarrou seu pulso.

"Úlcera perfurada, é? Puta que pariu, até onde eu sei a gente pode pegar isso fumando, mas você fuma? Se estou bem lembrado, você nem comia em prato de plástico, não é mesmo? Tudo tinha que estar em tigelas de pedra, era incenso pela casa toda, na base do 'Meu corpo é meu templo'. Por isso, minha teoria é que", disse Billy, cutucando o curativo grosso que cobria a barriga de Taft, "a Tonya e aquelas meninas estão trabalhando bem aqui dentro de você."

"Não sei do que você está falando, Graves, dá no pé e vai se foder." Taft tentou alcançar o botão de novo, e Billy o arrancou da parede.

"O que está acontecendo aí?", gritou o velho deitado do outro lado da cortina.

Billy foi até o cubículo dele e aumentou o volume da televisão suspensa na parede.

"E aí", disse Billy, deixando-se cair na beira da cama de Taft, "ouviu falar no que aconteceu com a Shakira, a irmã gêmea da Memori?"

"Quem é Memori?", disse Taft, gritando em seguida para seu companheiro de quarto: "Ei, chama a enfermeira de plantão!".

"Ah, vai, claro que você se lembra da Shakira, tão boazinha

112

e delicada. Pois bem, essa flor de menina acabou de matar uma garota de dezesseis anos na semana passada, enfiou uma faca de pão nos pulmões dela lá em Jersey City. Dá pra acreditar numa coisa dessa? E agora ela está num centro correcional do condado de Hudson, mas deve acabar no Bellehaven, na ala temporária para mulheres que a União de Direitos Humanos está tentando fechar por causa dos ataques sexuais. Veremos."

"Não conheço nenhuma Shakira." Depois, tentando se sentar e gritando de novo: "Já falei pra você chamar a porra da enfermeira!".

Billy o empurrou para trás e o rosto de Taft, que exibia uma barba cortada bem rente, fez uma careta de dor. "Sem dúvida a Memori era um tipo complicado, brigava no refeitório, matava aulas, fugia de casa, sempre com algum menino, mas Shakira não criava problema pra ninguém, com catorze anos ela nunca tinha sido beijada, sabia todas as lições, mas era tímida demais pra levantar a mão. Mas logo depois que você matou a irmã dela…"

"Eu não matei ninguém, e você sabe disso."

"… depois que você matou a irmã dela, a Shakira de repente começou a se enturmar com as Black Barbies, foi pega com uma gilete na boca ao passar por detectores de metal, jogou uma cadeira em cima de uma professora, até que finalmente foi mandada para uma assistente social, que lhe perguntou: 'Kira, o que houve com você?'. Sabe o que ela respondeu? 'Bom, alguém tem que ser a minha irmã.'"

"Graves, você ficou puto porque, como policial, não consegue pegar nem resfriado. Policiais como você só fazem agarrar o primeiro crioulo que veem pela frente e torcer pra dar certo. Pois é, comigo não funcionou muito bem, não é mesmo?"

"De qualquer modo, Curtis, isso foi há cinco anos, e agora a menina é uma criminosa de dezenove anos, com dois bebês dela pra cuidar, e está fodida até a alma. Talvez tivesse sido melhor se ela estivesse no apartamento naquela manhã e você também tivesse atirado na cabeça dela, porque agora o que vem pela frente é uma morte em câmera lenta. Por isso, no meu modo de ver as coisas, elas estão *todas* aqui", disse Billy, cutucando de novo a barriga operada, "todas aquelas mulheres te comendo por dentro. E, quando abrirem a sua barriga pra ver do que você morreu, sabe o que vão encontrar? Marcas de dentes, seu filho da puta, só marcas de dentes."

"Para já com essa merda", disse Taft em voz mais baixa, os olhos se arregalando um pouco.

"Me diga se você não sente elas todas", Billy continuou pressionando. "Olha pra mim e diz se não sente."

Tocando com cuidado sua barriga, como se algo fosse pular de lá de dentro, ele encarou Billy de forma intensa, entregue, depois de todos aqueles anos sem nenhuma resistência. O coração de Billy disparou enquanto tentava aproveitar o momento.

"Você teve uma criação religiosa, certo? Me lembro de ter conversado com sua irmã, ela disse que vocês todos tiveram."

"E daí?", disse Taft com cautela.

"Daí, você acredita em Deus?"

"Quem não acredita em Deus?"

"Você conhece bem a Bíblia?"

"Um pouco", respondeu Taft, ainda se apalpando.

"Lembra de são Lucas? Jesus encontrando um homem que tinha tantos demônios dentro dele que, quando Jesus perguntou o seu nome... Lembra o que o homem respondeu?"

"Legião", disse Taft sem piscar.

"Isso mesmo, legião. Legião. A porra de um batalhão. E é também com isso que você está lidando."

Taft afastou a mão da barriga, pousou-a na cama e ficou imóvel.

"Ora, você sabe, e eu sei, que a única maneira de tirar essas mulheres furiosas de dentro de você, antes que elas terminem o que começaram, é limpar a sua barra e dizer o que aconteceu naquele dia. Conte isso agora, conte pra mim, que elas vão embora sem você nem saber."

Taft continuou encarando Billy, sua boca se arredondando aos poucos como uma rosquinha, olhando fixo, olhando, até parecer ter visto o que queria ver nos olhos de Billy, aquele pequeno tremor...

"Graves", ele disse, sua voz de repente voltando. "Eu tenho mais chance de te levar a um tribunal por você me molestar do que você de me dar uma porra de uma multa por estacionamento proibido. Cadê a merda da enfermeira?"

Billy arrancou o travesseiro debaixo da cabeça de Taft e o manteve a poucos centímetros de seu rosto. "Sabe como seria fácil te mandar pro inferno agora mesmo?"

"Mas eles sabem que você está aqui", Taft disse, empurrando o travesseiro com uma força surpreendente para quem tinha sido operado não fazia muito tempo. "Qual é? Aqui é um edifício público, você vai me matar? Vai matar o sujeito da outra cama também? Vai fazer o quê? Vá se *foder*."

"Oi, tudo bem?" Lá da porta, a enfermeira falou em tom ao mesmo tempo alegre e de quem estava no comando. "Ele ficou preocupado de me ver assim", Taft disse.

"Você vai ficar bom", ela disse, não parecendo nada boba. "E o senhor, já terminou sua visita? Seu amigo..."

"Precisa descansar", Billy completou por ela. Em seguida, curvando-se sobre Taft como quem se despede, sussurrou: "Você nunca vai se livrar de mim", e saiu do quarto.

Incapaz de sair do hospital, Billy ficou andando para lá e

para cá no saguão, mais de uma vez dirigindo-se de novo para o quarto de Taft e depois se detendo, até que um segurança se aproximou para saber o que estava acontecendo. Mostrando seu distintivo, Billy balbuciou alguma coisa sobre um policial doente. O segurança de início desconfiou de alguma coisa, porém logo perdeu o interesse.

Então Billy a viu, a mulher de Taft, alta e elegantemente obesa, empurrando um carrinho com um menino de dois anos através do saguão ensolarado. Ele instintivamente foi até ela e barrou seu caminho.

"Oi, Patricia. É isso, não é?"

Ela parou e o olhou com atenção, sem conseguir identificá-lo.

"Billy Graves, estive no seu casamento."

Ela recuou, empertigou-se, fechou a cara. "Lembro de você."

Claro que lembrava. Quando ele soube que, menos de um ano depois dos assassinatos, Taft ia se casar, Billy e Whelan (então prestes a se aposentar) vestiram terno e se infiltraram na cerimônia. No momento em que o pastor perguntou se alguém tinha alguma objeção ao matrimônio, Billy gritou: "Eu tenho, por que esse filho da mãe assassinou três crianças. Se fez isso uma vez, vai fazer de novo".

Os dois foram postos para fora debaixo de porrada; metade dos convidados, homens e mulheres, eram agentes penitenciários ligados a Taft por vínculos de parentesco. Mas valeu a pena somente para estragar a festa — ou talvez não, porque, devido ao incidente, ele foi transferido para o turno da noite, seu segundo desterro para os subterrâneos do departamento, uma vez que seus superiores estavam convencidos de que trabalhar a partir da meia-noite era apenas ligeiramente melhor do que ser fuzilado.

"Então", disse Billy amigavelmente, "eu só queria saber se as coisas estão indo bem pra vocês dois, se está todo mundo feliz."

"Você não tem o direito de me abordar." Sua voz estava tão rígida quanto a postura corporal. "Eu só quero te perguntar se ele acorda suando no meio da noite e começa a berrar. Você sabe do que eu estou falando, não sabe?"

Ela acenou para o mesmo segurança, postado do outro lado do saguão, mas, sem nem olhar para ele, Billy fez um gesto para que não se metesse e o homem voltou a seu posto.

Billy se sentia leve como uma pluma, com uma espontaneidade delirante. "Como ele é como pai?", disse, inclinando-se para o carrinho de bebê, onde estava, pelo que soubera, seu terceiro filho. "Aposto que é um disciplinador bem durão."

Ela tentou se afastar, mas Billy, surpreendendo a si próprio, bloqueou sua fuga.

"Uma última pergunta sobre os hábitos dele na cama: às vezes ele se levanta lá pelas seis da manhã e volta uma hora depois com a respiração um pouco ofegante, talvez manchado de sangue? Pura curiosidade."

"Eu trabalho para uma organização cristã", disse ela com uma voz subitamente rouca e chorosa, "eu *ajudo* as pessoas. Você não tem o direito de falar comigo dessa maneira."

Não, ele não tinha. Corando de repente, Billy deu meia-volta sem dizer uma palavra e foi embora.

Atravessando finalmente o saguão em direção à saída, Billy ficou surpreso ao ver Pavlicek passando pela porta giratória como um sonâmbulo, os olhos sem foco e brilhantes enquanto atravessava os feixes diagonais de luz solar a caminho dos elevadores.

"John!"

"Oi", Pavlicek disse sem entusiasmo, voltando-se para Billy como se eles tivessem se visto uma hora antes.

"O que você está fazendo aqui?" A voz de Billy ainda estava carregada de adrenalina.

"Meu médico tem consultório aqui."

"Você está bem?"

"Estou, são só alguns testes."

"Testes de quê?"

"O colesterol está nas nuvens."

"É? O que ele deu pra você? Lipitor? Crestor?"

"Vytorin."

"Jimmy Dale toma isso. Diz que salvou a vida dele."

"Eu que o diga."

"Por acaso você não veio ver o Curtis Taft, não é?", Billy perguntou, baixando astuciosamente o tom de voz.

"O Curtis Taft trabalha aqui?", perguntou Pavlicek, piscando os olhos de modo inconsciente.

Billy demorou um pouco a responder: "Está internado aqui. Quase esganei ele agora há pouco".

"Você continua querendo foder com ele, não é?", disse Pavlicek, distante, olhando por cima do ombro de Billy como se tivesse coisa mais importante a fazer.

"Você está bem?"

"Acabei de dizer que estou."

"Quer dizer, de forma geral."

"É um dia daqueles. Estou atrasado para um encontro."

"Um encontro aqui?" Billy ficou em dúvida se ainda estava agitado demais para conseguir acompanhar a conversa ou se a troca de palavras entre eles havia saído dos trilhos por conta própria.

O elevador chegou e Pavlicek lhe deu as costas silenciosamente ao entrar.

"Ei, qual é o nome do seu médico?"

"Pra quê?", perguntou Pavlicek, sua cabeça despontando acima da cabeça dos demais passageiros.

Billy apontou para seu próprio coração. "Você não é o único." "Arranja outro", disse Pavlicek quando a porta começou fechar. "O meu não é lá grande coisa."

O rapaz iemenita de dezesseis anos jazia de costas, os braços bem abertos, olhando fixamente, com o globo ocular que não havia sido explodido, para um cartaz de papelão onde estava escrito FODA-SE O CACHORRO — CUIDADO COM O DONO. Acima das palavras via-se a caricatura de um valentão com a barba cerrada apontando um revólver enorme para o observador, a circunferência da boca do cano quase tão grande quanto sua cabeça. O verdadeiro atirador — que matara acidentalmente seu melhor amigo ao lhe mostrar a arma do pai, escondida debaixo da caixa registradora — também estava no chão, sentado no fim de um corredor da seção de alimentos. Com o olhar ausente e chorando, estava sendo interrogado por Alice Stupak, que, agachada ao lado dele, tentava delicadamente obter sua versão dos fatos.

Diante da vitrine, Billy ouvia o relatório do primeiro policial que chegara ao local, quando Gene Feeley entrou na loja. Vinha acompanhado de um jovem que não pertencia ao departamento e que, sem nem perceber, inspirou fundo ao ver o corpo.

"Jackie, antigamente a taxa de homicídios aqui era tão alta que a delegacia teve de ser dividida em duas para dar conta dos corpos", explicou Feeley. "Dizem que foi há muito tempo, mas eu preferia andar desarmado no Iraque a andar desarmado numa dessas ruas daqui."

"O que está havendo, Gene?" Até onde Billy sabia, aquela era a noite de folga de Feeley.

"É o filho da minha irmã, ele está escrevendo um trabalho para o curso de jornalismo e eu quis dar uma mãozinha."

"Sério?", disse Billy, pensando que ele nunca aparecia quando devia aparecer, e agora dava as caras quando não era esperado.

"Tio Gene", disse o rapaz, notando o cartaz acima do corpo. "Olha só aquilo."

"Fica ali", disse Feeley, pegando o iPad do sobrinho. "Vou tirar uma foto sua, você pode postar no Facebook."

"Talvez você devesse esperar até eles acabarem", disse Billy.

"Não tem problema, Billy", disse um dos técnicos, pondo-se de pé e tomando o iPad das mãos de Feeley. "Vai lá, Gene, fica ao lado do garoto."

Um momento depois o dono da loja finalmente chegou às pressas, a bainha do pijama visível por baixo da calça, trazendo a licença de porte de armas como um talismã. Evitando olhar para o menino morto ou para seu filho, passou por Billy e foi direto até Feeley, o policial que parecia ser o mais velho do grupo.

"Fala com ela", Feeley disse, apontando com o polegar para Stupak, que se aproximava da frente da loja.

"Falar comigo? O que é que há com você?", ela retrucou rispidamente. "Seu aparelho de surdez está quebrado?"

"Cuidado com o que você fala", disse Feeley, caminhando para a porta.

"Aonde é que você vai?", ela grasnou, abrindo os braços num gesto de fingida surpresa.

"Tenho que ir a um lugar."

"Um lugar *onde*?", ela explodiu. "Você está *aqui*. *Aqui* é onde você tem que estar, então por que não dá um puta susto em todo mundo e trata de fazer seu trabalhinho pelo menos uma vez na vida?"

"Alice", disse Billy, puxando-a para trás.

"É melhor você conversar com ela", Feeley disse a Billy.

"Conversar comigo?" A porta da frente se fechou com o toque de uma sineta.

"Alice…"

"Conversar *comigo*?"

"Calma, hoje é a noite de folga dele."

"Ah, é?", ela disse, agarrando o dono da loja pelo braço e o levando a um canto neutro. "Como saber disso?"

Milton Ramos

Ele estava sentado em sua sala do porão. Agora ele tinha uma sala de estar, fedendo a mofo de um jeito que ele não conseguia eliminar, mas de todo modo era uma sala de estar. Nunca soube o que era isso quando criança. E não era só a sala: agora ele tinha também a porra de uma casa, era o proprietário de papel passado de um sobrado de três quartos em falso estilo Tudor. Obviamente, a vizinhança era uma merda tão grande que ele tinha sido obrigado a cercar o perímetro exterior com cercas de ferro decorativas, fazendo a casa parecer a gaiola de um pterodátilo. Porém era sua, fruto de seu esforço e totalmente quitada. E ele tinha Sofia, naquele momento sentada a seu lado e vendo, pela segunda noite seguida, *Pocahontas*. Ele já devia ter visto aquele troço pelo menos umas setenta e cinco vezes, assim como *Branca de Neve*, *A pequena sereia*, *A bela adormecida* e *Mulan*. Mas nunca se entediava, porque o que ele realmente fazia era ver a menina ver o filme.

Ela tinha uma constituição física semelhante à dele e à da mãe já falecida, sofrendo, por isso, uma boa dose de tortura na escola. Quando ele era o gordinho da turma, a caçoada acabou bem depressa depois que o líder dos gozadores perdeu dois dentes novos da frente num brinquedo de ferro que ficava no pátio da escola. Mas como ela era uma menina, ele não fazia ideia como as garotas deviam lidar com esse tipo de crueldade, portanto deixava que, noite após noite após noite, ela ficasse vendo mocinhas lindas e esbeltas serem salvas de seus torturadores por belos rapazes. Milton merecia o prêmio de pai do ano.

Grande, rápido e impiedoso — desde garoto era assim que o viam. Exceto por seus parentes, todo mundo tinha medo dele — na escola, depois nas ruas, mais tarde no departamento de polícia, mesmo nunca tendo provocado uma briga em sua vida. Desprovido de misericórdia, desprovido de humor, desprovido de personalidade. Mas ele sabia amar de verdade, embora não demonstrasse: sua mãe, seus dois irmãos e sua mulher, todos mortos. E aquela menina ali, que — felizmente, ele achava — era bem pequena quando a mãe morreu.

"Me dá um gole", ela disse, apontando com a cabeça o copo de Chartreuse Amarelo na mão dele.

"Esquece."

"Quero um pouquinho", ela choramingou numa voz aguda e irritante, seguindo o ritual de todas as noites.

"É um remédio, já te disse."

"Eu estou doente." Ela encostou a testa no braço dele. "Por favor!"

Ele enfiou um dedo no copo e o levou à língua de Sofia. "Hora de dormir, já para cima."

"Me leva."

"Não posso, minhas costas estão doendo", ele disse, fazendo uma careta.

"Vai ver você tomou remédio demais."

Milton fez outra careta, dessa vez para valer. "Vai subindo. Marilys está te esperando, daqui a pouco eu vou."

Movendo-se como uma inválida, Sofia se dirigiu com relutância à escada, pondo um pé no degrau, depois o outro, gemendo como uma velha antes de passar para o seguinte. Um pé de cada vez, sua marcha de protesto noturna.

"Agora vai logo."

Milton passou para a ESPN, depois pegou a folha amarela de papel pautado na mesinha de centro, tão obsessivamente consultada durante o dia que as dobras começavam a escurecer. Deixou-a aberta no colo.

Tentou se concentrar nos últimos cinco minutos do jogo entre Nets e Thunder, mas, como era comum depois de alguns bons goles, seus pensamentos o levaram à mãe de Sofia, Sylvia, atropelada e morta sete anos antes por um motorista que nem parou para socorrê-la, na Bronx Park East, bem em frente ao hospital geriátrico em que trabalhava como radiologista.

Se tivesse que definir em duas palavras os oito anos em que estiveram casados, se pudesse voltar no tempo e refazer o bolo de casamento, ele teria mandado escrever *Bem Bons* com letras de glacê azul, como nas frases companheiros bem bons, amantes bem bons, pais bem bons. *Bem Bons*, como se Deus ou alguma cartomante tivesse dito a ele, no começo do relacionamento, que Sylvia seria sua mulher até o último dia de sua vida, e ele não reclamaria. Só que o último dia da vida dela chegou antes.

Marilys Irrizary, a empregada de Milton e mãe substituta de Sofia cinco dias por semana, tinha um jeito de caminhar típico: leve e cuidadosa, como se estivesse sempre saindo do quarto de uma criança com cólica. Mas, como era uma guatemalteca atarracada e de pés largos, ele sempre a ouvia se movimentando em qualquer parte da casa.

Marilys chegou à sala de estar e se postou atrás do sofá onde ele estava sentado.

"Ela está esperando você."

"Vou subir", ele disse, virando o resto do Chartreuse sem se voltar para encará-la.

"Já terminei tudo que eu podia, mas ainda tem roupa na secadora."

"Você vai pra casa?"

Ela se inclinou sobre ele para pegar o copo vazio na mesinha de centro, o aroma açucarado ainda pairando no ar.

"Posso ficar."

A maioria das testemunhas do acidente de carro, do homicídio cometido sobre rodas, não chegou a um consenso sobre a marca e o modelo do veículo, muito menos a cor. Um idoso foi capaz de descrever a placa, que ele disse ser de outro estado, com uma árvore em meio aos algarismos, tendo como fundo um pôr do sol azul e laranja.

"Ou posso ir embora."

No dia seguinte, visitando às escondidas a testemunha algo confusa, Milton perguntou como ele podia se lembrar da árvore separando os números e do fundo do pôr de sol azul e laranja e não se recordar de nenhum algarismo ou letra da placa.

3-T-R à esquerda da árvore, disse o velho. A lembrança tinha vindo à sua mente naquela manhã, ao ir ao banheiro.

Marca e modelo?

Accord ou Camry preto, talvez cinza, esses dois carros parecendo quase iguais para ele.

Obviamente, como Milton não estava encarregado do caso, aquela visita teria bastado para que ele fosse suspenso por interferir na investigação da delegacia local, embora provavelmente isso de fato não acontecesse, devido às circunstâncias atenuantes — estresse emocional, dor profunda etc. Seja como for, ele guardou para si as informações parciais sobre a placa.

No andar de cima, a porta da frente foi aberta e fechada,

seguindo-se um ruído de chave na fechadura: Marilys indo para casa.

Três semanas depois da conversa de Milton com a testemunha, um homem de meia-idade com a carteira de motorista suspensa estava à beira da morte no hospital do condado de Cherokee depois de sofrer graves ferimentos num acidente de carro. Aaron Artest, que morava em Queens, mas que tinha voltado inesperadamente para sua cidade natal em Union, na Carolina do Sul, na época do funeral de Sylvia, contou aos detetives que um sedã velho, com a lataria enferrujada e vidros das janelas bem escuros, emparelhara com seu Accord cinza — placa 3TR-AM7 — quando ele dirigia sozinho pela Autoestrada 150. O motorista, que ele não tinha visto, manteve a mesma velocidade por mais ou menos um minuto, como se desejasse ter certeza de que Artest havia reparado nele, antes de enfiar uma espingarda pela janela do carona, o que naturalmente o motivou a enfiar o pé no acelerador. Em seguida, seus freios, que tinham sido revisados havia menos de um mês, no dia em que saiu de Nova York, por algum motivo falharam.

"Não, ele não atirou em mim", Artest disse aos policiais. "Parecia um Nova, não, espera, um Caprice, espera, espera." E suas últimas palavras foram: "Me dá só um minutinho".

Milton desligou a televisão sem registrar o resultado do jogo, pegou o copo de novo, serviu-se de outra dose de Chartreuse e por fim abriu a folha de papel que estava em seu colo, os nomes e endereços ali escritos movendo-se sinuosamente como enguias.

Carmen Graves, enfermeira, hospital St. Ann's
Sargento-detetive William Graves, Manhattan, Turno da Noite
684, Tuckahoe Road, Yonkers
Declan Ramon, 8, Carlos Eammon, 6

*Dia da Imaculada Concepção, Van der Donck Street, 24,
Yonkers*

Grande, rápido e impiedoso. Tudo que ele podia dizer em sua defesa é que seu irmão mais velho tinha sido pior.

Por fim, ele começou a ouvir, vinda de dois andares acima, a voz chorosa de sua filha o chamando. Não fazia ideia de há quanto tempo ela vinha nessa toada, as oscilações sonolentas mas insistentes de sua voz chegando aos ouvidos dele como a sirene exótica da ambulância de algum outro país.

5.

Foi uma daquelas fortuitas primeiras horas da manhã em que Billy pôde entrar de mansinho na cama meia hora antes de Carmen ter que levantar, o calor de uma *boulangerie* de seu corpo o envolvendo ao erguer a coberta, deixando-o ao mesmo tempo alerta e sonolento. Dormindo ainda, ela rolou na direção dele, um seio irradiando calor se esparramou em suas costelas, uma coxa igualmente quente foi arremessada de um jeito descuidado na parte da frente de sua cueca, de repente tão ridícula. Mas ela continuava ressonando e, com os meninos prestes a invadir o acampamento de base, era melhor ele se concentrar nos cachos extraviados que tinham conseguido se enfiar em seu nariz. Era tudo que podia fazer para não espirrar.

"Quer dizer que você já se acalmou com relação ao Taft?", ela perguntou trinta minutos depois.

"Já, mas acho que quero fazer aquilo", disse Billy, olhando-a da cama enquanto ela vestia o uniforme branco.

"Você deve fazer", ela disse, dando-lhe as costas para escovar o cabelo.

Ele ouviu os dois meninos voando para fora do quarto como se alguém tivesse gritado: "Lá vem a bomba!".

"Devo por quê?"

Ela respirou fundo. "Porque você quer. Porque vai te fazer se sentir melhor. Porque é um carma bom."

"Não estamos nadando em dinheiro."

"Bem", ela disse, maquiando-se na região dos olhos, o que, para ele, era a mesma coisa que passar tinta preta num carvão, "mas também não estamos na rua da amargura."

Algum recipiente com líquido se quebrou na cozinha sem que nenhum dos dois reagisse.

"Então você acha mesmo que eu devo fazer?"

"Acho que você está querendo a minha permissão ou coisa que o valha."

"Não preciso da sua permissão."

"Concordo."

"Então eu devo fazer, certo?"

"*Quem?*"

"Billy Graves querendo falar com a srta. Worthy."

Ouvindo o sotaque irlandês e citadino dele do outro lado da porta, e provavelmente imaginando que se tratava de apenas mais um detetive da divisão de homicídios do condado de Hudson, Edna Worthy — avó de Martha Timberwolf, a menina assassinada pela irmã gêmea de Memori Williams, mas na verdade morta por Curtis Taft, na opinião de Billy — respondeu: "Está aberta", deixando-o entrar em seu apartamento em Jersey City sem nem tirar os olhos da televisão.

Ela aparentemente ganhava um dinheirinho tomando conta de crianças em programas financiados pelo governo, três delas perambulando como gatos pela sala de visitas superaquecida, embora ela, velha e pesadona, mal conseguisse se levantar do sofá.

"Posso sentar?"

Ela fez um gesto vago para o lado esquerdo da sala, onde não havia nada parecido com uma cadeira. À primeira vista, a srta. Worthy, com um controle remoto de TV numa das mãos e um celular na outra, não demonstrava ter sido afetada pela perda catastrófica que sofrera havia apenas dois dias. Billy atribuiu sua atitude indiferente a uma vida longa e repleta de tragédias, já tendo visto esse tipo de reação em muitas pessoas. Mas então reparou que, na mesinha de centro coalhada de flocos de cereais, havia um semicírculo cuidadosamente arrumado de fotografias em molduras de plástico nas quais a menina assassinada encarava a avó ao longo de sua breve existência, desde os tempos em que engatinhava até a formatura no ginásio com beca e capelo, o rosto sempre pesado e tristonho, como se soubesse o que a esperava desde o dia em que nasceu.

"Martha era a única pessoa que ainda tinha o meu sangue nas veias", a srta. Worthy acabou dizendo, enquanto se curvava para pegar uma menininha que havia ficado a seu alcance. "Agora ela também foi embora."

"Sinto muito", disse Billy.

"Ela me ajudava a tomar conta dessas crianças, agora como é que eu vou fazer isso sozinha? Aqui não é nenhum hotel, mas você precisava ver onde elas estavam antes."

"Sinto muito", ele voltou a dizer, olhando para uma mesa de armar com embalagens de papel-alumínio contendo sobras das refeições enviadas por conhecidos, para ajudar no velório.

"Bem, agora todas elas também vão embora. Talvez não esta aqui", ela disse, levantando a menina de seu colo como se fosse um gatinho. "Ela parece um pouco a Martha, quem sabe cresce logo para eu ter com quem conversar. Mas vai ser uma corrida entre ela crescer e eu ir pra debaixo da terra."

"Entendo."

"Então, o que você quer saber que eu já não contei dez vezes para os outros detetives?", perguntou a srta. Worthy, afastando com a palma da mão algumas migalhas grudadas na roupa da menina.

"Para dizer a verdade, nada. Só vim me oferecer para ajudá-la com o enterro, sabe, se precisar." A srta. Worthy por fim o encarou, seus óculos gatinho refletindo a luz. "Você é da polícia ou não? Porque, se não for, chamo eles agora mesmo", disse, erguendo o cartão do último sujeito que, antes de Billy, tinha ido à casa dela de paletó esporte.

Quando Billy entrou na Casa Funerária da Família Brown, Redman, de avental de trabalho, estava na sala de visitas usada como capela mostrando, do peito para cima, um homem de uns cinquenta e poucos anos a um casal de parentes mais jovens. A cerca de três metros deles, o filho de Redman, preso ao cinto em seu andador, assistia a um episódio de Bob Esponja numa tela plana de cinquenta e quatro polegadas, o volume alucinadamente alto, embora ninguém parecesse se incomodar com isso.

"Não está parecendo com ele", disse o homem.

"Você viu como ele estava quando trouxeram ele pra cá?", Redman perguntou.

"Só estou dizendo..."

"Se você quiser, posso tentar deixar ele como estava", disse Redman, piscando para Billy.

Billy se aproximou da TV e baixou o volume. Alguns minutos depois, infelizes, mas sem saber o que fazer, os parentes foram embora sem nem se despedir.

"E aí, o que é que há?", Redman perguntou, levantando de um golpe o pano que cobria a metade inferior do corpo e revelando um saco de cozinha improvisado como fralda, para recolher alguma vazão depois do embalsamento.

"Quero que você faça o enterro de alguém para mim."

"Quem?"

"A vítima de um assassinato, dezesseis anos, o pessoal dela não tem grana."

A mulher de Redman, Nola, entrou com uma sacola de roupas: terno marrom, camisa branca, gravata e sapato, o terno e a meia ainda com as etiquetas de preço da Theo, loja de roupas masculinas que vendia com desconto.

"Onde ela está?"

"Bom, ela morava em Jersey City."

"Então deve ter ido para o necrotério do condado de Essex", Redman disse, começando a enfiar com esforço a calça por cima da fralda, o rosto molhado de suor.

"Acho que sim."

"Isso é em outro estado."

"E daí?"

"Custa mais."

"Quer o meu cartão eletrônico para não pagar pedágio?"

Redman ergueu o corpo para que Nola pudesse enfiar as mangas da camisa nos braços, o filho do casal agora rolando pela sala enquanto mastigava o cardápio de um restaurante que entregava em domicílio.

"Quanto você quer gastar?"

"Como eu vou saber?", Billy perguntou. "Quanto custa?"

"Depende do caixão, da madeira, do forro, da sepultura, do serviço religioso. Imagino que você vá querer um pastor, algum tipo de sermão, gente pra carregar o caixão, um carro funerário e uma limusine para os familiares. Já tem em vista algum cemitério?", disse, esperando sua mulher abotoar a camisa. "Depois tem o transporte até aqui, a preparação, as roupas do enterro, se for preciso, flores, programas impressos... Você vai querer aquelas camisetas póstumas? Tenho um cara que mexe com isso. Depois tem a lápide, o espaço para a sepultura, os coveiros para abrirem e fecharem a cova, o atestado de óbito..."

"Só me ajuda nisso, está bem?"

Levantando o corpo da maca com uma das mãos, Redman conseguiu forçar a parte de baixo da camisa para dentro da calça, afastando-se depois para enxugar o suor da testa enquanto sua mulher punha a gravata e dava o nó.

"O que essa menina é pra você?", ele perguntou.

"Danos colaterais do Curtis Taft. É uma longa história."

Redman olhou para sua mulher numa consulta não verbal sobre o negócio, a qual terminou quando ela abruptamente se afastou para cercar o filho, que ameaçava derrubar o carrinho com os cosméticos, uma selva ambulante de perucas, vidros de maquiagem, pincéis, espátulas e cotonetes.

"Posso dar um jeitinho por sete milhas", ele disse por fim.

"Sete! Você bebeu?"

"Não quer procurar outro aqui perto? Há quatro casas funerárias nos outros dois quarteirões, qualquer um que faça por menos vai botar ela numa caixa de cereal e levar de ônibus para o cemitério."

"Não tenho sete mil."

"Vou perguntar de novo: o que ela é pra você?"

Enquanto Redman e Nola lidavam com a meia e o sapato do morto, Billy contou a eles a história toda, da morte da irmã gêmea de Shakira Barker cinco anos antes ao longo e lento pesadelo de sua transformação em homicida, terminando com o corpo da vítima, Martha Timberwolf, numa mesa de necrotério do outro lado do rio Hudson sem que houvesse alguém para levá-la a seu descanso final.

"Faço por seis", disse Redman, "e absorvo o prejuízo."

O corpo de Nola se contraiu ligeiramente, mas ela não disse nada.

"Obrigado, agradeço muito."

"Você pode pagar antecipadamente?"

"Sem problema."

"Pode ser em dinheiro vivo?", perguntou Redman, empurrando o carrinho de preparação para mais perto e puxando uma cadeira a fim de sentar-se junto ao corpo.

"Se você prefere assim."

"Isso ia me ajudar."

"Me ajude a te ajudar", declarou Billy, observando Redman calçar uma luva de borracha e, em meio ao caos que cobria o carrinho de cosméticos, pegar um tubo de cola especialmente forte. Depois de aplicar algumas linhas finas do produto nas palmas laceradas do morto, usou o dedo para cobrir cuidadosamente a pele.

"O que você está fazendo?", Billy perguntou.

"O quê, isto? Se eu não puser algum tipo de adesivo nesses ferimentos que ele sofreu ao se defender, e as pessoas começarem a fazer carinho na mão dele no velório, elas podem sair daqui levando uma lembrancinha."

Billy fez uma pequena pausa e mudou de assunto. "Você tem visto o Pavlicek?"

"Ele veio aqui faz algumas semanas para ver como o meu filho estava."

"E como ele estava?"

"Meu filho?"

"Pavlicek."

"Por que a pergunta?"

"Não sei bem, dei de cara com ele hoje no hospital Columbia Presbyterian."

"Ah, é? O que ele estava fazendo lá?"

"Disse que ia ver um médico por causa do colesterol."

"Não me surpreende, e você?"

"Ele parecia um zumbi. Juro por Deus, cada vez que eu o vi nestes últimos dias parecia que ele estava sob o efeito de uma droga diferente. Não me diga que colesterol alto causa isso."

"Tudo que eu sei", disse Redman, recolocando cuidadosamente a tampa no tubo de cola, "é que homens tão grandes quanto ele não podem comer tudo o que querem."

"E aquela testemunha, ou suposta testemunha, que você interrogou, Michael Reidy. Lembra dele?"

Sentado diante de Elves Perez, um detetive alto com cara de ave de rapina, encarregado do homicídio de Bannion na delegacia centro-sul, Billy tentou se lembrar do rosto do bêbado com a camisa manchada de sangue ou ketchup na sala de espera da Penn Station. "Mais ou menos", ele respondeu.

"Ele desapareceu."

"Desapareceu?"

"Temos o endereço dele em seu relatório, mas ele não está lá nem atende o celular, por isso pensei que talvez você se lembrasse de alguma coisa que ele te disse ou que você ouviu ele dizer para alguém ali e que não constou das suas anotações."

"Sabe quantas pessoas interrogamos naquela noite?"

Perez atirou o lápis em cima da mesa e reprimiu um bocejo. Ele tinha olhos cansados que sugeriam que ele nunca havia se recuperado da exaustiva experiência de ter nascido.

"Até onde você já chegou?", perguntou Billy.

"Na verdade, a lugar nenhum."

Billy apontou a pasta de papel manilha na mesa, junto a uma pequena estátua de plástico de são Lázaro.

"Posso?"

Mesmo nas fotos mais sangrentas da equipe técnica, Bannion mantinha sua impressionante beleza dos homens morenos de origem irlandesa, o cadáver mais bonito que Billy já tinha visto depois do primeiro marido de Carmen.

"O legista afirmou que o corte era dentado", disse Perez, afastando a cadeira com rodinhas da mesa, depois passando a lateral da mão pela parte interna das coxas. "Quem fez aquilo não era cirurgião, mas sabia onde cortar."

"E nada ainda sobre o criminoso?"

"Muito. Era baixo alto preto branco gordo magro, chegou voando num skate, foi embora rolando numa cadeira de rodas. Está me gozando? O cara podia ter dois metros, usar turbante, barba e estar com uma metralhadora, gritando 'Morte aos Estados Unidos', que todo mundo lá ia achar que era *delirium tremens.*"

"E as gravações?"

"Finalmente conseguimos recuperar as gravações do saguão sul, mas elas só mostram o Bannion correndo para o metrô depois do acontecido. Ainda estamos esperando a gravação que realmente nos interessa, a da câmera que cobre o painel de informações sobre os trens. O laboratório diz que pode levar dias, semanas ou o resto da vida. Você instala um equipamento de ponta, e aí um idiota derrama café nele. Não é à toa que dizem que o mundo vai acabar por causa de um suspiro e não de uma explosão."

"Como é que é?"

"Esquece. Quer ver o que já levantamos?"

Perez colocou o disco no monitor em sua mesa e Billy se postou atrás dele, ignorando a vibração de seu celular.

A extensão da galeria que ligava os trens de Long Island à entrada do metrô apareceu inicialmente deserta, tudo tendo acontecido fora do alcance da câmera, embora as imagens pouco nítidas de nada e ninguém evocassem o melancólico adiantado da hora. De repente Bannion surgiu correndo como um louco, o jeans azul-claro se tornando escarlate por causa do sangue, o sapato ensopado deixando pegadas escuras, até que ele se deteve, perplexo, diante das catracas e começou a procurar, em vão, alguma coisa nos bolsos — seu cartão do metrô? Em seguida, tal como Billy imaginou que tivesse acontecido quando chegou ao local, ele de repente tentou saltar a barreira, que não era tão alta, mas se imobilizou em pleno ar, como se surpreendido num flash fotográfico, e caiu sobre a catraca antes de desabar no chão.

"Não deixa de ter algum valor como entretenimento", disse Perez, "mas tudo aconteceu na outra ponta."

"E quanto tempo mesmo vai levar para termos aquele filme?"

Perez deu de ombros.

O turno da noite era cem por cento pegar e largar; passadas as informações ao homem da manhã, o negócio era cuidar do próximo crime depois da meia-noite seguinte. Havia simplesmente muitas ocorrências numa noite, numa semana, num mês, para se lembrar de cada uma delas, ou mesmo continuar curioso sobre delitos anteriores e ainda estar preparado para se concentrar no que vinha pela frente. As tarefas do turno da noite, como um velho chefe uma vez tinha dito a Billy, eram lágrimas esparsas de um choro copioso.

Mesmo assim...

"Você me faz um favor?", Billy perguntou. "Pode me avisar quando a gravação chegar?"

Naquela noite ele teve que aturar mais um tipo estranho fazendo bico no turno da noite, Stanley Treester, da Unidade de Coordenação de DNA. Quando Billy entrou na sala de traumas do hospital Metropolitan para acompanhar um caso corriqueiro de esfaqueamento, encontrou Treester sentado na ponta de uma maca, olhando fixamente para um idoso de olhos lacrimejantes coberto por um lençol. O velho, ignorando a presença de Treester, tinha o olhar perdido.

"Eu fiz besteira", disse o paciente sem se dirigir a ninguém.

"Quem é ele?"

"Achei que o conhecia dos meus tempos de garoto", disse Treester, sem tirar os olhos do rosto do sujeito.

"E conhece?"

"Não."

"Fiz besteira", o homem disse de novo.

"Ele tem alguma coisa a ver com a ocorrência?"

"Não."

"Então...", disse Billy, prestes a lhe dizer que começasse a trabalhar, mas depois pensou melhor.

"E estou indo pro inferno."

"Posso te vender minha passagem", disse Billy, antes de ir embora para averiguar o crime.

A verdadeira investigação durou uns cinco minutos, porque o samaritano que trouxera a vítima para o hospital confessou tudo no momento em que Mayo mostrou seu distintivo, a história se resumindo em dois irmãos, uma garrafa de tequila Herradura, um jogo de dominó e uma faca.

Stacey Taylor ligou no instante em que o culpado estava sendo algemado. Billy, grato de não ser A Roda com outro incidente, respondeu de imediato.

"São quatro da manhã, você sabe, não sabe?"

"Desculpe, te acordei?", ela perguntou.

"O que é que há?"

"Nada. Só queria saber como foi hoje com o Taft."

"Fiz besteira, cheguei lá sem um plano e fiz besteira."

"Bom, você é humano, acontece."

"Mas quero te agradecer pela ajuda."

"Ora, é assim que a gente funciona."

Ainda ao telefone, Billy começou a devanear, pensando nos últimos dias: Bannion, Taft, a srta. Worthy, mas sobretudo John Pavlicek vagando pelo Columbia Presbyterian como se alguém o tivesse golpeado na cabeça com um saco de moedas.

"Alô?", ela disse.

"Oi, desculpe", disse Billy, voltando a si. "Deixe eu te perguntar uma coisa. Você tem algum acesso a registros hospitalares?"

"De que hospital?"

"Columbia Presbyterian."

"Conheço um cara lá."

"É? Quem?"

"Aí você também ficaria conhecendo ele."

"Preciso que você levante a ficha de um paciente que não está internado."

"Quem?"

Ele hesitou. "John Pavlicek."

"O seu amigo dos Gansos? Qual é o problema dele?"

"É o que eu quero saber."

"Sabe com quem ele se consulta lá?"

"Alguém por causa de seu colesterol. Ou pelo menos é o que ele diz."

Billy ouviu-a acender um cigarro e depois soltar uma baforada ruidosa.

"Quanto você cobra por uma coisa dessas?"

"Quando é que eu já aceitei dinheiro seu?"

A culpa de Billy fez seu rosto se contrair numa careta de dor.

"Talvez já esteja na hora de você aceitar."

Trinta minutos depois, quando ele saía do hospital, seu celular tocou de novo: Yasmeen, bêbada no fim da madrugada, a voz pastosa.

"Só estou ligando pra pedir desculpa."

"De...?"

"A outra noite, bebi tanto, sabe? Eu nem sabia que você me levou para casa, só hoje de manhã o Dennis me contou."

"Ah, esquece isso, quantas vezes..."

"Dennis é um bom sujeito, sabe? Realmente é."

"Bom, como é o seu marido e tudo..."

O silêncio do outro lado da linha sugeriu que era a resposta errada.

"Seja como for, são quatro e meia da manhã, não acha que devia..."

"Quer ouvir uma coisa?", ela interrompeu. "A irmã mais velha do Raymond Del Pino acaba de ter sua segunda filha, e sabe que nome ela deu pra menina? Yasmeen Rose. Ela me disse que é porque eu fui a única pessoa que nunca desistiu de pegar o Eric Cortez."

"Que bom pra ela", disse Billy, catando as chaves do carro.

"E pra você também."

"Bom pra mim", ela disse, arrastando as palavras. "Pois fique sabendo que isso é uma maldição pra menininha."

Milton Ramos

O edifício de número 2130 da Longfellow Avenue, um prédio de seis andares sem elevador numa região ainda meio sórdida do East Bronx, tinha mais de cem anos e havia sido construído por artesãos recém-desembarcados. Embora estivesse arruinado quando Milton nasceu lá — o mosaico do piso esburacado como o sorriso de um indigente, as paredes enfeitadas com placas de reboco descascadas, a relação de moradores numa caixa envidraçada com nomes de porto-riquenhos e judeus mortos havia muito tempo, como se fosse um catálogo de fantasmas —, ainda guardava alguns toques de elegância do velho mundo. Mas agora, ao pisar no saguão de entrada mais de vinte anos depois de ter escapado para a segurança do apartamento de tia Pauline no Brooklyn, Milton se chocou ao ver o que haviam feito com sua primeira moradia na terra, arrasada por dentro e reconstruída do modo mais barato, as antigas paredes de ripas e argamassa com enfeites no topo substituídas por simples placas de madeira compensada; os pisos multicores de pedras, por tábuas de pinho pintado; as lâmpadas de vidro cor de âmbar presas às paredes, por luzes fluorescentes penduradas ao teto.

"Está fedendo aqui", disse Sofia a seu lado, junto às caixas postais amassadas.

"Não diga fedendo, diga cheirando mal", ele disse, apontando para a escada com a ponta mais grossa do bastão de beisebol profissional dele (nunca se sabe o que vem por aí): "Vai na frente".

Um bastão de beisebol é uma coisa versátil. Como Milton aprendeu ainda adolescente, uma tacada moderada perto do tornozelo pode fazer um traficante de merda compartilhar com você sua estratégia financeira no negócio das drogas, a qual consiste basicamente em dar um calote em Pedro a fim de pagar Paulo, depois dar um calote em Paulo e arranjar outros fornecedores. Outra tacadinha fará o traficante lhe dizer quem é o Pedro mais recente e o Paulo mais recente. E se um dia você usar a ponta mais grossa do bastão para bater com certa força nos dedos estendidos e abertos sobre a mesa de Pedro ou Paulo, ambos ansiosos por liquidar aquele vigarista, você conhecerá os nomes dos matadores contratados para executar o ato. Então, depois que você conseguiu pôr os matadores num apartamento vazio, com pés e mãos atados com fita isolante de alta qualidade — só cubra a boca com outro pedaço de fita depois de eles terem tentado escapar da morte lhe contando tudo, inclusive a verdade —, pode começar a usar o taco para valer, como se quisesse isolar a bola para fora do estádio, até que as paredes, o teto e suas roupas estejam tingidas de vermelho.

Sofia se esforçou para subir — "Gosto de ir o mais alto que eu consigo", ela certa vez explicou a ele, "porque depois eu só preciso descer" —, e no terceiro andar já estava penando. Mas ele era tão paciente com ela quanto havia sido ao subir os mesmos degraus no decorrer de toda a sua infância, acompanhando a mãe morbidamente obesa, que a cada passo repetia o seguinte mantra: "Que mundo, Milton, que mundo", deixando-o simplesmente aterrorizado.

4B, Sofia anunciou. Quem morava aqui?

A sra. Sanchez, uma senhora muito simpática.

Ela era boa?

Era.

4C. Quem morava aqui?

O casal Klein.

Eles eram bons?

Eram velhos.

As portas dos apartamentos, no passado feitas de carvalho, agora eram peças inteiriças de metal, revelando a atmosfera de pavor que reinava ali; os números, na sua época feitos de latão e aparafusados na madeira, não passavam de decalques comprados em qualquer papelaria. Mas ele não ligava a mínima para essas ofensas específicas a suas recordações, pois a informação que forneciam era a mesma que tinham fornecido vinte anos antes, e, acontecesse o que acontecesse, as portas e seus números sempre contariam a mesma história.

4D. Quem...

A família Carter.

Eles eram bons?

Eram legais. Tinham um filho retardado.

O que é retardado?

Ruim da cabeça.

O quê?

Bobalhão, mas não por culpa dele.

Sofia ficou pensando nisso por algum tempo, depois perguntou: Qual era o nome dele?

Michael.

Os garotos riam dele?

Alguns.

E você?

Não.

E o tio Edgar?

Não.

E o tio Rudy?

Ele às vezes podia ser meio mauzinho, mas era um garoto.

Você e o tio Edgar brigavam com ele quando ele fazia isso?

Ele era só um garoto.

A vovó Rose brigava com ele?

Ela não brigava com ninguém.

Tinha outros meninos retardados no prédio?

Não, mas tinha um que era gay.

Ele beijava os outros meninos?

Acho que sim.

Como ele se chamava?

Victor.

Os meninos riam dele?

Ah, riam, sim.

Você também?

Não. Na verdade, um dia uns caras mais velhos estavam maltratando ele na rua e eu dei um jeito deles nunca mais fazerem aquilo.

O que é que você fez?

Não se preocupe com isso.

4E. Quem morava aqui?

Uma menina, Inez. Não lembro o sobrenome dela.

Ela era boa?

Acho que sim.

Você gostava dela?

Eu não odiava ela.

Você queria casar com ela?

Não.

4F. Quem morava aqui?

Adivinha.

Você.

E a vovó Rose, Edgar e Rudy.

A gente pode entrar?

Agora outras pessoas moram aí.

Independentemente de quantas famílias tivessem vivido do outro lado daquela porta desde que a família Ramos desaparecera, independentemente de quantas vezes os quartos e as paredes tivessem sido demolidos e refeitos a fim de manter os aluguéis acessíveis, o 4F sempre seria um lugar mal-assombrado, e ele conseguia imaginar com facilidade algumas pessoas que moraram lá depois acordando e chorando no meio da noite sem nenhuma razão que pudessem compreender.

Uma forma de interpretar a morte do Homenzinho era vê-la apenas como um pavoroso erro de identidade. O traficante visado, como qualquer morador do prédio poderia ter dito aos homens enviados para matá-lo, morava no 5C.

Então por que, Milton teve que perguntar aos matadores naquele dia no apartamento vazio, vocês foram para o 4F?

Foi quando eles falaram da garota com cara triste que estava sentada nos degraus da frente do prédio, a Senhorita Informação.

Descreva ela, disse Edgar.

E eles descreveram, depois do que os irmãos Ramos se entreolharam surpresos.

Aquela garota do terceiro andar?, Milton perguntou a Edgar. Em seguida, voltando-se para seus prisioneiros de pés e mãos amarrados, deitados no chão de barriga para baixo: Ela falou que o cara que vocês estavam procurando morava no 4F? Tem certeza?

Curvando a espinha e exibindo seus rostos cobertos de suor,

eles juraram por todos os anjos do céu. Como poderiam saber? Foram mandados para lá sem o número do apartamento. E vocês disseram a ela o nome do traficante? Ele ainda não conseguia acreditar. Juramos pela felicidade das nossas mães... E ela disse 4F... Sim. Sim. Sim.

Agora eles estão chorando, Edgar resmungou, batendo o bastão de leve na panturrilha.

Bom, vocês sabem quem mais mora no 4F?, Milton perguntou, erguendo o bastão acima da orelha, a ponta grossa fazendo pequenos círculos nervosos. Nós. Os irmãos dele.

Sofia caminhou até o terceiro andar, com Milton atrás dela batendo de leve nas paredes com o taco enquanto descia.

3D. Quem morava aqui?

Não sei.

3E. Quem morava aqui?

Não sei.

3F. Quem morava aqui?

Respira fundo...

O garoto gay.

Victor? Quem mais?

A mãe dele.

Como ela se chamava?

Dolores.

Quem mais?

Respira fundo...

A irmã dele.

Como ela se chamava?

Não me lembro.

Você gostava dela?

* * *

Mais tarde, depois de demorados banhos de chuveiro, ele e Edgar bateram à porta do 3F e deram de cara com a mãe de Carmen.

Onde é que ela está?

A resposta — Atlanta — afastou Milton de sua caça por vinte e três anos. O mesmo poderia ter sido verdade para Edgar, mas os matadores mortos tinham amigos, e seu irmão mais velho durou só uma semana.

A mãe deles, emocionalmente arrasada, durou só uma semana depois disso.

Você queria casar com ela?

Assoviando inconscientemente, Milton encostou a extremidade mais fina do bastão no olho mágico do 3F: Adivinha quem.

Pai!

Que é?

Você queria casar com ela?

Casar com quem? Depois: Não me lembro. Depois: Sabe de uma coisa? Você tinha razão, aqui está fedendo, vamos pra casa.

Quando começaram a descer para o saguão de entrada, Milton imaginou sua mãe imensa e arquejante cruzando com Carmen na escada, a menina magricela com olhos de mártir provavelmente tendo que recuar ao andar mais próximo para que a sra. Ramos tivesse espaço suficiente para passar, as duas sorrindo sem jeito, o sorriso de sua mãe com um quê de humilhado.

"Que negócio é esse de me chamar de 'pai'?", Milton perguntou enquanto destrancava a porta do carro. "O que aconteceu com 'papai'?"

"É uma palavra de bebê. Os meninos tiram sarro quando a gente fala assim."

"Você precisa aprender a se defender, Sofia", ele retrucou abruptamente, "senão esses meninos nunca vão parar, e esse tipo de mentalidade que você tem de pode-me-chutar vai te fazer infeliz até o dia da sua morte, está me entendendo?"

Nenhuma resposta — bem, o que se poderia esperar que ela respondesse?

"Desculpe. Eu não queria gritar."

"Tudo bem", disse Sofia com aquele seu jeito resignado que fazia Milton sentir vontade de arrancar o próprio coração e oferecê-lo aos passarinhos.

Uma hora depois, tendo deixado Sofia na escola, ele ficou sentado em seu carro a uma boa distância da casa em Yonkers, longe o bastante para não chamar a atenção de ninguém, perto o bastante para observar tudo.

Eles tinham uma casa; ele tinha uma casa. Eles tinham filhos; ele tinha uma filha. Graves tinha um distintivo dourado; bem, ele também tinha.

Ele era viúvo, mas ninguém ali era responsável por isso. Sendo assim, por que, além de tudo mais, de tudo que ele tinha o direito de sentir, também sentia ciúme naquele momento? Como é que aquela sacana podia ter tido uma vida normal? Que tipo de monstro insensível ela era para simplesmente ter seguido em frente numa boa, tendo uma vida como a de qualquer outra pessoa?

Mesmo antes que ele e o irmão tivessem matado dois homens a cacetadas numa idade em que deviam estar pensando apenas em esportes, música e em trepar, seu senso de "normalidade" não era fácil de reconhecer. Ele sempre se sentira uma espécie de animal milagroso, treinado para andar sobre duas pernas e imitar a fala humana. Mas depois daquele dia, um dia promovido por ela, nunca pensou por um instante que pertencesse a qualquer espécie senão à sua própria.

Milton viu o velho sair e curvar-se lentamente para pegar o jornal no gramado, reconhecendo nele, apesar de sua fragilidade, um chefe da velha escola que ainda irradiava um ar de solene autoridade. Uma hora depois, uma mulher de meia-idade com cara de índia, provavelmente a cuidadora dele, foi à varanda fumar um cigarro. Nenhum sinal de Carmen (provavelmente no trabalho), dos garotos (provavelmente na escola) ou do marido. Sabendo que Graves trabalhava no turno da noite, Milton deduziu que ele ainda estivesse em casa dormindo ou — o mais provável, tendo em vista que o único carro na entrada da garagem era um Civic caindo aos pedaços que, sem dúvida, pertencia à cuidadora — ficara preso por algum incidente no começo da manhã.

Tendo por fim a encontrado depois de todos aqueles anos, assim como havia encontrado o branco miserável da Carolina do Norte que roubara a vida de sua mulher, o problema agora era saber para onde ele iria a partir dali, para onde eles iriam. No passado, quaisquer que tivessem sido as ações que executara em nome de seus mortos, o sofrimento que infligira sempre havia sido de curta duração, ao passo que o seu próprio sofrimento só fazia aumentar, deixando-o mais isolado, mais miserável, mais subumano do que nunca. Para ele, acertar as contas sempre tinha sido como matar a socos, com as mãos nuas, um homem com o rosto e o corpo protegidos por uma malha de pregos. E agora, naquela altura de sua vida, a ideia de repetir tudo lhe era insuportável, ele não sobreviveria ao preço mental, se não físico, daquilo.

Então deixe quieto.

Não dá.

Então ache outro jeito.

Ache outro jeito.

6.

Deveria ser engraçado pensou Billy, mas não era. Sempre que você é chamado para ver o psicólogo da escola de seu filho, engraçado é a última coisa que vem à sua mente. No entanto...

Um dia antes, Declan aparentemente empurrou um garoto que o vinha provocando, e o rosto do menino bateu na porta aberta de um armário. O ferimento foi irrisório — afinal, ambos tinham oito anos —, mas houve um pouco de sangue e óculos quebrados. Por isso, ele e Carmen estavam sentados agora numa sala de aula vazia conversando com um rapaz que devia ter se formado não fazia nem um, dois anos e que lhes perguntava se o parto de Declan tinha sido difícil, se eles "empregavam" algum tipo de disciplina física em casa, se nos dois lados da família existia algum caso de...

"Que tal se fizermos Declan pedir desculpas ao garoto e pagarmos os óculos dele?", Billy perguntou, interrompendo-o amigavelmente.

"Seriam sem dúvida atitudes apropriadas, mas acho..."

"*Não!*", a palavra saiu dos lábios de Carmen como um comando dado a um lobo, enquanto ela avançava para a frente na cadeira. "Quando é que você vai parar com essa baboseira de querer saber como foi o parto dele, e como você ousa nos perguntar se batemos em nossos filhos, se temos gente maluca na família... Sou enfermeira, eu *cuido* de pessoas; meu marido é um detetive da cidade de Nova York, ele *protege* as pessoas. Isso é o que nós somos, e não estamos *fazendo* essas coisas hoje porque fomos obrigados a perder essa porcaria desse tempo falando com *você*."

"Carm", disse Billy inutilmente.

"Não, meu filho não vai pedir desculpas àquele merdinha, e não, não vamos pagar pelos óculos dele. Sabe quem deveria fazer isso? Você e a porra desta escola, porque o que aconteceu ontem é culpa de vocês e de mais ninguém. Vocês organizam esse espetáculo chato e idiota sobre planetas, todas aquelas pobres crianças vestidas como almôndegas embrulhadas em papel de alumínio: 'Olá, eu sou Mercúrio! Olá, eu sou Saturno!'. E vocês sabem, *sabem muito bem*, que um dos infelizes tem que dizer: 'Olá, eu sou Urano!'. Meu Deus, você é psicólogo, não vê como isso pode ser humilhante? E *obviamente*, como ele vai ser gozado milhares de vezes, se ele tiver um mínimo de caráter, como meu filho tem, em algum momento vai reagir."

O terapeuta, mais perplexo do que intimidado, olhou para suas anotações, pegou a caneta e depois pensou melhor.

"E se vocês tentarem suspendê-lo ou levantarem um dedo para puni-lo, nós vamos primeiro procurar nosso advogado e depois os jornais. E seus professores de ciência vão ser muito ridicularizados quando a história for publicada. Será que eles não assistem aos noticiários? Urano nem é mais um planeta."

Com isso, ela se pôs de pé e saiu, deixando Billy para acalmar os ânimos.

"Eu não vi essa representação", ele disse com serenidade. "Mas ela até que tem razão."

Quando Billy se encontrou com Carmen no estacionamento da escola, esperava vê-la ainda fervendo de raiva, mas em vez disso ela estava à beira das lágrimas. "Diga que eu não fiz nenhuma cagada", ela implorou, pegando a mão dele. "Fico aterrorizada com tudo que tem a ver com os dois, sabe? Diga que não fiz uma cagada."

Quando Billy acordou às quatro da tarde, o quintal estava tão ativo como uma colmeia, Declan e Carlos duelando com bastões de plástico, Millie fumando sofregamente atrás da única árvore que tinham e seu pai, sem atentar para as atividades a seu redor, lia um livro recostado numa das espreguiçadeiras com tiras de vinil. Depois de voltar ao quarto para pegar o chinelo, Billy telefonou para Carmen no hospital a fim de ver como ela estava, fez café e vestiu a camisa social que tinha usado na noite anterior para se proteger do friozinho que fazia lá fora.

Nesse meio-tempo, os meninos tinham abandonado a esgrima e jogavam uma bola de futebol americano de um lado para o outro: toda vez que trocavam passes, o arremessador se atirava no chão ao final do movimento e o recebedor, por mais alta que a bola viesse, também mergulhava para apanhá-la, Dec e Carlos mais interessados em se lançarem ao solo do que em se tornarem jogadores profissionais. Embora suas habilidades como *quarterback* lhe tivessem garantido uma adolescência decente e o acesso a uma universidade de alto nível esportivo, para Billy não fazia a menor diferença se seus filhos se tornariam grandes atletas, bailarinos ou nerds, desde que aprendessem a importância de não entrar em pânico ao receberem um soco na cara.

Descansando a caneca num degrau da escada dos fundos, ele puxou a calça do pijama para cima, pegou outra cadeira de alumínio e se sentou junto ao pai. O velho dormitava, uma surrada edição de bolso dos *Poemas de guerra de Thomas Hardy* escorregando do colo. Outras edições de bolso bastante manuseadas estavam empilhadas no gramado junto à sua cadeira, e Billy não precisou olhá-las para saber o que muitas delas eram: as coletâneas de poemas de Rupert Brooke, Wilfred Owen, W. B. Yeats, Alan Seeger, Robert Graves e Siegfried Sassoon. Talvez Walter de la Mare.

O avô de Billy, fuzileiro naval, tinha morrido envenenado com gás na batalha da Floresta de Argonne em 1918; para sua filha e mãe de Billy Sênior, que tinha nove anos na época, a dolorosa ausência do pai tornou-se uma presença sobrenatural e permanente. Em consequência, desde que Billy se lembrava por gente, seu pai, perseguido pela figura de um homem que jamais tinha visto, foi um obcecado pela Grande Guerra, em particular pela literatura que ela gerou.

Ao se tornar chefe da segurança estudantil na Universidade de Columbia com cinquenta e oito anos, Billy Sênior, valendo-se de um dos benefícios extras do emprego, imediatamente passou a frequentar algumas aulas como ouvinte. Seguiu os cursos básicos do primeiro ano, os intermediários do segundo e os mais adiantados do terceiro. Nunca participou dos debates ou fez provas, porém, por conta própria, completou as leituras exigidas, mantendo grande discrição. No quarto ano, desejando se testar, escreveu um ensaio sobre a obra do poeta e soldado Isaac Rosenberg e entregou-o ao professor sem jamais imaginar que ele fosse lê-lo e muito menos erguê-lo na semana seguinte diante de todos no auditório, perguntando: "Quem é William Graves?".

Esse mesmo professor, usando seus contatos fora do país, conseguiu que ele recebesse uma bolsa para participar do seminário de verão sobre a Grande Guerra, com duração de três semanas e que era realizado em Oxford ou Cambridge (Billy nunca sabia qual das duas). Naquele julho, única vez em que os dois viajaram juntos para o exterior, Billy Sênior frequentou as aulas, enquanto sua mulher circulava pela cidade ou fazia excursões durante o dia ao sul da Inglaterra. No verão que se seguiu à morte de sua mãe, Billy Sênior voltou sozinho à Inglaterra, a primeira de onze peregrinações de verão, até não poder mais viajar por conta própria.

De tudo que seu pai havia realizado depois de se aposentar no Departamento de Polícia de Nova York — chefiando a segurança do campus de uma grande universidade, fazendo o mesmo no hospital Mount Sinai e na Sociedade Histórica de Nova York —, nada impressionara tanto Billy quanto observar um homem que só tinha completado o ensino médio, com mais de cinquenta anos, penetrar de mansinho naqueles cursos muito puxados das universidades da Ivy League e se dedicar aos estudos acadêmicos da mesma forma que muitos homens de sua idade e status dedicavam-se a ser avôs e ver televisão.

Atirando o resto de café na grama, Billy inclinou-se e pegou a coletânea de Yeats, folheou lentamente todo o livro e viu a caligrafia bonita mas estranhamente ilegível de seu pai em quase todas as páginas.

"O que você pegou aí?", Billy Sênior perguntou, despertando.

"Você costumava ler para mim este livro quando eu era pequeno, lembra? Eu me cagava de medo com 'A segunda vinda'."

"Por que você não retribui o favor?"

"Ler para você?" Billy olhou em volta do quintal. "Da maneira que eu declamo? Mais fácil me pedir para dar um show de break-dance."

Billy Sênior se ergueu um pouco na cadeira, abriu os olhos. "Me lembro que quando eu trabalhava no Bronx lá pelo final da década de 1970, começaram a fazer aquelas festas de rua com vitrolas portáteis e uns sujeitos arranhando os discos, todo mundo girando em cima de pedaços de papelão, gritando rimas que contavam bravatas."

"Você precisa ver algumas coisas que seus netos gostam", disse Billy.

"... logo depois, tudo quanto era garoto com um gravador portátil saiu pelas ruas declamando poesia ordinária."

"Continua mais ou menos assim por lá."

"Olha, eu não quero parecer um velho branco e emburrado, incapaz de apreciar o efeito positivo dessas coisas naqueles bairros, mas, do ponto de vista estético, eu odiava mesmo."

"É, nem todo mundo pode ser o Sam Cooke."

"Nada contra o *rhythm and blues*, meu amigo. Alguns daqueles cantores eram verdadeiros bardos."

Billy só pôde sorrir. A palavra "bardo" sempre tinha sido o maior elogio de seu pai, sinônimo de "sublime" e um pouquinho abaixo de "divino".

"Pai, lembra do meu amigo Jerry Hart? Depois do primeiro ano dele na Fordham, ele voltou para casa e disse ao pai que queria ser poeta. Sabe o que o sr. Hart disse? 'Só escreve poesia quem gosta de chupar pau', com o perdão da palavra."

"Chupador de pau", Sênior disse sem nenhuma emoção.

"O quê?" Billy nunca tinha ouvido o pai dizer nada pior que "merda", e isso raramente.

"Lambedor de buceta."

Os meninos pararam de jogar.

"Crioulinho com cara de judeu chupador de pau filho da puta." Mais uma vez dito sem emoção.

Billy fez sinal para que Millie levasse as crianças para dentro de casa.

"Pai, o que está acontecendo?"

"Você vai ler para mim?", o velho perguntou.

"O quê?"

"Você disse que ia ler alguma coisa para mim", falou, indicando o livro de Yeats ainda na mão de Billy.

"O que acabou de acontecer."

"Aconteceu o quê?" Os olhos de Sênior continuavam claros e tranquilos.

Billy fez uma breve pausa. "Está bem", disse por fim. "Espera um pouco."

Folheando a coletânea de Yeats, rechaçando nervosamente um poema atrás do outro por serem longos demais ou escaparem à sua compreensão, ou por terem muitas palavras gaélicas impronunciáveis, ele acabou caindo no poema que lhe causava horror quando jovem. Mas, depois de ler rapidamente os primeiros versos — o falcão girando loucamente, a maré turvada pelo sangue, cada imagem perturbando-o mais que no passado, em seguida voltando ao "Tudo vem abaixo; o centro não resiste" —, fechou o livro.

"Escuta", disse ao se pôr de pé. "Que tal se eu recitar 'O rosto no chão do bar'? Esse eu sei de cor."

Alguém havia escrito raivosamente "CASA DAS DROGAS" com um pincel atômico acima do olho mágico do apartamento 6G nas Truman Houses.

"A qualidade é tudo nesse negócio", disse o técnico do centro de investigações criminais mais próximo de Billy antes de eles entrarem no local onde jazia a vítima.

A sala de visitas não tinha um único móvel, vazia de todo exceto por alguns cinzeiros entupidos de guimbas de cigarro e, aqui e ali, velas ainda acesas dentro de copos de suco. Uma mulher loura e magérrima que parecia ter sessenta anos, mas provavelmente com trinta e poucos, estava caída de costas no chão de linóleo. Um vergão na pele mosqueada de pólvora, abaixo da clavícula esquerda, era o único sinal de violência não infligida por ela própria. Outro técnico, acocorado ao lado do corpo, pegou a cabeça pelo queixo e a girou de um lado para o outro, passou os dedos enluvados com certa rispidez pelo cabelo escorrido dela e depois desabotoou a blusa, tudo em busca de outros pontos de entrada.

Antes que ocorresse a alguém impedi-la, outra jovem mãe, de olhos muito fundos, passou pela porta semiaberta, disse "Esqueci minha bolsa", bateu os olhos na mulher morta, comentou "Ah, April, você ainda está aí? Pensei...", e só então desmaiou.

"Nós só estávamos lá sentados, passando o cachimbo da paz de mão em mão, só isso, ninguém estava machucando ninguém", disse Patricia Jenkins depois de voltar a si, soltando uma enorme baforada de fumaça na direção de Billy e de Alice Stupak, todos sentados nos degraus da escada que dava para o hall do 6G, onde jazia a mulher morta.

"De repente esse garoto entrou com um rifle, disse pra todo mundo entregar o material, mas como estávamos chapados ninguém se mexeu. Donna perguntou se ele não queria participar da festinha, aí ele disse: 'Com umas mulheres cheias de doença igual a vocês?'. Pegou todas as pedras que tinham sobrado, depois foi até cada um e recolheu dinheiro, celular, qualquer coisa."

Ela fez uma pausa para dar outra tragada poderosa, passou um dedo trêmulo pela testa. "Ele já tinha se virado para ir embora, com a mão na porra da maçaneta, quando April disse: 'Merda, aposto que isso aí não está nem carregado', e eu pensei: 'Ai, meu Deus...'."

Billy olhou rapidamente para Stupak, nenhum dos dois querendo que ela se desconcentrasse se eles tomassem notas.

"Quando o garoto ouviu isso, ele se virou bem devagarzinho, apontou o rifle como quem estica o braço, praticamente encostou o cano nela, e bum! Depois foi embora do mesmo jeito que teria ido se April não tivesse aberto a boca. Nós ficamos paralisados até ele desaparecer, depois também fomos embora." Ainda fumando, ela baixou a testa até pousá-la na palma da mão, fechou os olhos e chorou um pouco.

"Tudo bem, Patricia", começou Stupak, tirando o caderno de notas, "eu sei que você tem tanta vontade de pegar esse cara quanto nós, por isso nos ajude. O atirador era branco, preto, latino..."

"Dominicano claro."

"Dominicano. Não porto-riquenho nem..."

"Dominicano."

"E quando você diz garoto..."

"Mais ou menos na idade de perder o ano no curso secundário e parar de estudar."

A porta anti-incêndio que dava para a escada se abriu e os três se voltaram para ver Gene Feeley, o esquivo veterano, examinar a situação e, com as mãos enfiadas nos bolsos, encostar-se a uma parede de blocos de concreto bem atrás de Stupak.

Alice esperou um instante e, com as têmporas pulsando de raiva, perguntou: "Esse cara, você se lembra como ele estava vestido?".

"Uma roupa esportiva cor de laranja, o blusão e a calça."

"Havia palavras ou desenhos na roupa?"

"Tinha 'Syracuse' subindo pela perna e no peito."

Feeley tossiu e mexeu os pés, enquanto Billy o observava como um falcão.

"E o cabelo? Comprido, curto..."

"Bem curto e penteado para a frente, como o do imperador romano, e costeletas fininhas como um traço de lápis, descendo até embaixo do queixo. E usava um pouco de rímel nas sobrancelhas, como os garotos fazem agora, para elas ficarem mais escuras."

"Beleza. Além do que já nos contou, você lembra se ele falou mais alguma coisa?"

"Não mesmo."

"Muito bem, Patricia", disse Stupak, os olhos brilhando com a excitação da caçada. "Que tal você ir conosco até a delegacia pra gente te mostrar umas fotografias?"

"Eu vou poder fumar lá?", ela perguntou. "Na última vez não deixaram."

"Sem problema", Alice respondeu, pondo-se de pé e ajudando a mulher a fazer o mesmo.

"Oi, Patricia", disse Feeley, ainda encostado à parede. "Antes de você ir, você por acaso não sabe o nome desse garoto, sabe?"

"Sei, sim", ela disse. "Eric Cienfuegos, ele mora aí em cima, no apartamento 11C."

"Pra você ver", ele disse a Stupak, saindo rapidamente do hall.

"Quero uma transferência", ela anunciou a Billy depois que Feeley se foi.

"Deixa comigo", disse Billy, sem de fato saber o que faria.

"Você sempre diz isso."

"Vou dar uns telefonemas."

"Você sempre diz isso também."

Morto de vergonha, ele apontou com a cabeça na direção de Patricia Jenkins, de pé como um espantalho em que haviam pendurado algumas roupas. "Leve ela para casa."

Billy o alcançou quando Feeley entrava no carro, um Dodge Polara reformado 1973, estacionado em fila dupla em frente ao prédio.

"O que foi?", perguntou Feeley, olhando-o pela janela aberta do carro.

Billy curvou-se para encará-lo.

"Ela falou muita merda na outra noite", disse Feeley. "Me deixou mal na frente do meu sobrinho, e tudo mais."

"Gene", Billy começou, suas costas já o torturando, "na semana passada pedi ao chefe do departamento que tire você da minha equipe, contei como você é pouco confiável, que me prejudica, e a todos os companheiros. Sabe o que ele disse? Me faça o favor de ficar com ele, te mando outro detetive para reforçar a equipe."

"Que merda você pensa... Sabe o que eu já fiz nesse emprego?"

Billy se empertigou para aliviar a pressão nas costas e voltou a se curvar. "Pra dizer a verdade, eu sei. De fato, quando eu comecei, meu chefe apontou para você e disse que, se ele fosse morto por alguém, queria que o caso ficasse nas suas mãos, porque o assassino estaria no corredor da morte antes do fim do ano."

"Quem era esse cara?"

"Mike Kelley, que se aposentou na 5-2 há uns três anos."

"Kelley", Feeley grunhiu. "Ele era dos bons."

Billy se ergueu, respirou fundo e voltou a se abaixar. "Olha, Gene, não posso fazer nada com você, nós dois sabemos disso, mas proponho o seguinte. Não apareça mais. Vou dar cobertura a você, assinar sua presença, com isso você pode engordar a sua pensão sem perder tempo com toda esta rotina. E eu fico com a minha equipe do jeito que eu gosto. O que é que você acha?"

Feeley permaneceu imóvel por algum tempo, claramente confuso. Depois lançou um olhar duro para Billy e encerrou a conversa: "Ninguém me diz o que eu tenho que fazer".

Milton Ramos

As irmãs — elas só podiam ser irmãs, bastava reparar nas bocas — chegaram à delegacia 4-6 no momento em que Milton saía com um saquinho de batatas fritas e uma lata de suco de frutas da sala onde havia uma máquina de venda automática. "Meu noivo desapareceu", a mulher menos avantajada declarou a Maldonado, o sargento que atendia no balcão.

"Há quanto tempo?", ele perguntou sem erguer os olhos dos papéis em que trabalhava.

"Ontem, no dia anterior."

"Qual é o nome dele?", ele perguntou, ainda sem erguer os olhos.

"Cornell Harris."

Pensando para onde iria em breve e o que planejava fazer ao chegar lá, Milton perdeu o apetite e jogou fora as batatas antes de abrir o saquinho.

"Você tem uma foto?", disse Maldonado, estendendo a mão às cegas.

"Não", respondeu a namorada do desaparecido.

"Aqui está", disse a irmã dela, pescando na bolsa um instantâneo.

A namorada olhou para ela. "Por que você tirou essa foto?"

"Porque eu tirei. E daí?"

"Esse cara?", disse Maldonado, finalmente olhando para elas. "Este é o Sweetpea Harris."

"Eu sei."

Milton conferiu a hora e tomou um gole de suco.

"Ele está desaparecido?", perguntou Maldonado. "E isso é uma coisa ruim?"

"Ele não é mais o que era", respondeu a namorada.

"Deu a volta por cima", disse a irmã.

"Assim?", perguntou Maldonado, levantando-se, dobrando a mão sobre a cabeça como se fosse um cabo de guarda-chuva e fazendo uma pirueta.

"Olha, é por isso que o pessoal daqui odeia vocês."

"Eles não odeiam, não", disse Maldonado, retornando aos relatórios.

"Você devia se informar melhor sobre isso."

"Seja como for, só depois de quarenta e oito horas alguém pode ser considerado desaparecido."

"Mas é isso mesmo, quarenta e oito horas", disse a namorada.

"Você falou que foi ontem", ele disse.

"Ela quis dizer antes de ontem", disse a irmã. "Isso dá quarenta e oito horas."

"Ah, está certo."

"É, ele estava, nós estávamos brigando no telefone, aí ouvi outro cara dizer: 'Ei, Sweetpea, vem cá'."

"Ah, é? Aí, o que aconteceu?"

"Sweetpea disse: 'Ah, merda!', e desligou."

"Isso está virando um mistério de verdade", disse Maldonado, mais uma vez sem olhar para elas. "Onde foi isso?"

"Não sei. Talvez na Concord Avenue."

"Talvez?"

"Eu estava falando no telefone, como é que vou saber?"

"A que horas?"

"Por volta das três."

"Na noite passada?"

"É."

"Te peguei!", disse Maldonado dando uma palmadinha na mesa. "Está vendo? Ainda não fez quarenta e oito horas."

"Vai se foder", disse a namorada. "Vamos direto à seção de pessoas desaparecidas."

"Vão te dizer a mesma coisa."

Quando elas deram meia-volta, levantando os dedos médios acima da cabeça como se exibissem um troféu, Maldonado as chamou, mostrando o retrato de Sweetpea na mão estendida. "Podem ficar com isto", disse, "já temos um."

Tão logo as mulheres saíram, o sargento se voltou para Milton: "Ideias? Comentários? Sugestões?".

Milton deu uma olhada no relógio de parede e respirou fundo, um pouco trêmulo. "Tenho que ir a um lugar agora."

Ele estava sentado junto à mesa dela enquanto ela lhe auscultava o coração, a ponta de um dedo tocando de leve no peito dele.

Ele imaginou que o martelar de seu coração seria suficiente para derrubá-la da cadeira.

Bastava que ela o reconhecesse, e o jogo estaria terminado.

O que ele poderia fazer depois disso?

"Pode virar, por favor?" O disco frio agora pressionava a parte inferior de suas costas.

"Parece bem claro", ela murmurou, fazendo uma anotação no formulário da sala de emergência.

"Talvez agora esteja melhor."

"Já teve bronquite, asma..."

"Não."

"Algum ferimento recente?"

"Não."

"Tem andado estressado?"

"Todo mundo anda estressado."

"Estou perguntando sobre você", ela disse, levantando por fim a vista das anotações, seus olhos de Madona sem nenhuma expressão.

"Para ser sincero, estou me sentindo um pouco estressado bem agora."

"Claro, você está num hospital", ela disse, olhando por cima do ombro dele para observar uma ligeira confusão na sala de espera.

E que tal você?, Milton pensou. *Anda tendo algum estresse?*

"E alergias, tem alguma?"

"Pode ser."

"O que você quer dizer com 'pode ser'?", ela perguntou, voltando a olhar para ele.

"Acabei de ir ver meu irmão em Atlanta." Ele quase disse "meu irmão Rudy", mas isso ia tornar tudo fácil demais. "Ele comprou um gato para o filho desde a última vez que estive lá, e fiquei com a respiração meio ruim."

"Isso não é bom", ela disse, escrevendo de novo.

"Você já esteve em Atlanta?", ele perguntou.

Desde que havia se sentado ao lado dela, a tensão que sentia o fez falar para dentro, e ela ou não ouviu a pergunta, ou estava distraída. De qualquer modo, ele não quis perguntar de novo, não quis dar a ela mais nenhuma pista. Seria algo muito semelhante a pedir esmola.

Basta que ela me reconheça. Que me faça parar pronuncian-

do meu nome, depois se ajoelhe e peça perdão, me explique, chorando, por que fez aquilo. Então, quem sabe, nós dois poderemos sobreviver a isso.

Última chance para nós dois.

Quando a encarou de novo, ela o estava olhando fixamente, como se ele houvesse falado em voz alta, um olhar intenso mas desprotegido.

O estratagema da dificuldade de respirar já não era ficção.

"Você é da polícia?", ela finalmente perguntou.

"Trabalho na FedEx, está aí no formulário."

"Hum. Meu marido é policial, eu podia jurar que..."

"Acontece sempre."

Me reconheça, deixe que eu te veja tremer por causa da recordação. Vou me contentar com isso...

Mas o momento passou. Ela foi até sua mesa, pegou o aparelho de medir pressão e fez um gesto pedindo que ele estendesse o braço.

Sentados tão perto um do outro, ele poderia esticar a mão e agarrá-la pelo pescoço tão depressa que ela não seria capaz de emitir nenhum som, não poderia fazer sinal para ninguém nem mesmo se mexer. Poderia estrangulá-la antes que alguém se desse conta do que havia ocorrido.

"Sua pressão está nas nuvens."

"Devem ser os gatos", Milton disse com voz rouca, lívido de desespero.

7·

Quando chegou em casa na manhã seguinte, Billy ficou aliviado ao se dar conta de que Carmen estava no trabalho e os meninos na escola. Foi direto para a geladeira, preparou uma dose dupla de sua bebida habitual e pouco depois já estava dormindo. Acordou às três e meia e viu que seu pai também estava na cama, um de costas para o outro, Billy Sênior conversando animadamente com sua mulher já falecida. Os meninos estavam em algum lugar da casa empenhados num combate mortal. Billy saiu da cama, vestiu o roupão de banho e voltou à cozinha. Ao arrastar os pés até a máquina de café, quase tropeçou no casaco camuflado de Carlos, jogado no chão. Quando o pegou, viu que estava pegajoso e cheirava à tinta. Segurando-o diante de si pelas ombreiras, deparou com o que a princípio lhe pareceu uma estrela vermelha de cinco pontas, ainda secando e plantada bem no meio das costas do casaco.

Não, não era uma estrela. A maior parte da imagem tinha o formato mais de um leque que de um círculo, e as cinco pontas se projetavam de uma linha curva no alto, parecendo o desenho de uma mão — sim, de uma mão, e das grandes.

"Carlos!"

O menino chegou do porão só de cueca.

"O que aconteceu com o seu casaco?", Billy perguntou, mostrando a sujeira.

"Não sei."

O contorno da mão era preciso, embora grosseiro. Nada acidental. Nada feito por acaso.

"Alguém tocou em você hoje?"

"Tocou?"

"Pôs a mão em você." E depois: "Um adulto".

"Não sei."

"Não sabe", disse Billy começando a andar de um lado para o outro. "E alguém falou com você hoje? Além dos professores."

"Meus amigos?"

"Seus amigos, não, algum adulto."

"Não."

"Tem certeza?"

"Não sei", disse Carlos, encolhendo os ombros, cansado daquilo.

Billy respirou fundo: será que estava fazendo uma tempestade em copo d'água?

Como se lesse a mente do pai, Carlos foi se encaminhando para o porão, Billy de certo modo aliviado ao vê-lo ir embora. Mas então o menino parou no topo da escada e deu meia-volta.

"Ah, espera. Um homem chegou perto de mim e disse: 'Dá um oi para os seus pais'."

"O quê? Como é que é?", disse Billy sentindo de repente uma coisa úmida na nuca. "Que homem?"

"Fora da escola, ele chegou perto de mim."

"E disse o quê?"

"Já falei."

Mais uma vez Carlos tentou correr para o porão, e desta vez Billy precisou agarrá-lo pelo braço.

"Carlos!", seu irmão mais velho gritou na escuridão lá de baixo.

"O que você quer dizer com 'fora' da escola", Billy perguntou. "Fora do prédio da escola ou na rua? Antes ou depois das aulas?"

"Quando eu estava indo pegar o ônibus para voltar pra casa, ele chegou perto e disse dá um oi para os seus pais, mas juro que eu não falei com ele."

"O que mais ele disse?"

"Nada, só foi embora."

"Ele disse… Mais alguém viu ele?"

"Não sei."

"Como ele era?"

"Não sei."

O roupão de banho de Billy parecia um forno.

Cansado de esperar que seu irmão voltasse ao porão, Declan subiu, também só de cueca.

"Você viu o homem que falou com seu irmão?"

"Vi."

"Ele falou com você?"

"Não."

"Como ele era?"

Declan abriu os braços e encheu as bochechas de ar.

"Gordo?"

"Parrudo."

"Que mais?"

"Ele era, ele tinha bigode."

"Que mais?"

"Tinha uma cabeça grande, maior que a sua. Mas menos cabelo na frente."

"Muito bem. Qual a cor dele?" Billy não era capaz de imaginar coisa alguma na geladeira que não o fizesse vomitar.

"Meio marrom."

"Marrom como a mamãe ou marrom como o tio Redman?"

"Marrom-claro, como a mamãe. Eu não chamo mais ela de mamãe, isso é coisa de bebê."

"Não, não é", disse Carlos.

"Tudo bem, tudo bem, como é que ele estava vestido?"

"Com um paletó esporte."

"E uma gravata", acrescentou Carlos, repuxando seu saco.

"Paletó e gravata. Que mais?"

"Calça", disse Carlos.

"E ele tinha um calombo", disse Declan.

"Como assim?"

"Um calombo", disse Declan, tocando o quadril esquerdo onde Billy carregava a pistola. "Igual ao seu."

Quando Carmen voltou do hospital para casa, às oito da noite, Billy ainda estava de roupão. Uma hora antes, tinha se esforçado para alimentar os meninos e seu pai com as fatias de melão e os jantares comprados já prontos.

"Está brincando comigo?", ela berrou da sala de visitas antes de irromper na cozinha. "Carlos, este casaco custou cento e vinte dólares!"

"Calma, não é culpa dele", disse Billy. Como havia dormido apenas três horas, seu cérebro era um ovo mexido. "Um cara se aproximou dele no estacionamento da escola, disse 'Dá um oi para os seus pais' e, eu acho, fez isso no casaco."

"O que você quer dizer com 'um cara'? Que cara?"

"É o que eu gostaria de saber."

"Ninguém conhecia ele?"

169

"Vou perguntar amanhã."

"Por que amanhã?"

"Os meninos não sabem. Melhor voltar lá na mesma hora, ver quem está por perto."

"Como é que ele era?"

"Pelo que arranquei deles, tudo indica que é latino, parrudão, talvez um policial."

"Um policial?"

Billy hesitou antes de dizer: "Talvez ele estivesse com uma pistola", e fez uma careta ao pronunciar essas palavras.

"Uma pistola?", ela exclamou, os olhos muito arregalados.

"É possível, mas talvez eu só esteja..."

"Meu Deus", ela continuou, cobrindo a boca com os dedos.

"Tem certeza de que era um policial?"

"Não tenho certeza de nada. Como eu acabei de dizer..."

"Muito bem, qual era a idade dele?"

Ele não acreditou que havia se esquecido de fazer essa pergunta, embora provavelmente não dissesse nada sobre a profissão do sujeito.

"Ei, Carlos!", ele gritou para o andar de cima.

O garoto desceu vestido com uma camisa dos Knicks por cima da calça do pijama.

"O homem que falou com você, ele era mais velho que eu, mais moço ou mais ou menos da mesma idade?"

"Não sei."

"Declan!"

O irmão mais velho de Carlos desceu usando uma máscara do *Grito*, justamente o que Billy precisava.

"Qual era a idade do homem que você viu?"

"Não sei."

"Um palpite."

"A sua idade? A da mamãe, a da mãe?"

170

Billy se voltou para sua mulher. "Mais alguma coisa?"

Carmen não respondeu.

"Tudo bem, meninos, podem subir", ele disse, não querendo contaminá-los.

Foi até a pia e molhou o rosto. Quando deu meia-volta, Carmen estava pondo a mesa para o café da manhã como um robô. "O que você está achando?", ele perguntou.

"Olha", ela respondeu, se empertigando e apertando diversos pratos contra as costelas como se fossem uma bola de futebol americano. "Ele disse 'seus pais', não disse nossos nomes."

"E daí?"

"Daí que talvez nem saiba quem somos. Talvez seja só um doido que foi parar lá no estacionamento. Ou algum pai que os meninos não conhecem. Ou não foi ele."

"Ele quem?"

"O cara que pôs a tinta no casaco. Pode ter sido um acidente. Quem sabe Carlos andou para trás..."

"E esbarrou em quê? Na mão espalmada de um adulto coberta de tinta vermelha?"

"Que tal o pai do garoto em que Declan deu um soco?"

"Ele usa cadeira de rodas."

"Como é que você sabe?"

Ele sabia porque tinha ido à casa deles escondido, pagar pelos óculos novos. "Ouvi dizer."

"E você?", ela perguntou, pondo os pratos.

"Eu o quê?"

"Há alguém no trabalho..."

"Pensei nisso. Não há ninguém."

Carmen deixou escapar um copo de suco da mão direita e o pegou com a esquerda a quinze centímetros do chão.

"E você?", ele disse, o mais delicadamente possível. "Alguém te aporrinhando? Talvez no trabalho?"

"Todo mundo me aporrinha no trabalho."

"Algum policial? Eles entram e saem da sala de emergência o dia todo. Algum dando em cima de você?"

"O tempo todo." Depois, apertando o estômago. "Devemos chamar a polícia?"

Billy respirou fundo. "Eu sou a polícia."

"Posso acordar Vossa Excelência?", A Roda indagou, surgindo no vão da porta de Billy às duas da manhã.

"Tomara que seja por uma coisa boa", disse Billy, deitado em posição fetal na piada que era o sofá de seu escritório, a cabeça coberta por um travesseiro. Nunca tinha se sentido tão cansado num começo de turno.

"Um sujeito acabou de levar uma menininha para o hospital Metropolitan dizendo que deixou ela cair por acidente."

"Qual a idade da menininha?", Billy perguntou ainda sem se mover.

"Quatro meses."

O jovem e desgrenhado pai da criança ferida, ainda de pijama, era magro e alto. Embora medisse mais de um metro e noventa, a curvatura nervosa do pescoço, naquela noite, lhe roubava alguns centímetros enquanto ele perambulava pela sala de emergência do hospital Metropolitan em meio à sujeira espalhada pelo chão.

"Ele contou que a mulher foi para Buffalo por causa de um problema de família", o sargento da patrulha disse a Billy, "e deixou a menininha com ele por alguns dias."

O paletó de Billy vibrou, uma mensagem de Carmen às duas e meia da manhã:

posso queimar o casaco?

"Você sabe quem ele é, não sabe?", perguntou o sargento, apontando para o homem agitado que andava de um lado para o outro, enquanto Billy respondia à mensagem:

de jeito nenhum

"O quê? Não, por quê?"

"Você acompanha os jogos de basquete das escolas de ensino médio?"

"O máximo que eu consigo fazer é acompanhar os profissionais."

"Aaron Jeter jogou como pivô pela DeWitt Clinton há quatro anos, fez eles ganharem dois campeonatos estaduais. Era impossível abrir a página de esportes naquela época sem ver uma foto dele brigando embaixo da tabela."

Billy deu outra olhada na direção do sujeito, dessa vez notando o tamanho dos deltoides que encimavam seu corpo esbelto.

"Sei. E onde ele anda agora?"

"Agora?" O sargento deu de ombros. "Agora está aqui."

Alice Stupak, capaz de ligar e desligar como um interruptor suas vibrações de charme feminino, costumava ser a escolhida para conduzir as conversas em que havia a necessidade de criar um clima de simpatia. Ela ficou esperando o sinal do chefe para entrar em cena, mas Billy, depois de tudo que tinha acontecido durante o dia, quis assumir o caso.

"Como vai? Eu sou o detetive Graves", disse Billy tendo que olhar para cima ao se apresentar. A mão que tomou a sua era tão grande quanto a luva de um jogador de beisebol da primeira base.

"Você é o Aaron Jeter, certo?"

"O quê? Sou, sim", ele disse, olhando ansiosamente por cima

da cabeça de Billy para as salas fechadas que ficavam mais além do posto das enfermeiras.

"Olha. Eu estaria mentindo", disse Billy, "se fingisse que não sabia quem você é."

Jeter pareceu não ouvir a bajulação, ainda atento para o que acontecia por trás das cortinas.

"E a sua filha?", Billy perguntou, pegando-o de leve pelo braço na altura do bíceps longo e tremulante.

"O que tem a minha filha?", perguntou Jeter enquanto Billy o conduzia pela sala.

"O nome dela."

"Nuance."

O celular começou a vibrar de novo, e Billy passou os olhos pela mensagem de Carmen:

pq não?

Bom, impossível responder agora.

"Nuance", ele repetiu automaticamente. Então, voltando a se concentrar: "Nome bonito".

Billy levou Jeter a um consultório pequeno e claustrofóbico — chamado de Caixa pelos funcionários do hospital — que a maioria dos detetives usava quando atendia chamadas ali. Sentou-se numa banqueta com rodas, o único lugar onde se acomodar além da maca de exames.

"E aí, como você está enfrentando isso?", perguntou Billy, deslizando a banqueta para o meio da salinha e, com isso, reduzindo-a à metade.

"Como estou enfrentando?", disse Jeter, com olhos lacrimejantes e vazios. "Muito mal."

"Claro que sim. Afinal, você é o pai dela."

"Ela vai ficar bem?", perguntou Jeter, olhando fixamente para a porta fechada. "O que é que eles estão dizendo?"

Billy não tinha a menor ideia. A máquina de tomografia computadorizada estava quebrada e o radiologista ainda não tinha ido até lá ver as chapas.

"Tudo o que eu posso te dizer é que eles vão fazer o melhor que puderem."

"Bom, isso é bom."

Enquanto Jeter tentava decidir onde ficar ali dentro, Billy passou os olhos por ele de novo, notando a calça amassada do pijama e a camiseta, o chinelo, o cabelo despenteado que mais parecia uma mancha de asfalto congelada.

"Olha, eu sei que não é o melhor momento para falar nisto", disse Billy em tom ameno, "mas preciso te dizer que você foi o melhor pivô das escolas que eu já vi jogar."

"Isso foi há muito tempo", disse Jeter, aboletando-se desajeitadamente na beira da maca e logo voltando a ficar de pé. "Podemos sair?", quase implorou. "Ficaram de me dizer como ela está."

O paletó de Billy vibrou com mais uma mensagem.

"Escuta, você por acaso se lembra de um garoto que jogava pela Truman, Gerry Reagan?" Truman, Reagan — a imaginação de Billy tendendo naquela noite para nomes presidenciais. "Era meu sobrinho. Quer dizer, ainda é."

"Quem?", perguntou Jeter, girando como um pião. "Eles sabem que eu estou aqui? Preciso ver o que está acontecendo."

"Ele odiava ter que te marcar, disse que era a experiência mais humilhante da sua vida."

"Jimmy de quê?"

"E aí, você jogou depois de sair da Clinton?"

"O quê? Joguei, só um ano na Bélgica."

"Mesmo assim, melhor do que muita gente, certo?"

"Olha..."

"E o que você anda fazendo agora? Trabalhando?"

"Trabalhando?"

"Você está empregado?"

Jeter o olhou demoradamente, como se ele fosse maluco. "Trabalho no depósito da Trumbo." E continuou: "Por que está perguntando...".

"O depósito da Trumbo, aquele prédio enorme de tijolos vermelhos com a torre do relógio, certo? Onde fica mesmo, em Bushwick?"

"Sunset Park. Escuta..."

"Sunset Park, me lembro dessa área quando ela só tinha gangues e boates de striptease. Mas agora mudou, não é?"

"Não sei..."

"Posso perguntar a que horas você costuma bater o ponto?"

"Faço o quê? Sei lá, às sete. Olha, estou preocupado com a minha filha, será que não podemos, por favor..."

"Sim, não, claro", disse Billy, pegando o caderno de notas. "Então me diga o que aconteceu esta noite."

Jeter bufou. "Como eu já contei, estávamos brincando, sabe como é, jogando ela um pouco pro alto, só um pouquinho, pegando e jogando. Ela adora isso, ri todas as vezes."

"E..."

"E o meu celular tocou, virei a cabeça um segundo, sabe como é, pensei que era a minha mulher... e aí ela escapou das minhas mãos. Só virei a cabeça um segundo, nem isso."

"E quando foi isso, a que horas?"

"Não sei, há uma hora, uma hora e meia? Ninguém está me dizendo nada aqui, ela está passando mal?"

"Eles apenas estão ocupados. Então há uma hora e meia, digamos à uma da manhã."

"Eu trouxe ela logo, é só ver como eu estou", ele disse, agarrando a calça do pijama na altura das coxas.

"Não, você fez a coisa certa, sem dúvida."

O celular começou a vibrar outra vez com uma mensagem, Billy com medo de ler, com medo de desligar o telefone.

"Então você mora aqui por perto?"

"Na rua 114 com a Madison, nas Tubman Houses."

"E se você bate o ponto às sete, indo do East Harlem para Sunset Park, precisa acordar a que horas? Cinco? Cinco e meia?"

Jeter hesitou, e em seguida disse com calma: "Não preciso dormir muito".

"Mesmo assim, o que você estava fazendo acordado com ela à uma da manhã?"

"Ela costuma ter cólica, sabe?"

"É, meus dois filhos tiveram isso, é um pesadelo, certo?"

"Não é culpa deles", ele disse, os cantos dos olhos começando a marejar.

"Claro, é muito triste, essas criancinhas sofrendo assim."

À medida que as lágrimas de Jeter continuaram brotando, Billy concedeu-lhe um instante para ele ficar com seus pensamentos, para ir ao fundo de si próprio.

"Sabe o que o meu sobrinho sempre dizia de você?", Billy perguntou de mansinho. "Que você era o sujeito com a maior habilidade natural de manipular a bola que ele já tinha visto. Que era como se a bola estivesse presa por um fio a você."

"Joguei na seleção da cidade três anos seguidos", disse Jeter, agora chorando copiosamente.

"Eu acredito. Mas então, Aaron", disse Billy, levantando-se da banqueta e pousando as mãos nos ombros de Jeter, "preciso perguntar... Como é que um atleta de elite como você, um mestre da bola, capaz de jogar profissionalmente na Europa, como é que um cara com mãos como as suas deixa cair um bebê de quatro meses..."

"Eu já falei, o telefone tocou…"

"E ela estava com cólica, chorando a noite inteira."

"Ela costuma ter cólica."

"Era uma da manhã, e você tem que sair da cama a que horas mesmo? Cinco? Cinco e meia?"

"Ela vai ficar bem?"

Billy se aproximou mais. "Aaron, olhe para mim."

"Não dá."

"Aaron, se eu olhar o registro de chamadas do seu celular neste momento, será que eu vou ver que a sua mulher ou alguma outra pessoa te ligou à uma da manhã?"

"Não sei se foi exatamente à uma", ele respondeu, com a voz baixa e entrecortada.

"Aaron. Não dá pra você olhar pra mim?"

Jeter curvou a cabeça até o queixo bater no peito, depois cobriu os olhos.

"Aaron…"

Outra vez Billy deixou que o silêncio se instalasse, a saleta transformada num túmulo.

"Isso não sou eu", Jeter enfim sussurrou. "Definitivamente, não sou eu."

"Eu sei", disse Billy baixinho, sabendo que o próximo passo seria colher formalmente o depoimento de Jeter antes que ele saísse da merda em que afundara e começasse a pensar em voz alta sobre seus direitos.

Quando Jeter virou de costas e ficou chorando encostado à parede, Billy, incapaz de se conter, leu as três últimas mensagens de Carmen.

posso lavar o casaco?
posso lavar ou é prova?
favor me responder

Milton Ramos

Milton rolou de cima de Marilys, sentou-se e pegou uma toalhinha para se limpar, desviando o olhar quando ela se levantou do sofá forrado com a toalha de banho e caminhou até o banheiro para se limpar.

Viúva e viúvo, ambos com mais de quarenta anos e três filhos entre eles, no último ano haviam começado a dar umas trepadas ocasionais, uma forma despreocupada de aliviar a tensão sem as complicações de um relacionamento de verdade. Às vezes ela não estava com vontade, às vezes era ele quem não estava com vontade, mas nem por isso alguém se chateava. Além do mais, ele nunca fora muito chegado a beijos.

Ouvindo a água do chuveiro correr atrás da porta do banheiro, ele se deitou e pensou nos filhos de Carmen no estacionamento da escola algumas hora antes, com seus olhos brilhantes e vivos como chimpanzés, parecendo felizes em seu mundo e, como um bônus adicional, respeitosos com os adultos. Muito provavelmente, bons garotos. No entanto, quando ele analisava qualquer criança que visse pela primeira vez, existia uma só pergunta em sua avaliação: seria do tipo que zombaria de Sofia?

179

Naquela manhã, só desejou que Carmen sentisse algumas coisas, experimentasse algumas coisas, como o gostinho de perder, de um golpe, as pessoas mais preciosas de sua vida, que ela sentisse sem nenhum aviso prévio a terra tremer e se abrir sob seus pés. Mas, agora que tinha posto as coisas em movimento, se deu conta de que não havia feito nada, que provocara apenas um incidente desconcertante a ser esquecido em uma ou duas semanas. O necessário, aqui, era o alerta de um padrão de comportamento, de uma presença inteligente, de um lobo invisível rondando as vizinhanças da vida dela, até que... Até que o quê? Não tinha ideia de como ou quando aquilo iria acabar. Mas sabia que, se a campanha se estendesse por muito tempo, ele em algum momento seria pego, e seria seu fim. E o fim deles.

Ele a perderia.

Por isso, deixa pra lá.

Não posso.

Você vai perder ela.

Em seguida a ideia deliciosamente anárquica.

Ela vai ficar com gente melhor.

Ele tinha uma meia-meia-irmã na Pensilvânia que era bem decente e uma prima sem filhos em Staten Island, Anita, de quem ele gostava e que gostava dele. Melhor que Sofia ficasse com ela, mas que porra de pensamento era aquele...

Marilys voltou à sala do porão, atarracada e de cara fechada, o torso sem nenhuma curva dos ombros aos quadris. Quando os dois ficavam lado a lado, pareciam um par de saleiro e pimenteiro.

Enquanto ela vestia a calça jeans, ele pegou quatrocentos dólares no bolso da calça e lhe entregou o rolo de notas. Sabia que quatrocentos dólares era uma remuneração de merda pelos dias e pelas horas que ela trabalhava, mas Marilys não podia ser empregada formalmente, e aquele montante era tudo que ele conseguia lhe oferecer, já que não podia declarar o pagamento dela no imposto de renda.

"A privada do banheiro de cima está entupida, você precisa chamar um encanador."

"Está bem", ele disse, sacudindo as pernas para vestir a calça. "O que ela comeu hoje?"

"Cenouras, como você mandou", Marilys respondeu, abaixando-se para pegar a toalhinha que ele havia jogado no chão.

"Sei. E o que mais?"

"Um hambúrguer de peru sem pão."

"Sei. E o que mais?"

Marilys retirou a toalha de banho que cobria o sofá e repôs as almofadas.

"O que mais?"

"Ela estava pedindo um doce."

"Que doce?"

"Dois casadinhos de chocolate."

"O que é que eu te falei sobre isso?"

"Deixa eu te perguntar: o que é que *você* comeu hoje?"

E havia Marilys, que conhecia Sofia melhor do que ninguém, talvez melhor do que ele mesmo. Mas ela era uma empregada, com sua própria família e seus próprios problemas. Sofia era apenas seu trabalho.

Tudo que você fez até agora nem mesmo chegou a ser ilegal.

Milton observou Marilys guardar o dinheiro na bolsa e depois se pôr de joelhos para pegar o tênis embaixo da mesinha de centro.

Empregada doméstica, mãe substituta, semiamante. Se ele

desaparecesse, ela desapareceria — e Sofia ficaria por conta própria.

Tudo que você fez até agora nem mesmo chegou a ser ilegal.

8.

No dia seguinte, Billy se certificou de que voltaria para casa a tempo de levar os filhos à escola e ficou sentado dentro do carro a fim de estudar o terreno enquanto eles corriam para o prédio. Nada além dos mesmos professores, pais e babás que via sempre que os levava. Ninguém que se parecesse nem de longe com a descrição superficial dada pelos meninos. Depois que o estacionamento se esvaziou, permaneceu sentado por mais meia hora antes de ir encontrar Stacey Taylor na cidade. Seria mais útil a hora de saída dos alunos.

Encontraram-se num bar que cheirava fortemente a cerveja perto do prédio sem elevadores onde Stacey morava, alguns quarteirões ao sul da Universidade de Columbia. Às nove da manhã, ela estava sentada diante do balcão, onde já havia outros frequentadores, lendo o *Post* e comendo um hambúrguer.

"Oi", disse Billy, se aboletando na banqueta ao lado da dela e pedindo um café. "Como vão as coisas?"

"Que coisas?"

"Sei lá, a vida, o namorado."

"O namorado está dormindo", ela disse. "Ele acorda às três da manhã, toma uns dois drinques, trabalha na revista e se arrasta de volta para a cama às cinco. Eu podia ter explodido uma granada lá agora que ela só iria conseguir assustar os gatos."

Billy deu uma olhada no café posto à sua frente e soube que teria o sabor de guimbas molhadas.

"E então, Pavlicek...", ele disse, afastando a xícara.

"Pavlicek está se consultando com um médico de lá, Jacob Wells, mas não para tratar do colesterol; Wells é hematologista. Ele está indo desde agosto."

"Ele está vendo o médico para quê?"

"Isso eu não consegui descobrir", ela respondeu. "Coisa boa é que não é."

Um homem de meia-idade, magro e bem alto, com uma capa de chuva velha mas cara por cima do pijama, entrou saltitando no bar como se estivesse chegando à sala de jogos de um manicômio. Tinha o rosto comprido e estreito, nariz grande e fino como uma machadinha dos peles-vermelhas, um olho mais brilhante que o outro. Billy achou que ele bem que poderia ter passado uma escova nos emaranhados de seu cabelo castanho e grisalho; não teria tirado pedaço nenhum dele.

Beijou o alto da cabeça de Stacey sem olhar para ela e fez sinal de que queria uma cerveja.

"O que é que você está fazendo acordado?", ela perguntou.

"Sei lá", ele respondeu, oferecendo a mão a Billy também sem fazer contato com os olhos. "Phil Lasker."

"Billy Graves."

"Para que alguém vai se consultar com um hematologista?", Stacey indagou ao namorado.

"Por um milhão de coisas."

"Além de anemia falciforme."

"Todos os tipos de deficiência vitamínica, B12, ácido fólico, ferro etc.; trombocitose, que é o excesso de plaquetas; trombocitopenia, que é a falta de plaquetas; policitemia, que é o excesso de hemácias; anemia perniciosa ou não, que é a insuficiência de hemácias; leucocitose, que é o excesso de glóbulos brancos; neutropenia, que é a insuficiência de neutrófilos; todos os tipos de problemas de coagulação, anormalidades dos vasos sanguíneos, hemofilia, escorbuto, leucemia aguda e crônica, numerosas síndromes genéticas ou não..."

Billy o olhou fixamente, depois para Stacey.

"Ele é apenas um belo hipocondríaco", ela disse.

"O que significa que eu vou viver até os noventa", Phil disse, tomando sua Heineken das nove da manhã.

Stacey afastou o olhar.

Billy saiu poucos minutos depois, foi para casa e telefonou para o Imaculada Concepção. Deixou um recado para o agente de segurança da escola, pedindo uma reunião para ver as gravações do estacionamento feitas no dia anterior. Depois preparou seu drinque habitual, deitou-se e ficou contemplando o teto, a mente em ebulição.

O início da tarde o encontrou numa pequena clínica de fisioterapia no Cross Country Parkway, folheando um exemplar da *People* de dois meses antes, enquanto seu pai fazia exercícios de musculação sob os cuidados de um jovem fisioterapeuta sérvio na outra extremidade da sala repleta de espelhos. Levá-lo lá duas vezes por semana para essas sessões era a incumbência mais ridícula do mundo, mas Billy insistia em fazer isso ele mesmo.

"Milan, você tem idade para se lembrar do marechal Tito?", Billy Sênior perguntou ao fisioterapeuta.

"Quando ele morreu eu era muito novo", disse o rapaz. "Procure não tensionar o pescoço."

"O nome verdadeiro dele era Josip Broz."

"É mesmo?"

Billy parou de ler.

"Eu fiz parte da equipe de segurança dele em 1963, quando ele veio às Nações Unidas."

"O senhor ainda está tensionando, sr. Graves."

"Ele era bem baixinho, sabe?"

"Agora está melhor. Mantenha os ombros para trás."

"Ele gostava das mulheres, esse foi o maior problema com ele."

"Pai, você está gozando da minha cara?"

"Também me ocupei do Khrushchev naquela época. Eu estava na equipe de monitoramento da Manhattan Bridge em 1961, quando ele subiu o East River no SS *Baltika*, se não me engano até o Píer 71."

Datas, nomes, números — Billy se entusiasmando.

"Eles tinham uma escola flutuante ancorada junto ao Píer 73, e eu tive que ir lá e dizer ao diretor que, com a chegada do figurão comunista, as aulas precisavam ser suspensas por alguns dias. Ele não ficou muito feliz ao ouvir isso, mas os alunos receberam a notícia como se fosse Natal em julho."

"Mantenha as escápulas para trás, imagine que elas querem se dar as mãos atrás da sua espinha."

"Você lembra o nome desse diretor?", perguntou Billy para testá-lo.

"Frank Stevenson, um cara sem frescura; com os alunos que ele tinha, era mesmo para ser."

"E o barco?"

"Que barco?"

"Onde ficava a escola."

"Era um navio, não um barco. Modelo Liberty, retirado do serviço ativo, o *John W. Brown*. A Marinha doou à cidade em 1946."

"Pai, você nunca me contou nada disso", disse Billy, rindo de orelha a orelha. "Isso é coisa para os livros de história."

"Quer mais história? Que tal Fidel Castro se hospedando no Hotel Theresa na rua 125? Sabe que os cubanos estavam levando escondido galinhas vivas para os quartos do último andar? Já tentou correr atrás de uma galinha? Impossível. Sua mãe teve que me fazer massagens por uma semana."

"Essa é demais", disse Billy, gargalhando sem parar.

"Não se esqueça de respirar, sr. Graves."

"Então, Charlie, como está indo minha irmãzinha?", ele perguntou a Milan.

"Sua irmã?"

"Ela disse que você largou a garrafa de vez. É verdade?"

"Garrafa?", perguntou Milan olhando para Billy.

"Vá levando", Billy resmungou, voltando à revista.

"É, larguei a garrafa."

"Muito bem, melhor para você, porque, se eu tiver que ir até lá para buscar ela de novo, dessa vez a coisa vai esquentar, meu amigo, isso eu te prometo."

Enquanto ajustava o cinto de segurança de seu pai no estacionamento atrás do centro de reabilitação, Jimmy Whelan telefonou. Billy se afastou um pouco do carro para atender.

"O que é que você está fazendo neste instante?"

"Levando meu pai para casa."

"Ah, é? Como ele está?"

"Igual."

"Igual é melhor do que pior. Escuta", ele disse, baixando a voz. "Preciso conversar com você sobre uma coisa."

"Sobre Pavlicek?" A pergunta escapou de Billy sem uma autorização mental.

"Pavlicek?", perguntou Jimmy, parecendo surpreso. "O que é que há com ele?"

"Nada", disse Billy, doido para tocar no assunto do especialista em sangue, mas temeroso de que Whelan perguntasse como ele obtivera a informação. "Sobre o que você quer falar?"

"Lembra daquele filme *Forte apache, o Bronx*?"

"Com o John Wayne, certo?"

"Que John Wayne que nada. *Forte apache, o Bronx*. Estão fazendo uma nova versão. O Billy Heffernan conhece o pessoal envolvido nisso e me perguntou se eu estava interessado em trabalhar no filme."

"Trabalhar como o quê?"

"Uma espécie de consultor. Você sabe, porque naquela época andamos fazendo algumas coisas por lá."

"Parece uma boa ideia."

"Dinheiro pra eu não fazer nada e umas mulherzinhas de graça, certo?"

"Pode ser."

"Por que você mencionou o Pavlicek?", Whelan perguntou, mas o Imaculada Concepção estava tentando falar com ele e Billy teve que desligar.

Depois de combinar um horário para ver as fitas do estacionamento com o chefe da segurança da escola, Billy deixou passar alguns minutos para se acalmar e telefonou de novo para Whelan de um engarrafamento no Saw Mill River Parkway.

"Tem alguma coisa errada com o Pavlicek?" Foi a primeira coisa a sair da boca de Jimmy. "Preciso saber."

"Esquece", disse Billy, Pavlicek sendo agora a última de suas preocupações.

"Você está bem? Parece meio esquisito."

"Estou tentando dirigir aqui."

"Não me sacaneia."

"Aconteceu um troço com o meu filho", disse, também sem uma prévia autorização mental.

"O que aconteceu com o seu filho?"

Billy não queria falar sobre o assunto na frente do pai, mas Billy Sênior tinha apagado. "Jimmy", disse Billy, mantendo a voz baixa. "Estou fodido pra caramba."

Embora só às quatro fosse se encontrar com o pessoal da segurança, Billy voltou ao Imaculada Concepção às duas e meia, sendo o primeiro pai a chegar para buscar algum aluno. Durante os quarenta e cinco minutos que se seguiram, examinou cada carro que entrava no estacionamento até que uma porta lateral do prédio se abriu e os alunos começaram a sair, os mais novos à frente, enquanto aqueles que não tomariam os ônibus se enfileiravam encostados a uma parede esperando que alguém os apanhasse.

Como Billy não havia dito aos meninos que iria buscá-los, ficou observando enquanto Carlos corria para o ônibus sem que ninguém o abordasse ou demonstrasse o menor interesse por ele, muito menos um possível policial corpulento e com as mãos vermelhas. No entanto, quem chamou sua atenção foi um professor que, com uma prancheta em mãos e postado junto às portas amarelas do ônibus, ficou repetindo "Nada de empurrar, nada de empurrar" conforme os garotos subiam os poucos degraus para tomarem seus assentos.

O monitor do ônibus era o especialista em recuperação de

alunos atrasados em matéria de leitura, Albert Lazar, um homem de meia-idade empertigado e com um bom corpo, que irradiava um ar de vigilância constante embora isso talvez se devesse apenas a seus olhos ligeiramente hipertireóidicos.

"Como eu disse antes, ontem eu não estava supervisionando o embarque dos alunos no ônibus, temos um rodízio."

"Entendo", disse Billy, "mas você estava no estacionamento?"

"Todos nós estamos quando os alunos são liberados; é nossa obrigação."

"Está bem, será que ontem você por acaso reparou em alguém que lhe pareceu estranho?"

"Estranho seria..."

"Talvez alguém que parecia um pouco fora de lugar."

"Como, por exemplo, um sem-teto?"

"Qualquer um", disse Billy, sem querer tomar a iniciativa de fazer uma descrição mais específica.

"Bom, havia algumas freiras da Ordem das Clarissas, vindas de Poughkeepsie."

"Quem mais?"

"Os pais divorciados de um garoto que, pelo jeito, fizeram alguma confusão e apareceram aqui ao mesmo tempo. Começaram a discutir no estacionamento e foram embora sem ele. Isso chamou a atenção de muita gente."

"Quem mais?"

"Isso é tudo."

"Nenhum homem?"

"Homens?"

"Homem. Talvez um sujeito andando à toa, e você pensou..."

"Sabe...", disse Lazar, hesitante.

"Pode dizer."

"Havia alguém que eu nunca tinha visto, podia ser o pai de algum garoto, mas acho que não."

Billy respirou fundo e pediu uma descrição.

"Eu diria que ele era mais alto que eu, mas não muito, atarracado, moreno, latino, talvez italiano."

Billy sentiu o coração acelerar, seu corpo cansado com dificuldade de lidar com aquilo. "Como ele estava vestido?"

"Um terno escuro, nada especial, camisa e gravata."

"E o cabelo? Encaracolado, liso, preto…"

"Preto, acho." Em seguida: "Talvez tivesse bigode, mas como ele parecia muito mediterrâneo talvez eu esteja acrescentando isso por minha conta".

"Ele falou com alguém?"

"Não que eu tenha notado."

"Por que você acha que não era um pai vindo pegar seu filho?"

"Não há muitos pais que pegam os filhos à tarde, e conheço praticamente todos, pelo menos de vista."

"Tudo bem", disse Billy, desligando as turbinas e tirando um cartão de visitas da carteira. "Tem mais alguma coisa que você possa dizer sobre ele? Assim sem pensar muito. Qualquer coisa…"

"É, de fato tenho, sim", disse Lazar, pegando o cartão sem lê-lo. "Ele me deu a impressão de trabalhar na área de segurança."

"Como assim?"

"Sabe, por causa da postura, um ar alerta, sério, eficiente. Difícil explicar."

"Pois você acabou de explicar", disse Billy num tom seco. Apontou para o cartão. "Qualquer coisa mais que se lembre, dia ou noite."

Ele não havia se identificado como detetive do Departamento de Polícia de Nova York, apenas como um pai preocupado cujo filho fora abordado por um estranho na área da escola. Viu o rosto do professor ensombrecer quando leu o cartão. Por um instante, Lazar olhou para Billy intensamente, depois se fechou.

"Mais alguma coisa?", Billy perguntou com suavidade.

"Não", respondeu Lazar enquanto seus olhos diziam sim. Billy deu tempo para que Lazar dissesse o que de repente passou a perturbá-lo, mas o professor entrou no ônibus para cuidar de algum princípio de desordem, e a coisa terminou ali.

A seguir, os garotos mais velhos saíram em disparada do prédio como se seus cabelos estivessem pegando fogo. Ele se absteve de chamar Declan, deixando que embarcasse no ônibus com o irmão. Não que não quisesse levá-los para casa, queria mantê-los próximo dele agora, mas estava desesperado para ver as fitas, e o chefe da segurança o aguardava em seu escritório.

Como o sistema estava seriamente necessitado de modernização, a fita recuperada do estacionamento estava tão pouco nítida quanto um sonho que se evapora. Billy foi incapaz de discernir o rosto de qualquer pessoa, embora fosse possível acompanhar o percurso dos corpos pelo terreno.

"Você está brincando comigo?", Billy perguntou a Wayne Connors, chefe da segurança e ex-soldado da força pública do condado de Westchester.

"Olha, toda semana eu digo a eles que conheço deliveries de comida chinesa com equipamento melhor que o nosso. Sabe o que eles me dizem? Não temos dinheiro. Eu digo: 'E se alguma coisa acontecer lá fora?'."

"Alguma coisa aconteceu lá fora", disse Billy.

Na terceira exibição da fita, ele descobriu o que buscava, o sujeito baixo e corpulento que, de costas para a câmera, passava diante dos ônibus, parava e se curvava rapidamente perto de um garoto — Seria Carlos? Como ter certeza? — tão rapidamente que poderia estar apenas pegando algo no chão ou amarrando o cadarço do sapato. Depois, ao começar a se erguer, num gesto que parecia casual, esticou a mão como se buscasse apoio nas costas ou no ombro do garoto, e foi embora calmamente, até sair do campo de visão da câmera.

"Olha", disse Connors depois que Billy lhe passara todas as informações, "com a descrição que você me deu e com o que acabamos de ver, acho que já tenho uma boa ideia sobre esse sujeito. Vou designar um dos meus homens para vigiar o local a partir de amanhã."

"Ótimo", disse Billy, preparando-se para sair.

Connors podia designar um exército para vigiar o estacionamento, mas o cara não voltaria. Ele tinha feito aquilo sabendo que os pais de Carlos veriam a coisa e reagiriam, motivo pelo qual não arriscaria regressar ao local.

O problema era saber onde ele voltaria a aparecer.

Às dez da noite, Billy entrou no prédio de Whelan e desceu para o interminável porão, cujas paredes com reboco irregular haviam sido pintadas com uma cor que lembrava sangue seco. Passou diante da lavanderia recendendo a detergente, dos depósitos com portas de aramado cheios de móveis quebrados e malas surradas, de limpadores de neve, pás e radiadores presos por correntes, até chegar ao apartamento do superintendente, cujo olho mágico da porta arranhada estava pendurado por um único parafuso, como um globo ocular arrancado de sua órbita.

"Quem é?"

"Eu, não atire."

Whelan abriu a porta com uma toalha em volta da cintura e segurando uma pistola Walther PPK.

O apartamento, se é que se podia chamá-lo assim, era um antigo depósito reformado que também cheirava a sabão em pó e onde havia uma cama de solteiro desarrumada, uma minigeladeira e um fogão de duas bocas. O outro móvel era um banco acolchoado de exercícios em volta do qual se viam, no chão, diversos pesos e uma bota de trabalho. Uma corda para pendurar roupas cruzava o aposento na diagonal, de um canto à única janela, e nas paredes não havia decoração, exceto um pequeno certificado numa moldura anunciando a admissão de Whelan na Legião de Honra do Departamento de Polícia de Nova York. Para um adulto de meia-idade de posse de suas faculdades físicas e mentais, o lugar era absolutamente indigno, no entanto Jimmy Whelan era a pessoa mais livre de conflitos e razoavelmente feliz que Billy já conhecera.

"E então, o que está acontecendo?", Whelan perguntou, enfiando a Walther debaixo do colchão e pegando uma calça jeans na corda.

"O que eu lhe contei por telefone", disse Billy, mostrando o casaco de Carlos, a marca de tinta da mão começando a descascar.

"A marca da Besta", disse Whelan.

Uma descarga de privada foi acionada e, um instante depois, uma das moradoras do andar de cima saiu do banheiro só com a roupa de baixo.

Ao ver Billy, soltou um gritinho e recuou, mas não antes de ele poder dar uma bela olhada num generoso traseiro cor de caramelo.

"Volto depois."

Whelan fez sinal para que Billy ficasse, pegou as roupas dela no meio do amontoado de lençóis e as entregou na porta do banheiro.

"Você falou com o pessoal da polícia de lá?"

"Falar o quê? Que um cara chegou perto do meu filho e disse 'Dá um oi para os seus pais', além de, talvez, não posso jurar, ter feito isto no casaco dele?"

"Um cara armado."

"Não tenho certeza disso."

"Ou, melhor ainda, vá direto ao chefe dos detetives e peça que ele designe uma equipe de avaliação de ameaças."

"De novo: baseado em quê?"

"Então não sei o que te dizer."

"Eu sei."

Whelan acendeu um cigarro e, sem muito empenho, tentou arrumar a cama com a mão livre. "Claro que se tiver alguma coisa que eu mesmo possa fazer..."

"Te agradeço muito."

"Se você precisar, posso ficar com a sua família", ele disse, desistindo de arrumar a cama.

"Vamos torcer para que não chegue a tanto, mas obrigado."

"Como nos velhos tempos", Jimmy disse, abrindo a janela e jogando a guimba para cima, na direção da calçada.

Nos idos de 1997, quando os jornais estamparam a notícia do disparo que atingiu duas pessoas, e o pastor Hustle, que tinha sua paróquia dois condados ao norte, pegou o ferry e montou um acampamento de manifestantes em volta da casa de Billy em Staten Island, Whelan e os demais Gansos Selvagens se apresentaram como voluntários para, num sistema de rodízio, ficarem com ele e sua futura ex-esposa todas as noites, até que as negociações com o gabinete do prefeito encerrassem os protestos um mês depois de eles terem se iniciado.

"Então, o que você acha?", Whelan perguntou.

"Sobre o cara?"

"Sobre o *Forte Apache*."

Billy fez uma pausa, pego de surpresa pela mudança de

assunto. "Quando o Brian Rose trabalhou como consultor no filme *Desaparecidos, Nova York*, ganhou quatrocentos dólares."

"Por dia?"

"Foi o que ele disse."

"Nada mal."

"Disse também que, desde que você não se meta com o diretor nem fale com os atores, eles sempre vão te chamar."

"Como consultor."

"Só estou contando o que ele me contou."

A moradora saiu do banheiro com óculos escuros gatinho, calça jeans, blusa e o cabelo envolto numa toalha branca e úmida como se fosse um cone de sorvete. Whelan a acompanhou pelos cinco metros até a porta e a beijou na boca com ardor, o joelho dela se erguendo automaticamente como um *quarterback* à espera de que a bola lhe fosse passada. Saiu ainda de toalha na cabeça.

"Preciso tomar cuidado", disse Jimmy. "O marido dela acaba de sair da prisão de segurança máxima de Comstock, mas tenho quase certeza de que ele está morando com sua outra mulher."

Preparando-se para ir embora, Billy pegou o casaco do filho. "E aí, como vai o seu milionário?"

"Quem? Appleyard? De repente ele arranjou três namoradas novas, duas putas que trepam com ele em troca de crack e um transexual. Estou começando uma loteria para quem quiser apostar na morte dele: com cinco dólares, quem acertar o dia ganha cem, e cinquenta quem acertar a semana."

"E o mês?"

"Ele não chega a um mês."

"Ainda tem puta trepando em troca de crack?"

"Você devia rodar mais por aí."

"Está bem, irmão", disse Billy, encaminhando-se para a porta.

"Por que você mencionou Pavlicek hoje?", Whelan perguntou abruptamente.

"Já falei que não é nada", Billy respondeu, voltando-se para dentro do quarto. "Por que está tão preocupado com o Pavlicek?"

"Não estou", respondeu Whelan, acendendo outro cigarro.

Billy respirou fundo e continuou: "Você me disse: 'Tem alguma coisa errada com o Pavlicek?'. Disse: 'Preciso saber'".

"Eu falei isso? Eu nunca falei isso. Você é que falou nele."

Billy pensou em mencionar que Pavlicek mentira sobre o hematologista, mas depois decidiu não fazer isso.

"Então está tudo bem com ele?", preferiu perguntar.

"Por que não estaria?"

Quando Billy passou de novo diante da lavanderia a caminho do térreo, Whelan abriu de um golpe a porta de seu apartamento. "Ei, esqueci de dizer..."

Billy se voltou.

"Essa nova versão do *Forte Apache* é em 3-D."

Milton Ramos

Oito horas depois de uma avassaladora hemorragia cerebral, tia Pauline estava em coma induzido na UTI do hospital Jacobi, ladeada por seus dois filhos silenciosos, Herbert e Stan. Dando prioridade ao parentesco sanguíneo, Milton achava-se postado ao pé da cama, as mãos apoiadas na grade. Ela agora era um vegetal respirando por aparelhos, e nas últimas horas três enfermeiras diferentes tinham ido até lá para convencê-los gentilmente a desligar a máquina, a fim de que elas pudessem levar adiante a colheita, mas, com a consciência pesada, nenhum de seus primos era nem mesmo capaz de segurar a mão da mãe, quanto mais reagir àqueles pedidos.

Por isso, quando uma quarta enfermeira apareceu com o mesmo propósito, Milton a interrompeu antes mesmo de ela abrir a boca.

"Ela está pronta", disse.

Nenhum dos filhos protestou ou sequer olhou para ele.

Típico daqueles escrotos...

Depois da morte de sua mãe e dos irmãos, Pauline o havia

acolhido e, durante anos, ele compartilhara um quarto com os dois.

Entretanto, apesar de sua condição de primo em primeiro grau, ambos nunca conseguiram superar a lembrança da tragédia que a presença dele na casa representava; ou talvez fosse culpa apenas de sua cara de selvagem inter-racial, ou talvez simplesmente tivessem aquele medo instintivo dele que a maioria das pessoas que ele conhecia tinha. Qualquer que fosse a razão, para os dois Milton nunca passara de um hóspede irritante, tão bem-vindo na vida deles quanto um urso desacorrentado.

Pauline, pelo menos, o aceitara de coração aberto: o único problema entre eles, desde sempre, tinha sido seu comportamento insociável. Embora ela compreendesse o porquê.

Depois que a enfermeira se foi, um conselheiro voluntário apareceu e tocou em seu braço. "É muito duro ver uma pessoa amada partir. Mas você deve buscar consolo no fato de que, embora ela possa estar nos deixando fisicamente..."

"Fala com eles", Milton disse, apontando os primos com o polegar e depois saindo e encaminhando-se para a rua.

Não iria ao funeral nem ajudaria em sua preparação: que pelo menos daquilo eles cuidassem. Já havia desligado a máquina, era o que bastava.

Se antes ainda não estavam mortos para ele, Herbert e Stan agora sem dúvida estavam, por tê-lo obrigado a convocar o Anjo da Morte para a mãe deles daquele jeito...

Perdas, perdas e mais perdas, todas indesejadas, e a cada vez, no fim da história, suas mãos segurando a foice.

"Oi, estranho!", disse sua prima Anita, uma das decentes da família, juntamente com sua tia, ao reconhecer a voz de Milton ao telefone depois de um ano sem o menor contato. "O que é que está havendo?"

"Nada", ele disse. "Faz tempo que não falo com você."

"E eu não sei? Como está Sofia?"

"Você precisa vê-la."

"Eu gostaria muito."

"E se a gente te fizer uma visita um dia desses?"

"É só dizer quando."

Ela vai ficar com gente melhor.

"Em breve."

Perdas, perdas e mais perdas, Milton revendo a casa em Yonkers, onde tudo corria às mil maravilhas.

Por que eles deveriam ser felizes?

9.

Billy só soube do desaparecimento de Sweetpea quando um jovem de dezesseis anos foi alvejado às duas da manhã num playground do Fort Tryon Park e, na companhia de Mayo, ele teve de cruzar a Macombs Dam Bridge para ir ao hospital Lincoln no Bronx.

Os irmãos da vítima estavam sentados numa sala de espera pequena e deprimente, três deles, mudos e agitados, com visões de desforra já reluzindo nos olhos. Sabiam tudo que seria necessário saber sobre o ocorrido, porém Billy teria feito melhor interrogando estátuas; depois de vinte minutos ouvindo a própria voz, se levantou do sofá manchado de café com um caderno de notas em branco, torcendo apenas para que a revanche ocorresse depois das oito da manhã, quando ele já estaria a caminho de Yonkers.

Foi ao passar pelo posto das enfermeiras que ele notou dois cartazes improvisados de "Procura-se" pregados no quadro de avisos da comunidade, ambos exibindo uma foto pouco nítida de Sweetpea Harris impressa num papel roxo com tiras destacáveis na parte de baixo, onde constavam números de telefone, como alguém se oferecendo para passear com cachorros. Billy arrancou um dos cartazes, o enfiou no bolso do paletó e continuou andando.

Uma hora mais tarde, depois que um dos médicos deixou o centro cirúrgico e disse a Billy que a vítima iria se recuperar, ele voltou à sala de espera para ver se, quem sabe, a boa notícia seria suficiente para fazer os irmãos falarem. Como eles já tinham ido embora, Billy mais uma vez rezou para que a catástrofe não ocorresse antes e ele estar a salvo em sua cama.

Ao deixar o hospital, tencionando voltar a Manhattan para monitorar a investigação no local do crime, quase esbarrou num batalhão de outros parentes da vítima que entravam em disparada pela porta da frente, os que vinham na frente praticamente carregando a avó desfeita em lágrimas como se fosse a nau capitânia. Billy ficou lá por mais três horas, nenhuma das conversas adicionais rendendo algo além do vagamente ameaçador "Eles sabem quem eles são" e "Bem que eu avisei ele". Por fim, a irmã de catorze anos da vítima, sem mexer um músculo da face, fez sinal para que ele a seguisse até o banheiro feminino, onde se trancou num compartimento por alguns minutos, puxou a descarga e saiu sem dizer uma palavra.

O papelzinho dobrado estava em cima do compartimento de papel higiênico, com nome e endereço do atirador escritos com tinta brilhante cheirando a morango e numa caligrafia ondulada. Duas horas depois, munido de um mandado de busca, Billy entrou, com seis policiais da unidade de emergência do Bronx, num apartamento da Valentino Avenue, pegando o rapaz de quinze anos, já vestido para ir à escola, a boca cheia de cereal, seu revólver numa pasta com o desenho dos Angry Birds.

Billy levou o rapaz para a delegacia mais próxima, a 4-6, entregou-o para ser autuado e depois se arrastou até o andar de cima, onde, na sala deserta àquela hora da madrugada, começou a preencher a montanha de papéis exigidos. Quando o turno do dia começou, às oito, ele ainda estava na batalha, piscando continuamente diante da tela do computador, os dedos trêmulos àquela altura.

"O que você está fazendo aqui?"

Billy levantou os olhos da mesa em que estava e viu Dennis Doyle trazendo numa das mãos um copo de café e um exemplar do *Daily News* debaixo do braço.

"Adivinha?", disse Billy, dando um peteleco na tela.

"Dá uma paradinha", disse Dennis, entrando em seu escritório.

Billy foi atrás dele, se instalando junto a uma pilha de pastas de papel manilha no único sofá.

"Como ela está?"

"Não muito bem", disse Dennis, abrindo o jornal.

"A bebida?"

"Tudo."

Um detetive corpulento e de cara fechada entrou sem bater e foi embora depois de deixar cair mais uma pasta na mesa de Dennis.

"Sabe, ela me telefonou outro dia e disse que a irmã do Raymond Del Pino pôs o nome dela na filha", disse Billy.

"Eu sei, Rose Yasmeen."

"Ela falou Yasmeen Rose."

"Claro que sim", disse Dennis, passando os olhos nos relatórios que tinham acabado de chegar.

"Seja como for, ninguém nunca deu nem o meu segundo nome para filho nenhum, sabe?"

"É o mínimo que eles podiam fazer depois de tudo que ela passou."

"Olha, aproveitando que estou aqui...", disse Billy, tirando do bolso lateral de seu paletó esporte o cartaz do desaparecimento de Sweetpea e passando-o a Dennis. "Você sabe alguma coisa sobre isto?"

Dennis leu e deu de ombros.

"Olha bem pro cara", disse Billy.

"Cornell Harris?"

"Sweetpea Harris."

"O Sweetpea do Redman?"

"Ele me disse que Harris estava mais ou menos morando com uma namorada na Concord Avenue. Como é a sua área, imaginei que ela pudesse ter vindo aqui registrar o desaparecimento dele."

"Ei, Milton", Dennis chamou em voz alta.

O detetive voltou ao escritório.

"Pode verificar a ficha deste cara?"

"Não tem nada aqui."

"Não quer verificar?"

"Eu estava aqui quando as irmãs ou as sei lá o quê dele vieram registrar o desaparecimento, mas só fazia vinte e quatro horas e depois elas não voltaram..."

"As irmãs dele?", Billy perguntou.

"Irmãs, namoradas", disse o detetive. "Pergunte ao Maldonado, foi ele que mandou elas embora."

"Só me faz o favor de verificar o prontuário", disse Dennis. "Talvez elas tenham voltado quando você não estava aqui. Se tiver alguma coisa lá, trate de me dizer. Se não..."

Quando o detetive saiu do escritório, Dennis abriu o jornal e disse baixinho: "Irmãs, namoradas", sacudindo a cabeça, "um mestre em matéria de investigação".

"Talvez você não deva contar isso à Yasmeen", disse Billy, pegando o cartaz. "Pode fazer a fixação dela com o Cortez voltar."

"Você pensa que eu sou idiota?", Dennis perguntou. "Leva essa porra toda daqui quando você for embora."

Depois de alguns minutos de conversa fiada, Billy voltou à sala dos policiais a fim de terminar os relatórios, pensando que em seguida ia ver se o nome de Sweetpea aparecia no sistema. Hesitou, de início, não querendo deixar um rastro eletrônico e no futuro correr o risco de ser questionado sobre aquilo, mas acabou disfarçando a busca ao incluir seis outros nomes, inclusive o de Eric Cortez, descobrindo que nenhum deles estava preso ou com mandados de prisão pendentes. O que, depois de todo aquele esforço, o levou de volta ao início.

Dando-se conta de que não estava em condições de dirigir, Billy desligou o celular e se deitou no pequeno dormitório da 4-6, um dos mais sujos e fétidos que já conhecera.

Quando finalmente chegou em casa horas depois, a televisão estava desligada. Onze da manhã de um sábado, e ninguém vendo desenhos, a casa silenciosa como um monastério. O carro de Carmen não estava na entrada da garagem, e ele deduziu que ela tinha levado os meninos a algum lugar, o que lhe pareceu ótimo.

Então Declan, ainda de pijama, veio da cozinha.

"Pai?", ele disse, a voz aguda e hesitante. "Perdemos vovô."

"O quê?"

"Ele não está aqui."

"O que você quer dizer com ele não está aqui? Vocês olharam em todas as camas?"

"Ele não está aqui."

"E no porão?"

"Ele não está aqui", disse o menino, a voz começando a falsear.

Millie entrou no aposento e Declan se voltou para ela como quem pede ajuda.

"Do que que ele está falando?", perguntou Billy.

"Ele não está aqui", ela disse.

"Explica isso melhor."

"Cheguei hoje de manhã, a porta da frente estava aberta e ele..."

"Por que você não me telefonou?"

"Telefonamos", disse Millie. "Seu celular estava desligado."

Carlos juntou-se a eles no hall, a ansiedade no ar inspirando-o a dar um soco no irmão, que a essa altura estava nervoso demais para revidar.

"Onde está a Carmen?"

"Procurando por ele."

"Está bem", disse Billy, levando a mão à testa. "Está bem..."

O primeiro telefonema foi para sua mulher, mas, como ela havia saído sem o celular, o toque de "Killing Me Softly" soando na cozinha fez Carlos gritar: "A mamãe também está perdida?".

O segundo telefonema foi para o Departamento de Polícia de Yonkers, e o sargento de plantão lhe informou que Carmen já tinha dado o alerta para eles uma hora antes.

"Está bem, por que vocês não vão se vestir?", disse Billy de forma automática, já rodando mentalmente pela vizinhança.

Ele começou a dirigir pelas ruas residenciais mais próximas da casa, batendo às portas e pedindo aos vizinhos que dessem uma olhada nos quintais, muitos deles dizendo que Carmen já passara por lá; depois foi se afastando até chegar às ruas comerciais das redondezas, entrando por instantes em cada supermercado, bar e pizzaria onde seu pai pudesse ter chegado a pé.

Na esquina da Mohawk com a Seneca, deu de cara com uma radiopatrulha — a única destacada para a busca, o que o enfureceu —, mas os policiais também não tinham tido melhor sorte. Quinze minutos depois, numa rua ladeada por mansões impressionantes em estilo Tudor e residências imensas, cruzou com o carro de Carmen, que vinha na direção contrária, ambos pisando no freio e quase se chocando ao darem marcha a ré ao mesmo tempo e em grande velocidade.

"Tomei banho, desci e encontrei a Millie preparando o café da manhã. Ela perguntou se ele ainda estava dormindo lá em cima", Carmen falou num jato, os olhos assustados. "Ninguém viu ele sair."

"Tudo bem, fica calma, vamos encontrá-lo."

"É culpa minha", ela disse, mexendo com força no cabelo e partindo.

"Não é culpa de ninguém", ele disse para o nada.

Quarenta e cinco minutos depois, Billy estacionou junto ao campo de esportes de uma escola e se obrigou a ficar parado.

Está bem, você é ele...

Havia dezenas de mistérios a resolver. Para começo de conversa, como um homem quase incapaz de se movimentar numa casa relativamente pequena, sem acesso a um carro e sem condições de dirigir poderia ter saído de Yonkers, onde não havia metrô, e ido parar no Harlem sozinho? Mas lá estava ele, o palpite de Billy premiado como um bilhete de loteria, subindo e descendo a Lennox Avenue entre as ruas 116 e 118 como se fosse o dono da calçada.

Para fins de março, o tempo até que estava bastante ameno, as pessoas tranquilas, e, como mantinha o pai em sua linha de visão, Billy permaneceu no carro e o deixou em paz. O velho parou e conversou com um pessoal idoso sentado nos degraus de uma casa abandonada junto a uma sorveteria na rua 118. Filou um cigarro, riscou o fósforo com um gesto de quem tinha grande experiência no assunto, muito embora, até onde Billy sabia, seu pai não fumava desde 1988, ano em que sua mulher tinha sido diagnosticada com um câncer de pulmão. Depois, despedindo-se do grupo, apertou a mão de cada um antes de seguir caminho. Na rua 117, ajudou uma jovem asiática a soltar o carrinho de bebê para gêmeos que havia ficado preso numa porta estreita. Na rua 116, disse a três garotos para não correrem tanto com seus patinetes, pois havia muitas pessoas diante de um supermercado. Trocou olhares com todos por quem passava, mas não de forma agressiva; só queria que soubessem que ele estava de volta e que nada escaparia à sua atenção. Lennox entre a 116 e a 118 — em 1959 esse tinha sido seu primeiro posto de policiamento a pé depois que saiu da academia.

Billy finalmente desceu do carro.

"Ei, senhor policial", disse, chamando o pai por cima do teto do carro, e depois dando a volta para abrir a porta do passageiro.

"Pai, como você veio parar aqui?", ele perguntou no tom mais relaxado que pôde.

"Meu motorista."

"Qual deles?"

"Frank Campbell."

Billy respirou fundo. "Frank Campbell está de folga hoje, pai", ele disse, temeroso de fazê-lo se lembrar que seu motorista pessoal nos três últimos anos de polícia tinha morrido havia mais de dez anos.

"Bom então quem estava no lugar dele?"

Respire fundo…

"Lembra o nome dele?"

"Não guardei."

"Ele estava de uniforme ou com roupa normal?"

"Roupa normal."

Outro veterano, no caso com as duas mãos amputadas e numa cadeira de rodas, passou pela janela do passageiro, deparou com Billy Sênior e deu marcha a ré até emparelharem. Então, piscando por causa da fumaça que subia do cigarro preso em seus lábios, bateu uma continência seca e sarcástica antes de seguir seu caminho.

Seu pai não achou graça. "Como é que esse safado saiu da cadeia?"

"Pai", Billy tentou de novo. "O seu motorista, como é que ele era?"

"Parrudo, latino, caladão."

Billy olhou para fora de sua janela até recuperar o fôlego.

"Ele te disse alguma coisa?"

"Ele disse: 'Vamos pra onde, chefe?'. Eu respondi: 'Onde é que você acha?'. Mas tive que dizer a ele. Por isso, é verdade, não podia ser o Frank."

"E onde ele te pegou?"

"Bem na frente de casa. Me pegou de surpresa quando fui pegar o jornal."

Pense...

"Que tipo de carro ele estava dirigindo?"

"O de sempre."

"Qual é o de sempre, papai?", perguntou Billy, a tensão de manter a conversa num tom leve tornando sua voz mais aguda.

O velho se desligou.

"Um Crown Vic?", perguntou Billy, dando uma dica para a testemunha, porque Frank Campbell sempre o levava num Crown Vic.

"Um Crown Vic", disse Billy Sênior, e riu. "Poxa, isso é coisa do passado."

"Papai", ele implorou.

"Aliás, alguém precisa dizer àquele garoto para que ele jogue o jornal dentro da varanda. O jornal está caindo no gramado e fica empapado de orvalho."

O pai de Billy foi um sucesso na 2-8, dois quarteirões a oeste da Lennox, o comandante se lembrava dele do tempo em que era um novato, em 1985, e Billy Sênior chefiava a divisão do West Harlem. Por isso, fez questão de lhe mostrar a delegacia enquanto Billy, à espera das gravações das câmeras de rua, deu alguns telefonemas. O primeiro foi para casa, com Carmen chorando de alívio e talvez por causa de alguma coisa um pouco mais profunda; depois para os Gansos Selvagens, perguntando se alguém poderia ajudá-lo a encontrar uma casa segura para sua família até que o psicopata fosse pego.

Nos últimos vinte anos, num ou noutro momento todos haviam abrigado temporariamente algum membro do grupo. Billy esteve com Pavlicek e sua jovem mulher, quando perdeu a casa em Staten Island para sua ex-mulher; Yasmeen foi a Pelham ajudar Pavlicek a tomar conta de seu filhinho depois do colapso e da internação de sua mulher; Pavlicek mandou John Junior, adolescente, ir morar com Billy e Carmen quando pai e filho precisaram passar algum tempo afastados. Mais tarde, Jimmy Whelan ficara com Yasmeen, e depois com Redman, quando um da sua série infinita de apartamentos sofreu uma inundação, embora ninguém jamais tenha desejado ir morar com Whelan. Depois, Redman ficou com Billy e Carmen quando sua segunda ou terceira mulher o flagrou com a que viria a ser sua terceira ou quarta mulher e pôs fogo na capela funerária. Por último, Yasmeen abrigou Carlos e Declan naquele distante e tenebroso verão em que Carmen era incapaz de sair do quarto e Billy já se achava suficientemente ocupado em tentar fazê-la descer para o térreo.

Agora, mais uma vez, todos se apresentaram: Jimmy ofereceu sua cabana em Monticello; Yasmeen, a casa de veraneio em Greenwood Lake; Redman, um apartamento de dois quartos em cima da agência funerária (embora aconselhando Billy a pensar bem antes de aceitar); e Pavlicek, o vencedor do grande prêmio, um de seus doze apartamentos recém-reformados, em prédios espalhados pelo Bronx e pelo norte de Manhattan, desde que eles não se importassem com a barulheira que suas incansáveis equipes de operários faziam.

Quando enfim as fitas gravadas pelas câmeras de rua chegaram, elas só serviram para aprofundar o mistério: a da Lennox Avenue mostrava Billy Sênior chegando a pé depois de dobrar a esquina da rua 115 West; a câmera que apontava para a 115 o mostrava mais uma vez a pé depois de virar a esquina da Adam Clayton Powell, na qual tinha entrado pela rua 113; seguindo o caminho inverso do pai de Billy, o técnico da delegacia chegou a uma câmera avariada na esquina da rua 111 com o Frederick Douglass Boulevard, onde a busca se encerrou sem nenhum sinal do carro que deixara Billy Sênior em algum lugar ao sul e a oeste de onde seu filho o havia encontrado.

"Que se dane tudo isso", disse Carmen, apertando a cabeça com as mãos. "Você está me dizendo que eu devo pegar os meninos e ir viver sei lá onde no norte de Nova York? Em cima de uns cadáveres no Harlem?"

"O Harlem está totalmente mudado."

"Estou cagando se ele virou a nova Paris ou não. Simplesmente não vou levar meus filhos para morarem numa casa funerária. Onde é que você anda com a cabeça, Billy?"

Estavam de pé um diante do outro na sala de visitas coalhada de brinquedos, cada qual se curvando e levantando alternadamente para reforçar seus argumentos, subindo e baixando o tom de voz à medida que ia e voltava a consciência da presença de dois meninos assustados na casa.

"Pavlicek tem uma dúzia de apartamentos limpos espalhados por todo o Bronx", Billy disse em tom de súplica. "Limpos porque ninguém mora lá, porque não têm móveis, cama, nada." Ela se empertigou e respirou fundo. "O negócio, Billy, é que eu tenho um emprego, eles têm a escola e não vamos deixar que um psicopata vire a nossa vida de cabeça para baixo. Você quer fazer alguma coisa por mim?"

"Carmen, você fica aqui todas as noites sozinha com os meninos. Você espera que eu faça o quê? Que eu pare de trabalhar e fique aqui em casa, sentado num canto com um fuzil na mão?"

"Eu perguntei", ela disse lentamente, "se você quer *fazer* alguma coisa por mim." Depois, baixando a voz: "Seu pai? Hoje? Ele precisa ir para outro lugar".

"Para onde, por exemplo?", retrucou Billy, agora inteiramente alerta.

"Não sei, talvez esteja na hora…"

"Nem comece."

"Billy, ele não sabe onde está, não sabe *quem* é. Esse maníaco aparece… Você quer falar sobre quem é vulnerável aqui? Quer falar sobre a única pessoa, a… a gota d'água que faz o copo transbordar? Olha, você mesmo disse que ou está trabalhando ou está dormindo. De um jeito ou de outro, nunca está aqui, e eu não posso me preocupar com ele todo dia, e sinceramente, com tudo que está acontecendo…", ela continuou, recorrendo outra vez ao sussurro vibrante. "Não estou conseguindo suportar ele agora. Desculpe eu ser tão… eu ser assim."

"O que aconteceu hoje não foi culpa dele."

"Exatamente."

"Você quer matar ele?", perguntou Billy, começando a ficar

com os olhos marejados de lágrimas. "Se eu puser meu pai num asilo, ele morre em uma semana."

"A ideia é que lá o ajudem a viver."

"Nem fodendo."

"Então deixa sua irmã ficar com ele."

"Ela o odeia."

"Que pena."

"Ela já tem que encarar a sogra", disse Billy, retomando o tom de súplica. "Muito ocupada, hein? Mas nós não, nós vamos fazer um cruzeiro até o Tahiti na semana que vem."

"Meu Deus, que merda deu em você?"

"Vê se *entende* de uma vez, Billy, nós não vamos sair daqui. Você não quer botar ele num... num lugar? Então ligue para a sua irmã. Ela também é filha dele."

"Você às vezes pode ser uma filha da puta fria como uma pedra, sabia?", disse Billy, envergonhando-se imediatamente de suas palavras.

Carmen no começo pareceu magoada, em seguida furiosa, depois saiu sem abrir a boca, deixando Billy ali, pensando: "Por que ele está fazendo isso conosco?".

Da cozinha, Carlos começou a urrar de ódio, porque seu irmão tinha acabado de acertar um soco em seu estômago.

Brenda Sousa, a irmã mais velha de Billy, chegou três horas depois com a cara fechada, vestindo um suéter com desenhos de flocos de neve, apropriado para uma pista de esqui, e legging com alça no pé. Atrás dela vinha seu marido, Charley, um detetive particular especializado em fraudes de seguros que parecia estar sempre envergonhado por alguma coisa.

Brenda caminhou direto até seu pai na cozinha sem dizer

oi para ninguém e lhe deu um abraço brusco. "Oi, pai", disse, plantando um beijo na bochecha dele e só depois se voltando para Billy: "Vai ser por quanto tempo?".

"Meu Deus, Brenda, ele está aqui."

"Quanto tempo?"

"Ele também é seu pai."

"Eu falei que ele não era?" Sua irmã sempre muito irritada.

"Não muito tempo."

"Quanto tempo é não muito tempo?"

Carmen, sem estômago para suportar a cunhada, saiu da cozinha.

"Não sei, Brenda, hoje um cara pegou ele aí fora, levou para a cidade e largou na rua."

"Como é? Por quê?"

"Não sei, mas ele não está seguro aqui."

"E por que ele vai ficar mais seguro comigo?"

"Porque", disse Billy, respirando fundo, quem o pegou está atrás da nossa família."

Pronto, ele tinha dito.

A equipe de avaliação de ameaças do Departamento de Polícia de Nova York, composta de dois detetives chamados Amato e Lemon, chegou à casa duas horas depois. Carmen serviu um café, e os quatro se sentaram na sala de visitas, Billy e sua mulher no sofá forrado de brocado, os detetives em frente a eles nas cadeiras gêmeas.

"De quem devemos falar aqui?", Amato perguntou a Billy. "De você ou do seu pai?"

"Em relação a quê?"

"Em relação a quem pode estar lá fora louco por vingança", respondeu Lemon.

"Você está falando de alguém que foi preso no passado?"

"Disso ou de qualquer outra coisa."

"Bom, meu pai se aposentou há vinte anos, por isso quem quer que estivesse louco para se vingar dele provavelmente já está morto ou entrevado."

Os detetives continuaram a encará-lo sem dizer nada.

"Quanto a mim, já prendi um bom número de criminosos, mas, exceto por alguns anos na 4-9, sempre trabalhei na equipe de identificação de cadáveres ou no turno da noite. Por isso..."

"Alguma briga?"

"Com outros policiais?", perguntou Billy, dando de ombros. "Houve sujeitos com quem não me dei bem, mas nenhuma barra-pesada."

"Pode nos dar alguns nomes?"

"Mesmo? Prefiro não. No fim sempre trocamos um aperto de mãos."

"Qual é o problema de dar alguns nomes a eles?", perguntou Carmen, os braços firmemente cruzados no peito.

"Porque não há um só deles para quem eu não possa telefonar", ele disse. "Porque não há a menor necessidade de ressuscitar desavenças mortas e enterradas desde a idade da pedra."

"Então, por que ter trazido eles aqui?", ela murmurou.

"E fora do trabalho?", Lemon indagou.

"Não faço ideia", respondeu Billy, ainda discutindo mentalmente com Carmen.

"E o Curtis Taft?", perguntou Amato.

"Qual o problema com Curtis Taft?"

"Você o agrediu numa cama de hospital", disse Amato.

"Eu diria que 'agrediu' é meio dramático demais."

Eles se calaram e voltaram a encará-lo.

"Não acho que ele seja tão idiota a ponto de atacar a mim ou à minha família, mas, claro, façam o que for preciso."

Houve uma pausa enquanto os dois examinavam suas anotações.

"E aquele disparo quando você estava na investigação criminal?", Lemon perguntou, ainda olhando para seu caderno.

"O que é que tem?"

"A imprensa fez um barulho enorme, muita gente ficou com raiva."

"Já faz quinze anos, você acha que estariam com raiva até hoje?"

Carmen, ainda mantendo o olhar afastado, balançou a cabeça, exasperada, obrigando Billy a se conter para não brigar de novo com ela, desta vez diante da equipe de avaliação de ameaças.

"Está bem", disse Amato, pondo-se de pé. "Vamos pedir que o pessoal técnico instale algumas câmeras e que o Departamento de Polícia de Yonkers comece a fazer um patrulhamento dirigido."

"Quando as câmeras chegam?", Billy perguntou.

"Idealmente, muito em breve."

"O que você quer dizer com 'idealmente'?"

"Tudo que podemos fazer é dar entrada no pedido."

Uma hora depois, Billy e Carmen estavam sentados no sofá, cada qual com os braços cruzados sobre o peito, fingindo ver alguma coisa na televisão.

Era assim que o lento processo de encerrar uma briga sempre começava para eles, com a concordância mal-humorada de tolerarem a presença um do outro enquanto participavam de uma atividade não verbal durante a qual, em dado momento, um dos dois fazia um comentário nada espontâneo sobre alguma coisa sem nenhuma relação com o tema da briga. Costumava ser alguma coisa segura, dita de forma casual e monocórdia, que não exigia resposta, mas que em geral suscitava uma reação formulada no mesmo tom. A partir daí, as trocas, sempre sobre questões nada conflitantes, começavam aos poucos a ganhar velocidade, até que eles se viam de fato conversando com as modulações naturais e inconscientes da fala humana. Desculpas formais, se a situação realmente exigisse, costumavam vir mais tarde em outro aposento ou, caso fossem evitáveis, jamais eram pedidas, os dois não querendo arriscar, se possível, outro confronto potencialmente volátil. Por enquanto, eles estavam no primeiro estágio, num acúmulo de silêncio tão tenso que, quando o telefone tocou, ambos quase saíram levitando do sofá.

Era a irmã de Billy, reclamando que Billy Sênior não tinha levado roupa de baixo limpa na mala. Um minuto depois, outro telefonema, dessa vez para anunciar que ele não tinha pasta de dentes, seguido de outro, para se queixar que ele não tinha calça de pijama, cada "não tinha" aparentemente merecendo um telefonema à parte.

"Por que ela fica tendo essa porra de atitude o tempo todo?", Carmen perguntou quando Billy voltou ao sofá.

"Ela acha que ele não gostava dela quando ela era criança."

"Só ele?"

Quando o telefone tocou de novo, Carmen pulou para atendê-lo. "Juro por Deus, Brenda! Por que você tem que ser sempre essa chata insuportável…" Em seguida: "Ah", a voz se tornando mais grave. "Me desculpe, pensei… Claro, ele está aqui, sim."

Carmen passou o telefone para Billy. "É alguém do Imaculada. Albert Lazar?"

"Como eu disse quando lhe telefonei, seria um prazer ir à sua casa."

"Sem problema", disse Billy.

Ao telefone, Lazar tinha dado a impressão de que precisava fazer um desabafo, e Billy não queria que, em sua casa, ele ficasse sujeito à dupla tensão de dois pais apavorados. Como precisava que Lazar se sentisse à vontade para falar, achou melhor encontrá-lo no pequeno escritório que o professor montara em sua casa de Sleepy Hollow, onde antes era o quarto da filha, agora na universidade. O papel de parede com desenhos florais, somado à ansiedade visceral de Lazar, contribuía para aumentar ainda mais a sensação claustrofóbica causada pelas reduzidas dimensões do aposento.

"Então", disse Billy procurando soar despreocupado, "agora que estou aqui..."

"Compreenda, eu não tinha a menor ideia de que o senhor era um detetive até me entregar seu cartão ontem..."

"Você não tinha motivo para saber."

"É uma história meio longa."

"Que tal começarmos pela moral da história e depois irmos para o início?"

"Por favor, preciso contar do meu jeito." Eles estavam a sós, a mulher e o filho de Lazar viam televisão no andar de baixo, mas ele ainda parecia sentir a necessidade de sussurrar. "De outra maneira, o senhor não vai entender."

"Como quiser."

Lazar olhou para suas mãos, os joelhos se agitando.

"Então", disse Billy.

"Muito bem", disse Lazar, pousando os cotovelos nos joelhos. "Muito bem. Na semana passada..."

A mulher de Lazar entrou no quarto trazendo uma tigela com tirinhas de couve crocantes, preparadas na hora, enquanto seu marido sorria para ela com um olhar que significava "Vá embora". Esperou os passos se afastarem e recomeçou.

"Na semana passada, tive alguns encontros de trabalho em

Beacon, cidade que não conheço muito bem, mas fui obrigado a pernoitar lá e, por puro enfado, dei uma volta e acabei entrando num bar. Acredite em mim, quase nunca bebo, mas tomei um gim-tônica e..."

"E..."

"Bom, pode me chamar de cego, mas só me dei conta de que era um bar gay quando pedi o segundo drinque."

"Certo."

"Fiquei tão envergonhado que pedi a conta e saí." Pedir a conta, Billy pensou, não era uma expressão típica de um beberrão contumaz.

"Quando cheguei à porta, esbarrei com meu vizinho, Eric, que mora aqui, neste mesmo quarteirão. Fiquei tão nervoso de estar saindo daquele tipo de lugar que só disse a ele: 'Cuidado aí dentro, acho que tem alguma coisa estranha acontecendo'. E ele respondeu: 'Obrigado por avisar, vou ficar atento'."

"Então esse Eric..."

"Eric Salley. Compreenda, sou uma pessoa muito tolerante. Não me importa que ele ou qualquer pessoa seja gay."

"Entendo. Então, esse Eric Salley..."

"É um problema."

"Que tipo de problema?" Como Lazar encontrava certa dificuldade em responder, Billy acrescentou: "Ele está criando algum problema para você?".

"Não, ainda não."

"Talvez ele também seja tolerante."

"Ele não tem nenhuma razão para ser tolerante."

"Entendo."

"Veja, leciono numa igreja católica numa cidade onde os habitantes são, em sua maioria, trabalhadores."

"Certo."

"Se começar a correr algum boato... Aquelas crianças são a minha vida."

"O senhor é muito querido, eu sei. Mas, como está tendo tanta dificuldade em me contar o que deseja que eu saiba, me diga: esse Eric Salley é a pessoa que estou procurando?"

"Procurando?", disse Lazar, piscando, com ar confuso. Billy desviou a vista, tentando se controlar. O cara era um veado enrustido e tinha medo de ser descoberto. Essa a única razão do encontro.

"Então, por que estou aqui?", perguntou Billy. "Ele está tentando chantageá-lo?"

"Não, mas, para dizer a verdade, nunca me senti confortável na presença dele, e agora, sempre que o vejo, dá um risinho como se me conhecesse. Pelo que sei, ele perdeu o emprego e está prestes a perder o apartamento. Não quero procurar a polícia daqui, só iria complicar as coisas. Por isso eu estava pensando... se há alguma possibilidade de que, como detetive de Nova York e pai de um de nossos alunos, o senhor converse com ele antes que ele faça alguma coisa de que nós dois vamos nos arrepender."

"Quer dizer que Eric Salley não foi o sujeito que abordou meu filho?"

"Não, acredite, eu o teria reconhecido a um quilômetro de distância."

"E o senhor? Foi o senhor que o abordou?"

"Se eu... o quê?"

Billy se pôs de pé.

"Então, pode me ajudar?", Lazar perguntou.

"Vou dar uns telefonemas", ele resmungou, o equivalente, na linguagem de Billy, a vá se foder. Depois foi embora.

Deixar todos em casa sozinhos daquele jeito...

Enquanto voltava de carro para Yonkers, a raiva que Billy sentia de Lazar começou a se dissipar. O sujeito estava aterrorizado, a vida toda carregara o fardo de ser quem era e não se imaginava conseguindo sobreviver a uma exposição. Mas, gay ou não gay, ou qualquer outra coisa que fosse, Billy não conseguia se imaginar vivendo todos os dias com um segredo tão pesado no coração, que a única alternativa viável era alguma forma de esquecimento.

Às vezes se preocupava com a possibilidade de que Carmen carregasse um peso como esse, alguma coisa íntima que a fazia ansiosamente alerta durante o dia e atormentadamente agitada à noite na cama, que fazia com que todas as sessões de terapia a que ele tinha comparecido com ela fossem uma completa perda de tempo, repletas de tiradas irritadiças e desculpas esfarrapadas, que, de tempos em tempos e sem aviso, a lançavam numa depressão tão profunda que muitos dias podiam se passar até ela ter de novo condições de abrir a porta do quarto.

Houve vezes em que se perguntou se ela teria sido violentada quando criança e nunca contara a ninguém ou, como uma adolescente assustada, tivesse abandonado um bebê indesejado — e só até aí chegava sua imaginação das piores hipóteses. Mas de uma coisa Billy tinha certeza: se um dia ela tivesse forças de enfim revelar o nome de seu demônio, ela sem dúvida sobreviveria. Seu marido iria garantir que isso acontecesse.

Ao se aproximar da entrada da garagem, Billy viu a silhueta de um homem corpulento andando pelo gramado.

De início ficou surpreso demais para se mover, mas depois reagiu sem pensar, saltando do carro para atacar o intruso pelas costas. Tão logo o jogou no chão e caiu sobre ele de um modo que deixou os dois sem fôlego, uma segunda figura veio correndo da parte de trás da casa e gritou: "Não se mexa!", ao mesmo tempo que cegava Billy com a luz forte de uma lanterna. Nesse instante, o primeiro policial se levantou, se voltou para Billy e acertou um soco em sua cabeça.

E assim Billy foi apresentado à cobertura dirigida da patrulha da vinte e quatro horas, ele falando o mais depressa que pôde, a fim de não ser algemado e jogado na traseira do carro do Departamento de Polícia de Yonkers enviado para proteger sua casa e sua família.

Às três da manhã, quando Billy entrou na doentiamente iluminada loja de conveniências do posto de gasolina do Frederick Douglass Boulevard, o jovem caixa africano com um gorro na cabeça estava de pé, atrás da caixa registradora, um meio sorriso no rosto, posando com policiais, a maioria deles segurando latas de cerveja ou barras de chocolate a serem pagas enquanto seus parceiros tiravam fotos com iPhones. Roda tinha dito que ocorrera um latrocínio no local e que o corpo da vítima estava lá, mas Billy só viu o caixa, um monte de policiais ridículos uniformizados e Stupak.

"Cadê o corpo?"

"Está cego?", Stupak respondeu.

Abrindo caminho entre os policiais que faziam poses, ele olhou melhor o caixa: o sorridente rapaz estava morto e duro como pedra ali de pé, com uma pequena mancha de sangue quase invisível no bolso de sua grossa camisa bordô. No balcão, à direita dele, havia metade de um sanduíche ainda fumegante, recém-saído do micro-ondas; à esquerda, um colar de contas para preces e um manual de contabilidade.

"Vocês estão de sacanagem comigo?", Billy gritou para os policiais. "Todo mundo pra fora!"

Depois que eles se foram, Billy passou mais um instante contemplando a vítima de pé, mas depois se virou; parecia grosseiro demais fitar aqueles olhos que não piscavam mas ainda eram tão expressivos.

"É como uma estátua do museu da Madame Tussauds", disse Stupak.

"Já pegou as gravações da loja?"

"Claro."

"Já..."

"Claro."

"Alguma testemunha?"

"Feeley está no quarto dos fundos interrogando o motorista de táxi que telefonou para a polícia."

"Feeley está aqui?", Billy perguntou, surpreso, mas não muito, pois tinha imaginado mesmo que, depois da conversa deles no carro, Gene ou começaria a se apresentar na hora certa só para aporrinhá-lo, ou acataria a sugestão de Billy, desaparecendo de vez sem nunca mais ser visto, de um jeito ou de outro ganhando a parada.

"Butter está aqui?"

"Dá um tempo pra ele; ele fracassou num teste importante hoje."

"Fazendo papel de quê?"

"Vai querer que eu diga?"

"De detetive, certo?"

Stupak se afastou.

"Ei, sargento?", um policial uniformizado chamou da porta. "Tem um cara aqui."

Billy saiu e viu um detetive de calça jeans e agasalho com capuz, encostado à porta do que ele imaginou ser um Firebird antigo confiscado de algum traficante de drogas. Atrás do detetive, dois policiais afastavam os carros das bombas de gasolina, nessa hora quase todos eles táxis indo reabastecer.

"Desculpe tirá-lo lá de dentro. Não queria atrapalhar a cena do crime."

"Agora já não faz diferença."

"John MacCormack", ele disse, estendendo a mão. "Narcóticos, norte do Brooklyn."

"Um minuto", disse Billy, indo até os policiais uniformizados junto às bombas. "Esses carros que estão querendo entrar", ele disse, "provavelmente são clientes do posto. Peçam que eles deixem nome e telefone antes de mandarem eles embora, sobretudo os taxistas."

Voltando para perto de MacCormack, Billy por fim apertou sua mão. "E então, John, posso ser útil em alguma coisa?"

"Preciso saber qual o seu interesse pelo Eric Cortez."

"Como é?"

"Você pesquisou o nome dele ontem, e isso acendeu uma luzinha."

"É verdade, dele e de alguns outros."

"Posso perguntar por quê?"

Billy sabia que a pior coisa que podia fazer era mentir. "Eu estava na 4-6 acabando meu relatório sobre um tiroteio. Como eu ainda tinha algum tempo para matar, dei uma olhada no nome de alguns bandidos dos velhos dias."

MacCormack olhou para o lado, sorrindo, num recuo temporário.

"Assim como quem busca algumas namoradas antigas no Facebook", disse Billy. "Por que você quer saber?"

Para o desagrado de Billy, MacCormack deixou a pergunta pairando no ar.

"Está bem", disse Billy, de repente muito nervoso para aguardar uma resposta. "Meu palpite é que, como Eric Cortez é burro demais para estar liderando um grupo ou comercializando um volume muito grande, toda essa sua atenção só se justifica porque ele talvez seja um informante que pode te levar a um peixe maior. E agora você veio aqui para ver se ele está metido em outra jogada que esqueceu de te contar. Mas isso é só um palpite meu."

"Espera um pouco", disse MacCormack enquanto se afastava para fazer um rápido telefonema.

A van da equipe técnica por fim chegou e os detetives foram até o minimercado com suas maletas e câmeras, desconhecendo provavelmente que o cadáver a ser analisado era o jovem alto que, visível através da vitrine, parecia estar se preparando para registrar a compra de uma cerveja.

"Olha", disse Billy quando MacCormack voltou, "foi curiosidade minha. Eu talvez não devesse ter puxado o nome dele, sinto muito ter feito isso, mas, primeiro, não quero foder com o trabalho de ninguém; em segundo lugar, você chega aqui com esse assunto às três da manhã e não responde a nenhuma das minhas perguntas, portanto quem sabe você possa simplesmente me dizer... Estou metido em alguma encrenca?"

MacCormack hesitou, olhando para Billy como se quisesse avaliá-lo. "Ele apenas precisa ser protegido no momento."

Billy concordou com a cabeça, ocultando seu alívio, depois ficou com raiva de ter posto a bunda de fora daquele jeito.

"Protegido", disse. "Você sabe o que esse cara fez, não sabe?"

"Está falando do assassinato do Del Pino?", perguntou MacCormack, puxando um maço de Winston.

"Só posso pensar que ele seja um puto de um caguete."

MacCormack encarou Billy por mais algum tempo com ar de quem faz uma avaliação, depois limitou-se a encolher os ombros. Fim de jogo.

"Vou te dizer o que acho dos informantes", ele disse, oferecendo um cigarro a Billy. "Tento pensar o seguinte: todos aqueles cientistas nazistas que trabalhavam no foguete V-2, pegamos todos eles como se fossem os melhores atletas dos cursos secundários, era nós ou os comunas, liberdade ou escravidão mundial. Essa era a aposta, por isso tudo foi perdoado, bem-vindos ao Texas. Porra, pensa bem, alguns daqueles alemães terminaram aparecendo nos selos postais."

"Eric Cortez no papel de Wernher von Braun", disse Billy.

"Que Deus nos proteja."

MacCormack sorriu e se acomodou no Firebird.

Billy contemplou por alguns momentos o decalque da Fênix no capô trepidante, depois perguntou: "Ele não está morto, está?".

"Cortez? Não", MacCormack respondeu, lançando sobre Billy um olhar que o fez ter desejado manter a boca fechada.

Milton Ramos

Ela o surpreendeu a noite toda.

Primeiro, quis fazer uma coisa na cama que nunca tinham feito, com o que ele esporrou em dois minutos contados no relógio.

Depois, ainda excitado pelo que tinham acabado de fazer, repetiram a dose — e, como eram estritamente amantes de uma só trepada, essa foi a segunda novidade da noite —, com Marilys gemendo o tempo todo. Em geral, eram tão silenciosos que alguém podia estar dormindo no mesmo quarto e não acordaria, razão pela qual essa foi a terceira novidade, todas as estreias ocorrendo num período de mais ou menos vinte e cinco minutos. Por natureza, os dois eram fisicamente modestos. Assim, embora tivessem acabado de foder como loucos, quando ela por fim saiu do banheiro ainda nua, Milton não soube para onde olhar. Em vez de, como sempre, se vestir de imediato, Marilys se sentou na beira da cama sem fazer nenhum gesto de pegar as roupas.

"Oi, Milton."

Ele nunca a tinha ouvido pronunciar seu nome em voz alta; de algum modo, conseguiam conviver amigavelmente sob o mesmo teto entre quarenta e cinquenta horas por semana sem jamais pronunciarem o nome um do outro, e ele mentiria se dissesse que ela ter feito isso agora não o tinha deixado desconfortável.

"O que é que há?", ele perguntou, ainda desviando os olhos da pele dela, onde se viam gotículas de água.

"Estou grávida."

A primeira reação dele foi achar que ela engravidara na última meia hora, motivo pelo qual talvez tivesse se demorado tanto no banheiro.

"O que você quer dizer com isso?", ele indagou, apesar de saber que se tratava de uma pergunta idiota.

Ela não respondeu.

Mesmo naquele estado de semichoque, ele não a insultaria perguntando se tinha certeza de que era dele.

"Está bem", ele disse cautelosamente. Em seguida: "O que é que você está pensando?".

O cabelo dela, de um azul-negro de índia, em vez de puxado para trás como sempre, tinha sido penteado com cuidado em longas mechas ainda úmidas que a faziam parecer alguns quilos mais magra, alguns anos mais jovem.

"Porque, seja lá o que você estiver pensando, eu vou te ajudar."

"Obrigada", ela disse, ainda sem fazer nenhum movimento para se cobrir.

"Quer dizer, não é a melhor hora para mim, mas qualquer coisa que eu puder fazer..."

Para o grande alívio dele, ela finalmente começou a pegar suas roupas.

"Mas apenas me diz o que você está pensando."

"Estou pensando que é um menino."

"Você consegue saber, é?"

"Tenho dois filhos, sete irmãos e sete tios. É um menino."

"Certo."

Ele estava chocado, mas não a ponto de não conseguir lidar com a situação. Ela parou de procurar suas roupas e o encarou. "Olha, não quero nada de você, posso perfeitamente criar o menino sozinha, mas isso significa que preciso voltar para a Guatemala e ficar com a minha família. Por isso, daqui a pouco não vou poder mais cuidar da Sofia e de você. Isso é tudo que eu estou dizendo."

"Que pena", ele disse, ao mesmo tempo triste e aliviado.

Horas depois, com uma garrafa térmica cheia de Chartreuse Amarelo gelado no porta-copos de seu carro, parado no estacionamento do Bryant Motor Lodge, Milton observou quando o irmão de Carmen, Victor, chegou num velho Range Rover, desceu da caminhonete e atravessou o pátio em direção à entrada dos fundos, tal como dezenas de viciados em drogas e homens acompanhados de prostitutas tinham feito desde que se instalara ali noventa minutos antes. Milton não tinha nada de pessoal contra o irmão de Carmen; pelo contrário, de forma totalmente desapaixonada ficou feliz ao vê-lo, o garotinho gay triste e franzino de quem ele se lembrava dos tempos da Longfellow Avenue transformado num sujeito bem-posto de olhos claros e passos firmes mesmo naquela hora maldita da noite.

Tinha sido fácil achar Victor — Milton não pensara em fazer isso antes. Professor de sociologia no City College, ele tinha um site no qual descrevia a tese em que estava trabalhando no momento, sobre o que chamava de uma "dinâmica de cunho quase familiar" que se criava no decorrer do tempo entre traficantes de drogas, prostitutas e garotos de programa que tinham como base um motel barra-pesada e não identificado do Bronx. Isso também não foi difícil de encontrar, já que havia um punhado deles no New England Thruway em frente à Co-op City. A conversa com alguns clientes da área permitiu que ele ficasse conhecendo o horário de trabalho tanto do motel Bryant quanto de Victor, o que fazia sentido, ele achava, quando se sabia o que ele vinha pesquisando.

Ajeitando o taco de beisebol no lado do passageiro, baixou o encosto de seu banco ao máximo, pegou a garrafa térmica e deixou o cérebro vagar, pensando em como tinha dado de cara, inesperadamente, com Billy Graves no escritório de Dennis Doyle bem cedo de manhã. Passado o impulso de lutar ou fugir, Milton o avaliou instintivamente do ponto de vista físico, caso tivessem que chegar às vias de fato, mas depois se acalmou o suficiente para desfrutar o fato de que Billy não desconfiava de nada. E, mais tarde, vê-lo outra vez no fim do dia, trêmulo e pálido, quando por fim descobriu seu pai ainda com a calça do pijama fazendo sua antiga ronda na Lenox Avenue como uma cápsula do tempo ambulante.

Mas Milton sabia que, tendo em vista a deterioração mental de Bill Graves Sênior, ao levá-lo da casa em Yonkers ele tinha cometido um crime e agravado a situação.

E agora se encontrava ali.

Outro agravamento.

No passado, sua raiva e sua satisfação atingiam o clímax num só ato, num único feito. Mas como dessa vez ele desejava preservar a própria vida, se decidira por uma estratégia de retaliações indiretas a longo prazo. De certo modo, isso era bem mais difícil para ele, deixando-o com um tempo excessivo para pensar, se atormentar, para refletir sobre os resultados mais negativos, para se justificar e depois recuar, recuar e avançar de novo.

Pior ainda, Milton estava descobrindo que cada ato do caos cuidadosamente dosado gerava a ânsia de executar um novo ato. Sentia um desejo ardente de aumentar as apostas, intensificar suas ações até ser capaz de alcançar algo similar à sensação de finalidade que, para o bem ou para o mal, sempre experimentara no passado. Mas estava perdendo a fé em sua capacidade de se conter até chegar ao final da história — se é que algum dia havia tido essa fé.

Pensou que levar Sofia à Longfellow Avenue poderia imunizá-lo contra si mesmo. Mas agora, ali no estacionamento do Motel Hell, se deu conta de que tinha sido, em essência, uma viagem de despedida. Se perdesse o controle das coisas — quando perdesse o controle das coisas, como sempre soube que perderia —, ela ao menos teria alguma recordação da casa mal-assombrada que, depois de vinte e três anos, tinha finalmente engolido seu pai.

Um filho. Ou era o que ela dizia. Bem, era de Marilys. E seu, do ponto de vista científico, porém sobretudo dela, e ele não iria interferir nos planos de Marilys.

Quando dois hóspedes do motel foram ao estacionamento trocar cocaína por uma chupada de pau, ele lembrou como Marilys havia se sentado na beira da cama naquela noite, o cabelo penteado para baixo como o de uma índia americana, depois pensou na coisa que haviam feito pela primeira vez e nos sons que ela produzira na segunda vez.

Tomou outro gole de Chartreuse.

Mesmo que mudasse de opinião sobre o bebê, do jeito que as coisas estavam indo ele, de qualquer modo, não poderia aproveitar sua presença, e o menino se tornaria apenas mais uma lenha na fogueira das perdas.

Um disparo soou ali perto, um carro arrancou, um homem ficou caído perto das lixeiras, as pernas pedalando lentamente no vazio. Depois de um bom tempo, ele conseguiu virar o corpo de um golpe, se pôs de quatro e engatinhou de volta ao motel.

Ele e Marilys sempre tinham se entendido, seus silêncios muito amistosos, nenhum dos dois jamais criando problemas para o outro, embora ele se sentisse mal por não remunerá-la melhor. O que Milton pensou em seguida foi tão importante que, depois de pegar instintivamente o bastão, ele precisou sair do carro a fim de clarear as ideias.

Para vingar sua família, ele iria destruir o que havia sobrado dela. A família Ramos passaria de dois presentes para dois ausentes, ou seja, ficaria a zero. Mas e se em vez de exterminar os Ramos eles... ele tomasse a direção contrária e dobrasse o número de seus membros?

Não conseguia imaginar o que Edgar diria sobre essa nova linha de raciocínio — seu irmão mais velho era a única pessoa mais sombria do que ele, a única pessoa que Milton chegou perto de temer —, mas estava certo de que sua mãe choraria de alívio.

Continuava de pé fora do carro, taco na mão, quando o irmão de Carmen saiu de repente do motel, trotou até o Range Rover e abriu a porta do lado do passageiro. Victor pegou um minigravador no porta-luvas e em seguida deixou cair as chaves do carro, chutando-as acidentalmente para longe. Usando a luz de seu celular, ele se curvou e foi andando agachado pelo estacionamento para encontrá-las, enquanto Milton observava Victor vindo em sua direção, sem desconfiar de nada, com a cabeça abaixada, como num sacrifício.

Depois que ele se identificou umas seis vezes, Marilys, vestindo um penhoar de poliéster, abriu cautelosamente a porta de ferro de seu apartamento de quarto e cozinha no East Harlem, e o cheiro agradável de sua loção de pele deixou Milton abestalhado.

"Eu devia ter telefonado", ele disse, vendo a faca de cortar carne na mão esquerda dela.

"O que aconteceu?", ela murmurou, os olhos arregalados em sinal de alarme.

"Nada, posso entrar?"

Como nunca havia estado lá, Milton se surpreendeu com a quantidade de plantas que ela tinha, suspensas do teto ou em vasos, e não tão surpreso com o batalhão de objetos religiosos: medalhões e imagens prateadas decorando as paredes, santos de plástico na cômoda e na mesinha de cabeceira, o minúsculo lar de Marilys como uma Guatemala dentro de uma caixa. O único lugar em que se podia sentar era a cama.

Ele se permitiu demorar o tempo necessário para organizar o que desejava dizer, mas, quando entrou no ritmo certo, duvidou que alguma vez tivesse pronunciado tantas palavras seguidas em toda a sua vida.

"Por isso, depois que a minha... do que aconteceu com a minha família, fui morar com a tia Pauline por alguns anos, ela me fez acabar o secundário, nem me lembro das aulas e dos professores, mas joguei um pouco de futebol americano e gostei... Depois que eu me formei, fui trabalhar como operário de obra por uns tempos, fui leão de chácara de uns bares de striptease em Williamsburg, quando eles ainda existiam por lá, fui contratado como guarda-costas do Fat Assassin, trabalhinho legal, até que ele quis que eu começasse a arranjar garotas pra ele num clube, de noite, como se eu fosse a porra de um pombo-correio dos negócios sexuais lá dele, aí dei uma porrada nele na frente da turma dele, o que não foi a coisa mais inteligente que eu fiz, mas... Aí, claro, teve a forra, e nós dois acabamos nos dando bem mal, sabe como é, cada um do seu jeito... Depois fiquei meio perdidão uns dois anos, quanto menos se falar nisso, melhor, até que uma garota da vizinhança de quem eu gostava e que era cadete da polícia começou a falar do trabalho dela comigo, e na época eu achei que, bom, essa era uma maneira de eu não me meter em encrenca, mas eles recusaram a minha inscrição porque eu não tinha feito nenhuma faculdade. Daí eu fui fazer a Medgar Evers, no Brooklyn, mas só um ano, me inscrevi de novo, me aceitaram, me formei, ganhei meu distintivo, me casei, tive a Sofia, como você sabe, perdi a minha mulher, como você sabe..." Ele respirou fundo, pensando: O que mais? O que mais?

"Mulheres? Teve uma garota, a Norma, acho que no começo do colegial, foi a minha primeira vez, teve também algumas trepadas de uma noite só, algumas namoradas, mas ninguém por muito tempo, minha mulher, é claro, mas às vezes eu não me recusava a pagar, especialmente logo depois que ela morreu, depois você, é claro, você sabe, como nós fazemos."

O que mais...

"Bebo muito, como você sabe, e... Acho que é isso."

Claro que não era, mas haveria tempo para contar o resto mais tarde.

"Por isso", ele disse, olhando para ela, empoleirada no pé de sua cama, as plantas presas ao teto atrás de sua cabeça fazendo-o pensar em um felino da floresta surgindo numa clareira, "o que você acha?"

Quando ele saiu quarenta e cinco minutos depois, ela o beijou na boca, o que o fez recuar num gesto de surpresa, e em seguida, avidamente, se inclinar para a frente, querendo mais.

Tantas novidades...

10.

Algo terrível estava ocorrendo no banheiro, ele ouvia Carmen gemendo atrás da porta entreaberta, um débil lamento animal, seguido de um arranhar frenético dos ladrilhos, como se ela tentasse desesperadamente fugir de alguém. Ele precisava sair da cama, mas estava paralisado, não conseguia nem afastar o travesseiro que, tendo escorregado, cobria seu rosto, impedindo-o de respirar. Ela pronuncia o nome dele num soluço de desesperança, mais como uma despedida do que um pedido de socorro, e somente com um imenso esforço ele emite um som em resposta, um tipo de mugido agudo e estrangulado que por fim o acorda. No entanto, embora já esteja totalmente acordado, ainda não consegue se mover nem respirar, e Carmen continua naquele pequeno aposento com ele, e ele a está matando, e Billy simplesmente não consegue respirar nem se mexer, até que de repente consegue, livra-se de um golpe dos lençóis, cambaleia rumo ao banheiro, mas... é claro, não havia ninguém lá.

Sentando-se encurvado e trêmulo na beirada da banheira, Billy desejou — pela primeira vez em quase vinte anos —, desesperadamente desejou uma carreira grossa de cocaína, a única coisa que lhe ocorreu para desobstruir seu cérebro embotado pelo terror.

Quando finalmente desceu, a primeira pessoa que viu foi seu pai, lendo o jornal na cozinha, o que era bastante comum, até Billy se lembrar de que ele deveria estar na casa da filha dele. O som da porta de um carro se fechando levou Billy à janela, onde deparou com sua irmã prestes a dar marcha a ré para alcançar a rua.

"O que você está fazendo, Brenda?" De camiseta, calça jeans e tênis, ele se aproximou da porta do carro dela, enfrentando o frio das primeiras horas da manhã.

A irmã, sem a menor intenção de sair do carro ou mesmo desligar o motor, baixou o vidro da janela.

"Hoje de manhã eu acordei e pensei que era o Charley deitado ao meu lado, mas adivinha quem era."

"Eu devia ter te avisado sobre isso."

"Ah, e deixa eu te contar sobre o café da manhã", ela disse, acendendo um cigarro. "Estávamos todos lá sentados, eu, papai, Charley e Rita, minha sogra ruim da cabeça. De repente Rita diz pro papai: 'Então, Jeff, vamos ter relações esta noite?'. Sabe o que o seu pai respondeu? 'Depende da hora que eu sair do trabalho.' E Rita respondeu: 'Bom, me telefona quando souber, para que eu possa cancelar o meu jogo'."

Billy acendeu um cigarro na chama do cigarro de Brenda. "Certo, então ele achou que ela era a mamãe."

"Na verdade, ele a chamou de Irena."

"Quem é Irena?"

Brenda engatou a marcha. "Quer mesmo saber?" Então, pondo o carro em movimento: "Não dá para mim, Billy, me desculpe".

Caminhando de volta para dentro de casa, Dennis Doyle o chamou pelo telefone, Billy o ouviu por menos de um minuto, em seguida pulou para o seu carro e partiu para o Bronx.

A primeira coisa que ele notou ao entrar correndo na sala de emergências do St. Ann's foi a cadeira de Carmen virada para baixo a uns bons cinco metros de sua mesa; a segunda foram as gotas vermelhas e brilhantes que levavam ao cubículo fechado com uma cortina.

Ao vê-lo, Carmen começou a gritar com os internos indianos, africanos e asiáticos que cercavam sua maca. "Meu Deus! Falei claramente para não chamarem meu marido, para *não chamarem!*"

Pelo que ele pôde ver do rosto parcialmente virado de Carmen, havia um corte de cinco centímetros sob o olho e o começo de um hematoma bem feio.

"Eles não chamaram, Carmen", disse Dennis. "Fui eu."

"O que aconteceu?", perguntou Billy, sem ter certeza a quem se dirigir.

"Acho que isso vai exigir alguns pontos", disse um dos internos.

"O que aconteceu?", ele repetiu.

"Ah, por favor, é só a droga de um olho roxo!", Carmen voltou a falar alto. "Ponham gelo neste troço, depois me deixem pegar minha cadeira e voltar ao trabalho. Pelo amor de Deus!"

Apesar da irritação de Carmen, Billy viu que ela estava tremendo. Como ele.

"Você pegou o cara?", ele perguntou a Dennis.

"Já disse três vezes que sim."

"Na verdade, sabem de uma coisa?", Carmen voltou a falar. "Não quero que vocês cheguem nem perto do meu rosto. Chamem o Kantor."

"Onde ele está?", Billy perguntou a Dennis.

"Esquece, Billy."

"Ele ainda está aqui? Onde ele está?"

"Sabem do que mais?", Carmen disse. "Dane-se todo mundo. Me dê aqui um espelho, eu mesma cuido disso."

"Você não tem ideia do que esse maluco está fazendo conosco", disse Billy.

"Que maluco?", perguntou Dennis, mostrando-se confuso.

"Dennis, eu só quero pôr os olhos nele, nem vou entrar no quarto."

"Acho que não."

"Que tal assim? Se você não me deixar ver o cara, saio daqui e baixo a porrada no primeiro guarda de merda deste hospital que eu encontrar."

"Senhores", murmurou um médico mais velho ao passar entre eles para entrar no cubículo. "Então, Carmen", ele disse com suavidade, "quando vamos ter de enfrentar a ação judicial?"

"Faz de conta que ele é meu prisioneiro", Billy insistiu, "e que Yasmeen é quem está ali na maca sendo medicada."

Dennis reconsiderou. "Você não vai falar com ele."

"Certo."

"Nem uma porra de uma palavra, entendeu?"

Enquanto se encaminhavam para a cela improvisada, um depósito vazio no fim de um longo corredor, Dennis segurava com firmeza o braço de Billy, repetindo seu tenso mantra a cada passo. "Lembre-se do que você me prometeu."

"Ele falou alguma coisa?"

"Quem? Esse cara? Não que eu saiba."

"Realmente", disse Billy num tom irônico. "Nada antes, nada durante, nada depois?" Então, quando Dennis apertou seu braço: "Apenas curiosidade".

"Basta lembrar do que você prometeu."

* * *

"Você!", Billy gritou tentando pular por cima de Dennis para alcançar o agressor de Carmen, que, guardado por um policial uniformizado, estava algemado a uma cadeira nos fundos do cômodo. A figura imunda e magra, com olhos em brasa e roupas esfarrapadas, encarou Billy com uma expressão de calma e total incompreensão.

"O que você quer de nós?", Billy protestou, dessa vez com menor intensidade. O sujeito era, sem dúvida, um morador de rua maluco e sem medicação, se é que alguém um dia já havia lhe receitado algum remédio.

"Você me prometeu", disse Dennis, mantendo os braços bem abertos à medida que ia empurrando Billy com o peito em direção à porta.

"Esquece", disse Billy, afastando-o de leve antes de dar meia-volta para sair por conta própria.

"Eu sou John", anunciou de repente o homem algemado, numa voz tão grave e potente que os dois se assustaram. "Trago notícias daquele que está para chegar."

O melhor apartamento oferecido por Pavlicek tinha, como Carmen previra, só um quarto, estava sem móveis e ficava numa parte do Bronx mais fodida que o habitual. Mas Billy não se importou. A agressão daquela manhã o fizera assumir uma postura de absoluta superproteção e, até que a pessoa que os vinha perseguindo fosse presa, eles precisavam sair de Yonkers. Que fossem para o inferno as porras das patrulhas dirigidas, que nada tinham feito na noite anterior senão apavorar sua mulher, com as vozes baixas e as luzes das lanternas em movimento entrando pela janela do quarto altas horas da madrugada e fazendo-a se sentir como um animal caçado — sensação que, pensando bem, ela já sentia a maior parte do tempo sem a ajuda deles.

"Eu queria tanto que fosse ele, sabe?", disse Billy, se empoleirando no peitoril de uma janela da sala de visitas que lhe permitia uma visão parcial do campo do Yankee Stadium, a um quarteirão a oeste do apartamento. "Pelo menos tudo teria acabado."

"Vão pegar ele", disse Pavlicek com impaciência. "Ela está em casa agora?"

"Tive que arrancar Carmen de lá, mas, sim, agora está em casa."

"Médicos e enfermeiras são sempre os piores pacientes, não é? Acham que sabem tudo, e aí, quando alguma coisa acontece com eles, ficam putos e envergonhados. Parecem crianças de dois anos, me diga se não tenho razão."

Para um homem que andava se tratando com um hematologista, ele parecia estar se movimentando muito bem, pensou Billy, andando de um lado para o outro, num trajeto repetitivo, como um grande felino enjaulado.

"Está bem, olha, vou mandar meu pessoal trazer alguns móveis do depósito, mas pode demorar um ou dois dias. Enquanto isso, vou dizer ao meu chefe de segurança para ir até a sua casa instalar uma câmera."

"John…"

"Não acredito que você ainda não tenha uma. Na verdade, isso me dá um nó na cabeça. A primeira coisa que eu fiz quando comprei a minha casa foi instalar um sistema de segurança. Não ia deixar minha família pôr os pés lá dentro sem antes fazer a casa ficar igual ao Pentágono, nem de brincadeira. Porra, Billy, você já viu tanta merda nesses vinte anos… Você pensa que é imune? Ninguém é imune. Nenhum de nós."

"Quando você tem razão, você tem razão", disse Billy, apenas para tentar acalmá-lo. "Obrigado."

Pavlicek sentou-se num dos aquecedores, deixou a cabeça pender e passou as mãos pelo cabelo. Quando ergueu os olhos de novo, era como se tivesse recebido um passe de mágica, sua feroz agitação tinha sido substituída por uma perplexidade impotente.

"Como você tem se sentido ultimamente?", Billy perguntou.

"O que você quer dizer com isso?"

"Você sabe, o seu colesterol."

"O meu o quê? Estou bem."

"Ótimo. Fico feliz em saber."

"E como vão os garotos?", perguntou Pavlicek, apenas para dizer alguma coisa.

"São garotos", respondeu Billy na mesma linha.

"Garotos. Tudo que queremos na vida é que eles sejam felizes, certo?"

"Sem dúvida."

"É tudo que pedimos."

"Eu sei."

"John Junior... lembra da infelicidade que ele me causou? Com os tratamentos contra a dependência, a venda de drogas, os enquadros por pichação, largou os estudos... E a porra daquele quarto dele, eu entrava e encontrava ele e os amigos dele cheirando a maconha, com cara de imbecis, olhos vermelhos, 'Oi, sr. P', sentados lá com a aba dos bonés em cima das orelhas. 'Oi, rapazes! Quem sabe em que século estamos? Cem pratas para quem me disser a porra do século em que estamos, ou pelo menos em que planeta estamos', e eles: 'Ah, dah, dah...'."

"Eu lembro", disse Billy, pensando em John Junior na adolescência, grandalhão como o pai, mas na realidade um vigarista de boa índole que nunca foi de briga.

"Mas te contei no ano passado?", disse Pavlicek, voltando a caminhar pela sala. "Chego em casa um dia, ele está lá e me diz:

Leia isso, e é uma carta de aceitação do Westchester Community College. Eu nem sabia que ele tinha se candidatado. Diz que quer estudar administração de empresas e depois abrir alguma coisa. Eu digo a ele: Vem trabalhar comigo, você vai aprender mais sobre como começar seu próprio negócio do que em dez universidades. Ele diz que não, que quer fazer tudo por conta própria. Eu digo: Se você trabalhar para mim, vai ganhar dinheiro suficiente para começar a mil por hora, e ele diz: Pai, com todo o respeito, é importante para mim fazer isso sem a sua ajuda. Pode acreditar nisso? Fiquei tão orgulhoso que quase explodi."

"Chegou a hora e ele percebeu isso", disse Billy. "Muitos não percebem."

"O que é isso?", perguntou Pavlicek apontando com o queixo para o bolso do paletó esporte de Billy, onde o cartaz roxo de Sweetpea ainda despontava como um vistoso origami.

Billy mostrou a ele.

"Cornell Harris", Pavlicek leu, em seguida: "É o Sweetpea, certo?".

"Parece que ele deu uma de Houdini", disse Billy. "Ou, mais provavelmente, foi houdinizado."

"E você se importa com isso?"

"Não estou dizendo que sim."

"Trate de se preocupar com sua família."

"E o que você pensa que eu estou fazendo aqui?"

"Se preocupe com os seus garotos", disse Pavlicek, começando a se inflamar de novo, a voz reverberando nas paredes nuas.

Billy parou de responder, recusando-se a entrar no jogo.

"Esta porra? Está brincando comigo?", disse Pavlicek, amassando o cartaz e o jogando para trás num canto da sala. "Uma merda…"

Esperando que a tempestade passasse, Billy continuou sentado e observando em silêncio, até que Pavlicek de repente se moveu, vindo em sua direção tão depressa que ele nem teve tempo de levantar as mãos. No entanto, em vez de lhe dar um soco, ele passou voando a seu lado e, sem abrir a boca, saiu do apartamento num turbilhão. A porta aberta de um golpe deixou uma marca no reboco do pequeno vestíbulo e depois, ricocheteando, se chocou ruidosamente com o batente.

Tentando se acalmar, Billy por um instante contemplou através da janela a geometria precisa do gramado do estádio. Em seguida, dando meia-volta, pegou o cartaz de Sweetpea no chão e telefonou para o número que se repetia várias vezes na parte de baixo do papel.

O blazer marrom fornecido pela empresa não ajudava em nada Donna Barkley, uma mulher baixa, gorda e de cara achatada, cujos dedos estavam quase encobertos pelas mangas compridas demais. A abertura traseira do casaco parecia um toldo ao esbarrar em seu traseiro largo e alto.

"Oi, como vai?", disse Billy, levantando-se da cadeira branca de plástico no espaço estreito com chão de cimento que se estendia pela lateral do edifício de escritórios onde ela trabalhava como segurança.

Ela se sentou, pescou na bolsa um cigarro Newport, acendeu-o e afastou o rosto a fim de soltar a fumaça, expondo a palavra Sweetpea tatuada em letras cursivas no lado esquerdo do pescoço.

"Arista", disse Billy, lendo o crachá no blusão dela. "Cuidam bem de você aqui?"

"É um emprego", ela respondeu, ainda sem olhar para ele. "Tenho dois filhos e uma avó."

"Entendo", ele disse, retirando o cartaz de "Procura-se" do paletó e o estendendo sobre o tampo da mesa.

"Você devia ter tirado só o número do telefone na parte de baixo", ela disse, "e não pegado essa merda toda."

Billy deu um tempo, coçando vigorosamente a garganta depois de levantar o queixo. "Deixa eu começar te fazendo algumas perguntas, e a gente vê até onde dá pra chegar."

"Outra vez: quem é você?"

"Como eu te disse ao telefone, sou um detetive particular." Ela o olhou de relance. "Tem uma identificação?"

Ele lhe entregou sua carteira de motorista.

"Alguma coisa que mostre a sua profissão."

Buscando na carteira, ele puxou um cartão de visitas da Sousa Security, a empresa de seu cunhado, que o identificava como diretor-assistente de investigações, embora ele nunca tivesse feito nada nem recebido um tostão.

"E isso é de graça?"

"Já disse que sim."

"Por que é de graça?"

"Porque", disse Billy, olhando-a nos olhos, "como também te falei por telefone, estamos abrindo um escritório perto do Lincoln Hospital e, se eu conseguir encontrá-lo para você, todo mundo por ali vai saber e vamos ganhar novos clientes."

Um pombo aterrissou na mesa, a noiva de Sweetpea olhando para a ave nojenta sem fazer nenhum movimento para espantá-la.

"Ele já desapareceu tanto tempo assim?"

Pegando o celular na bolsa, ela respondeu a uma mensagem, depois a outra, deixando Billy dividido entre repetir a pergunta ou simplesmente ir embora.

"Quando não estava em cana?", ela finalmente disse, ainda digitando. "Às vezes."

"E por que você ficou tão preocupada agora?"

"Porque", ela disse, enfiando o celular de novo na bolsa, "a gente estava falando no telefone, aí um cara branco chamou o nome dele e de repente Sweetpea desligou. E agora onde é que ele está?"

"Certo, esse cara...", ele disse, abrindo o caderno de notas.

"Um cara branco."

"Esse cara branco que chamou ele pelo nome, disse alguma outra coisa?"

"Só disse: 'Ei, Sweetpea, vem cá'."

"Depois o quê?"

"Depois Sweetpea disse: 'Ah, merda'. Aí o cara disse: 'Estou falando sério, Pea, sem brincadeira, vem cá'."

Billy ergueu os olhos de suas anotações. "E você tem certeza de que o cara era branco?"

"Meu telefone não veio com olhos, mas eu sei quando é um branco falando, e esse cara era branco, ah se era."

"Certo. E depois?"

"O quê?"

"O que você ouviu depois?"

"Clique."

"E a que horas foi isso mais ou menos?"

"Foi exatamente às três e quinze, sabe como eu sei? Porque ele estava berrando para mim: 'São três e quinze, sua puta! Onde é que você está, sua sacana?'."

"Bom", disse Billy, voltando a escrever.

"Bom?"

"Você tem alguma ideia de onde ele estava quando telefonou?"

"Também sei direitinho. Ele estava saindo do meu prédio pra me pegar, gritando. 'Estou saindo agora mesmo, saindo agora mesmo.'"

"Saindo do..."

"Da Concord Avenue, 502."

"Quinhentos e dois", ele repetiu, anotando. Depois: "Esse cara branco, alguma ideia de quem ele era?"

"Não especificamente."

"O que você quer dizer com 'não especificamente'?"

Ela deu de ombros como se a pergunta não merecesse resposta.

Billy hesitou, mas, interpretando o jeito vago e truculento dela como um caso de incompatibilidade racial, foi em frente. "Ele andava tendo problemas com alguém?"

"Bem, ele é um promotor de talentos, sabe?" Sua voz ficou mais suave pela primeira vez. "Tenta ajudar a comunidade, mas esses garotos que ele protege, eles esperam milagres."

"Algum em particular?"

"Só estou falando", ela afastou os olhos, "em geral."

"Tudo bem." Ele deixou a caneta na mesa. "Fiz uma pequena pesquisa sobre seu noivo antes de vir para cá, é uma parte fundamental de um trabalho como este, e preciso lhe perguntar…" Billy a olhou nos olhos. "Ele ainda vende drogas?"

Ela o encarou como se ele fosse burro demais para merecer estar vivo. "Não quero falar sobre o que não está dentro da minha área de especialização profissional."

"Você quer que eu encontre ele ou não?"

Ela continuou olhando para ele, Billy mais uma vez pronto para ir embora.

"Uma última… Quando eu perguntei se você fazia alguma ideia de quem era esse cara branco, você disse: 'Não especificamente'. Preciso que explique melhor esse 'não especificamente'."

"Significa que eu não sei quem ele é, especificamente."

"Mas sabe… seu tipo?"

"Ah, sim."

"Baseada no quê? No tom da voz?"

"É."

"E que tipo seria?"

"O seu tipo."

"O meu tipo…"

Ela acendeu outro Newport, deu uma tragada, expeliu a fumaça num jato lento e contínuo.

"O Sweetpea sempre falou que esses caras do Departamento de Polícia de Nova York são uns filhos da puta", ela disse, jogando o cartão de visitas fajuto na mesa ao se pôr de pé. Estava cansada de saber quem ele era desde que o viu, como se estivesse escrito em sua testa.

Ele ainda estava sentado à mesa quando recebeu um telefonema de casa, a inesperada voz lamurienta de seu filho menor o deixando nervoso.

"Ei, companheiro, o que foi?"

"Eu nem fiz nada e a mamãe começou a gritar comigo como se eu tivesse feito", disse Carlos.

Billy expeliu o ar dos pulmões, aliviado. "Olha, ela teve uma experiência desagradável hoje de manhã, por isso não fica achando que é alguma coisa com você. E se comporte superbem hoje, certo? Você e o seu irmão, os dois."

"Mas eu não fiz nada."

"Carlos, me faz esse favor, está bem?"

"Tá bem."

Outra chamada fez surgir na tela o nome de Pavlicek, mas Billy a ignorou. "No mais, tudo legal?"

"Tá."

"Tem certeza?"

"Tenho."

"O que você está fazendo agora?"

"Falando com você."

"Está bem, eu vou jantar em casa, certo?"

"Certo."

"Está tudo certinho por aí?"

"Tá."

"E o seu irmão, está bem?"

"Tá."

"O vovô?"

"Tá."

"Muito bem, companheiro", ele disse, enquanto Pavlicek chamava de novo. "Te vejo em casa."

"Você não perguntou da mamãe."

"Vou ver ela também quando chegar em casa."

"Quer falar com ela?"

"Falo em casa", disse Billy, sabendo perfeitamente que, quando as coisas ficavam tensas entre eles, o telefone não era um bom amigo dos dois.

Ele começou a ligar para Pavlicek, hesitou e, em vez disso, telefonou para Elvis Perez na delegacia centro-sul, para ver se havia algum tipo de progresso no homicídio de Bannion. Como Perez estava fora, Billy decidiu deixar uma mensagem.

Continuou lá sentado por algum tempo, pensando no ataque de nervos de Pavlicek à tarde por causa do cartaz de Sweetpea, depois passou os olhos nas anotações que havia feito, que só continham duas informações concretas: Concord Avenue, 502 e três e quinze da manhã.

Se quisesse, poderia procurar possíveis testemunhas. Mas provavelmente não seria muito inteligente: um detetive que não pertencia à delegacia local trabalhando por conta própria, batendo nas portas no meio da noite para perguntar sobre Sweetpea Harris, principalmente se Sweetpea estivesse morto. Billy imaginou o milhão de perguntas que lhe fariam, nenhuma das quais, a esta altura, ele estaria em condições de responder, sobretudo depois de ter quase pisado na merda simplesmente por ter procurado Eric Cortez no sistema.

Sendo assim, tinha que ser outra pessoa, e não um policial. Por um segundo, pensou em contratar a Sousa Security, mas abandonou a ideia; alguma coisa em seu cunhado não o deixava confiar inteiramente nele. Não que fosse um mentiroso — era mais uma pessoa dada a se omitir, como se as respostas dele precisassem ser comprovadas num tribunal.

Portanto...

"Oi, sou eu."

"Oi." A voz de Stacey soou aguda e algo trêmula.

"Tenho um trabalho para você esta semana, se puder."

"Claro, sim, sem dúvida", ela respondeu, num tom alegre mas forçado, como se alguém estivesse com uma faca às suas costas.

"Você está bem?"

"Claro."

Billy hesitou, depois perguntou: "Onde você quer que a gente se encontre?".

"Você pode vir à minha casa?"

Desde que se conheceram, ela nunca o convidara a ir à sua casa.

"Sim, sem problema, qual a melhor hora?"

"Agora."

Ele começou a sentir o ranço de fumaça velha de cigarro vindo do apartamento de Stacey ainda na escada, onde, ofegante, subia para o andar dela. Quando finalmente chegou lá, Billy parou um pouco para recuperar o fôlego, depois seguiu seu olfato pelo longo corredor até o 6B, onde ela o recebeu com a porta aberta e um sorriso tão tenso que ele achou que o rosto de Stacey fosse se partir em pedacinhos.

Com seus corredores sombrios, cozinha minúscula cheirando a gordura, uma pequena sala de visitas com alguns móveis medíocres e cinzeiros entupidos, o apartamento transmitia um ar de resignação que deixou Billy penalizado ao pensar como teria sido a vida dela se Stacey houvesse olhado em outra direção a fim de se iniciar na carreira jornalística.

O roupão de banho do namorado dela combinava tanto com o tecido do sofá que Billy nem se deu conta de sua presença até que ele estendeu o braço para pegar a garrafa de cerveja.

"Oi, como vai?", disse Billy, sem conseguir lembrar o nome dele.

Deitado de costas, o namorado não fez nenhum esforço para se sentar ou ao menos virar o rosto em sua direção. "Na boa."

Stacey permaneceu muda entre os dois, olhando para Billy, depois para o namorado, mais uma vez para Billy, com expressão tensa e expectante.

A coleção de vidros de remédios cor de âmbar na mesinha de centro foi o que primeiro chamou a atenção de Billy. Depois a ponta do curativo borboleta acima da testa do namorado, que ele mantinha afastada. Depois o rosto inchado, a pele cor de banana podre, a esclera do olho de um vermelho-brilhante devido à hemorragia.

"Você chamou a polícia?", Billy perguntou a Stacey.

"Claro."

"E?"

"Eles vieram."

"E?"

"E nada."

"O que aconteceu?", ele perguntou ao namorado.

"Um cavalheiro deve ter entrado no hall logo atrás de mim na noite passada e…" Ele deu de ombros.

"Como é que ele era, esse cavalheiro?"

"Estava atrás de mim."

"Ele falou alguma coisa?"

"Nada."

"Raça, cabelo, roupa…"

"Nada." Depois: "A culpa foi toda minha".

"Por que você diz isso?"

O namorado virou o rosto de novo.

"Por que você diz isso?", repetiu Billy, a voz agora mais intensa.

Stacey tocou o braço de Billy.

"A que horas isso aconteceu?", perguntou aos dois.

"Por volta da uma da manhã", respondeu o namorado.

"De onde você vinha?"

"Do Jaunting Car."

"O que é isso?"

"Aquele bar onde ele te conheceu", ela disse.

"Você também estava lá?"

"Saí mais ou menos uma hora e meia antes dele", disse Stacey, parecendo envergonhada. Não, não envergonhada, ele pensou, mas derrotada.

"Alguém lá falou com vocês? Com um ou outro?"

"As pessoas lá tendem a falar sozinhas", respondeu o namorado.

"Alguém criou algum problema para vocês lá?"

"De fato, não."

"O que significa 'de fato'?", perguntou Billy, se irritando de novo.

"Um sujeito com cirrose, de setenta e cinco anos, me chamou de babaca."

"Mais alguém?"

"Que me chamou de babaca?"

"Só estou tentando te *ajudar*."

"Agradeço", disse o namorado cuidadosamente.

"Muito bem, vou dar um telefonema", disse Billy, dessa vez como um pedido de desculpas. Apontando para a garrafa aberta de cerveja, ele disse: "Você tem outra dessa?".

Enquanto Stacey foi até a cozinha, Billy saiu da sala de visitas para o corredor, lutando para controlar sua raiva.

Tentou imaginar a situação: o sujeito fica lá bebendo depois que Stacey — e não pela primeira vez —, por não conseguir tirá-lo do bar, desiste e vai embora. Ele continua bebendo sozinho por mais noventa minutos, esperando se sentir feliz, ou mais inteligente, ou mais exitoso, antes de enfim entregar os pontos e cambalear de volta para casa. E à uma da manhã ele nada mais é que uma ovelha marcada, um pobre coitado, um homem metido a esperto, mas dominado pela pulsão de morte, provavelmente nem ligando, depois de bêbado, se estava indo para casa ou direto para um precipício.

Foda-se o assaltante: qual detetive minimamente digno não gostaria de estrangular um sujeito desses? Vítimas como o namorado de Stacey faziam a gente se sentir um figurante anônimo num melodrama narcisista encenado para uma plateia de um só espectador.

Faziam a gente se sentir aviltado.

Billy ficou andando pelo curto corredor com raiva da vítima ao mesmo tempo que tentava não pensar na pessoa que havia transformado a cara dele num guisado sanguinolento.

Não podia ser ele.

Voltando à sala de visitas, ignorou a cerveja oferecida por Stacey e se dirigiu direto ao namorado.

"O sujeito que o atacou, o que foi que ele levou?"

"Minha dignidade."

Billy lhe lançou um olhar duro.

"E a minha carteira", ele acrescentou depressa.

Então não era ele — a não ser que tivesse levado a carteira

para confundir Billy. Mas isso iria de encontro a seu propósito, obscureceria a mensagem, e a mensagem era tudo, a menos que, a menos que...

"Muito bem, preciso dar um telefonema", ele repetiu.

Antes de ir embora, Billy deu uma última olhada no apartamento, pensando de novo em como a vida de Stacey poderia ter sido diferente se ela não tivesse sido tão descuidada com relação a ele, e acrescentou: "Sinto muito".

"Por quê?", ela perguntou em tom despreocupado, embora soubesse o porquê.

Caminhando em direção ao carro, Billy telefonou para casa e não obteve resposta, nem mesmo da secretária eletrônica. Chamou de novo, o resultado foi o mesmo, o que o fez começar a correr.

O que teria de enfrentar...

Billy vinha esperando que ele continuasse a penetrar cada vez mais no núcleo de sua família, mas a agressão ao namorado de Stacey — se é que ele tinha agredido o namorado de Stacey — parecia um movimento na direção contrária, talvez se afastando tanto que Billy ou qualquer outra pessoa ficaria louco pensando se de fato era ele. Se a porra do plano dele fosse essa, então quem seria o próximo? Millie Singh? Sua irmã? Talvez um dos amigos de Billy, ou suas mulheres e filhos, e depois disso, voltando a se aproximar, na próxima vez atingiria Carmen ou os garotos, ou seu pai? Visualizando a cara arrebentada do namorado, Billy teve certeza de que o resultado seria muito mais catastrófico do que apenas um casaco danificado ou um passeio até o Harlem.

Será que o cara era um gênio?

Ou o namorado de Stacey havia sido simplesmente assaltado por um ladrão...

De qualquer forma, ele tinha Billy nas mãos.

Um terceiro telefonema para casa não respondido, enquanto seguia para o norte no Henry Hudson Parkway, o fez acelerar para cento e trinta quilômetros por hora.

Stacey telefonou quando ele passava voando pelo Roosevelt Raceway. "Oi, você saiu tão depressa que se esqueceu de me dizer qual era o trabalho."

"Ainda vai demorar algum tempo", ele disse, querendo manter fora da linha de fogo tanto ela quanto seu namorado.

Ao entrar em sua rua no começo da noite, Billy viu uma figura sentada, imóvel, no degrau da varanda de sua casa. Sabendo que nenhum policial que patrulhasse a área descansaria dessa forma, ele deixou o carro deslizar até parar a alguma distância, desceu e começou a fazer o restante do caminho a pé, com toda a cautela. Mas aparentemente o som de seus passos era mais pesado do que ele imaginava: sentindo a aproximação de Billy, a figura se levantou devagar e assumiu a posição de quem está pronto para atirar. Empunhando sua arma, Billy recuou para a sombra de alguns arbustos, de repente invadido pela ideia avassaladora de que era tarde demais, que *ele* chegava tarde demais, que todos em casa já estavam mortos. Numa súbita queda livre emocional, como um autômato, Billy foi recitando o nome de seus mortos enquanto apontava a Glock, meio do corpo, meio do corpo, e estava prestes a apertar o gatilho quando Carmen abriu a porta atrás do atirador.

"Papai, vem pra dentro, você vai ficar doente aí fora." Em seguida: "Que diabo você está fazendo? Me dá isso".

"Tem alguém lá fora", disse Billy Sênior, hesitante, permitindo que a nora o levasse para dentro.

Duas horas depois, Jimmy Whelan entrou na casa sem bater, acompanhado de uma mulher pequena, nervosa e quase muda, provavelmente mais uma integrante de seu harém vertical.

"Jimmy!", exclamou Carmen, beijando-o e ao mesmo tempo escondendo o lado arroxeado do rosto. "Desculpe, mas é uma perda total do seu tempo."

"Não se preocupe", disse Whelan. "Essa é a Mercedes."

A mulher olhou para os pratos do jantar como se tudo que quisesse na vida fosse limpar a mesa.

"O que é que há com você?", disse Billy, apontando com a cabeça para a coronha da Walther que se projetava acima da fivela do cinto de Whelan. "Nunca ouviu falar numa coisa chamada coldre?"

"Se você esconde, ninguém sabe que você está armado, e isso acaba com a razão de ser dela. Ei! Chefe Graves...", disse Whelan, fazendo uma continência quando Billy Sênior entrou na sala de visitas. "Lembra de mim?"

"Você é aquele garoto da equipe de rua do Billy."

"É, eu sou aquele garoto."

"Você já chegou a detetive?"

"Fácil!"

"Onde é que está servindo?"

"Forte Rendição", ele respondeu, piscando o olho para Billy.

"Nunca apreciei esse apelido, é cínico demais para o meu gosto."

"É, senhor, vivemos em tempos de cinismo."

"Os novatos têm muito que aprender", disse Sênior. "Parabéns, meu filho, se você foi designado para o Forte Rendição."

"Tem razão, chefe."

"Bom, continue a dar duro", disse o velho, ligando a televisão.

Billy fez um sinal na direção da varanda, e Whelan o seguiu.

* * *

"A arma era dele?", Whelan perguntou depois de receber as últimas informações.

"Era a que ele usava em serviço, eu a inutilizei no dia que ele veio morar aqui."

Whelan caminhou até a janela. Olhando para dentro da casa, tentou chamar a atenção da companheira que trouxera para passar a noite com ele, sentada no sofá junto com Billy Sênior.

"Não é por nada, e obrigado por ter vindo, mas você precisava mesmo trazer a garota?"

"Ela nunca tinha saído da cidade."

"Está me gozando, é?"

"Sobre o quê?"

"Só temos uma cama de armar."

"Nós nos viramos. O que mais está acontecendo?"

Billy pensou em falar do Sweetpea, do Pavlicek, mas deixou passar.

"Está bem, meu irmão", disse Billy, dando um abraço rápido nele. "Preciso ir." A caminho do carro, parou e deu meia-volta. "Ei, deixa eu te perguntar uma coisa. Tomassi... Tem certeza de que ele foi atropelado por um ônibus?"

"Se tenho certeza?"

Puxando a carteira do bolso, Whelan fez sinal para Billy voltar à varanda. "O cartão de crédito", ele entoou com voz de anunciante, passando uma foto de sua Branca com o peito esmagado e olhando para as estrelas debaixo das rodas dianteiras do ônibus número 12, cujo ponto-final era na Pelham Bay. "Nunca saia de casa sem ele."

"Bem, a outra gravação chegou", ele ouviu a voz de Elvis

Perez em seu ouvido depois que o detetive da centro-sul o alcançou pelo celular quando Billy pagava seus habituais energizantes noturnos na loja do coreano. "Do lado da linha férrea."

"E?", disse Billy, cumprimentando Joon ao sair.

"Não ajuda muito."

"Por que não?"

"Há muita gente embaixo do painel de informações. É como olhar minhocas num balde. Nem o Bannion dá para identificar até ele se separar do grupo, mas aí ele já está sangrando feio."

"Não dá para voltar a fita e ampliar os quadros?"

"Minhocas num balde."

De volta ao escritório, a manchete era que Feeley não comparecera de novo ao trabalho. Fora isso, o plantão foi dos mais pacatos: um roubo sem armas em Sugar Hill, um motorista de táxi espancado por dois homens após se recusar a levá-los a Brownsville. Como nenhuma das ocorrências exigiu sua presença, depois de ficar sentado no escritório por algumas horas ouvindo A Roda se livrar sem esforço de três outros pedidos de mobilização da equipe, Billy passou o comando a Mayo e seguiu para o Bronx.

O número 502 da Concord Avenue era uma casa decrépita de estilo vitoriano, com fachada de tijolos, dividida em inúmeros apartamentos de sala e cozinha. Às três e quinze da manhã, não havia uma única luz acesa nas seis janelas que davam para a rua deserta. Mas no número 505, um prédio de seis andares sem elevador que ficava bem em frente, Billy contou três janelas iluminadas no segundo, terceiro e último andares, o que significava três possíveis notívagos, três possíveis testemunhas do possível sequestro de Sweetpea Harris.

Billy acordou os moradores do segundo andar, um homem

257

de meia-idade e pele cinzenta, tonto de sono, que veio até a porta de cueca, enquanto dos fundos do apartamento uma mulher berrava que ia precisar levantar dali a poucas horas. No terceiro andar, depois de bater por cinco minutos à porta, apareceu um africano com cara de bolacha que usava um cafetã amassado, um gorro redondo e baixo e um chinelo esfarrapado, mas o sujeito não falava uma palavra de inglês, e pela altura do som da televisão, o único móvel na sala, Billy imaginou que ele só poderia ter ouvido alguma coisa na rua se fosse uma explosão.

O sexto andar revelou-se uma dádiva, quando o morador Ramlear Castro, um jovem latino de tez escura e olhos vermelhos de tão drogado, abriu a porta com uma calça de moletom e rede no cabelo. Billy exibiu seu distintivo e Castro lhe deu as costas, voltando para dentro do apartamento, porém deixando a porta aberta para que Billy o seguisse.

"Posso?", disse Castro mostrando um charuto de maconha.

Billy deu de ombros, e um momento depois o cheiro de fumo vagabundo que veio do outro lado da instável mesa da cozinha fez com que se lembrasse de seus tempos de escola secundária.

"É isso aí", Castro começou, "eu estava acordado nessa noite que você falou, sentado bem aqui, gosto de escrever poesia aqui, e ouvi um *pop pop pop*, que nessa vizinhança não significa fogos de artifício, e pensei que era outro pega entre a Timpson GCG e o pessoal da Betances Crew. Mas quando olhei pela janela tudo que eu vi foi um cara saindo do seu carro e indo para a traseira como se fosse abrir o porta-malas, sabe como é, mas ele ia de lado, sabe, com cuidado, e depois *pop pop pop* outra vez, o motorista deu um pulo para o lado, mas não vi ninguém atirando nele, só ouvi os tiros. E depois que esses disparos acabaram o motorista vai e atira na porra do porta-malas como se estivesse matando um cavalo, esvaziou todo o carregador ou coisa que o valha."

"Espera, isso depois que você ouviu o *pop pop pop*?"

"Foi."

"Então o *pop pop pop* era de outra pessoa?"

"Qual *pop pop pop*?"

"O primeiro. O que fez você ir para a janela."

"É."

"Aí o cara saiu do carro e atirou no porta-malas."

"Não, antes teve o segundo *pop pop pop*. Não vi ninguém atirando, mas o motorista pulou para o lado do porta-malas quando os tiros foram disparados, e aí o terceiro *pop pop pop* foi o motorista atirando."

"No porta-malas do carro dele."

"Isso."

"Como se estivesse revidando os tiros."

"É, revidando os tiros."

"Como se alguém estivesse atirando nele de dentro do porta-malas?"

"Pode ser", ele disse, oferecendo o charuto por cima do tecido oleado que cobria a mesa, que Billy recusou com ar afetado. "Aí ele atirou de volta."

"Quer dizer que o motorista saiu do carro com uma arma."

"Eu não falei isso?"

"Ela já estava na mão dele?"

"Acho que sim."

"Como ele era?"

"Quem, o motorista?"

Billy esperou.

"Não sei dizer."

"A primeira coisa que vem à sua cabeça."

Castro fechou os olhos. "Tinha cabelo branco."

"Era um velho?"

"Não, só tinha cabelo branco, sabe, cabelo liso."

"Então era branco?"

"Podia ser."

"Não latino?"

"Podia ser."

"Preto?"

"Acho que não, mas podia ser."

"Quer dizer que você não viu a cara dele?"

"Impossível, porque tudo foi bem aqui embaixo, por isso é que sei do cabelo dele."

"A roupa?"

"Uma espécie de paletó, não sei. De sapato."

"E a arma?"

"Pelo som, eu diria que era um 38 daqueles que dão um tiro de cada vez, por causa do ritmo dos disparos, sabe, *pop pop pop.*"

"Você conhece armas?"

Castro deu outra tragada bem profunda e soprou fumaça suficiente para anunciar um novo papa.

"Não muito."

"Me fala do carro."

"Tinha porta-malas, é tudo que eu lembro."

"Então…" Billy hesitou: "Nenhuma chance de que fosse um suv?"

"Podia ser."

"Sabe", disse Billy, inclinando-se para a frente por cima da pequena mesa, "te fiz umas dez perguntas, e tudo que recebi foi uma porção de 'podia ser'."

"Ei, amigo", disse Castro, também se inclinando na direção dele. "Eu estava olhando daqui de cima, são seis andares, às três da manhã, doidão. Acho que ajudei um bocado, concorda?"

Milton Ramos

"Olha, Marilys!", Sofia gritou, soprando por cima da mesa, como um dardo, na direção do peito de seu pai, o papel rasgado que ficara preso à ponta de seu canudinho.

"Não chame mais ela de Marilys", Milton disse.

"Por que não?"

Marilys atraiu o olhar dele: Vá devagar.

Eles nunca tinham saído juntos, os três, e este jantar no Applebee's era uma espécie de *test drive*. A garçonete chegou com o que haviam pedido, um contrafilé para ele, camarões empanados para a senhora, uma salada de frango e espinafre para Sofia, que imediatamente demonstrou seu desprazer com o queixo tremendo.

"Você ia gostar se a Marilys fosse morar conosco?", ele perguntou.

"Sim! Sim! Sim!", voltou a gritar sua filha.

"Calma, calma", ele disse, fazendo uma careta, embora o nível de ruído no restaurante não deixasse a dever a uma oficina mecânica.

"Ela pode dormir comigo?"

Milton olhou para sua noiva, um esboço de sorriso ameaçando surgir em seu rosto. Retirando a crosta com a faca, Marilys pôs um dos camarões fritos no prato de Sofia. "Então é isso, não trabalho mais para você?", ela perguntou.

"Claro que não."

"Mas nós só vamos nos casar no mês que vem, foi o que você disse."

"E daí?"

"Daí que posso trabalhar pra você até lá."

"Você está falando sério? Quero que você vá para a sua casa e arrume as coisas. Passo lá amanhã com uma caminhonete e faço a sua mudança."

"Tenho um contrato de aluguel."

"Não se preocupe com o contrato."

"E eu faço o quê?"

"Não estou entendendo."

"O que eu vou fazer depois que me mudar?"

"Nada. Fica comigo, toma conta da Sofia, da casa."

"Parece o meu emprego só que sem salário."

Milton corou. "Se quiser, contrato uma empregada pra você, que tal?"

"Não seja ridículo."

"Tudo que estou querendo dizer é que você não precisa mais se preocupar com dinheiro."

"Não quero ninguém trabalhando para mim", ela disse. "Isso é loucura."

"Você é quem decide."

Marilys parou de comer, contemplou seu prato. "Tenho uma ideia melhor."

"Que ideia?"

"Posso falar?"

Milton esperou.

"Minha mãe."

"Sua mãe?"

"Se ela vier morar conosco, pode me ajudar com a Sofia e o bebê. Ela adora cuidar da limpeza."

"Sua mãe..."

"Tudo que eu preciso é ir até lá e trazer ela."

"Na Guatemala?"

"Ela nunca andou de avião na vida."

Sem que nenhum dos dois reagisse, com toda a calma Sofia pegou um camarão no prato de Marilys e mergulhou no ketchup que estava em cima das batatas fritas do pai.

"Você não quer que ela venha?", Marilys perguntou. "A casa é sua."

"É nossa."

"Bom, você é o homem da casa, por isso vale o que você disser."

Sofia pegou outro camarão e um punhado de batatas fritas.

"Me dê um minuto", disse Milton, levantando-se da mesa. Marilys o acompanhou com um olhar ansioso ao vê-lo dirigir-se à porta da frente.

Uma mulher e dois filhos, tudo bem, Milton remoeu enquanto caminhava pelo estacionamento.

Mas a sogra...

Depois: *Em vez de sogra, pensa que é a mãe dela, e que poderia ser a sua.*

O que, tendo perdido havia pouco tia Pauline, a coisa mais próxima que tivera de uma mãe, até que não era tão ruim.

Quando voltou à mesa, viu Marilys, que aparentemente havia perdido o apetite, dando o restante de seu jantar empanado para Sofia, pedaço por pedaço.

"Ela é boa com crianças?", Milton perguntou.

"Me criou. E também criou os meus filhos."

"E no mais?"

"Não é grande coisa."

"Uma chata?"

"Mais ou menos."

Sofia tinha ficado quieta demais, e Milton se perguntou se era mesmo possível levar uma conversa sem que uma criança presente não soubesse do que se tratava.

Repetindo... mãe nova, mulher nova, filho novo, tudo de uma vez só.

Depois, observando sua filha já existente, que comia o resto das fritas em que ele nem tocara: *Avó nova também.*

"Tudo bem", ele disse, dando um tapinha na mesa, "vai lá buscar sua mãe."

Marilys levou a mão ao coração e soltou o ar, aliviada. "Quando devo ir?"

"Que tal amanhã? Pago a passagem de avião."

"Juro", ela disse, tocando na mão dele, "que, se você não gostar dela, mandamos minha mãe de volta na hora; não é que ela não tenha família."

"Vai lá pegar ela."

"Posso economizar para você nas passagens", ela disse, excitada, "meu primo é agente de viagens."

"Bom, está com você", ele disse, desejando que ela já tivesse ido e voltado.

Marilys se debruçou sobre a mesa e o beijou de novo na boca, o que dessa vez o deixou tenso, porque sua filha estava bem ali.

"Ah, Milton", disse Marilys, pronunciando o nome dele pela segunda vez.

"Ah, Milton", Sofia macaqueou, seus olhos sem brilho como cascalho.

* * *

Mais tarde naquela noite, foi necessária a maior parte de uma garrafa de Chartreuse para que ele decidisse parar de beber. Embora nunca tivesse sido considerado alguém que só bebia apenas socialmente, desde o dia em que viu a Carmen adulta no hospital St. Ann's tinha saído totalmente dos trilhos, cada noite pior que a anterior, acordando toda manhã no sofá se perguntando como as últimas notícias esportivas da madrugada tinham virado desenhos animados.

Bom, agora não havia mais desculpas, Milton concluiu, derramando o resto da garrafa na pia.

Ainda bêbado com o licor que não tinha sido jogado fora, começou a circular pela casa redistribuindo os cômodos: o cantinho de costura de sua primeira mulher abrigaria agora o novo filho, o quarto de hóspedes às vezes usado para dar umas trepadas — coisa desnecessária no futuro — ficaria com a sogra, assim como o mais próximo dos três banheiros, só para ela. O que mais? Dividir a sala do porão e criar um quarto de brinquedos. Todos os armários do corredor indo para as senhoras. Depois, quando o gás acabou, ele enfim tomou o rumo de seu quarto, entrando e vendo-o pela primeira vez como a cela cinzenta que havia se tornado.

11.

O tiroteio às cinco da manhã num bar de Inwood manteve Billy no trabalho até as dez e, quando por fim ele chegou em casa, às onze, ainda refletindo sobre a conversa com Ramlear Castro, ficou surpreso ao encontrar técnicos de informática por toda a parte. A fim de cobrir o quarteirão de um cruzamento a outro, eles estavam instalando câmeras Argus nos postes de telefone e na própria casa, a barulheira causada por tudo isso afastando de vez qualquer esperança de ele poder dormir em breve.

Trinta minutos depois, o telefonema de Pavlicek o pegou de pé junto ao balcão da cozinha, folheando o *New York Post* e tomando seu drinque matinal. Dessa vez Billy atendeu.

"Você está ignorando as minhas ligações?"

"O quê?", disse Billy, cansado demais para inventar uma justificativa coerente.

"Olha, eu só queria pedir desculpas pela doideira de ontem. É que tem tanta merda caindo na minha cabeça, que é capaz de eu acabar indo morar lá com você."

"Onde comigo?" Olhando pela janela, Billy viu Whelan e

sua companheira de pernoite agarrados na cama elástica dos meninos.

"Você está me gozando?", Pavlicek disse calmamente.

Meu Deus, pensou Billy, relembrando a câmara de eco que era aquele apartamento vazio com vista para o estádio.

"Falando nisso, conversei com o meu pessoal e o apartamento pode ficar pronto para você depois de amanhã. Só precisa levar lençóis e toalhas."

"'O meu pessoal'... Você vive falando desse seu pessoal", disse Billy para ganhar tempo. "O único pessoal que eu tenho são meus garotos."

"Que nada, você também tem a sua equipe."

Billy encostou o telefone no peito. Simplesmente diga logo.

"Ei, John, me desculpe eu te dar todo esse trabalhão, mas discuti o assunto com a Carmen e decidimos segurar a barra por aqui mesmo."

Silêncio no outro lado, e depois: "Tem certeza?".

"Tenho, tenho, a turma da inteligência mandou uma equipe de avaliação de ameaças, os técnicos de informática estão aqui instalando as câmeras, o Departamento de Polícia de Yonkers vem patrulhando a rua. Isto aqui virou uma fortaleza. Seria uma loucura levantar acampamento agora."

Outra longa pausa. "Você está bem?"

"Estou", disse Billy. "Quer dizer, levando em conta as atuais circunstâncias."

"Porque você não está falando como se fosse você."

"Mesmo? E eu estou falando como se fosse quem?", ele perguntou, dizendo a si mesmo para não exagerar nas piadinhas.

"Você não está puto porque eu perdi o controle sobre o Sweetpea, está?"

"Claro que não."

"É por isso que não está atendendo os meus telefonemas?"

"Não sei do que você está falando", disse Billy.

Whelan e a sua vizinha do prédio, ainda se beijando, entraram na cozinha pela porta dos fundos.

"Me diga, você está muito preocupado por causa daquele vagabundo?"

"John, eu não estou preocupado com ele, foi pura curiosidade", disse Billy com cuidado. "E já passou. Olha, tenho que dar comida para os garotos, te ligo mais tarde."

"Mais uma manhã de Smirnoff", Whelan anunciou, apontando com a cabeça para a garrafa.

"É isso ou clorofórmio", disse Billy.

A companheira de Whelan caminhou em silêncio até a geladeira, pegou o leite e derramou um pouco na panela que já estava numa das bocas de trás do fogão.

"Preocupado com quem?", Whelan perguntou.

"O quê?", disse Billy, também para ganhar tempo.

"Você disse: 'Eu não estou preocupado com ele'."

"Sweetpea Harris", disse Billy. "Ele desapareceu, e acho que foi desta para uma melhor."

"Puta merda", disse Whelan, servindo-se de café. "E o John está te chateando por causa disso? A troco de quê?"

Billy tomou outro gole de seu drinque.

"Me diga uma coisa, por favor", ele disse. "Outro dia, quando te perguntei por que você estava tão preocupado com o Pavlicek..."

"Eu?", Whelan reagiu de pronto.

"Você nunca respondeu à minha pergunta."

"Que pergunta?"

"Por que você ficou em cima de mim por causa do Pavlicek."

"Como fiquei em cima de você?"

Billy o olhou fixamente. "Jimmy, você sabe de alguma coisa que eu não sei?"

"O quê, por exemplo?"

"Porra, dá uma olhada lá fora", Billy explodiu, apontando, através da janela, para os técnicos que circulavam agachados pelo gramado da frente. "E aqui, e mais aqui", continuou, girando como um pião enquanto indicava as outras janelas. "Estou sendo cortado em pedaços, e fugindo para uma serra elétrica não me pegar... Aí te peço uma resposta sincera, e você me trata como se eu fosse um idiota."

Whelan levantou uma das mãos. "Eu vou te contar uma coisa, mas você não pode falar pra ninguém, entendido?"

"É sobre a saúde dele?"

Whelan piscou. "Tem alguma coisa errada com a saúde dele?"

"Então diz logo."

Whelan tomou um bom gole de café. "Ele está tentando comprar o meu prédio. Mas agora o negócio está numa fase delicada de pegar ou largar, eu pensei que ele tivesse falado alguma coisa sobre isso com você."

Billy o encarou. "Só isso?"

"O que você quer dizer com 'só isso'? Está me gozando? Se ele fechar o negócio, passo de zelador a gerente do prédio, com o dobro do salário. E, se a coisa funcionar direito, ele vai me dar outros edifícios. Você sabe, não preciso de muito, mas gostaria de ter um pouquinho mais do que tenho agora."

Uma das câmeras de segurança caiu de uma árvore, quase esfacelando a cabeça de um técnico que passava antes de se arrebentar contra uma espreguiçadeira.

"Seja como for, esse negócio do Sweetpea sair do radar?", disse Whelan, lavando sua caneca. "Fala com o Redman quando encontrar com ele hoje."

"Por que vou me encontrar com o Redman hoje?"

"No funeral."

"Que funeral?"

"Da sua menina."

Billy empalideceu.

"Eu iria", disse Whelan, pegando o paletó, "mas tem um cara que vai ver o aquecedor." A vizinha de prédio de Whelan derramou o leite quente num copo e o entregou a Billy. "Para dormir", disse, encostando a bochecha na palma da mão e fechando os olhos.

Edna Worthy foi a única pessoa a comparecer ao funeral de sua neta, Martha, naquela tarde, motivo pelo qual as cadeiras de armar encostadas às paredes da sala de visitas-capela de Redman estavam ocupadas por algumas presenças de última hora: Redman, seu pai, sua mulher, Nola, carregando o filho, Rafer, quatro idosos que passavam os dias na recepção sem janelas da casa funerária como se ali fosse o clube particular deles, dois policiais arrastados até ali e que pertenciam à unidade de relações com a comunidade da 28ª Delegacia, e Billy, que custeava a coisa toda.

"Jesus, todavia, disse: 'Deixai as crianças e não as impeçais de virem a mim, pois delas é o reino dos céus'", entoou do púlpito o pastor de cento e oitenta quilos, fazendo em seguida uma pausa para usar uma bombinha contra a asma.

"Vocês entendem, naqueles tempos as crianças não podiam se dirigir diretamente aos adultos nem falar em voz alta sem a permissão de um adulto. Vistas, mas não ouvidas, sei que vocês conhecem essa expressão, e não de tempos tão antigos, tenho certeza que muitos de vocês cresceram ouvindo isso — quando o papai falava com o titio na mesa de jantar, quando a mamãe falava com a titia. E vocês ficavam lá sentados, comendo suas ervilhas, e talvez levantassem a mão, pedindo permissão." Ele fez uma nova pausa, dessa vez para pegar a fralda deixada nos ombros de seu terno padrão escocês e enxugar o rosto. "Mas Jesus estava dizendo: 'Não quero intermediários entre mim e essas crianças, não sigo essas regras, não preciso que ninguém levante a mão, não quero recadinhos de permissão, nenhum porteiro de uniforme com enfeites de veludo, deixem as crianças entrar, e hoje, Marrisa, entrou direto para o clube...'."

"Martha", a avó murmurou, mas não suficientemente alto.

"Entrou direto para o clube, na verdade foi logo para a sala VIP, onde Ele estava esperando por ela com duas garrafas geladas, tamanho magnum, do amor do Espírito Santo."

"Você tá de sacanagem comigo?", Billy sussurrou.

"Você disse cem dólares para o pastor", Redman sussurrou de volta. "É o que deu pra arranjar por cem dólares."

"E aí, o que está acontecendo?", Billy perguntou como introdução para falar de Sweetpea.

"Depois", disse Redman.

"'Bem-aventurados os humildes'", entoou o pastor, "'pois eles herdarão a terra. Bem-aventurados os que choram por um ente querido que partiu, pois eles serão consolados...'."

"O nome dela é *Martha*", a avó voltou a dizer em voz baixa, olhando para o chão.

Nola entregou o filho a Redman e foi se sentar ao lado da velha senhora, passando o braço pelos ombros dela e fixando olhos apagados no caixão.

Depois de alguns minutos irrequieto no colo do pai, Rafer começou a chorar, e Redman, precisando das mãos para se levantar da cadeira a fim de sair da sala, o passou a Billy por alguns instantes. Tentando equilibrar o menino, Billy sem querer pressionou o tubo de alimentação que saía do estômago da criança, e instantaneamente recolheu a mão como se tivesse tocado numa cobra. Envergonhado de sua reação, olhou de forma automática para Redman, que esperava por eles na porta, o olhar implacável de quem tinha entendido tudo queimando as entranhas de Billy.

* * *

"Então, o que está acontecendo?", Billy repetiu depois que eles se instalaram no cubículo de Redman. "Tem um garotão aqui pela vizinhança", disse Redman, pondo Rafer no andador e travando as rodas. "Diz que trabalha para uma instituição de caridade e vende caixas de bombons para os donos das lojas, cinquenta dólares cada uma, deixando claro que, se recusarem, vão levar porrada ou alguém vai jogar alguma coisa na vitrine deles. Metade dessa vizinhança de merda tem esses troços do lado da caixa registradora."

"É mesmo?"

"Todo mundo diz que ele fala mansinho, mas que é pra valer."

"Quer que eu faça alguma coisa?"

"*Eu* quero fazer alguma coisa", disse Redman.

"Ele tentou com você?"

"Claro que não. As pessoas têm medo deste lugar. Mistura de policial com coveiro? Quem quer se arranjar esse tipo de carma?"

Chega.

"Posso te contar um uma coisa?"

Redman esperou.

"Acho que Sweetpea Harris foi morto."

"Alguém te falou que hoje é o meu aniversário? Porque é."

"Legal, parabéns."

"Quem teve a honra?"

"Eu estava esperando que você me dissesse."

"Eu?"

"Ele era o seu cara."

"Meu cara, é?", disse Redman. "Como é que você soube disso?"

Billy hesitou, depois pensou melhor e contou a conversa que teve com Donna Barkley e com Ramlear Castro, o tempo todo se preparando para um rompante como o de Pavlicek, para que Billy fosse cuidar de suas prioridades.

"Aí, a testemunha da janela disse que o sujeito saiu do carro, foi para a traseira, se abaixou para evitar alguns disparos e depois esvaziou o pente no porta-malas. O que, para mim, significa que talvez, provavelmente, havia alguém lá dentro com uma arma, como se o motorista tivesse esquecido de revistar o sujeito antes de enfiar ele no porta-malas."

"Ele descreveu o atirador?"

"Na verdade, não." Depois: "Disse que tinha cabelo liso, como um branco, talvez um latino".

"Do sexto andar ele só viu isso mesmo?"

"Parece que sim."

"Então", disse Redman esfregando o que tinha sobrado de sua carapinha, "me inclua fora dessa."

"Feito."

"Ouvi dizer que vocês vão se mudar para um dos apartamentos do Pavlicek", disse Redman.

"Na verdade, não vamos, não."

"Melhor assim."

"Eu e ele não estamos nos dando muito bem ultimamente", disse Billy, testando a água para ver até onde podia ir. Não teria como voltar atrás se falasse demais — disso tinha certeza.

Da capela, ouviram o pai de Redman cantando, do púlpito, "Ele preparou um lugar para mim" numa voz aguda e roufenha.

Até onde...

"Ele está se consultando com um hematologista, sabia disso?"

"Quem, o John?"

Billy não respondeu.

"Amigo, você hoje está cheio de novidades."

"Só estou te contando."

"Nem por um caralho ele está se consultando com alguém", disse Redman, aborrecido.

Até onde...

"Eu contratei alguém para verificar."

O olhar de Redman seria capaz de fazer parar um trem.

"Eu sei", disse Billy, "mas eu estava preocupado com ele. Eu *estou* preocupado com ele."

"Não entendo por que você não foi lá e perguntou direto pra ele."

"Eu fiz isso", Billy disse. "Ele mentiu pra mim."

Um vendedor de cosméticos para funerais vestido com elegância e puxando uma caixa de amostras sobre rodas enfiou a cara no cubículo.

"Deixa eu te perguntar uma coisa", disse Redman, fazendo um gesto para que o vendedor esperasse lá fora, "e não estou nem falando de alguma merda do passado, mas tem alguma coisa acontecendo agora na sua vida que você não quer que ninguém saiba?"

Billy não respondeu.

"Exatamente. Então que porra anda acontecendo com o Pavlicek?" Redman se abaixou para tirar o filho, que chorava, do andador. "Se ele quiser contar às pessoas, vai contar às pessoas. Enquanto isso, por que você não respeita a privacidade do cara e deixa ele em paz?"

Longe demais.

Ao chegar em casa às duas da tarde, Billy deparou com Carmen e seu irmão chorando copiosamente no sofá da sala de visitas.

"O que houve?", Billy perguntou.

"Nada", disse Victor, enxugando os olhos. "Está tudo bem."

"Ele está nervoso porque vai ser pai", Carmen anunciou com uma felicidade cheia de apreensão. "E não tinha outro lugar para ir."

"Estou me sentindo um idiota", disse Victor.

"Você e o Richard vão ser pais fabulosos", ela disse, entusiasmada.

"Eu mato até as plantas lá de casa", disse Victor, tentando rir de si próprio.

"Ei, você não tem aquele cachorro?", disse Billy, querendo manter o bom clima.

"O cachorro é do Richard."

"Eu estava dizendo a ele agora mesmo", disse Carmen, "que ninguém sentiu mais medo de ter um filho do que eu. Lembra dos sonhos que eu tinha antes do Dec nascer?"

Billy fez que sim com a cabeça, pensando: Você ainda tem.

"Juro, Victor, que eu vou ajudar você a todo momento", disse Carmen, voltando a ficar com os olhos marejados. "Esses bebês vão te adorar."

"Obrigado", Victor murmurou com a voz embargada, abraçando-a.

"Pensa no seguinte", disse Billy ao cunhado na entrada da casa. "Se os homens da caverna tiveram filhos, então você também pode ter."

"E a expectativa de vida era qual mesmo?"

"Não é essa a questão."

"Billy, estou brincando com você", ele disse, acenando para Carmen, que os observava da janela da sala de visitas.

"Sabe, Victor, sua irmã não é fácil, mas tem um coração enorme."

"Eu sei."

Billy acendeu um cigarro, tragou, depois virou o rosto para soprar a fumaça de lado.

"Então, por que ela é sempre tão dura com você?"

"Tem vergonha."

"De você?"

"Dela mesma, não me pergunte por quê. Por que me abandonou para ir cuidar do nosso assim chamado pai no sul? Eu tinha treze anos. Agora tenho trinta e seis, sabe?", ele disse, dando de ombros para minimizar o assunto. "Mas de uma coisa eu sei. Sempre que ela age como se tentasse me afastar, ela está sofrendo mais do que eu."

Billy sentiu vontade de chorar.

"Não sei", disse Victor, tirando as chaves do bolso do paletó, "com os gêmeos a caminho fico pensando na família o tempo todo, e só quero que ela se sinta bem por ser minha irmã mais velha. Nem que seja por um minuto."

Billy concordou com a cabeça, depois se aproximou de Victor, como se Carmen pudesse ouvi-lo do outro lado da janela. "Posso lhe perguntar uma coisa? Você está mesmo muito assustado com essas suas crianças?"

"Não muito", Victor respondeu, acenando um adeus para a irmã na janela.

Tomika Washington, uma mulher alta e magra de pele clara que parecia ter uns cinquenta anos, estava estendida com um roupão de banho no chão sem carpete da sala de visitas de seu apartamento estreito e comprido, o cadarço de couro que fizera o serviço ainda em volta do pescoço. Uma toalha enrolada havia sido posta sob sua cabeça, como para lhe dar mais conforto, e um pano de prato cobria cuidadosamente seu rosto como um véu, talvez a fim de impedi-la de olhar para o assassino — ambos os gestos, Billy sabia, sinais clássicos de remorso.

Enquanto Butter e Mayo faziam perguntas aos vizinhos e os peritos da cena do crime permaneciam presos no trânsito, Billy estava sozinho com o corpo, quando ouviu uma batida na porta. Diante da remota possibilidade de que o criminoso tivesse escapado ao cerco e voltado para se desculpar com a vítima, Billy empunhou a pistola antes de abrir a porta e se surpreendeu ao ver Gene Feeley, sua fugidia borboleta, ali de pé vestindo o que devia ser o terno com colete mais antigo da cidade.

"Você está com a Tomika Washington aí?", Feeley perguntou. Depois, contornando Billy: "Só quero dar uma olhada nela".

"Você a conhecia?"

Ignorando a pergunta, Feeley ficou imóvel diante do corpo por alguns segundos, como se lhe rendesse uma homenagem, e depois, acocorando-se, abriu delicadamente a parte inferior do roupão.

"Está procurando alguma coisa, Gene?"

"Bem aqui", ele disse, apontando para a tatuagem desbotada de um pássaro no alto da coxa. "Está vendo isto? Era a marca dele."

"Marca de quem?"

"Do Frank Baltimore", ele respondeu, fechando o roupão com o mesmo cuidado com que o abrira. "Foi um figurão aqui por alguns anos na década de 1980, costumava imprimir o desenho de um melro no material que distribuía, e também numas namoradinhas dele, como na nossa Tomika aqui."

"Ela trabalhava como prostituta para ele?"

"Nunca. Bem, não para ele — quer dizer, sim, por conta própria mais tarde, mas antes era uma garota só dele. Frank conheceu Tomika em Newport News, quando foi fazer uma entrega de entorpecente, ela tinha dezessete anos, uma jovem linda.

Trouxe ela pra cá e pôs num apartamento do Lenox Terrace. Ela me disse que achava estar vivendo um conto de fadas."

"Ela te falou isso?"

"Antes de eu ser transferido para a Força-Tarefa de Queens, depois que o Eddie Byrnes foi assassinado com um tiro, eu trabalhava aqui na área dos narcóticos e levei Tomika para a delegacia algumas vezes, para ver se a gente conseguia fazer algum acerto com Frank. Ela não sabia de porra nenhuma, mas nunca se aborrecia quando era presa, tinha aquele jeito do pessoal do interior, não sabia não ser amistosa, simplesmente nunca entendeu como as coisas funcionavam por aqui, sabe? E, quando Frank finalmente foi se encontrar com o seu criador, ela foi posta na rua, uma menina toda caseira com vergonha de voltar para casa. Ah, foram tempos ruins para ela, primeiro ficou doente por causa das drogas e aí começou a se prostituir, depois o crack entrou em cena. Eu via ela na rua magrinha, com uns quarenta quilos... Mas, mesmo então, ela sempre tinha um sorriso para mim, sempre com aquele jeito dela de menina bem-educada do Sul. E, quando era pega pela polícia, tinha o número do meu telefone e eu tentava tirar ela da encrenca em que tivesse se metido, mas era um caso perdido. Seja como for", terminou Feeley, pondo-se de pé com os joelhos estalando e os olhos ainda dizendo adeus, "ouvi dizer que ela finalmente parou com as drogas há alguns anos, por causa de um programa religioso. Melhor assim."

"E essa tatuagem do melro?", disse Billy só para dizer alguma coisa. "Está num lugar meio difícil de conhecer, não é, Gene?"

Primeiro Feeley lhe lançou um olhar duro, depois deu de ombros. "Se eu não tivesse tanto medo de pegar gonorreia naquela época, eu e ela poderíamos ter tido um caso. Chegamos bem perto disso uma ou duas vezes, mas... você sabe, só posso te dizer que não era para ser."

"Alguma ideia sobre quem pode ser o assassino?"

"Com essa toalha e o pano de prato, deve ser alguém próximo, talvez um parente. Ela tem um sobrinho num abrigo para pessoas com deficiências físicas e mentais na rua 110 com a Lenox — Doobie Carver, bem doidinho. Se você permitir, posso me encarregar do caso a partir de agora."

"É todo seu", disse Billy, feliz por vê-lo tomar a iniciativa em qualquer ocorrência e por qualquer razão.

Feeley caminhou até a porta, hesitou um segundo, depois se voltou.

"Preciso te dizer", ele falou, olhando para Tomika com tamanha intensidade que Billy ficou na dúvida a quem Feeley se dirigia. "Sei que posso ser um saco, e você não tem o poder para me mandar fazer porra nenhuma, mas você é um bom chefe, respeita os subordinados, não é chegado à politicagem e nunca tenta se livrar das responsabilidades. Por isso", continuou, finalmente encontrando os olhos de Billy, "depois desta noite, se você quiser que eu vá embora, eu mesmo faço o pedido."

"Que tal se você ficar?", Billy se ouviu dizendo.

"Eu gostaria muito", disse Feeley solenemente, estendendo a mão.

"Isso significa que você vai começar a aparecer quando se espera que apareça?"

Feeley lançou outro olhar significativo para Billy — *Não abuse da sorte* —, depois se curvou uma última vez sobre Tomika Washington. "Se cuida, garota", disse.

Milton Ramos

Ela deveria ir buscar o dinheiro para comprar a passagem de avião no dia seguinte às nove da manhã, mas, em vez disso, Marilys apareceu às sete e meia, com Milton abrindo os olhos e a vendo de pé ao lado de sua cama, trêmula e com o rosto vermelho.

"O que aconteceu?"

"Sou tão burra", ela sussurrou, a voz embargada pelo choro. "Ela não tem passaporte. Não tem nada."

"Ela quem?"

Mais bêbado que de ressaca, Milton se sentou, se pôs de pé e em seguida precisou se sentar de novo, quando o Chartreuse mostrou que continuava presente.

"Minha mãe. Como posso ser tão burra?"

"Está bem, está bem", disse Milton, esfregando os olhos com força. "Que horas são?"

Marilys se deixou cair a seu lado, os ombros tão derreados quanto os dele. "Foi uma péssima ideia."

"Tudo bem, você vai buscar a sua mãe depois que ela tirar o passaporte."

"Não, o casamento."

"Casar é uma péssima ideia? Desde quando?"

"Esta noite sonhei que o padre nos abençoou e que a minha mãe simplesmente virou pó."

"Virou pó?"

"Como uma flor, quando eles aceleram o filme e você vê ela se abrir, secar e depois virar pó. Virou pó, ela não estava mais lá."

"Não estava onde?", ele perguntou, seu cérebro parecendo um ovo cozido.

"Lá quando nos casamos. Morreu na casa dela porque não estava conosco."

Ele respirou fundo e seus dentes de trás sentiram o gosto de bile. "Escuta", disse, pegando a mão dela, "foi só um sonho. Um sonho."

"Não."

"Todo mundo tem pesadelo. Você precisava ver os meus."

"Os meus sempre viram realidade. Sempre. Quando eu era menina, sonhei que um dos meus irmãos estava no hospital, e no dia seguinte ele quebrou a coluna. Quando eu casei pela primeira vez, sonhei que meu marido estava com câncer, e um ano depois enterrei ele."

"Então, faça o que você quiser, só não sonhe comigo", disse Milton, fazendo piada para sufocar seu pânico crescente.

Encostando-se nele, Marilys começou a chorar, suas lágrimas quentes queimando a pele de Milton.

"Tudo bem. Que tal o seguinte: a gente arranja um *green card* para a sua mãe, um passaporte, o que for. Enquanto isso, você vem morar comigo, tem o bebê, mas nos casamos só depois que você puder ir buscar sua mãe."

"Não."

"Meu Deus", disse Milton, começando a suar. "Por que não?"

"Se a gente viver como marido e mulher, talvez a mesma coisa aconteça com ela."

"Agora estou me sentindo um prisioneiro do seu cérebro, sabia?" Apesar do tom duro, a intenção era mais fazer um apelo do que repreendê-la, embora ela parecesse nem tê-lo ouvido.

"Não podemos casar." Depois, olhando para ele como a Nossa Senhora das Dores: "Quem sabe eu só volto a trabalhar para você e continuo vivendo no meu canto".

"Você está me matando."

"Quem sabe eu volto e vou viver com ela."

"Na Guatemala? Está maluca?"

"Não sei o que fazer."

Milton se pôs de pé de um salto e imediatamente voltou a se sentar. "E o bebê?"

"Continua sendo o nosso bebê."

"Eu sei", ele retrucou com impaciência, buscando uma nova âncora: "E a Sofia?".

Ela deitou a cabeça no colo de Milton, uma das mãos agarrando o quadril dele.

"Meu Deus, e *eu*?"

Ela começou a chorar, as lágrimas quentes o excitando — o que só fez aumentar seu pânico.

"Tudo bem", ele disse, sem levantar a cabeça dela do colo. "Vamos pensar. Quem você conhece na Guatemala?"

"Minha família", ela respondeu. Em seguida: "Por que você quer saber?".

"Tudo bem, seu primo, o agente de viagens, quem ele conhece?"

"Sei lá quem ele conhece."

"Entende o que eu quero dizer com 'ele conhece'?"

"Acho que sim", ela disse. Depois de uma pequena pausa: "É, entendo".

"O que acha de telefonar para ele?"

"Ele só abre às dez."

Como eram só oito horas, eles ficaram bem juntos na cama, em silêncio, até as nove. Depois, sem nenhuma comunicação preliminar, entraram em ação — poder ter sido a pesada camada de tristeza no ar ou a carga emocional dos últimos noventa minutos, o fato é que, quando ele por fim saiu de cima dela, os dois choravam como bebês.

Às dez, ela desceu ao porão para fazer o telefonema, deixando-o coberto de suor na cama. Ele amava a ideia de constituir uma família com Marilys, mas até então nunca tinha pensado que realmente a amava. No entanto, algo havia mudado naquela manhã. Milton Ramos estava oficialmente apaixonado por Marilys Irrizary. Se tivesse um canivete, escreveria isso numa árvore.

Quarenta e cinco minutos depois, ele a ouviu se aproximar da porta do quarto, quarenta e cinco minutos em que ele havia tido receio até de piscar. Mas, quando ela apareceu, sua risada de alívio chegou aos ouvidos dele como uma nuvem de borboletas.

"Ele disse que tem um amigo."

"Sonhos", disse Milton. "Você é maluca, sabia?"

"Pode ser", ela respondeu, seu rosto irradiando felicidade.

O primo e agente de viagens, que trabalhava na Fordham Road, no Bronx, tinha dito a ela que poderia conseguir um bilhete de ida e volta para ela, de Newark para a Cidade da Guatemala, e um só de ida para sua mãe por mil e quinhentos dólares, um bom preço, comparado com as ofertas que havia na internet. Entretanto, por causa do desconto substancial, ele precisava receber em dinheiro.

Tudo bem.

A expressão de dor veio horas depois, quando ela telefonou

para ele no trabalho e contou que seu primo havia conversado com um escritório de advogados na Cidade da Guatemala que tinha ligações com pessoas das embaixadas, e descobriu que o preço do pacote para obter um passaporte e um visto de trabalho nos Estados Unidos para sua mãe, ambos entregues quarenta e oito horas depois do pagamento, seria de oito mil e quinhentos dólares.

A primeira reação de Milton foi recuar; a segunda, negociar o valor. Incapaz de fazer isso, e com medo de perder para sempre sua louca e supersticiosa *amorcita* por uns poucos milhares de dólares, engoliu em seco, foi até o departamento de empréstimos do fundo de pensão de seu sindicato e sacou o dinheiro. Tudo bem, tudo bem, tudo bem.

Às sete da noite, a fila para pegar o ônibus expresso para o aeroporto JFK, que começava na calçada em frente à Grand Central Station, se estendia por dois quarteirões, os viajantes parecendo agitados e nervosos no início do noite.

"Teria sido fácil para mim te levar de carro", Milton disse pela sexta vez.

"Eu gosto de ônibus", disse Marilys, encostada nele para se aquecer. "Ônibus sempre me dá sorte."

Quinze minutos depois da hora marcada, o enorme e elegante veículo surgiu no alto da rua 39 com a Park Avenue, e lá permaneceu durante três sinais verdes, torturando as pessoas que o esperavam dois quarteirões abaixo, na rua 41.

"Seja como for", ele disse, passando a ela um embrulho com papel de presente, "isto é para a sua mãe, de mim e da Sofia."

Em vez de guardar o presente na bolsa, o que o teria frustrado, ela o abriu ali mesmo, agitando o poncho cor de cânhamo que ele tinha comprado de um vendedor de rua guatemalteco no West Village.

"Milton, é lindo!"

"Eu não sabia o tamanho dela, mas como é basicamente uma toalha de banho com um buraco pra enfiar a cabeça..."

Marilys pegou o rosto dele com as mãos e o beijou diante de todo mundo; Milton, ainda um tanto sem jeito com as novas manifestações frontais de carinho de Marilys, começava a se acostumar muito bem com elas.

O ônibus começou a descer a colina em direção à multidão, mas tão devagar que ainda pegou um sinal vermelho a um quarteirão dali, algumas pessoas em volta deles lamentando em voz alta, por causa da frustração.

Quando, com um suspiro, as portas de abriram momentos depois e os passageiros começaram a subir, Marilys se demorou junto dele, até que, preocupado com que ela perdesse o voo, Milton a empurrou para dentro do ônibus.

Só quando ela já estava a caminho do aeroporto e ele quase de volta ao Bronx, é que se deu conta de como tinha sido um idiota.

Que babaca manda um tecido guatemalteco de presente para alguém que mora na Guatemala?

12.

Depois de atender a uma ocorrência enfadonha de última hora, dessa vez uma facada não fatal num abrigo para deficientes mentais no East Village, Billy enfim atravessou a porta da frente de sua casa às dez horas da manhã seguinte e deu de cara com John MacCormack, da divisão de entorpecentes do Brooklyn, sentado diante de Carmen na sala de visitas, dois cafés não tomados à frente deles.

"Pensei que tinha visto um Firebird mais acima na rua", disse Billy, olhando para sua mulher, que sacudiu imperceptivelmente a cabeça num sinal de alerta, como se ele precisasse de algum tipo de aviso numa situação como aquela.

"Meu supervisor falou que eu devia ter pressionado mais você na outra noite", disse MacCormack.

"Me pressionado mais sobre o quê?"

"Ele falou que eu devia ter recolhido as suas armas, mas eu disse que provavelmente era uma reação exagerada."

"Uma reação exagerada a quê?"

MacCormack ergueu-se lentamente. "Preciso te perguntar

outra vez", disse, encarando Billy. "Qual o seu interesse em encontrar Eric Cortez?"

Carmen, ainda sentada, esfregava a palma das mãos em sua calça jeans, na altura das coxas, com uma expressão tensa e inquisitiva no rosto.

"Sabe de uma coisa?", disse Billy, a exaustão da noite em claro o ajudando a se manter calmo. "Eu te disse na primeira vez que você me perguntou. Também te falei que eu não tive nem tenho a menor intenção de atrapalhar a jogada de ninguém. Quer pegar as minhas armas? Não sei que porra de motivo é esse, mas traga seu pessoal e vá em frente."

"Ele está morto?", MacCormack perguntou.

"O quê?"

"Naquela noite você me perguntou se Cortez estava morto. Por quê?"

"Carm, deixa eu falar com ele a sós."

"Não vou a lugar nenhum", ela disse.

"Por quê?", MacCormack repetiu.

"Porque animais como ele tendem a não ter vida longa e tive a esperança de que ele estivesse morto. Mas, se imaginasse que te fazer essa pergunta ia me causar tanta aporrinhação, eu teria ficado de boca fechada. Estou há vinte anos na polícia, você pensa que eu sou um idiota?"

MacCormack continuou a observá-lo, na busca de algum indício.

"Quer dizer que ele está morto?", Billy perguntou, falando sério.

"Não."

"Então não entendo."

"Billy, o que está acontecendo?"

"Carmen…"

"Ei, veja quem está aqui!", Billy Sênior quase gritou ao entrar na sala, dando um tapa nas costas de MacCormack. "Jackie MacCormack! Pensei que você estava na Flórida!"

Billy ficou observando MacCormack pesquisar seu fichário interno por um momento e depois apertar a mão de seu pai. "Billy Graves, como é que vai essa força?"

"Nunca tão mal", disse o velho, indo para a cozinha, onde Millie preparava o café da manhã.

"O que foi isso?", Billy perguntou.

"Não é o seu pai?", perguntou MacCormack um pouco confuso.

"É, como é que ele te conhece?"

"Não conhece. Ele trabalhou com o meu pai na Força de Patrulhamento Tático por algum tempo nos anos 1960. Eu ainda nem tinha nascido. Reconheci ele pelas fotografias que minha mãe tem por toda parte."

Billy deu uma olhada na cozinha, onde seu pai agora estava sentado, comendo cereal seco e assistindo a um programa de entrevistas no minúsculo aparelho de TV junto ao micro-ondas.

"Ele está bem ruinzinho", disse Billy.

"Tem certeza?", disse MacCormack, ainda parecendo algo perplexo. "Porque, é bom que eu diga, eu não me pareço em nada com meu pai."

Billy sentiu aquela onda já bem conhecida de otimismo, que logo se esvaiu, o ritmo da inexorável deterioração de seu pai sempre interrompido por episódios cruéis como aquele, de uma acuidade surpreendente, trazendo esperanças por instantes e depois destroçando-as com uma nova derrapagem na demência, Billy de repente desesperado para se ver livre do pai, até se dar conta de que ele seria, foi e será um bobalhão perto do velho, até que a morte o leve.

Regressando de repente ao aqui e agora, Billy primeiro olhou para sua mulher, depois para MacCormack, ambos o fitando fixamente como se tivessem acompanhado seus pensamentos.

"Quer recolher minhas armas?", ele disse, ejetando o pente e em seguida entregando a Glock pela coronha para MacCormack. "Tenho uma Ruger trancada num armário do porão, e o velho canhão de papai está no quarto dele. Minha mulher pode acompanhá-lo, divirta-se."

Billy entrou na cozinha para preparar uma dupla dose dupla, rezando para que seu pai permanecesse calado e não o fizesse chorar. Só voltou para a sala de visitas depois que ouviu a porta da frente se fechar; a visão da Glock em cima da mesinha de centro diante de Carmen o deteve.

"Onde é que ele foi?"

"Lá pra fora."

"O que você quer dizer? Ele foi embora?"

"Está te esperando."

Billy olhou pela janela e viu o Firebird confiscado de algum traficante ronronando na entrada da garagem, com MacCormack ao volante e a porta do passageiro aberta.

"Você vai me contar o que está acontecendo?", ela perguntou.

"Não faço ideia", ele disse, saindo de casa.

O asilo do estado em Ozone Park cheirava a fraldas lavadas com água fervendo. Eric Cortez estava na sala de estar, preso por tiras de velcro a uma cadeira de rodas, seu rosto um balão frouxo encimando o torso murcho, enquanto os olhos, sob um capacete de hóquei, pareciam os globos prateados de um peixe recém-arpoado.

"Por causa das convulsões", disse MacCormack, apontando para o capacete.

"O que aconteceu?"

"Levou um tiro na cabeça há uns três meses e foi dado

como morto. Um menino, na verdade o cachorro do menino o encontrou dentro de um saco de lixo nos fundos de um conjunto habitacional no condado de Dutchess."

"Quando joguei o nome dele no sistema, não vi nada disso."

"A investigação não é nossa, além do mais não estávamos muito ansiosos para divulgar o fato, caso alguém estivesse interessado em terminar o trabalho."

"Que tipo de atirador vai ter acesso ao sistema?"

MacCormack o olhou fixamente.

"Está falando sério?"

"Era um projétil Gold Dot de 8,8 gramas, da marca Speer, disparado por uma Smith and Wesson calibre 38 de uso exclusivo da polícia."

"E daí? Não temos monopólio dessa arma. Além disso, ele era um informante."

"Você acha que ele era o único que trabalhava para nós? E, quando ele parou de ir aos nossos encontros, os outros não sabiam de merda nenhuma. Aí recebemos uma chamada de Dutchess. Por isso, quando você procurou por ele no sistema…"

"Quer dizer que vocês estão procurando por policiais?"

Nenhum deles estava olhando para Cortez.

"Uma das pessoas com quem falamos disse que tinha ouvido nosso amigo aqui se vangloriar de que conhecia um esquema de proteção paga conduzido por uma delegacia no Brooklyn. E isso umas duas semanas antes de levar bala. Talvez ele não estivesse apenas se vangloriando."

"Quer dizer que vocês estão procurando por policiais?", disse Billy, sem se lembrar de que tinha acabado de perguntar isso.

"Estamos verificando alguns."

"Alguém largando na ponta?"

MacCormack não respondeu.

"Mas lá onde vocês estão olhando…"

MacCormack inclinou a cabeça. "Por quê? Você acha que devíamos estar procurando em outro lugar?"

"Eu? Não, só estou curioso." Depois: "Gostaria de poder dizer que isso é uma tragédia".

Pegando Billy pelo cotovelo, MacCormack o levou até o vestíbulo. "É mais provável que seja alguém do pessoal que ele estava entregando, mas, se não for, se existir mesmo esse esquema de proteção, aí tudo muda de figura, e queremos estar bem preparados."

Quando voltaram para Yonkers meia hora depois, o pai de Billy estava sentado na varanda lendo o jornal, a boca aberta de tão concentrado.

Atrás do volante, MacCormack baixou a cabeça para observar todas as câmeras que apontavam para a casa e para a rua.

"Algo me diz que a pior coisa que eu poderia ter feito hoje teria sido recolher suas armas."

A garota sentada na cama estreita de seu quarto, onde predominava um cheiro acre, quase triturava as mãos de tanto esfregá-las. Sobre a escrivaninha, uma caixa de sapato cheia de pacotinhos de cocaína e saquinhos de plástico com maconha; em cima da cômoda, um exemplar oco do livro *O arco-íris da gravidade* entupido com notas de dez, vinte e cem dólares.

"*O arco-íris da gravidade*... nunca ouvi falar desse livro", disse Yasmeen enquanto fotografava o dinheiro. "É bom?"

"Nunca li." O olhar petrificado de terror da garota estava cravado numa parte da Brooklyn Bridge visível da janela do quarto. "É o preferido do meu pai."

Yasmeen afastou Billy silenciosamente com o quadril enquanto fotografava a caixa de sapato. Ele estava lá, mas não estava, pois o Departamento de Polícia de Nova York não tinha permissão de entrar no campus sem autorização da universidade.

"Posso ligar para o meu pai?"

"Sem dúvida nenhuma."

Os olhos de Billy se encontraram com os da companheira de quarto, que fizera a bola rolar quando se queixou com sua terapeuta no Centro de Bem-Estar da universidade. "Não olha pra mim", ela disse com o trinado típico do Punjabi. "A traficante é ela."

Dois agentes de segurança, ambos ex-detetives como Yasmeen, entraram no quarto, os rostos imobilizados pelo tédio.

"O Redman falou que você descobriu que o Pavlicek estava se consultando com um hematologista", disse Yasmeen, pendurando seu casaco de riponga tibetana nas costas da cadeira.

"Isso mesmo", confirmou Billy, sem saber como classificar o tom de voz dela.

Estavam sentados junto à janela de um café de comida mediterrânea bem em frente ao dormitório.

"Coisa séria?"

"Não faço ideia."

Um garçom trouxe o pedido deles. Uma garrafa de cerveja para Billy, chá de ervas para Yasmeen.

"Não bebi uma gota de álcool a semana inteira", ela disse.

"Incrível como o corpo te perdoa depressa."

"Quer dizer que você não sabe nada sobre isso?"

"Sobre o quê?"

"Sobre o John."

"Acho que alguém disse que ele estava tendo dores de cabeça."

"Que tipo de dor de cabeça? Enxaqueca?"

"É tudo que eu sei, e nem sei se eu sei isso."

Os dois observaram através da janela a garota ser enfim levada para fora do dormitório pelos dois agentes de segurança da universidade e entregue aos detetives da cidade, sua carreira acadêmica encerrada no início do segundo semestre do primeiro ano.

"Este trabalho é uma bosta, juro por Deus", disse Yasmeen.

Billy tomou um gole da cerveja, varrendo com os dedos as migalhas que outro cliente deixara na mesa. "Você ouviu alguma coisa sobre o Eric Cortez ultimamente?", ele perguntou.

"Cortez? Faz um tempão que não verifico nada sobre ele."

"Não?", ele perguntou, olhando pela janela.

"Mas ainda me encontro com a família do Raymond Del Pino algumas vezes. Está sendo difícil para eles superarem a perda, sabe?"

"Quer dizer que você não sabe que ele está num asilo em Queens?"

"O Cortez?", exclamou Yasmeen, alerta. "É mesmo? Por quê?"

"Levou um tiro na cabeça e foi enfiado num saco de lixo no norte do estado."

"Essa... Você está me sacaneando? Porra!"

"O cérebro dele virou um mingau, ele só se mexe quando tem convulsões."

"Se eu for visitar ele, posso levar a máquina fotográfica?"

"Sabe como fiquei sabendo? Me investigaram para ver se eu não era o atirador. Queriam recolher minhas armas."

"Você?", ela disse, derrubando uma tonelada de adoçante em sua xícara. "Por que você?"

"Eles acham que o atirador pode ser um policial. Por isso, quando procurei por ele no sistema, eles pensaram que eu estava tentando saber do paradeiro dele para terminar o serviço."

"Você pôs o nome dele no sistema? Com que objetivo você fez uma coisa dessa?"

"Sabe o que me perguntaram? Se eu tinha alguma pista para eles."

"E você disse…"

"Que não tinha."

"Mas que porra te fez botar o nome dele no sistema?"

"Porque esse negócio está me deixando louco."

"Que negócio?"

Billy pegou o guardanapo dela e escreveu:

Tomassi Bannion SweetP Cortez

O celular de Yasmeen tocou. "Desculpa", ela disse, tirando-o do bolso do casaco e se afastando um pouco.

Mesmo com o aparelho pressionado contra a orelha dela, Billy distinguiu o lamento tênue da filha mais nova de Yasmeen. "O que há de errado?", Yasmeen perguntou, demonstrando cansaço. "Está bem, poxa, quem está te beliscando… Jacob. O Gordo Jacob ou o Preto Jacob? Ele está aí? Põe ele no telefone… Olha, Simone, se você não puser ele no telefone neste segundo…", ela disse, arregalando os olhos para Billy. "É o Jacob? Aqui quem fala é a mãe da Simone. Me escuta bem, sabe aquele monstro que mora embaixo da sua cama? Seus pais dizem que ele não existe, mas eles estão mentindo pra você. Ele existe pra valer e, além disso, é meu amigo. Se você encostar um dedinho só na minha filha, vou fazer ele sair lá de baixo na hora que você estiver dormindo hoje à noite e chupar seus olhos, arrancar seus olhos da cabeça. Entendeu? Sim? Ótimo, agora passa o telefone de novo para a Simone… Para de chorar e passa o telefone para a Simone."

Yasmeen desligou. "Odeio esses garotos que fazem bullying."

"Ele está morrendo?", Billy perguntou.

"Quem está morrendo?"

"Pavlicek."

"Se Pavlicek está morrendo? Foi isso que você me perguntou?"

"Ele é meu amigo. Se você souber de alguma coisa que eu não sei, basta me dizer."

"Bom", disse Yasmeen, corando ao pegar a lista de Brancas de Billy. "O que você está me perguntando é se eu sei se ele tem alguma doença fatal que o fez perder as estribeiras e partir pra cima de todos esses vagabundos?"

"Eu não falei isso", disse Billy, corando também. "Só quero saber se ele está muito doente."

"O cara tem a saúde de um cavalo, vale uns trinta milhões de dólares e vive como um rei."

"Isso é bom", ele disse. "É o que quero ouvir."

"E o que mais? Você acha que ele está com saudade dos dias agitados daquela época? Que anda entediado? Que merda que deu em você, Billy?"

"Não sei aonde você quer chegar com isso."

"Aonde *eu* quero chegar?"

"Só perguntei pela saúde dele."

"E por que diabos você estava querendo saber do Cortez? Quem te pediu para fazer isso? E Sweetpea? Denny disse que você andou por aí com a porra de um cartaz de Desaparecido do Sweetpea Harris. É, eu estava querendo ser simpática, mas você contratou um detetive particular para investigar os registros médicos do John, não foi?"

Depois de ter fodido com tudo, se comportado com a sutileza de um elefante, Billy tardiamente optou pelo silêncio.

"E sabe o que mais?", disse Yasmeen, enfiando de novo o casaco, como se estivesse prestes a sair sob um acesso de fúria. "Mesmo que você não seja um paranoico delirante e alguém estiver eliminando mesmo aqueles merdas, e daí? Quem se importa com isso? Uns animais como eles?" Levantou-se dando um tapa na lista de Billy. "Eles tendem a se reproduzir. E quando fazem filhos, essas são as nossas dádivas para o futuro."

"Você está ouvindo o que você está dizendo?", Billy explodiu.

"E você está ouvindo o que *você* está dizendo?"

A conversa tinha acabado.

"Seu merda", disse Yasmeen, desabando de novo na cadeira, os olhos reluzindo de repente como aço molhado.

"O que há de errado?"

"Além de te ouvir?"

"Além de me ouvir."

Um tremor se instalou nos dedos da mão direita dela, e Billy lhe passou o resto da cerveja, que ela virou como uma viquingue. Pediu outra para ela.

"Yazzie, qual é o problema?"

"Desculpe, ultimamente eu ando tensa o tempo todo", ela disse, secando os olhos com a manga de couro suja do casaco. "Acho que entrei na menopausa."

"Que negócio é esse de menopausa, você tem quarenta e três anos", disse Billy, aliviado pela mudança de assunto.

"Ela pode ter chegado mais cedo. À noite na cama eu sinto calor, eu sinto frio, fico suada, fico fervendo. Estou enlouquecendo o Dennis."

"Você sempre enlouqueceu o Dennis."

"Tenho pesadelos com os meus filhos, todas essas coisas ruins acontecendo com eles. Às vezes sento na cama, molhada dos pés à cabeça, a cama toda. E a primeira sensação é de que é sangue, de que estou coberta de sangue, mas faz uns três meses que nem menstruo mais. Não me entenda mal, não sinto falta dela, mas... e todas essas merdas que vêm depois? E acho que os animais sentem isso. Fomos à Flórida um pouco antes do Ano-Novo visitar os pais do Dennis. Levei Dominique para dar comida àqueles patos, e eles ficaram loucos, nos perseguiram, juro por Deus que corremos mais de um quilômetro. Se eu estivesse armada, teríamos comido pato no jantar, a família toda. Só quero que isso termine."

"Você devia conversar com alguém."

"Estou conversando com alguém, seu boboca, estou conversando com você."

Ficaram lá sentados em silêncio por um bom tempo, ignorando os poucos alunos que começavam a chegar para o almoço.

"Só quero parar de ter esses sonhos com meus filhos", ela disse, pedindo uma terceira cerveja ao garçom. "Às vezes acho melhor que eu não tivesse tido filhos, tantas coisas ruins podem acontecer com eles, mas isso nunca me preocupou quando eu trabalhava com crimes sexuais, só agora. Essa porra de menopausa, talvez menstruar seja bom, ter uma pequena perda de sangue todos os meses, sabe, como uma válvula de escape. E a Carmen? Ela ainda não está na menopausa, não é? Quantos anos ela tem, quarenta?"

"Trinta e oito."

"Que sortuda."

"Talvez não seja a menopausa", ele disse. "Talvez você esteja grávida."

"Certo. Me faz um favor, pergunte à sua mulher quanto tempo isso dura."

"Ela é enfermeira da triagem."

"Sei lá, Billy, você está muito preocupado com o Pavlicek, não é? Talvez você devesse é se preocupar um pouquinho comigo."

"Você vai ficar boa", ele disse, esgotando seu arsenal de coisas seguras a dizer.

Milton Ramos

Trinta minutos empacotando as coisas no apartamento de sala e cozinha de Marilys foram suficientes para Milton se certificar: ela era mesmo meio maluca para acreditar em seus pesadelos, o lugar parecia uma loja de artigos religiosos e mágicos: as prateleiras acima do fogão de duas bocas e o armário sob a pia do banheiro continham uma profusão de óleos com poderes miraculosos: Ogum, Pássaro Macua, Sete Poderes Africanos, Anjo do Dinheiro, Anjo do Amor e Amarra-Homem, os dois últimos também em spray. Depois, no fundo do armário, vidros de produtos de limpeza para o chão com propriedades especiais: Caso na Justiça, Trabalho Estável, Chuva de Dinheiro, Quebra-Corrente, Faça o que Eu Digo, Me Obedeça, Me Adore e, mais uma vez, Amarra-Homem. Enquanto empacotava tudo, Milton se perguntou se, para fisgá-lo, ela não teria aplicado às escondidas, em sua casa, alguns daqueles preparados, no chão, nas paredes e — o mais importante, como ele sabia — nos batentes das portas e peitoris das janelas. Nada contra, isso até o lisonjeava, mas, agora que as poções tinham feito seu trabalho, onde diabos ela tinha se metido?

Era uma hora da tarde do dia seguinte àquele em que ela havia tomado o ônibus para o JFK, e ela ainda não tinha telefonado da Cidade da Guatemala. De início, ele disse a si mesmo: país de Terceiro Mundo, viagem caótica, serviço de celular de merda, ou inexistente, poderia haver um milhão de razões. Mas depois de pensar por algumas horas sobre o monte de dinheiro que ela estava levando, *país de Terceiro Mundo* se transformou em *sequestro, viagem caótica* em *estupro, sinal ruim de celular* em *assassinato*.

Decidindo que não queria nenhuma daquelas feitiçarias em sua casa, desempacotou o que tinha acabado de empacotar e tratou de esvaziar o pequeno armário de remédios dela, outro compartimento cheio de curiosidades, onde havia também alguns potes sem identificação que nem por um cacete ele iria abrir. Mas não encontrou nenhum medicamento regular, desses vendidos em farmácias, nem, o que era mais chocante, algum receitado por médicos — ao contrário do que se via em todos os armários de banheiro do mundo —, o que significava que ela ou não tomava remédios e que era tão saudável quanto parecia, ou que era pobre demais para se tratar e possuía algum plano de saúde medieval. O mistério da ausência de remédios mais uma vez o obrigou a admitir como, depois de todos aqueles anos, ele a conhecia tão pouco.

Seu celular tocou, mas não era Marilys, e sim Peter Gonzales, um conhecido dele da área de segurança de transportes.

"Ela não estava na United nem na American nem na Delta. Ontem à noite e hoje de manhã quatro outras linhas partiram de Nova York com voos de conexão para a Guatemala, mas levei em conta que aqueles três iam direto e tinham uma tarifa mais baixa. Por isso..."

"Por isso...", Milton repetiu, sentando-se na cama dela.

"No voo da Aeromexico que saiu do JFK ontem à noite tinha

duas Irrizarys na lista de passageiros, uma Carla e uma Maria. Você tem certeza que Marilys é o nome legal dela? Pode ser um apelido, um nome de criança, alguma coisa assim."

"Espera", ele disse, deixando o telefone na cama e remexendo rápido nos papéis jogados no lixo, até achar um recibo de aluguel e uma conta de luz.

"É Marilys Irrizary mesmo, continue dando uma olhada."

Depois: "Alô? Você ainda está aí?".

"Eu estava esperando", disse Gonzales.

"Desculpe. Obrigado."

Retomando o empacotamento, ele voltou ao armário e depois abriu a cômoda, ambos quase vazios, a constatação de como ela tinha poucas posses surpreendendo Milton. Por fim, recolheu crucifixos, retratos de santos e imagens religiosas: santos Miguel, Jorge e Lázaro, santa Luzia, o Menino Jesus de Atocha e a Nossa Senhora de Guadalupe, os suspeitos de sempre. Depois de fazer uma revisão completa no apartamento pela última vez, sem achar nada que valesse a pena levar, começou a carregar as coisas para a rua, precisando de apenas quatro viagens para encerrar o trabalho. Seis caixas médias foram postas na traseira de uma van alugada com capacidade para transportar um volume dez vezes maior.

Gonzales telefonou de novo mais tarde, quando Milton desempacotava as caixas em casa.

"Spirit, Avianca, Taca, Copa, nenhuma Irrizary nesses voos."

"Está bem", disse Milton. "Obrigado."

Lutando contra o pânico, ocupou-se com a tarefa de desembrulhar os santos, até que deixou cair e quebrar a Virgem Negra com o Menino Jesus, quando então se borrou de medo.

Seja lá o que tivesse acontecido com ela, tinha acontecido aqui.

Ela nem chegara a sair da cidade.

* * *

"Não podemos começar a procurar antes de quarenta e oito horas", disse Turkel, o único detetive de plantão na Unidade de Pessoas Desaparecidas. "Você conhece a rotina." Milton nunca tinha estado naquele lado do balcão de uma delegacia, e odiou a experiência.

"Você não pode acelerar o relógio pra mim?", ele perguntou, exibindo redundantemente o distintivo.

"Na última vez que eu fiz um favor pra alguém, me puseram trabalhando num escritório por três meses."

"O que eu estou pedindo...", disse Milton, pensando: Você já está fazendo a porra de um trabalho de escritório.

"Olha, que tal você preencher o formulário, me entregar e, se amanhã à meia-noite ela ainda estiver desaparecida, me telefonar que eu passo o nome dela para o começo da lista?"

Vinte minutos depois, enquanto ainda esperava que Turkel encontrasse o formulário correto, Milton deixou o escritório e voltou para seu posto na 4-6.

"Eu entendo que nas unidades de desaparecidos eles precisem ter essa regra das quarenta e oito horas", disse Milton, sentado entre a montanha de maços de papel manilha no sofá de Dennis Doyle, "mas no meu caso não se trata de uma adolescente que fugiu de casa, por isso pensei que você pudesse falar com alguém em meu favor."

Milton sabia que seu chefe não gostava dele, que ficaria feliz se pudesse transferi-lo para longe de sua equipe num piscar de olhos, mas não lhe ocorreu ninguém mais a quem apelar.

Doyle se inclinou para trás na cadeira, a cabeça cercada pelas fotografias emolduradas de seus superiores na parede atrás de sua mesa.

"Quem eu conheço lá?", ele disse, franzindo a testa em direção à parede em frente, em seguida pegando o telefone, pondo de volta, pegando outra vez. "Tem um cara... Lembra do sargento do turno da noite que esteve aqui na manhã que te perguntei sobre a ficha do Cornell Harris?"

Milton deslizou a bunda para a beirada do sofá. "Vagamente."

"Billy Graves, ele esteve muitos anos na divisão de identificação, talvez tenha alguns amigos na unidade de desaparecidos."

Milton se pôs de pé.

"Chefe, sabe o que mais? Vai ver eu estou apertando o botão de pânico antes da hora."

"Você é que sabe", disse Doyle, dando de ombros.

"Mas agradeço muito", ele disse, voltando para a sala da equipe.

"Afinal, quem é ela?", seu chefe perguntou quando Milton já se afastara.

De volta ao apartamento de Marilys, ele vasculhou cômodas, gavetas e cestos de lixo em busca de alguma coisa que pudesse ajudar a encontrá-la, não achando nada além daqueles elixires fajutos, de uma agenda nunca usada e um molho de chaves que não abriam a porta do apartamento. Só depois de revirar toda a mobília e se deitar no chão de barriga para baixo, com uma lanterna, a fim de olhar sob os móveis que não podia mover, é que ele viu três números de telefone escritos a lápis na parede acima da minigeladeira.

O primeiro era de uma mercearia do bairro, o segundo de um restaurante chinês que fazia entregas em domicílio, mas o terceiro, com um código de área suburbano, pertencia uma senhora de origem latina que falava bem inglês.

"Boa tarde, quem fala aqui é o detetive Milton Ramos, da

Unidade de Pessoas Desaparecidas do Departamento de Polícia de Nova York. Estou procurando pela srta. Marilys Irrizary, ela está?"

"Não é aqui."

"Com quem estou falando?"

"*Eu* é que quero saber com quem estou falando."

Milton respirou fundo. "Detetive Milton Ramos, Departamento de Polícia de Nova York. Agora é a sua vez."

"Anna Goury." Depois: "Josepha Suarez".

"Qual delas?"

"As duas."

"A senhora conhece a srta. Irrizary?"

"*Senhorita?*", ela repetiu em tom sardônico. "Conheço, ela é minha irmã, o que está havendo?"

E quando, assoberbado pela pergunta, Milton foi incapaz de responder, ela indagou: "Você é mesmo da polícia?".

Anna Goury/Josepha Suarez morava com marido, três filhos e com o que Milton achou talvez ser um lobo numa casa térrea, pré-fabricada e financiada pelo governo federal, no antigo cu do mundo do Bronx, os seis cômodos da casa tão limpos como se tivessem sido fervidos. Ela se parecia um pouco com Marilys, mas, afinal, todas as mulheres com sangue índio e de certa idade lhe davam a impressão de terem saído do mesmo útero.

As três pequenas xícaras de café fortíssimo que ela serviu na mesa da cozinha tanto o ajudaram quanto o atrapalharam a contar toda a história, vencendo sua reticência inata, mas o fazendo gaguejar.

"Não entendo", ela disse depois que ele terminou. "Por que ela iria para a Guatemala?"

"Por quê? Já lhe disse, para trazer…"

"A nossa mãe? Nossa mãe morreu faz quinze anos. Além disso, somos de El Salvador."

"Espera, espera..." O suor parado em seu bigode de repente cheirava a café.

"Bom, tudo que eu posso dizer", continuou Goury/Suarez, girando delicadamente a xícara no tampo liso da mesa, "é que espero que você não tenha dado a ela nenhum dinheiro."

13.

Depois que um tiroteio da polícia em Herald Square, às quatro e meia da manhã, havia estendido seu turno quase até o meio-dia, Billy entrou na rua de sua casa tão excitado com todos os energizantes líquidos que ingerira durante a noite que raspou na lata de lixo de um vizinho e se limitou a continuar dirigindo, sua casa brilhando como uma miragem no final do quarteirão curvo. Estranhamente, a visão do Lexus de Pavlicek estacionado na entrada da sua garagem o acalmou em vez de querer mandar o outro para o espaço, já que a adrenalina artificial não contribui para deixar a pessoa genuinamente mais alerta.

Eles estavam tomando café na cozinha, Carmen com seu uniforme branco, Pavlicek de calça jeans lavada a seco e paletó esporte.

"Eu não sabia que a Carmen estudou na Monroe", disse Pavlicek, como se Billy estivesse sentado ali com eles o tempo todo. "Você sabia?"

"Bom, eu sabia, ela é minha mulher", ele respondeu com cautela, olhando para Carmen a fim de receber alguma indicação de como as coisas estavam indo.

305

"Meus pais estudaram lá na década de 1960, se conheceram no último ano, na aula de jornalismo", ele disse, olhando mais além de Billy, para a sala de visitas. "Muita força de vontade, hein?"

"Devia ser uma escola totalmente diferente naquela época", disse Billy, ainda tentando capturar o olhar de Carmen.

"Não, eles falaram que também era uma merda."

"Ele estava me perguntando se lembro de algum professor de lá", disse Carmen. "Eu falei que mal me lembro de ter frequentado a escola."

"É, você nunca fala disso", disse Billy, tenso demais para sentar-se em sua própria cozinha. "E então, John, a que devemos a honra?"

"Ei, olha só esse cara", disse Pavlicek, abrindo um sorriso largo quando Declan entrou na cozinha, puxando o garoto para perto de si. "Quantos anos você tem?"

"Oito." Sempre chegado às atenções de um adulto, Declan não resistiu, ficando lá de pé entre as pernas de Pavlicek, um esboço de sorriso expectante nos lábios.

Billy por fim capturou os olhos de sua mulher. Qual é? Carmen, surpresa com a pergunta muda, simplesmente deu de ombros.

"Você já tem namorada?", Pavlicek perguntou.

"Odeio meninas", respondeu Declan, declarando um fato conhecido.

"Ah, é? E para que time você torce?"

"Os Rangers."

"Os Rangers do beisebol ou do hóquei?"

"Do hóquei. Odeio os Rangers do beisebol."

"O esporte do meu filho era futebol americano."

"Gosto de futebol americano. Jogo num time", disse Declan, saindo em seguida da cozinha.

"Que garotão vocês têm", disse Pavlicek para o espaço vazio entre os pais.

"Bom, o seu não fica atrás", disse Carmen.

"É", disse Pavlicek, baixinho, sorrindo para seu café.

Billy por fim se sentou. "Então, John, o que foi?" Pavlicek respirou fundo, depois pousou as mãos entrelaçadas sobre a mesa. "Lembra daquela convenção nacional das pessoas que querem preservar suas recordações, aquela de que o Ray Rivera falou quando fomos à City Island?"

"Conheço esse grupo", disse Carmen. "Cedemos uma sala para eles se reunirem. É muito triste, sabe?"

"Bom, eu fui lá como convidado da seção Bronx-Westchester, a que se reúne no St. Ann's", ele disse, assentindo com a cabeça para Carmen. "Foi num hotel Marriott fora de St. Louis, e na primeira noite eles organizaram uma cerimônia no imenso salão de banquete, cinquenta, sessenta mesas, talvez uns quinhentos pais e mães vindos de toda parte, de costa a costa. Depois que todos se instalaram, distribuíram essas rosas baratas de plástico transparente que funcionam a pilha, uma para cada família; aí apagaram todas as luzes no salão e começaram a projetar uma série de slides numa telona de cinema bem na frente, uma espécie de carrossel da morte. Cada slide era a foto de um filho assassinado, podia ser uma criança ou alguém de quarenta anos, com nome, data de nascimento e data do 'assassinato' embaixo. Do 'assassinato', não da morte. Deixavam a foto parada ali uns vinte segundos e, quando você via o rosto do seu filho ou filha, ou do neto, ligava o interruptor da rosa. Uma por uma, essas rosas foram se acendendo no escuro, aqui, ali, num canto, nos fundos, e o tempo todo tocando essas músicas melosas, Michael Bolton, Celine Dion, os Carpenters, Whitney Houston, rosas brilhando por crianças, membros de gangues, menininhas, rapazes adolescentes, mulheres crescidas, negros, brancos, chineses,

'You Light of My Life', data do assassinato, rosa, 'Memories', data do assassinato, rosa, 'Close to You', data do assassinato, rosa, 'I Will Always Love You', data do assassinato, rosa, data do assassinato, rosa... E as pessoas em geral bastante serenas. Só de vez em quando aparecia um rosto na tela e você ouvia alguém dar um gritinho ou gemer no escuro e depois sair correndo do salão. Acho que havia um acordo: se você ia perder o controle, precisava sair para não provocar uma reação em cadeia... Portanto a cerimônia continuou, com mais e mais rosas se acendendo naquela enorme caverna de tristeza. No final do slide show, o salão estava feericamente iluminado pelas rosas, e a porra daquele espetáculo durou uma hora e meia — vinte segundos por vida, é só fazer a conta."

Todos contemplavam a mesa em silêncio, até que Billy não aguentou mais.

"John, o que está acontecendo com você?"

"Não entendi", disse Pavlicek, piscando.

"É isso mesmo."

"Seja mais específico."

"O hematologista."

Carmen olhou de um para o outro.

"Sei que você está consultando um."

"Eu? Não."

"John Pavlicek", disse Billy. "Me desculpe, mas eu tenho os registros."

"Junior."

"O quê?"

"Devia ser John Pavlicek Jr.", disse Pavlicek. "Chama-se leucemia prolinfocítica T, não há medicamento que a controle, e é rápida. Seis meses na melhor das hipóteses."

"Não!", Carmen exclamou, a voz mais aguda por causa do choque.

"Tem certeza?"

"Há quatro meses, no dia 16 de dezembro, voltei de uma viagem de negócios de duas semanas, vi que ele estava em seu quarto e entrei", disse, agora encarando Billy. "Pensei que ele tivesse sido massacrado por uma gangue. Olheiras, calombos e feridas em todo o corpo, mal podia se mexer, levantou os olhos para mim."

"Espera", disse Billy, erguendo a mão como se lhe pedisse para parar, "espera, você me disse..."

"Eu sei o que eu te disse", ele respondeu sem ênfase. Carmen começou a chorar, a visão de uma enfermeira em prantos significando a sentença de morte para Billy.

"Aí", Pavlicek disse, soltando um suspiro, "você fica perguntando à Yasmeen, ao Whelan, ao Redman, você sabe o que aconteceu com aquele animal, com aquele outro animal, será que o Pavlicek está com alguma doença e perdeu a cabeça, será que..."

"John, você tem que entender..."

"Quem se importa com essa merda, Billy, onde é que está a balança, onde é que está a justiça?"

Billy fechou os olhos, sonhando em dormir. "Você está querendo me dizer alguma coisa?"

"Estou *perguntando* uma coisa pra você." Pavlicek inclinou-se sobre a mesa e tocou as costas da mão de Billy. "Porque, do jeito que eu estou vendo tudo isso, se Deus ou sei lá quem pode simplesmente apontar o dedo para um garoto como o John Junior, então é porque vale tudo, não tem ninguém tomando conta da loja. Por isso, alguém como eu, o que a gente faz é cuidar de todos os assuntos pendentes, faz o que precisa fazer para acertar as contas, assim talvez, e apenas talvez, quando chegar a hora a gente consiga não pular na cova junto com ele."

"Às vezes esse tipo de leucemia...", Carmen começou, e foi parando.

"Meu garoto apodrecendo na terra enquanto Jeffrey Bannion está fodendo por aí? Acho que não. Enquanto Eric Gomez está vendo uma partida dos Yankees? Enquanto Sweetpea vira pai?" "O que você está me dizendo...", Billy repetiu, entorpecido. "Você é detetive", disse Pavlicek. "Descubra." Billy saiu do ar, depois voltou. "John, juro por Deus, você sabe quanto eu gosto de você e que estou arrasado por causa do seu filho, mas se você matou um desses..." "Você vai fazer o quê? Me prender?" Pavlicek terminou seu café e se levantou. "Quer saber do pior, de uma coisa bem pior sobre a porra desse tipo de leucemia dele?", disse, olhando em torno da cozinha, como se estivesse escolhendo o que destruir primeiro. "A idade média para a ocorrência dessa doença é de sessenta e cinco anos. Pensa só nisso."

Ficaram ali, sentados em silêncio, muito tempo depois que o Lexus se foi.

"Você não vai atrás dele, vai?", Carmen por fim perguntou.

Billy não respondeu.

"Vai?"

"Será que você pode me dar a porra de um minuto?"

Carmen deu um soco tão forte em Billy que o braço dele ficou dormente.

"Meu Deus, Billy!", ela gritou, empurrando a cadeira para trás e saindo da cozinha.

Mais tarde, como não conseguia dormir, Billy voltou ao hospital Columbia Presbyterian, foi até o balcão de informações e perguntou qual o número do quarto de John Junior. Temia ver o rapaz no estado em que seu pai o descrevera, porém, depois da visita de Pavlicek, não tinha escolha.

O funcionário o mandou para a ala de oncologia, onde uma enfermeira — depois que Billy se apresentou como tio de Junior e mostrou sua identificação — informou que ele tinha ido embora alguns dias antes. Por um segundo Billy pensou que isso significava que ele estava melhorando.

"Ele foi para casa?"

"Passou para o Valhalla."

"Para *onde*?", perguntou Billy, achando que ela havia escolhido um modo deplorável de lhe contar que Junior tinha morrido.

"O Centro Médico do condado de Westchester, em Valhalla."

"E isso é bom ou ruim?"

"É só mais perto da família dele", ela respondeu de maneira despreocupada, mas ele vinha convivendo com enfermeiras nos últimos vinte anos: John Junior nunca voltaria para casa.

Enquanto voltava pelo corredor, Billy reparou, através das portas abertas, que em alguns quartos havia camas extras, menores e mais baixas, com pés dobráveis para facilitar sua armazenagem no depósito. Em uma delas, uma mulher mais velha, vestida com roupas de sair, dormia junto à filha enferma. Em outro quarto, um homem desfazia a mala enquanto sua mulher o observava com olhos já quase sem vida. Ele próprio havia dormido numa dessas camas no hospital Lenox Hill depois que Carmen deu à luz Declan.

Billy voltou ao posto das enfermeiras. "Os acompanhantes da família podem dormir nos quartos?"

"Se quiserem", disse a enfermeira.

"E o jovem chamado Pavlicek?"

"Johnnie? Quando esteve hospitalizado, seu pai simplesmente se mudou para cá. Um homem muito simpático, mesmo naquelas circunstâncias."

"Dormiu aqui todas as noites?"

"Acho que foi por isso que transferiu o filho. As viagens de ida e volta eram muito cansativas para ele."

"Ele precisava assinar alguma coisa quando vinha?"

"Só se chegasse depois do horário de visita."

Sem muito esforço, Billy conseguiu que ela lhe mostrasse a lista de acompanhantes de 17 de março, a noite do assassinato de Bannion. Pavlicek tinha se registrado às nove da noite.

"Eles precisam assinar quando saem?"

"Não há necessidade."

"Quer dizer que se um acompanhante resolve ir para casa à meia-noite, às duas da manhã..."

"Eles vão."

O que o deixou sem nada.

"Está bem", ele disse, estendendo-lhe a mão.

"Diga aos dois que continuo rezando por eles", ela disse, com um aperto de mão surpreendentemente forte.

De volta à sua casa, Billy subiu para tentar dormir mais um pouco, passou pela porta aberta do quarto do pai e entrou. Billy Sênior estava deitado na cama, para variar inteiramente vestido, mas roncando, cadernos do *New York Times* espalhados ao redor.

Sentando-se diante da pequena escrivaninha que seu pai trouxera da última casa em que morara, Billy passou os olhos pela lombada dos livros enfileirados na estante de cima. Além dos poetas, havia narrativas melodramáticas sobre a vida em Nova York no século XIX; um relato em primeira pessoa sobre as violentas manifestações de 1863 contra o recrutamento para a Guerra Civil; uma reedição em capa dura do catálogo de criminosos profissionais dos Estados Unidos em 1866; e três grossos romances sobre a Irlanda escritos por Thomas Flanagan, dois dos quais Billy tinha lido e de certa forma apreciado.

"Qual deles está atraindo a sua atenção?", Billy Sênior murmurou da cama.

"Pai, você me conhece", disse Billy, corando.

"Fazer papel de bobo não fica bem para você", disse Sênior. "Venho dizendo isso desde que você era garoto."

"Você me conhece", Billy repetiu de forma automática. Depois, lembrando-se do que dissera: "Está dando eco aqui".

"O que está te preocupando?"

"Por que alguma coisa precisa me preocupar para que eu venha te ver?"

Billy Sênior esperou serenamente, olhos fixos, reduzindo o filho, como nos velhos tempos, a um emaranhado de subterfúgios.

"Pai, deixe eu lhe expor uma situação hipotética", ele começou, e hesitou. "Se você soubesse que um amigo seu cruzou a linha..."

"Que linha?"

"A da legalidade... E você estivesse tendo uma grande dificuldade de fazer de conta que não sabe..."

Deitado de costas, seu pai fez uma careta de desprazer para o teto. "Esse amigo é policial?"

Billy não respondeu, o que já era uma resposta suficiente.

"Amigo dos bons mesmo?"

"Como um irmão."

"Então, primeiro você precisa se perguntar o que iria acontecer com ele."

Billy sentiu seu coração dar um salto, mas não estava certo em que direção. "Não importa o que ele tenha feito?"

"É tão ruim assim?"

Mais uma vez Billy não respondeu.

"Estamos falando do quê? Assassinato em massa?"

"Bobagem minha", ele disse, se levantando. "Preciso dormir."

"Essa foi rápida."

313

"Não, é que eu estou…"

"Você está bem?"

"Estou, não, estou ótimo", Billy respondeu, dando um tapinha no braço do pai. Deu meia-volta e já estava saindo do quarto quando o velho começou a falar com ele como se Billy ainda estivesse sentado.

"Em junho de 1964 havia um policial no Harlem, não vou dizer o nome dele, de qualquer modo ele já morreu, e esse sujeito matou alguém praticamente na frente do seu parceiro."

Billy voltou a se sentar.

"Um cafetão com apelido de índio, Cochise, Cheiene, talvez Gerônimo. Os dois estavam levando o sujeito no banco de trás da radiopatrulha, quando ele começou a falar besteira, simplesmente não parava. Aí, aquele policial, vamos chamar ele de Johnson, era de noite, foi para o Morningside Park, arrancou ele da viatura, baixou o cacete e deixou o cafetão lá para morrer, o que acabou acontecendo mesmo."

"Só porque estava dizendo besteira?"

"Bom, isso e também porque não havia uma única moça no estábulo desse cara com mais de dezesseis anos, e porque ele tinha o hábito de cortar o tendão de aquiles delas quando qualquer uma tentava fugir, e porque era tão arrogante que ameaçou a família de Johnson. E, sim, porque não calava o diabo do bico dele lá atrás."

"O que aconteceu com ele?"

"O que aconteceu com quem?"

"Johnson."

"Nada."

"Saiu limpo?"

Seu pai se sentou, apoiando-se num segundo travesseiro. "Você tem que entender, meu filho, o verão de 1964 foi brabo no norte da cidade, e esse tal de Cochise tinha mais inimigos que um imperador romano." Por alguns dias, a equipe fingiu que estava procurando por ele, mas ninguém deu a menor bola, então um tenente da 1-9, Tom Gilligan, matou a tiros um garoto preto de quinze anos na rua, tivemos que enfrentar quase uma semana de protestos violentos e o cafetão foi totalmente esquecido."

"O parceiro do Johnson não disse nada?"

"Não sei como a coisa é agora, mas... naquela época? A gente fingia que não sabia. Sempre."

"E o parceiro, o que aconteceu com ele?"

O velho levou tanto tempo para responder que Billy quase repetiu a pergunta.

"Fazendo um retrospecto de todos esses anos?", seu pai finalmente disse. "Ele poderia ter sido um pai melhor para seus filhos, um marido melhor para sua mulher e... Fora isso?", continuou, agora olhando no fundo dos olhos de Billy. "Dorme como uma pedra."

Entrando no hospital do Harlem às três da manhã, a fim de dar andamento a uma agressão com lesões corporais comunicada a seu escritório uma hora antes, Billy rodou pelos corredores até encontrar o membro da equipe encarregado do caso. Emmett Butter, postado de pé do lado de fora de uma sala de cirurgia e com o caderno de notas na mão, observava uma equipe de especialistas em trauma cuidar da vítima.

"O que você já levantou?"

"Bekim Ismaeli", disse Butter, lendo suas anotações, "dezenove, duas facadas no peito."

"Chances?"

"Duvidosas."

"Onde aconteceu?"

"Eles não têm certeza, disseram que estavam andando na

St. Nicholas ou na Amsterdam, e de repente cinco ou seis garotos pretos saltaram de um carro, esfaquearam o Ismaeli, arrancaram a corrente dele e se mandaram."

"Quem são eles?"

"O quê?"

"Eles *estavam andando*'. Quem estava andando?"

"Os outros albaneses, os amigos dele. Trouxeram ele pra cá."

"Algum deles consegue identificar o carro?"

"Acho que não."

"Marca, cor, nada?"

"Parece que não."

"Uns caras estão andando numa rua no meio da noite, cinco, seis outros caras saem de um carro, dão duas facadas no amigo deles, roubam sua corrente, depois entram no carro e vão embora."

"Parece que sim."

"E esses amigos que trouxeram ele para cá, nenhum deles sabe em que rua estavam andando, ninguém sabe nem dizer a cor do carro. É isso?"

"Parece que sim", disse Butter, afastando o olhar.

"O que você acha disso?"

"Que estão contando uma historinha."

"Concordo. E onde estão esses amigos albaneses?"

"Foram embora."

"Foram embora. Você interrogou alguém?"

"Só obtive essas informações que lhe passei. Aí fui falar com o médico e, quando voltei, eles tipo tinham ido embora."

"Tipo tinham ido embora. Mas você pegou os nomes deles, certo?"

"É o que eu ia fazer", disse Butter, corando, envergonhado. Depois: "Vou pôr tudo no relatório".

"Que tal se não puser?"

"O quê?"

"Faça um favor para todo mundo e diga que quando chegou aqui eles já tinham ido embora."

"É?", disse Butter, olhando para ele com olhos de cão sem dono.

"Mas nós sabemos muito bem o que se passou aqui, não sabemos?"

"É, sabemos sim."

"Meu pessoal só tem direito a uma cagada."

"Entendi", disse Butter. E repetiu: "Entendi".

"Está certo", disse Billy, dando meia-volta e se afastando, "fica aqui com o Ismaeli, veja se ele sai dessa."

"Ei, chefe!", Butter falou mais alto. "Obrigado."

Por achar que havia uma boa chance de Butter meter os pés pelas mãos em sua primeira missão, antes de enviá-lo Billy tinha esperado que alguma coisa acontecesse no norte da rua 96, sabendo que uma bela cagada mais ao sul, onde a imprensa estava de olho, teria resultado numa transferência para a seção de desaparecidos ou coisa pior. Mas, se um dia Butter fosse ser útil para ele ou para outro chefe de equipe, de um jeito ou de outro precisava ganhar experiência.

Sua mulher jamais admitiu, mas o palpite de Billy era de que os residentes matavam pacientes o tempo todo, e seus supervisores, por verem neles os bons profissionais que viriam a ser, costumavam fazer vista grossa. Bom, o mesmo se dava com ele. A fim de realizar o trabalho maior, moldando seus subordinados da forma que lhe parecesse conveniente e os preparando para desempenhar com competência suas funções no futuro, era necessário tolerar erros, não ser de todo exigente com as ações dos outros e as suas próprias ações. Você criava segredos e mantinha segredos.

317

Nas ruas, ocorria a mesma coisa: dependendo da pessoa e da situação, às vezes era preciso usar o martelo de Thor por causa de uma mera contravenção, às vezes você deixava ir embora um sujeito que não tinha o menor direito de ir dormir na cama dele naquela noite. Essas e outras coisas eram feitas porque, como chefe, se você não quisesse jogar rápido e ser flexível quando necessário, se você não se dispusesse a manipular discretamente as regras de vez em quando, melhor nem sair de casa.

As coisas simplesmente eram assim.

Carmen telefonou quando ele estava indo pegar o carro.

"Oi."

"Oi", respondeu Billy, preparando-se para o que desse ou viesse.

"Olha", ela disse, "não quero que você faça ou deixe de fazer nada porque o pressionei. Senão você vai ficar ressentido comigo o resto da vida."

"Eu te agradeço."

"Dito isso, você sabe como eu me sinto."

"Certo."

"Chegue às suas próprias conclusões."

Milton Ramos

Marilys Irrizary Ramos.

Mesmo a gravidez dela provavelmente era conversa fiada.

Outra família arrancada dele. E a troco de quê? Mil e quinhentos dólares pelas passagens aéreas fajutas, oito mil e quinhentos pela propina fajuta.

Míseros dez mil.

Filha da puta.

Hora de voltar ao jogo.

Eis as razões pelas quais ele não gostaria de entregar a filha a Anita:

1) A casa de dois andares dela, revestida de tábuas, ficava grudada na entrada do Staten Island Expressway, que levava à cidade, os carros zunindo por ali como se o primeiro que chegasse à Verrazano Bridge fosse ganhar um boquete grátis.

2) Ela fumava.

3) Ela bebia. Até onde ele sabia, nada mais forte que vinho branco, mesmo assim...

E ele fez o seguinte:

1) O marido dela, Raymond, era um sujeito bem simpático, dono de um posto de gasolina, que ganhava dinheiro de forma honesta.

2) Ela era assistente de professora do ensino fundamental, tinha trinta e cinco anos, trabalhava em escola pública, não podia ter filhos e seus olhos sempre exibiam aquele ligeiro tremor que, na melhor das hipóteses, representava seu desejo desesperado de ter uma criança antes que fosse tarde demais.

3) A casa era não só bem-arrumada mas muito limpa, o sofá e as cadeiras de veludo da sala de visitas sempre protegidos por uma cobertura de vinil, o carpete de parede a parede tão bem cuidado quanto a grama em volta de um buraco de campo de golfe.

4) E, por fim, ela era esbelta, ao menos para os padrões dele, e os alimentos mais engordativos em sua geladeira, que ela abriu a pretexto de pegar um refrigerante, eram um pacote ainda fechado de biscoitos sabor de queijo cheddar e um pedaço pequeno de salame de Gênova.

"O que você quer dizer com estar sendo alvo de alguém? O que isso significa?", Anita perguntou a ele.

Estavam sentados à mesa da pequena sala de jantar dela, enquanto Sofia via desenhos animados na sala de visitas, uma pequena mala bem estufada a seus pés.

"Um bandidão que eu prendi deu ordens, lá de dentro da penitenciária no norte do estado, para que seus comparsas me matem. A turma da inteligência da polícia ficou sabendo através de um informante."

"Mas o que isso significa?", Anita voltou a perguntar, brincando nervosamente com o envoltório de celofane de um maço de cigarros.

"Provavelmente nada. Falei com a equipe de avaliação de ameaças do Departamento de Polícia de Nova York e eles já mandaram instalar câmeras em volta de casa, e além disso uma radiopatrulha passa lá na frente de hora em hora, o dia todo. Não estou realmente preocupado, mas isso também não quer dizer que não vai acontecer nada."

"Meu Deus, Milton."

"Faz parte do trabalho", ele disse, dando de ombros. "O problema é que...", continuou, olhando para Sofia, que comia tranquilamente tiras de queijo mozarela com os olhos pregados na telinha. "O problema é que... e se acontecer alguma coisa comigo? Sofia..."

"Claro."

"Por isso eu estava pensando..."

"Claro."

"Ou se por algum motivo eu não puder cuidar dela..."

"Claro, claro, claro."

Milton se sentiu aliviado, mas também nervoso, porque sua prima estava concordando rápido demais. "Você não quer conversar com o Ray antes?"

"Pra quê? Estamos tentando ter um filho nos últimos cinco anos."

"Mesmo assim..."

"Ele vai dar pulos de alegria, vai por mim."

"E você gosta dela, não gosta?"

"Se eu gosto da Sofia?", ela sussurrou. "A questão é saber se ela gosta de mim."

Boa pergunta. Sofia mal a conhecia.

"Não seja ridícula, você é a tia preferida dela."

"Sou prima de segundo grau, se você quiser ser tecnicamente correto", disse Anita, ainda sussurrando.

"De qualquer modo", disse Milton, "são laços de sangue."

"Uau!", disse Anita.

"Seria muito simples pôr no meu testamento que a tutela de Sofia é sua."

"Temos um segundo quarto, que Ray usa apenas como escritório, sabe?"

"Bom", Milton disse secamente.

"Ora, para que ele precisa do quarto?"

Rápido demais, rápido demais, Anita sendo levada pela excitação sem refletir por um momento, como se Milton estivesse lhe oferecendo um cachorrinho de estimação. E ela nem parecia muito preocupada com a ameaça que pesava sobre ele, com aquela história babaca que ele tinha inventado.

"E, preciso saber, como são as escolas aqui por perto?"

"Formidáveis. Além disso, venho lidando com crianças da idade da Sofia cinco dias por semana nos últimos cinco anos, por isso não é como se…"

"Lá vem você."

Tratava-se de um compromisso para a vida toda, como era possível que ela não hesitasse?

"Olha, eu realmente adoraria ficar com ela, Milton, você sabe que eu adoraria", disse Anita, suas mãos tremendo um pouco quando por fim abriu o maço de cigarros. Então, notando a expressão no rosto de Milton, jogou o maço na pia.

"E paro de fumar, prometo a você."

"Calma, eu ainda estou vivo."

Mas ela era uma boa pessoa, e ele precisava acreditar que, se tudo desse errado — *quando* tudo desse errado —, Sofia faria uma aterrissagem segura ali.

"Puxa", disse Anita, trêmula. "Isto quase me dá vontade de eu mesma acabar com você, sabia?"

* * *

O impacto, um segundo depois que ele deu marcha a ré sem olhar para a pista de entrada para o Expressway, fez a traseira do carro girar noventa graus. De repente, Milton se viu de frente para o tráfego, que vinha em sua direção, e para a grade arrebentada do radiador do Ram 1500 que o havia lançado naquela posição. O motorista, suficientemente grande para protagonizar comerciais de televisão de sua imensa caminhonete, pulou para fora tão depressa que Milton pensou que ele tivesse sido ejetado. Só teve tempo de esconder a pistola debaixo do banco, e o grandalhão se aproximou de seu carro.

"Que merda!", o sujeito gritou, socando o capô de Milton.

Como se ela fosse a porra de um cão de salvamento...

Milton desceu do carro. Atrás da caminhonete avariada, as buzinas dos veículos que se dirigiam à cidade, agora presos na passagem de pista única, forneciam a trilha musical perfeita para a fúria do outro.

"Foi culpa minha", disse Milton. Pegou sua carteira, mas o sujeito tirou-a de suas mãos com um tapa antes que ele pudesse encontrar o cartão da seguradora.

"Estou com vontade de quebrar a sua cara."

"Pode tentar", disse Milton.

Como se ela fosse um cachorrinho numa caixa de papelão...

Surpreso com a tranquilidade do convite de Milton, o brutamontes hesitou.

"Acho que você devia tentar."

Anita era maluca, ela própria uma criança. Estava se jogando naquilo sem refletir nem por um minuto.

"Você é louco."

"E você um filho da puta de merda", disse Milton.

Com o rosto em fogo devido ao esforço que vinha fazendo

para sufocar a violência, o sujeito começou a se curvar para a frente, como uma ave que vai ciscar algo no solo, e sua respiração agitou o cabelo de Milton. Rezando para que o primeiro soco chegasse, ele permaneceu imóvel, à espera do golpe, embora soubesse muito bem que já havia cortado os culhões do sujeito e que nada aconteceria. E nada aconteceu, o durão do Ram preferiu vomitar uma saraivada de palavrões para salvar o rosto enquanto voltava para seu carro com a frente destroçada e ia embora, deixando Milton tão frustrado que ele pensou que seu coração fosse arrebentar.

Milton ficou de pé no meio do quarto de Sofia observando bonecas, livros e jogos espalhados por toda parte. Ela, obviamente, iria precisar de várias coisas, mas ele lhe mandaria sua vida anterior aos poucos, a fim de permitir que todos, sua filha e seus novos pais, fossem se acostumando devagar com seus respectivos papéis. Não queria ninguém em pânico.

Mas do que ela precisava agora? De roupas. Que tipo de roupa? O que uma menina de oito anos usava? Mesmo quando ela era bem pequena, ele nunca a vestira, mal reparava no que ela usava, a não ser que estivesse apertado demais em seu corpo.

Meias. Elas não ocupavam muito espaço, por isso calculou que podia levar três pares sem causar estranheza. Roupa de baixo, camisetas. Mais uma vez, três de cada, tudo jogado num saco de plástico grande. A calça de tecido cotelê com desenhos florais — para dentro do saco. Que tal um vestido, uma saia? Não, duas saias. Não, uma, mas onde é que Marilys as guardava? Aquilo devia ser tarefa de Marilys, e de início Milton ficou um tanto chateado, mas a ironia logo se impôs, obrigando-o a se sentar para não cair no chão.

Momentos depois, de novo mortificado até o fundo da alma

pela divisão entre os que causam dor e os que a sofrem, entre os fodedores e os fodidos, pelo que sempre havia de inevitável em sua vida miseravelmente violenta, Milton saiu do quarto carregando o saco de lixo cheio até a metade e seguiu para o porão.

Passados alguns minutos, ele já estava na rua, e o saco, agora muito mais pesado, salpicou de vermelho desde a calçada em frente à sua casa até o porta-malas do carro.

14.

Estava prometendo ser outra noite tranquila, a única ocorrência até as quatro da manhã um caso no West Village, onde o proprietário de uma casa fora atingido por um tiro disparado por sua máquina de cortar grama enquanto ele trabalhava no quintal. O projétil .357, adormecido na grama, foi puxado pelas lâminas rotativas, entrou em combustão e saiu pela parte de trás da máquina, acertando os testículos do homem.

Quando Billy e Stupak chegaram ao local — um disparo é sempre um disparo —, os serviços de emergência estavam fazendo uma varredura no quintal em busca de outros projéteis perdidos, e algum brincalhão havia algemado o cortador de grama a um poste de luz.

"Que filho da puta corta grama às quatro da manhã?", o sargento da patrulha perguntou.

"Eu, por exemplo. E, pra começo de conversa, gostaria de saber como aquela bala foi parar no quintal dele", disse Billy, bocejando. "Alguma ideia?"

"Tivemos um problema, no mês passado, com uns filhos

326

da mãe que cruzaram a linha férrea vindos de Jersey City, mas nada com armas."

"Tem um clube de rifle com um estande coberto na Mac-Dougal", disse um policial uniformizado. "A um quarteirão daqui."

"Primeiro, é um lugar fechado; segundo, os rifles de lá são de calibre 22", disse o sargento da patrulha.

"Só uma bala até agora?", Billy perguntou a um dos agentes que vasculhavam o gramado.

"Achei uma moeda de vinte e cinco centavos e uma pinça para segurar cigarros de maconha", ele respondeu. "É tudo."

Billy mandou Stupak ao hospital Beth Israel, esperando que a vítima estivesse em condições de falar entre aquele momento e as oito da manhã; depois, decidindo não interrogar os vizinhos àquela hora, foi para seu carro com a intenção de voltar ao escritório e tirar uma soneca.

Mas o e-mail que chegou pelo seu celular minutos depois, quando saía da vaga, eliminou qualquer possibilidade de sono por uma semana.

Não havia texto, apenas uma foto anexada. Quando Billy abriu o arquivo JPEG, viu um instantâneo, iluminado por flash, de Curtis Taft deitado num chão de madeira, algemado e amordaçado. Seus olhos, dois pontos vermelhos, reluziam acima da larga tira adesiva que tapava sua boca. A foto fora enviada do celular do próprio Taft, mas Billy precisava ser um idiota para não saber quem a havia tirado.

Depois de entrar de novo na vaga, pôs o carro em ponto morto e começou a digitar os números.

"O que você fez?"

"Venha ver", disse Pavlicek.

"Ele está morto?"

"Venha ver."

"Onde você está?"

"No 1522 da Vyse."

No coração da área da velha delegacia onde haviam trabalhado, num prédio de propriedade de Pavlicek.

"Puta que pariu. Não saia daí."

"Nem em sonho."

Meia hora depois, descendo a toda pela Vyse Avenue na contramão, Billy raspou a lateral do Lexus de Pavlicek, parou um pouco adiante do carro, desceu de um salto e voltou correndo. Pavlicek estava fora do carro, esperando o ataque de Billy, porém tudo que fez quando Billy lhe desferiu um soco violento mas desajeitado foi desviar o golpe e abraçá-lo com força. Na briga de mão, Billy sempre tinha sido um merda.

"O que é que você fez?", ele disse com raiva, os braços presos ao lado do corpo, a barba por fazer de Pavlicek raspando seu queixo como uma lixa.

"Se acalme."

"O que é que você *fez*?"

Pavlicek o empurrou com força e Billy cambaleou por toda a extensão do Lexus até recuperar o equilíbrio e atacá-lo de novo. Dessa vez, com uma peitada, Pavlicek o jogou contra o espelho lateral do carro, e a dor foi tão forte quanto a de um soco.

"Vai querer continuar com isso?"

"Está querendo me sacanear?", Billy urrou, arrancando o espelho de seu suporte e o jogando na cabeça de Pavlicek. "Acha que vai conseguir?"

O espelho feriu de raspão a têmpora de Pavlicek, fazendo sair um pouco de sangue. Preparando-se para a luta, Billy firmou os pés, mas, em vez de revidar, Pavlicek simplesmente estancou o filete de sangue com a palma da mão e depois olhou para a rua. De início, Billy ficou confuso — Pavlicek vinha tendo um comportamento instável e explosivo havia semanas, mas agora era como se a raiva por causa da morte iminente do filho houvesse de algum modo ultrapassado o estágio da fúria passível de ser expressa em palavras para atingir um nível mais rarefeito, fazendo com que, em comparação, a raiva de Billy parecesse tão trivial que nem merecia reação.

Três homens brancos, silenciosos mas alertas, de calças jeans e blusões de moletom, saíram do 1522 na calma da madrugada e se dirigiram ao Lexus. Billy reconheceu um deles: Hal Gurwitz, carregando um saco de bastões de beisebol dos Yankees, era um policial que havia sido expulso da corporação e passado algum tempo preso por haver causado a hospitalização de um prisioneiro algemado que sofrera uma ruptura do baço. O palpite de Billy era que os dois outros, mais jovens e um pouco mais tensos, talvez ainda estivessem na ativa.

Eles notaram os arranhões longos nas carrocerias do SUV e do sedã de Billy, mal estacionado na contramão.

"Tudo bem lá em cima?", Pavlicek perguntou.

"Tudo bem", respondeu Gurwitz, reconhecendo na pergunta um sinal de que o caminho estava limpo. "Acho que o caminhão de mudança deve chegar no meio da manhã."

"Tudo bem aqui embaixo?", perguntou o mais novo dos três, olhando para Billy.

"Perfeitamente", respondeu Pavlicek, puxando uma bolada de notas enroladas e distribuindo o que pareceu algumas centenas de dólares para cada um. "Vou ficar em contato."

Os homens se afastaram juntos, cada qual lançando um olhar para trás na direção de Billy e dos carros, até entrarem todos numa minivan em frente a uma escola primária no final do quarteirão.

"Alguns inquilinos meus do quinto andar estavam confundindo o apartamento deles com uma loja de entorpecentes", disse Pavlicek, inclinando-se para pegar o espelho lateral, jogando-o em seguida no banco de trás. "Era de imaginar que todo mundo por aqui já conhecesse as regras do jogo."

A van passou bem devagar por eles a caminho de seu destino, qualquer que fosse ele, os três policiais dando uma última e boa olhada em Billy.

"Eles sabem?"

"Sabem o quê?" E depois: "O que é que *você* sabe?".

"Apenas que...", disse Billy, sentindo a adrenalina abandoná-lo tão depressa quanto havia chegado. "Onde ele está?"

Pavlicek respirou fundo, contemplou a lua enquanto ela deslizava para trás de dois prédios sem elevadores e vazios no fim da rua.

"Sabe, na noite em que eu soube que o Bannion tinha sido expulso de campo na estação ferroviária, chorei de alegria. Ir ver os pais de Thomas Rivera e levar uma notícia dessas: alguém cortou fundo o assassino do filho de vocês, ele morreu no meio de uma poça do seu próprio sangue numa plataforma imunda de metrô..."

"Você contou a eles que o havia matado?"

"Eu não matei ele."

"Certo, tudo bem, você estava dormindo no hospital naquela noite. Vi seu nome no registro."

Pavlicek olhou para Billy de uma maneira que o fez recuar um passo.

"Não matei ele, e isso é um fato. Mas a justiça, a verdadeira justiça, Billy, é como uma bênção. A coisa mais próxima da paz na terra."

"Onde ele está?"

Pavlicek atravessou a rua estreita rumo ao 1522, depois ficou parado na porta até Billy entender que devia segui-lo.

* * *

Com os pés e as mãos manietados como um veado abatido por um caçador, Curtis Taft estava deitado de lado no quarto menor de um apartamento vazio do primeiro andar, os olhos se abrindo e fechando rapidamente, como se ele tivesse algum cacoete, a fita que servia como mordaça comprimindo e deixando vermelhos os pelos aprisionados de sua barba. Uma segunda tira, com metade do tamanho da mordaça, estava grudada em sua testa.

"Meu Deus!", Billy deixou escapar num silvo, recuando até bater na parede.

Ao ouvir a voz de Billy, os olhos de Taft piscaram mais devagar e depois se focaram numa parte do rodapé a alguns centímetros de seu rosto.

Billy sabia que devia sair e pedir ajuda, mas não fez isso. Sabia que devia soltar Taft, mas também não fez isso.

Taft virou a cabeça a fim de olhar para Billy. A expressão facial de quem o caçava havia cinco anos, e que significa "Ah, merda", fez o peito de Taft começar a subir e a descer — embora não com uma intensidade que permitisse descrevê-lo como um movimento espasmódico —, e Billy se viu desejando claramente algo mais — uma súplica abafada pela mordaça, um arregalar de olhos, um jato incontrolável de mijo... e ficou furioso por sua Branca não lhe conceder nada disso.

"Solta ele", disse Billy sem muita ênfase.

Pavlicek acocorou-se ao lado de Taft, arrancou a tira menor de fita de sua testa e a segurou entre os dedos.

"Ouvi dizer que a única pessoa da família presente à audiência de indiciamento da Shakira Barker, na semana passada, foi a avó dela", disse Pavlicek, sem tirar os olhos do rosto de Taft. "A mesma coisa aconteceu no funeral da garota que ela matou. Só a avó. Graças a Deus que existem avós, não é?"

"Levanta ele."

Pavlicek retirou a fita presa em seus dedos e a usou para tapar as narinas de Taft, fazendo com que a Branca de Billy, já amordaçada, começasse imediatamente a se contorcer, os olhos se esbugalhando até ficarem do tamanho de ovos.

Billy enfim começou a atravessar o quarto, mas Pavlicek removeu a fita antes que ele chegasse lá.

"Este não é o meu lugar", disse, oferecendo a fita a Billy na ponta de um dedo.

Billy voltou a se postar junto à parede.

"Não é nada de especial", disse Pavlicek, ainda oferecendo a fita. "É como pôr um esparadrapo."

"Levanta ele, John", disse Billy, afastando o olhar.

"Paz na terra", disse Pavlicek, erguendo-se, caminhando até Billy e grudando a fita em seu peito dolorido. A caminho da porta, disse: "Não há nada igual no mundo".

Um momento depois a porta do apartamento foi batida: Pavlicek havia deixado Billy e Taft se encarando em cantos opostos do quarto.

Mesmo indefeso como estava, Taft sentiu que Billy não ia morder a isca. Seus olhos começaram a retornar às órbitas e depois se acomodaram numa manifestação de desprezo absoluto, o mesmo desprezo que lhe permitira matar aquelas garotas e voltar para a cama, o mesmo desprezo que demonstrara quando os esforços de Billy para levá-lo à Justiça tinham dado em nada.

Billy arrancou a fita de seu peito, aproximou-se do prisioneiro e, como Pavlicek tinha feito, agachou-se ao lado dele.

Taft começou a dar a impressão de estar entediado, os olhos mais fundos. Billy aplicou a fita sobre suas narinas. A expressão de Taft não se alterou.

Como se conhecesse Billy perfeitamente. E conhecia mesmo, desde o primeiro dia.

Billy se levantou e saiu do quarto para explorar o apartamento, o cheiro das paredes recém-pintadas fazendo-o se recordar do dia em que se mudara para sua primeira casa com sua primeira mulher.

Ao voltar para o quarto, viu que Taft já não parecia tão entediado, que uma névoa rosada começava a invadir o branco de seus olhos. Billy saiu de novo, dessa vez indo até a cozinha para jogar água fria no rosto, enxugando o excesso com as mangas do paletó e secando as mãos nos fundilhos da calça.

Quando se agachou de novo junto a Taft, a vermelhidão inundara completamente as duas escleras. Alguns segundos depois, seu corpo começou a se dobrar e desdobrar na altura da cintura, como um canivete, formando depois um arco num espasmo animalesco.

Billy se levantou e voltou à posição inicial, encostado à parede do outro lado do cômodo. "Se você sequer pensar em parar uma radiopatrulha", ele disse pausadamente, "ou em entrar numa delegacia... ou pegar um telefone para chamar a emergência..."

O quarto de repente foi invadido pelo fedor de uma evacuação involuntária.

"Viu com que facilidade ele encontrou você? Viu como foi fácil?"

De pé junto ao Lexus, eles observaram em silêncio Curtis Taft, fazendo o possível para manter a dignidade naquelas circunstâncias, caminhar até o cruzamento da Vyse com a East 172 com passadas irregulares.

Foi suficientemente esperto para não olhar por cima dos ombros.

"Eu não esperava mesmo que você terminasse o serviço", disse Pavlicek depois que Taft por fim dobrou a esquina. "Mas deu pra ter um gostinho de como você se sentiria, certo?"

Billy não respondeu.

"Ah, você teve, sim!"

Billy começou a caminhar para seu carro.

"Me olhando como no dia em que fui à sua casa...", Pavlicek disse às suas costas, num tom ao mesmo tempo imperioso e ressentido. "Um santinho de merda, é o que você é."

Billy voltou. "É essa bosta que alivia a sua dor, John?"

Ao dar meia-volta, notou pela primeira vez o decalque do Westchester Community College no vidro traseiro do Lexus. "É assim que você homenageia seu filho?"

Ele não soube como se viu de repente no chão, de costas. Sua mandíbula parecia ter ido parar atrás da orelha esquerda. Quando conseguiu achar seus pés, foi imediatamente jogado de barriga para baixo em cima do capô do Lexus, os rins sendo socados por trás. No momento em que reuniu forças para se defender, girando os quadris e lançando um golpe alto e ineficaz de cotovelo contra a lateral da cabeça de Pavlicek, a sirene de uma radiopatrulha fez tudo terminar.

"Vá em frente, conte tudo pra eles", disse Pavlicek, ofegante. "É a sua chance. Vá em frente."

Billy, também arquejante, interceptou os dois jovens policiais, ambos de origem asiática, tão logo eles pisaram na rua. Exibindo seu distintivo dourado, disse, arrastando as palavras: "Briga de família, tudo sob controle".

Depois que eles partiram, relutantes, Billy foi tropeçando até seu carro e arrancou, enquanto Pavlicek o observava com a careta de concentração de alguém que tenta memorizar a placa de um carro.

Ao chegar em casa vindo do Bronx, sua mandíbula estropiada pulsando como um tambor, Billy viu a imensa mancha vermelha na varanda da frente e voou para dentro a fim de procurar sua família, correndo de quarto em quarto, a prioridade animal de quem ele amava mais ditando a ordem dos cômodos — Carmen antes dos meninos, os meninos antes do pai.

Todos dormindo, todos respirando.

Na cozinha, Billy bebeu de um gole um copo de água da torneira e depois saiu para verificar o que pensava ter visto.

A frente da casa parecia o pátio de um abatedouro, as tábuas de cedro no lado sul da varanda, a parede externa atrás delas e a faixa rosa e azul da Páscoa que Carmen pusera ali totalmente salpicadas de alguma coisa que lembrava sangue. Um saco de lixo arrebentado, seu interior ainda carregado de tinta, se encontrava entre as pernas da frente da cadeira de balanço de seu pai, parecendo, para qualquer pessoa que passasse de carro, um cachorro adormecido. Mas foram as roupas de criança espalhadas que gelaram seu coração: uma camiseta, uma calça de veludo cotelê, outra camiseta, outra calça, diversas roupas de baixo e meias, todas tão impregnadas de tinta vermelha que ele não soube dizer se eram de menino ou de menina.

Ele foi até a garagem, pegou dois sacos de grama, uma escova de aço, um removedor de tinta em aerossol e um balde cheio de água quente. Olhou a hora — seis e quinze — e começou a trabalhar de imediato.

Só depois, enquanto examinava cuidadosamente as roupas endurecidas pela tinta, à procura de etiquetas de lojas ou marcas de lavanderias, nada encontrando além da indefectível etiqueta da Gap Kids, é que lhe ocorreu que o torturador de sua família havia escolhido o vermelho pela segunda vez, a varanda e as roupas infantis com o mesmo matiz arterial da mão nas costas do casaco de Carlos.

Isso o fez pensar nos judeus no Egito, que lambuzavam suas portas com o sangue das ovelhas a fim de afastar o Anjo da Morte — só que, neste caso, a mensagem parecia ser o contrário.

* * *

Depois de levar as crianças à escola — *Carmen antes dos meninos* —, Billy se sentou numa cadeira de espaldar reto na cozinha, observando sua mulher enrolar camadas grossas de gaze em volta dos polegares, as quais em seguida prendeu com esparadrapo.

Ele lhe contara ter deslocado a mandíbula ao prender um drogado às cinco da manhã, mas duvidou que ela tivesse acreditado na história.

"Põe a cabeça bem para trás e abre a boca o máximo que puder."

"Vai doer, né?"

"Pra burro, mas só um segundo."

Quando ela enfiou os polegares na boca de Billy, pressionando os molares posteriores, e depois ficou na ponta dos pés para usar todo o peso do corpo, ele pensou que ia vomitar.

"Billy, relaxa."

"Estou relaxado."

"Não, não está. Vou te dizer…" Ela se abaixou e voltou rapidamente a se erguer para em seguida fazer uma pressão tão forte com os polegares nos dentes de trás que ele gritou.

"Dói demais, não dói?", Carmen perguntou um instante depois, já retirando a gaze que envolvia seus polegares, rasgada pelos dentes dele. Billy pensou que havia arrancado os dedos dela com uma dentada.

"O cara nem era tão grande", ele explicou, o latejamento lancinante das últimas horas milagrosamente reduzido a uma dorzinha suportável.

"Não, é?", ela disse, evitando encará-lo.

Ele não entendia por que ela não o estava pressionando para contar a verdade, o que deixava Billy ainda mais nervoso.

"Eu devo ter uns sete centímetros e uns vinte quilos mais do que ele", continuou Billy, exagerando a história. "Deviam ter chamado a carrocinha de cachorros."

"Na semana passada recebemos um sujeito", ela disse, continuando no jogo, "que estava tão drogado com pó de anjo que quebrou os dois fêmures simplesmente por causa da tensão nas pernas. Quando fomos levantar ele da maca, o cara pulou e começou a correr pelo corredor como se fosse um atleta. Sem sentir nada."

Billy se abaixou e começou a sentir ânsias de vômito.

Carmen lhe ofereceu uma tigela de cereal ainda não lavada que estava em cima da pia.

"Estou bem", ele disse, pegando a tigela.

"E então, já decidiu alguma coisa?", ela perguntou.

"Sobre o quê?" Billy piscou, querendo evitar o assunto.

Preferindo deixar para lá, ao menos por enquanto, Carmen lhe entregou três comprimidos de um analgésico e um copo d'água.

"Quero que você vá ao hospital Saint Joseph's tirar uma radiografia."

"O que eu preciso agora é dormir", ele disse. Depois, testando com extremo cuidado a mandíbula: "Obrigado".

Enquanto Carmen estava lá em cima vestindo seu uniforme branco, Redman telefonou.

"Preciso ir aí", disse.

"Pra quê?", perguntou Billy, como se não soubesse.

"Preciso falar com você. Estou indo para aí."

"Espera", disse Billy, apertando o fone contra o peito. Já estava farto de visitantes, anunciados ou não, que iam lá se sentar ou ficar de pé em sua cozinha despejando toneladas de tragédia em sua cabeça.

"Olha", continuou, acenando com a mão para Carmen,

que saía de casa, "antes preciso cuidar de um assunto, depois vou te ver, certo?"

"Tudo bem", disse Redman com relutância. "Só que antes de vir para cá não faça nada."

Billy saiu pela porta da frente minutos depois com a intenção de levar as roupas endurecidas pela tinta à delegacia de Yonkers que estava supervisionando as patrulhas dirigidas. Na hora, surpreendeu-se ao ver Carmen ainda na varanda, mas depois percebeu que ela havia notado a ausência da sua faixa da Páscoa.

"Também vi isso quando cheguei", ele disse, da maneira mais despreocupada que pôde. "Alguns meninos devem ter levado ontem à noite."

Mas, em vez de criar caso, ela pareceu distraída, mal percebendo que ele havia comentado alguma coisa. Billy viu, então, que a atenção dela estava voltada para um filete de tinta vermelha que ele não tinha notado e que, como a linha fronteiriça de um mapa, marcava a junção entre a casa e a varanda.

Carmen caminhou até o carro dela, destrancou a porta e só então falou, sem olhar para ele, com voz apagada: "Não quero que a Millie vá pegar as crianças hoje à tarde na escola. Vá você".

As gravações feitas na noite anterior, ao mesmo tempo esbranquiçadas e luminosas, eram tão fantasmagóricas que poderiam ser consideradas parte de alguma atividade paranormal. Billy assistiu três vezes, o saco de lixo misteriosamente lançado voando desajeitado como um peru gordo através do ar enevoado até explodir na varanda, cuspindo todo o seu conteúdo.

"Essas patrulhas não valem nada. Quero alguém na porta da minha casa vinte e quatro horas por dia", disse Billy, se arrependendo do "quero" tão logo ele escapou de sua boca.

"Impossível", disse o detetive Evan Lefkowitz, dando de ombros.

"O que você quer dizer com 'impossível'?"

"Não temos gente suficiente."

Billy meteu a mão dentro do saco de roupas que estava em cima de uma mesa desocupada, pegou a calça de veludo cotelê de menina e a mostrou ao detetive.

"Deixa eu lhe dizer o que esse cara fez. Ele ficou lá sentadinho até ver passar os seus comedores de donuts, calculou que podia contar com uns bons cinquenta e cinco minutos, comeu um sanduíche, fez palavras cruzadas, emporcalhou de sangue a minha varanda, deu uma mijada, lavou seu carro e foi para casa. Eu quero, eu preciso, *minha família* precisa de um guarda lá vinte e quatro horas."

"Comedores de donuts?"

Billy respirou fundo. "Olha, desculpe eu ter dito isso, não sou um desses babacas do departamento de Nova York que acham que todos os policiais das outras unidades são idiotas de pai e mãe."

Sem dizer nada, Lefkowitz se afastou para ir falar com outro detetive sobre algum assunto diferente, deixando Billy certo de que sua tirada tinha sido eloquente demais.

"Olha, esta aqui também é a minha cidade", ele disse quando Lefkowitz voltou. "Moro aqui, crio meus filhos aqui, pago meus impostos, e tudo que estou pedindo é que você me dê um pouco mais de proteção."

"Já lhe disse, estamos com falta de pessoal."

"Com todo o respeito, mas posso falar com seu chefe?"

"Ela vai dizer a mesma coisa."

"Mesmo assim…"

"Por mim, tudo bem", disse Lefkowitz, se afastando. "Ela vai estar aqui na semana que vem."

Quando Billy chegou à Casa Funerária da Família Brown

naquela noite, Redman, usando um avental que cobria seu corpo todo e luvas de borracha, estava de pé numa porta estreita pagando a um jovem entregador de comida chinesa.

"Vai me dizer que você está bem andando na rua desse jeito?", disse Redman sem erguer os olhos do troco.

"Que jeito?"

"Você não tem espelho em casa?", disse Redman, contando as moedas. "Entra aqui."

Uma vez na capela, Redman mandou Billy tirar a camisa e se deitar numa mesa relativamente limpa. Remexendo no carrinho repleto de cosméticos, encontrou um pote de creme de camuflagem e começou a trabalhar na constelação de equimoses que Pavlicek e Carmen tinham feito despontar no rosto de Billy desde aquela manhã.

· "Você já reparou na sequência de lojas aqui da vizinhança?", perguntou Redman. "Doces, anabolizantes, junk food e roupas femininas de tamanho extra grande, terminando numa casa funerária, todas bem enfileiradinhas para ninguém errar o caminho."

"Se não me engano, também tem gente obesa no Nebraska", respondeu Billy, perguntando-se quando chegariam a Pavlicek.

"O que eu quero dizer é o seguinte", disse Redman, recuando para avaliar seu trabalho e depois tirando as luvas. "Esta semana iam me mandar dois corpos para cá, um pesando duzentos e trinta quilos, o outro cento e oitenta, mas quando acrescentei o peso do caixão me dei conta de que os degraus da frente iam desmoronar, por isso tive que repassar os dois para a Casa Carolina, mais adiante no quarteirão, porque o dono foi bem esperto e instalou um reforço de aço."

Rafer entrou rolando em seu andador, fez dois circuitos rápidos em volta do pai e depois abalroou um velho que, exibindo um barrete maçônico e um avental, jazia dentro do caixão junto ao piano.

"Então", disse Billy, sentando-se e pegando sua camisa. "Por que estou aqui?"

Redman saiu mancando pela capela, arrumou algumas cadeiras de armar e voltou lentamente.

"Olha, estou tentando evitar que você se meta numa encrenca pesada."

"Como assim?", perguntou Billy, sentindo o creme usado nos cadáveres começando a endurecer.

"Está feito."

"O quê?"

"Tudo que você está querendo saber."

Billy ficou calado, aguardando mais. Em seguida: "Como eu posso deixar ele solto depois de uma coisa dessa?".

"Quem, o atirador solitário?"

"O quê?"

"Você acha que mandamos o Pavlicek fazer isso sozinho?"

"Então o quê?"

"Todos nós."

Com a mão trêmula, Billy esfregou o queixo coberto pela camada de creme. "Quem são esses todos?"

"Pavlicek só fez a parte dele."

"'Todos nós' inclui você?"

"E por que não?"

"Olha só para você", disse Billy cruelmente.

Então se viu suspenso no ar, Redman o mantendo a quarenta centímetros do chão com aqueles braços de arpoador, tendo se movido tão depressa sobre os quadris estropiados que Billy nem viu os dedos longos serem enfiados sob seus braços.

"Por que eu não?", repetiu Redman, mantendo-o no ar como um bebê.

"Me põe no chão, por favor."

Redman o depositou em cima de uma cadeira de armar e

Rafer imediatamente levantou os braços para o pai: Agora é a minha vez.

"Você pegou o Sweetpea", disse Billy. "Conversa fiada. A testemunha disse que o atirador tinha cabelo liso. Porra nenhuma de cabelo afro."

Redman levantou o filho, segurando-o com um braço. "Essa testemunha estava no sexto andar e doidona. Você mesmo falou." Billy pegou um pedaço de pano e passou no rosto, mas a maquiagem havia se transformado numa camada de cimento. "A namorada dele disse que ouviu uma voz de branco no celular."

"Será que eu falo... você *alguma vez* já me viu falando como um desses crioulos de merda da rua?"

"Acabou de falar", disse Billy.

Rafer começou a chorar.

"Está chorando por quê, garotão?", disse Redman, capengando até a televisão Samsung e encontrando alguma coisa no Cartoon Network.

Billy perdeu o foco por um momento, vendo que no relógio eram dez da noite e se perguntando se aquele menino tinha hora para dormir.

"Por quê?", ele perguntou.

"Porque pareceu certo. Pareceu justo."

"Por quê?"

"O filho do Pavlicek. Conhecemos o garoto desde que ele usava fralda. Foi a primeira criança da nossa turma."

"Redman..."

"Não é como brincar de Deus. E por que eu? Pra dizer a verdade, a única hora em que acredito em Deus é quando acontece alguma merda, como o meu garotão com esse tubo ou o John Junior tendo leucemia. Fico aqui mandando gente três ou quatro vezes por semana se encontrar com Jesus Cristo ou sei lá quem, mas... sabe no que eu acredito? Na terra. No chão. Nisto aqui mesmo. O resto é historinha. Acho que estou no negócio errado."

"Quer dizer que todo mundo..."

"Estava no jogo."

Os pensamentos de Billy voltaram a perder o foco, ele dizendo a si mesmo que sempre tinha havido alguma coisa esquisita com Redman. O modo como ele ganhava a vida, o número de mulheres que teve, todos aqueles filhos...

"Billy, cada um de nós um dia salvou a vida de outro do grupo, eu inclusive salvei a sua."

E permitir que o menino brincasse no meio dos cadáveres o dia inteiro... Redman e a mulher dele — qual era o conceito de educação infantil naquela casa?

"Billy", disse Redman, trazendo-o de volta, "estou te dizendo tudo isso porque acabou." Estendeu suas mãos enormes de jogador de basquete diante de seu cinto, abaixando-as e levantando-as com movimentos suaves, como se estivesse acalmando um bebê. "Por isso, esquece."

Billy voltou para casa aproximadamente à meia-noite, mas, não querendo correr o risco de ser obrigado a conversar com Carmen naquela noite, estacionou a uma boa distância da casa, tencionando ficar ali até a luz do quarto se apagar.

Depois de uma hora de espera, pegou seu caderno de notas e escreveu:

> Redman — Sweetpea
> Yasmeen — Cortez
> Pavlicek — Bannion

A morte de Tomassi, atropelado por um ônibus, tirava Whelan da lista, e o nome de Curtis Taft também não constava, embora Pavlicek o tivesse servido de bandeja para Billy, na esperança de que ele completasse a varredura. Enquanto continuava ali sentado, analisando aquela combinação de nomes, começou a imaginar que Redman, para proteger Pavlicek, talvez o tivesse enganado na capela: se Billy engolisse a conversa sobre uma conspiração e pensasse que teria que prender três amigos em vez de um, poderia perder o ânimo e desistir.

A patrulha vinte e quatro horas passou por seu carro sem notar a presença dele ao volante e reduziu a velocidade na frente da casa, porém não parou, de modo a permitir que os policiais descessem e inspecionassem o terreno. Era a terceira vez que passavam por ali desde que Billy havia estacionado, cada uma mais negligente que a anterior.

Ao esticar a mão para pegar os cigarros no painel, o maço escorregou de seus dedos e caiu entre os pés. Quando se curvou para apanhá-lo, sua testa raspou no volante, o bastante para Billy, depois de uma hora sentado ali, ganhar uma marca vermelha acima dos olhos tão vívida como se ela houvesse sido feita com um ferro em brasa.

Olhou as horas: duas da manhã. A janela do quarto estava às escuras.

Ao descer do carro, viu que o asfalto sob seus pés estava salpicado de tinta seca — vazada do saco de roupas antes de ele ser jogado na varanda. Quem quer que tivesse feito aquilo na noite anterior havia escolhido o mesmo ponto de observação que ele, um lugar suficientemente distante para evitar ser visto, mas suficientemente próximo para acompanhar a vida na casa.

Usando a lanterna que guardava no porta-luvas, Billy seguiu as gotas na direção da casa até um ponto situado a cerca de trinta

metros da varanda da frente. Ali, as gotas formaram algo semelhante a um círculo, as mais alongadas na parte externa sugerin-
do que a pessoa, havendo escolhido o local para executar o arre-
messo, girara como um lançador de martelo, a fim de produzir a
força centrífuga necessária para atingir o alvo.

Billy sentou-se na cadeira de balanço do pai na varanda,
visualizando o perseguidor de sua família girando e girando com
aquele saco antes de deixá-lo voar. Lá sentado, passou e repassou
o filme, até que se viu de repente banhado por um poderoso fa-
cho de luz vindo do carro de patrulha que fazia a ronda das três
e meia da manhã.

Quando Billy ergueu a mão, eles apagaram a luz e seguiram adiante lentamente, não sem antes o motorista gritar: "Pra
mim já deu", jogando alguma coisa no gramado. Depois que o
carro se afastou, ele caminhou pela grama úmida e viu um saquinho amassado que continha metade de um donut comido.

Quando por fim entrou na casa adormecida, o silêncio era
tão absoluto que criava seu próprio som, um sibilar agudo e inal-
terável que parecia o ruído de estática produzido por uma fonte
longínqua. Chegando à cozinha Billy decidiu, assim que abriu o
freezer, que naquela noite não precisava de um drinque — bem,
talvez só um gole direto da garrafa. Depois enxugou os lábios e
seguiu na direção da escada.

Ao entrar pé ante pé no quarto, levou um susto ao ver a silhueta de Carmen, ela sentada numa cadeira junto à janela, as
mãos pousadas nas coxas.

"O que você está fazendo?", ele sussurrou. "O que aconteceu?"

"Eu vi ele."

"Viu quem?" Depois: "Viu ele? Onde?".

"Num sonho."

Milton Ramos

A noite até que tinha começado bastante bem, com Anita e Ray levando Sofia e uma amiguinha para encontrá-lo num restaurante em Staten Island, a fim de que ele entregasse o pacote com roupas novas, DVDs e bichinhos prediletos. Sua filha pareceu excitada ao vê-lo, subiu em seu colo para tomar seu sundae fajuto com pouca gordura, mas o tempo todo ele temeu que, ao final da refeição, Sofia não lhe pedisse para ir para casa com o pai, muito embora ele não estivesse em condições de fazê-lo.

De início, a nova amiga de Sofia o deixara confuso. A menina, Jen, ou Jan, uma criaturinha magricela com menos personalidade que um hamster, morava na mesma rua, a duas casas de distância, e as garotinhas, assim que foram apresentadas, haviam se tornado no mesmo instante irmãs de corpo e alma, e iriam dormir juntas naquela noite. Sofia nunca na vida tinha tido alguém que dormisse com ela, muito menos uma melhor amiga. A casa-jaula deles no Bronx jamais recebera outras crianças, nem por algumas horas depois da escola, e o reconhecimento desse fato causou uma pontada de dor nele.

Quando a conta chegou, Ray quase a arrancou da mão da garçonete. "Sem discussão."

"Por mim, tudo bem", disse Milton.

Sofia escorregou de seu colo e foi para o outro lado da mesa.

"Quando formos para casa", ela disse a Anita, "podemos chamar a Marilys?" E depois, para a ratinha que era sua amiga: "Ela é a minha outra mamãe".

"Eu sei!", disse Jan, ou Jen, com uma irritação prazerosa. "Você diz isso o tempo todo!"

Era a terceira vez que Sofia mencionava Marilys desde que a garçonete havia anotado os pedidos, e seria a última.

"Me escuta", Milton disse, a manga do paletó relando nos restos de sua sobremesa quando ele estendeu a mão por cima da mesa para pegar o pulso dela. "Marilys não é a sua outra mamãe. Marilys não é nada. Ela não gosta de você, nem liga pra você, está bem?"

"Ei, Milton", Ray disse.

"Será que você pode enfiar isso na cabeça?"

Sofia ficou chocada demais para fazer outra coisa senão olhar fixamente para ele, o rosto vermelho, pasma, mas a outra menina, depois de uma breve pausa, começou a chorar como se o mundo tivesse acabado.

Mortificado, ele se levantou da mesa, foi para a rua e caminhou com passos fortes até o estacionamento do restaurante. Driblando os numerosos carros, foi até um lugar não iluminado, ferveu de raiva no escuro por alguns minutos depois pegou o celular e ligou para a irmã de Marilys.

"Aqui é Milton Ramos, está lembrada de mim?"

Ela disse que sim, sem parecer muito feliz.

"Vou telefonar para você de novo daqui a meia hora. Aí quero que você me dê os nomes, endereços e números de telefone de todo mundo da sua família que mora em Nova York."

Milton se afundou mais nas sombras quando Ray saiu do restaurante e, momentos depois, deixou o estacionamento com o carro cheio de passageiros mudos.

"Se eu telefonar e, por algum motivo, você não atender, eu vou aí na sua casa. Faça um grande favor a você mesma me poupando dessa viagem."

Às onze da noite, ele estava sentado a uma mesa de cozinha coberta com um oleado, diante de Marilys e do suposto primo dela, Ottavio, um sujeito nanico e quase careca com olhos de anfíbio.

Estavam no apartamento de um dormitório de Ottavio, em Astoria, e a ex-noiva de Milton e seu parente olhavam aflitos para toda parte, menos para ele.

"Iam matar ele", Marilys disse em voz baixa, fitando primeiro as mãos de Milton com as unhas manchadas de tinta cor de sangue, depois o taco seboso de beisebol posto em cima da mesa entre eles.

"Quem ia matar ele?", perguntou Milton. Depois: "*Você!*", fazendo Ottavio saltar. "Quem ia te matar?"

"Uns caras com quem me dei mal."

"Iam matar ele", Marilys disse, forçando-se a encará-lo.

Difícil saber o que mais o enraivecia: se ela ter destroçado impiedosamente a vida dele por dinheiro e desprezado a necessidade de sua filha por ela, como se aquilo não fosse nada, ou se, apesar da vontade dele de matá-la, Marilys o estar tratando como um total estranho.

"Você está morando aqui?"

"Só por um tempinho", ela respondeu, a voz pouco mais que um sussurro.

"Você é mesmo primo dela?"

"Distante", disse Ottavio, olhando de relance, inconscientemente, para o único quarto.

"Quero meu dinheiro ", ele disse.

"Acabou", Marilys respondeu, olhando mais uma vez para as mãos juntas de Milton.

Ele se perdeu em pensamentos tempestuosos tempo suficiente para Marilys acrescentar: "Nós podemos começar a te devolver um pouquinho toda semana".

Nós.

E a ideia de ter que vê-la, ou a ele, toda semana, ou meses, para recolher, quem sabe, vinte dólares aqui, trinta ali, as desculpas, os desencontros, a presença constante e maléfica dos dois em sua vida...

"Eu não quero a merda do dinheiro de vocês."

Ele pegou o taco e se levantou devagar. Marilys ergueu os olhos e perguntou em tom monocórdio: "O que é que você vai fazer?".

Nada. Ou por um inadequado sentimento que ainda pudesse ter restado por ela, ou por mera fraqueza moral dele, não ia fazer nada.

Apanhou o paletó.

Quando se tornou claro que ela não corria nenhum risco físico naquela noite, Marilys acrescentou com mais suavidade: "Milton, cometi um erro. Me desculpe". E depois um P.S. enquanto ele se encaminhava para a porta: "Como está a Sofia?".

Quando Victor Acosta finalmente saiu do Bryant Motor Lodge às quatro da manhã, três mulheres e dois homens brigavam num canto do estacionamento, e Milton, que já esperava por ele fazia duas horas, talvez mais, entendeu que não tinha escolha senão continuar no carro. O que, ele se deu conta, provavelmente era até melhor, porque tinha recorrido sem cessar à garrafa térmica e estava bêbado demais para não fazer uma senhora cagada.

Enquanto Victor guardava seu material no Range Rover, Milton, na esperança de ficar mais sóbrio, baixou os vidros das quatro janelas, ligou o ar-condicionado no máximo e saiu do estacionamento direto para o New England Thruway, nas pistas que levavam para o sul, dirigindo do Bronx para Queens e de lá para o Brooklyn. Trinta e cinco minutos depois, congelado mas ainda de porre, estacionou do outro lado do apartamento de Victor na Palmetto Street, em Bushwick, e se acomodou, tomando um derradeiro gole do Chartreuse para espantar o frio.

Não foi preciso esperar muito: o Range Rover de Victor passou devagar à sua frente enquanto ele ainda apalpava o chão em busca da tampa da garrafa térmica, que havia caído. No começo, pareceu fácil demais, porque Victor estacionou a um quarteirão dali e veio andando em sua direção. Mas, assim que saiu do carro, Milton desabou contra a porta do motorista, brandiu debilmente seu taco e se dobrou para vomitar na rua no instante em que Victor, passando ao largo da imundície, alcançou a porta da frente de seu prédio sem ser incomodado e desapareceu em seu interior.

Melhor assim, melhor assim.

Quando o vômito ficou reduzido a alguns filetes de saliva grossa e seus olhos começaram a clarear, Milton se ergueu aos poucos e respirou fundo algumas vezes.

Melhor assim...

Depois, sem que desejasse: *Não quero a merda do dinheiro de vocês.*

Por que tinha dito isso a ela? Era a merda do dinheiro dele. Ela podia ter trapaceado para conseguir aquilo, mas ele havia falado em *dinheiro de vocês*, como se ela tivesse levado seu ego junto com a grana. Como se tivesse estuprado seu cérebro. E ele simplesmente fora embora, sem ligar por ter deixado uma mancha de esperma no lençol.

Bateu com o taco na porta de seu carro e ia repetir o gesto, fazer qualquer coisa para afastar a outra lembrança daquela noite — o silêncio traumático de Sofia, seu rosto espantado —, quando o estalido de uma fechadura sendo aberta o despertou subitamente. Milton levantou os olhos e viu Victor voltando para a rua com um cachorrinho.

Como se estivesse pedindo.

Como se estivesse insistindo.

O cachorro, uma espécie de buldogue anão, imediatamente se agachou e mijou na calçada, mas a iluminação da rua era muito forte ali para ele tentar alguma coisa. No entanto, quando Victor dobrou a esquina, Milton o seguiu, mantendo certa distância e se esgueirando junto às fachadas mais escuras dos edifícios. Caminharam no mesmo ritmo quase ao longo de toda a rua, até que Victor, absorto com as atividades do cachorro, parou de vez, de costas para ele.

A distância entre os dois era pequena, porém ele ainda estava muito embriagado para cobri-la com rapidez, e sua respiração sibilante, somada ao raspar descuidado do taco na calçada, foram suficientes para que Victor desse meia-volta e pegasse alguma coisa no cinto antes que Milton o atingisse.

Em seguida, sentiu um choque invisível no torso, uma dor fosforescente vinda de algum lugar do lado esquerdo, entre o quadril e a axila, que o jogou, como num golpe de revés, de encontro à parede de um prédio. Mas ele estava bêbado e decidido demais para permitir que isso o distraísse por muito tempo e, depois de controlar o que precisava ser controlado, Milton começou a se aproximar. A queimadura estonteante em seu flanco tornava difícil girar o bastão da forma que desejava, e o impacto pesado do pontapé dado com uma bota, que Victor desferiu em sua coxa, não ajudou, mas, quando ele terminou, o irmão de Carmen estava caído a seus pés soltando borbulhas de sangue pelas narinas a cada respiração e com um fragmento de osso cor de marfim, que rasgara a manga de sua camisa, brilhando ao luar.

Quando Milton fez a manobra e passou em frente ao local, uma pequena multidão já se reunira ali: viciados em drogas, corredores matinais, donos de cachorros e sabe lá quem mais, todos usando seus celulares, falando ou gravando vídeos, as luzes de uma ambulância que se aproximava iluminando a rua como se fosse meio-dia. Do carro, ele viu seu taco ensanguentado no meio-fio, mas agora não havia o que fazer.

Só uma hora depois, diante da porta de sua casa-jaula e ainda mareado enquanto apalpava sua roupa para localizar as chaves, é que notou os dois dardos da Taser cravados em suas costelas, os fios presos a eles pendendo como nervos expelidos de seu corpo.

15.

Havia seis pessoas na sala de espera da unidade de cirurgia do Maimonides Medical Center: Billy, Carmen, Bobby Cardozo — um detetive da 8-o — e três amigos de Victor e Richard — pelo jeito, entusiastas de academias de ginástica —, todos aguardando Victor acabar de ser operado. Os ferimentos — úmero esquerdo estilhaçado, clavícula direita fraturada, pulmão esquerdo perfurado pela mais baixa e menor das três costelas quebradas — eram medonhos, a única notícia boa sendo o fato de que o agressor poupara sua cabeça.

"Bobby, você consegue obter as digitais no taco?", Billy perguntou a Cardozo, cujos olhos negros, cavanhaque e barrigão o faziam parecer um vilão de filme mudo.

"Estamos mandando para o laboratório hoje tarde. Por isso, vamos torcer para que sim."

Richard Kubin entrou na sala de espera com um café comprado numa máquina automática, sua raiva o fazendo parecer mais largo e alto do que Billy se lembrava.

"Seu amigo...", começou Cardozo.

"Meu marido."

"Ele andava com uma Taser?"

"Você também andaria se visse onde ele trabalha."

"Só estou perguntando."

"Olha, a gente sabe quem fez isso", disse um halterofilista baixinho e de barba ruiva.

Eles não sabiam, mas Billy sabia, e também Carmen, que, em vez de intimidar Cardozo e todos os funcionários do hospital, estava sentada em silêncio num sofá gasto, olhando para as mãos.

"Esses mutantes dos Knickerbockers", disse o barbudo. "Eles nos caçam como se fôssemos uma manada de búfalos."

"Você está falando do quê? Desse pessoal que ataca gays?", Cardozo quis saber. "Tem certeza? Se eu cruzasse na rua com seu amigo, o sr. Acosta, não ia achar que ele era gay."

"Você quer dizer o que com isso?", Richard perguntou com rispidez.

"Só estou comentando", respondeu Cardozo, recuando.

"Comentando o quê?"

Cardozo deu uma olhada rápida para Billy, expressando sua impotência, depois deixou o assunto morrer.

No começo, Billy não entendeu por que estava se abstendo de compartilhar a informação sobre a pessoa que o vinha perseguindo, para ajudar a trazer um novo enfoque à investigação. Depois entendeu: simplesmente se sentia envergonhado.

Até onde sabia, todos haviam se tornado vítimas, mas de algum modo, no decorrer das últimas semanas, a inocência das pessoas que moravam com ele tinha sido gradualmente maculada, como se elas merecessem o que estava acontecendo. Era uma reação clássica, ele também sabia, a vítima se depreciando e se culpando, mas, agora que o contágio na família se estendera até Victor, Billy se sentia tão responsável como se ele mesmo houvesse usado o bastão. E Carmen — sentada ali, com um comportamento tão atipicamente retraído — também devia estar sentindo algo similar.

"Esses meninos...", disse Cardozo, pegando seu caderno de notas.

"Meninos?"

"Esses sujeitos. Algum nome? Lugar onde moram?"

"Há dois", disse o outro amigo, com uma camiseta da Universidade Bucknell. "Conheço de vista."

"E tem mais um", disse o halterofilista. "O idiota que usa chapéu."

"Que tal isto", disse Cardozo, guardando o caderno. "Por que vocês não vêm comigo, mostramos alguns álbuns de fotografias, depois podemos dar uma volta pelo conjunto dos Knickerbockers, quem sabe vocês reconhecem alguém."

"Quer saber?", disse o sujeito da Bucknell. "Esquece. Nós mesmos vamos cuidar disso."

"Que tal se não fizerem isso?", sugeriu Billy, entrando na conversa.

"Sabe quantas queixas de agressão fizemos nessa delegacia este ano?", perguntou o da Bucknell, dirigindo-se a Billy. "Sabe quantas vezes estive naquele prédio? Vocês estão cagando e andando pra nós."

"É a primeira vez que ouço falar disso", afirmou Cardozo.

"Exatamente."

Billy olhou para Richard, esperando que ele ajudasse, dando uma esfriada em seus amigos, mas viu que o ódio em seus olhos começava a ceder lugar à exaustão e ao sofrimento. Avançando pelo meio da confusão, Billy pegou-o pelo braço e o levou a um sofá em frente ao que Carmen ocupava.

"Ele vai ficar bom", disse Billy.

"Como você sabe?"

"Sabe como eu sei? Vou te contar como eu sei." Billy hesitou e foi em frente: "Por causa do posto das enfermeiras. Se Victor estivesse numa situação crítica, todas aquelas enfermeiras estariam olhando para cá o tempo todo, imaginando como lidar conosco no caso das coisas darem errado. Não estou captando nenhuma vibração vindo delas, por isso relaxe."

Pura conversa fiada, mas pareceu ter efeito, pois Richard assentiu debilmente com a cabeça e depois se afundou mais nas almofadas. Enfermeiras: Billy deu outra olhada em sua mulher, a menos de dois metros deles, mas ainda tão voltada para dentro de si mesma que ele duvidava que Carmen tivesse ouvido uma só palavra daquela baboseira.

"E quando é que os gêmeos chegam?", perguntou a Richard.

"O quê?"

"Quando é..."

"Dez dias", ele respondeu, sentando-se depois. "Meu Deus!"

"Eu irei lá", disse Carmen meio entorpecida. Erguendo os olhos para Richard, acrescentou: "Todos os dias".

Deixando sua mulher e Richard no hospital, Billy foi com os demais para a delegacia. Lá, incapaz de continuar escondendo a informação sobre o pesadelo que sua família passava, puxou Cardozo de lado.

"Preciso falar uma coisa com você."

"Sobre o quê? A coisa dos gays?", sussurrou Cardozo. "Eu falei que o cara não parecia veado. Puta merda, era um elogio."

O celular de Billy tocou — Carmen — e ele se afastou para receber a chamada.

"Oi." A voz dela tão sem brilho quanto antes.

"Que foi?"

"A cirurgia acabou. Correu tudo bem."

"Ótimo. Excelente."

"Vou dormir aqui hoje", ela disse.

"Tudo bem."

"Preciso que você me faça um favor. Quando chegar em casa, prepare uma sacola com algumas roupas e os meus remédios. Sabe quais são?"

"O Trazodone e o Cymbalta."

"O Trazodone e o Abilify."

"Desde quando você está tomando o Abilify?"

"Você pode simplesmente fazer isso pra mim? Entrega pra Millie, deixa ela usar seu carro, põe o endereço no GPS pra ela e pede pra ela trazer aqui."

"Está bem, chego em casa daqui a umas duas horas."

"Obrigada."

"Carmen, o que está acontecendo?"

"O que está acontecendo?"

"Quero dizer, além de tudo isso. Você parece estar em transe há dias."

O silêncio no outro lado foi tão absoluto que Billy pensou que ela tivesse desligado.

"Alô?"

"Agora não, está bem?", ela disse, acrescentando: "Me desculpe", parecendo sincera.

Billy encontrou Cardozo exibindo fotografias no monitor de um computador.

"Este garoto aqui", ele disse, batendo com o dedo na imagem de um adolescente de cabeça raspada e olhos vazios. "Gosta de arrebentar a cabeça das pessoas. Canos, barras de ferro, uma vez com um taco de golfe. Me disse que não gosta de armas de fogo porque elas podem te meter em encrenca."

"Para tudo só um instante", disse Billy, puxando uma cadeira. "Vocês precisam ouvir isto."

Levou quase meia hora para contar tudo: a abordagem a seu filho, o sequestro de seu pai, o ataque vermelho à varanda, todo o tormento sistemático, e agora ampliado, que sua família vinha sofrendo.

"Não me convence", disse Cardozo. "Com todos os monstros que circulam na área desta delegacia? Aposto em alguém daqui."

Yasmeen telefonou enquanto ele examinava o lado de Carmen no armarinho de remédios.

"Você me ligou ontem?", ela perguntou.

"Eu?" Depois, se lembrando de como era o mundo antes daquela manhã: "Ah, é, liguei".

"O que é que há?"

"Preciso falar com você."

"Outra vez?"

"Simplesmente..."

"Meu Deus, falo mais com você do que com o meu marido. O que você está tentando fazer? Namorar de novo comigo?"

"Certo."

"É só me dizer, a gente arranja um quarto."

"Pode ir parando."

"Do jeito que eu estou estressada? Porra nenhuma, vamos em frente."

"Preciso falar com você a sério."

"Você não precisa nem me beijar."

"Onde é que você vai estar hoje?", Billy perguntou. "Eu me encontro com você."

"Redman está louco. *Eu* atirei no Eric Cortez? Você anda usando alguma droga?"

Estavam sentados num banco em frente ao playground de Riverdale, onde a filha mais nova de Yasmeen, Simone, tentava pular duas cordas ao mesmo tempo junto com outras garotas.

"Sabe de uma coisa? Não gosto de falar dos outros, mas, já que ele está falando de mim, acho que Redman anda fumando seu próprio produto."

"Que produto?", perguntou Billy, protegendo os olhos do sol do meio-dia, com o qual não tinha a menor familiaridade.

"Fluido para embalsamar. Mergulhando os cigarros dele naquela merda. É como comer seu cérebro com aquela concha de pegar sorvete."

"Redman não fuma."

"Então é você que está usando o troço. Que merda, eu atirei no Eric Cortez?"

Billy manteve os braços apoiados no encosto do banco, ouvindo as crianças do outro lado do alambrado urrando como se estivessem prestes a ser degoladas.

"Yasmeen, você anda bebendo como se quisesse se matar. Por que isso?"

"Porque, como eu já te falei, estou atravessando uma fase de mudanças e ando deprimida. Já admiti isso pra você. Confiei em você quando te contei. E agora você usa o que eu falei para me acusar de uma merda dessa? Quem você pensa que é?"

Billy se curvou para a frente no banco, apoiando a cabeça nas mãos. "Me conta outra vez sobre os suores noturnos, como você acorda pensando que está coberta de sangue, que alguém vai machucar suas filhas", ele disse, sua voz monocórdia carregada de tristeza.

Yasmeen não respondeu de imediato, a parte inferior do rosto se projetando para fora como se sua boca estivesse cheia de pedrinhas.

"Acho que você deve fazer o seguinte", ela disse, se levantando. "Procura o seu amiguinho na unidade de entorpecentes do Brooklyn e conta pra ele o que descobriu, conta a cagada que eu fiz na investigação do Del Pino, conta sobre os meus pesadelos e como eu ando bebendo, conta como Cortez ter levado um tiro no cérebro me deixa molhadinha, e aí ele que venha atrás de mim. Que tal?"

Yasmeen foi até o alambrado, pegou a filha que protestava e passou por ele ao sair do parque, dizendo: "Você é como um estranho pra mim, sabe?".

Depois que ela foi embora, Billy continuou sentado, pensando: Você também, vocês todos também.

Depois de quatro horas de um sono conturbado e um jantar insosso, Billy se viu revendo um jogo clássico de futebol americano ladeado pelos filhos, vestidos com uniforme completo da liga infantil, das chuteiras com travas até os capacetes. Estavam todos nervosos, Billy por causa de tudo, os meninos porque simplesmente suas antenas captavam muito bem a tensão que corria pela casa.

A partida, de 2012, era uma virada sensacional dos New York Giants, que haviam vencido por 41 a 34 o time de Tampa Bay, mas quando os três viam esses jogos antigos Billy nunca contava com antecedência o resultado para os meninos, já que isso seria o mesmo que contar o fim da piada antes de ela acabar. Nessa noite, infelizmente, isso significava submetê-los a três interceptações de passes de Eli Manning no segundo quarto sem nenhuma esperança à vista. Na segunda interceptação, Carlos começou a chorar, o que levou Declan, ele também à beira das lágrimas, a dar um soco no irmão menor e machucar a mão ao acertar o capacete de Carlos. Antes que Billy pudesse intervir, os dois já estavam chorando como carpideiras e trocando socos por cima de sua barriga.

360

"Por que você está batendo nele?", gritou para Declan. Depois, voltando-se para Carlos: "E você está chorando por quê?". Como nenhum dos dois tinha palavras ou autocontrole suficiente para interromper a troca de golpes, ele os empurrou para as extremidades do sofá. "Vamos acabar com essa briga e esse choro, está bem? Por favor, está bem?"

Fazendo uma pausa na gravação, esperou eles se acalmarem. Sabia que deveria desligar a televisão de uma vez, antes que a terceira interceptação deixasse os dois totalmente fora de controle, mas também queria que aguentassem firmes ali e sentissem o prazer da virada no último quarto de jogo. Que todos sentissem esse prazer.

"Querem continuar vendo ou preferem ir brincar?"

"Quero ver", disse Declan, ainda chorando.

"Quero ver", disse Carlos, macaqueando o tom trágico do irmão.

"Certeza mesmo?"

"Sim."

"Vocês têm esse jogo novo lá em cima, podem ir jogar."

"Quero ver", confirmou Dec com assustadora tranquilidade.

"Quero ver."

"Muito bem, então vamos ver", disse Billy, pegando o controle remoto. Em seguida: "Sabem de uma coisa? Vamos ver amanhã".

Ninguém protestou.

"Amanhã vai ser melhor."

E seria, pois Billy pretendia acelerar a gravação para recomeçarem no quarto final, só alegria e nenhuma dor.

John MacCormack telefonou uma hora mais tarde, quando

Billy saía do quarto dos meninos depois de contar a história preferida deles sobre o dia em que, ainda iniciante na profissão, tinha conseguido controlar um cavalo da polícia, sem cavaleiro, na Times Square — deixando de fora, como sempre fazia, a parte mais heroica da aventura, o fato de estar bêbado na hora, senão, jamais teria sido tão idiota a ponto de pular da cadeira onde estava, junto à janela de um bar, e sair correndo como um louco pela Broadway.

"Só achei que você gostaria de saber", disse MacCormack. "Eric Cortez abandonou os palcos."

"O que houve?"

"Infecção pulmonar. O filho da puta sobreviveu a uma noite inteira ao ar livre e ao frio de janeiro com uma bala na cabeça, e aí três meses depois pega uma pneumonia num hospital aquecido."

"Quer dizer que agora é um caso de homicídio?"

"Agora é homicídio", disse MacCormack. "Só por desencargo de consciência: tem certeza de que não pode me ajudar com nenhuma informação?"

"Bem que eu queria", respondeu Billy, surpreendido pelo sentimento de proteção que lhe veio ao pensar em Yasmeen.

"Então, tudo bem."

"Deixa eu te perguntar: em que dia ele foi encontrado?"

"Cortez? No dia 5, por quê?"

"Cinco de janeiro?"

"É, por quê?"

"Por nada", disse Billy. "Obrigado por me manter a par."

Assim que desligou, começou a telefonar para Yasmeen, mas em seguida desistiu e, em vez disso, ligou para o marido dela. Dennis nem esperou ele terminar de dizer "Oi".

"Que porra você andou falando com ela hoje? Ela chegou em casa quase doida."

"Ela te disse o que eu falei?"

"Não, mas... que merda, Billy, ela estava começando a melhorar."

"Não foi nada, só uma besteira que eu estava querendo compartilhar com alguém, mas eu não devia ter aporrinhado a Yasmeen. Você pode pedir desculpa por mim?"

"Peça você mesmo."

"É, tem razão. Legal, vou telefonar para ela. De resto, tudo bem?"

"O de sempre", respondeu Dennis, agora mais calmo.

"Então, eu estou te ligando porque... ela falou que vocês foram para a Flórida."

"É, para Boynton Beach, fomos passar o Ano-Novo com meus pais. E as pessoas ainda dizem que eu não sei relaxar, veja só."

"É, eu te entendo... Quanto tempo vocês ficaram lá?"

"Do dia 30 ao dia 8. Por quê?"

"Estava pensando em levar meus filhos, eles nunca foram lá."

De 30 a 8, pensou Billy. Boa notícia para ela. Filho da puta do Redman. Tudo coisa do Pavlicek, o tempo todo.

Ele tinha a opção de folgar naquela noite, mas não queria ficar sozinho, não queria pensar em Pavlicek, em Victor, no perseguidor, no pai e nem mesmo em sua mulher. Por isso, com Millie dormindo em casa e as patrulhas relapsas pelo menos marcando presença na área, dirigiu até o centro da cidade à meia-noite, esperando que, por uma vez, a maldade do mundo o mantivesse ocupado até de manhã.

No entanto, como costumava acontecer, a noite foi tranquila até as três — a invasão de uma residência na rua 46 West, em que o ladrão levou uma surra do proprietário da casa, e uma briga no Complications, um clube de striptease na West Side

Highway, onde alguns jogadores visitantes do time de basquete dos Memphis Grizzlies bebiam champanhe e distribuíam notas de cem dólares para as garotas, embora nenhum deles estivesse envolvido na pancadaria.

A Roda telefonou quando ele cruzava a rua 23, de volta ao escritório.

"Temos um homicídio com faca na 3-5."

"Na rua ou dentro de casa?"

"Dentro. Na Fort Washington com a 191."

"Fort Washington com 191?", repetiu Billy, ficando alerta.

"Qual o endereço?"

"Acabei de dizer."

"O número do prédio, anda logo."

Quando chegou ao apartamento de Esteban Appleyard, encontrou um monte de gente: técnicos forenses, patrulheiros, Stupak, Butter e o próprio Jimmy Whelan, seu distintivo dourado de aposentado preso a um colar de contas e brilhando sobre o moletom. Jimmy não tinha que estar ali, mas Billy não iria dizer nada, e pelo jeito os outros tinham engolido sem maiores indagações seu distintivo vencido de policial, apesar da sandália de dedo que ele estava usando.

A pequena mesa de jantar na sala de visitas cairia bem para a foto de um jornal sensacionalista: duas mãos de cartas abandonadas, uma garrafa de rum caída, três copos usados e um cinzeiro com cinco filtros de cigarros mentolados e a parte externa de um charuto, que havia sido esvaziado e ainda guardava vestígios de maconha.

O corpo, de bruços sobre o tapete e em meio a uma poça de sangue ainda não totalmente coagulado, jazia num canto da sala, como se Appleyard houvesse tentado escapar de seus assassinos rastejando pela parede. Havia múltiplos ferimentos de faca em suas costas e nádegas. A rigidez cadavérica congelara em sua boca um largo sorriso enlouquecido.

Quando os dois técnicos o viraram de barriga para cima, viram que ele ainda segurava cinco cartas com sua mão enrijecida abaixo do queixo.

"O que ele tinha?", Billy perguntou.

Um dos técnicos afastou cuidadosamente o braço do corpo. "Ases e oitos. Igualzinho ao Wild Bill."

"Mentira", disse Whelan.

"Dá só uma olhada."

Whelan se debruçou sobre o corpo e apertou os olhos para conferir as cartas.

"Um par de três", anunciou. "Seus babacas."

"A Mão do Homem Morto, beleza", disse o técnico, rindo.

"Quem era Wild Bill?", Stupak perguntou.

Momentos depois, quando os técnicos iniciavam o registro da devastação frontal, um pequeno e intacto balão do intestino começou a se insinuar através de um furo acima do umbigo de Appleyard, expandindo-se a seguir, enquanto os que sabiam das coisas ali em volta rapidamente cobriram a boca e o nariz antes que ele explodisse.

Para evitar o mau cheiro, Billy refugiou-se no quarto, que, como o restante do pequeno apartamento de quatro cômodos, tinha sido totalmente pilhado — plantas arrancadas dos vasos, roupa de baixo, camisas e agasalhos pendurados nas gavetas abertas da cômoda, videocassetes pornográficos e uma caixa de sapato emborcada onde antes ficavam guardadas as pequenas fotos, com as margens denteadas, da infância de Appleyard em Porto Rico.

Whelan entrou no quarto e pegou um lírio da paz, com terra ainda presa às raízes, caído sobre a cama desfeita.

"Quanto você acha que ele poderia ter escondido nesse vaso, treze dólares?"

"Tem certeza de que isso foi por causa da loteria?", Billy perguntou.

"Claro que sim. Filho da puta, eu falei pra ele milhares de vezes, você mesmo ouviu."

Whelan apanhou uma das fotos antigas espalhadas em torno da caixa de sapato, um retrato em preto e branco da vítima quando garotinho, junto à mãe, diante de um quebra-mar.

"Juro que quando Deus falou que estava distribuindo os cérebros Appleyard deve ter dito que não queria nenhum e foi se esconder correndo embaixo de uma mesa."

"Alguma ideia sobre quem fez isso?"

"Sim", Whelan disse, "mas não aqui."

Quando saíram do apartamento, o corredor estava cheio de moradores.

"Ele está morto?", um vizinho perguntou a Whelan.

"Que dúvida."

"Sabe, eu bem que falei pra ele", disse outro.

Whelan bateu palmas: "Todo mundo pra dentro, por favor, voltem pra casa".

"Eu estou na *minha* casa."

"Pra dentro."

"Você não é meu chefe."

"Já conseguiu juntar o dinheiro do aluguel de fevereiro, Alvin? E o de março?"

"Jimmy, você vai me desrespeitar assim?"

"Qualquer um que me deva dois meses de aluguel. Pra dentro."

Já na rua, entraram no Elantra de Whelan que cheirava a cigarro.

"Tem uns merdas, os irmãos Alvarez, ali no 2015", ele disse, apontando para outro prédio construído antes da guerra do outro lado da rua, também com uma entrada comprida em forma de H. "Assim, de repente, começaram a ficar amiguinhos dele na semana passada, como se fosse um primo que tivessem acabado de reencontrar."

"Apartamento?", perguntou Billy, pronto para anotar.

"Só sei que é no quinto andar. O mais novo, Marcus, acabou de sair da prisão; o outro, Tomas, uma vez peguei tentando abrir um depósito no meu edifício com um canivete."

"Então as digitais estão registradas?"

"Acho que sim."

"Mais alguém?"

"Por aqui?", perguntou, dando de ombros enquanto abria a porta. "Começa com esses."

Descendo do Elantra, Billy foi até a traseira do carro, parou para acender um cigarro e então viu os buracos de bala no porta-malas, o luar iluminando as bordas irregulares, algumas projetadas para dentro, outras para fora.

"Vem cá", disse.

Whelan deu a volta, viu a constelação de perfurações e também acendeu um cigarro.

"Pode abrir, por favor?"

"Está brincando?"

"Jimmy."

"Você acha que tem alguma coisa aí dentro?"

Billy o olhou fixamente.

"Se está mesmo a fim de me sacanear, então arranja um mandado de busca."

"Sweetpea nem era seu."

"Não sei do que você está falando."

"Você fez isso pelo Redman?"

"Não sei do que você está falando." Depois, de novo, antes que Billy pudesse dizer mais alguma coisa: "Não sei do que você está falando".

Sem ouvir as buzinadas ocasionais nem ver os faróis que vinham em sua direção, Billy caminhou pelo centro da Fort Washington Avenue com as mãos entrecruzadas sobre a cabeça. Yasmeen estava na Flórida quando Eric Cortez levou um tiro. Pavlicek estava no hospital quando Bannion se esvaiu em sangue na Penn Station. Sweetpea chegou ao final de seus dias na mala do carro de Whelan. Ele próprio se encontrava no local de um crime em Manhattan quando Curtis Taft foi amarrado como um porco no Bronx.

Afinal, Redman vinha dizendo a verdade, mas só parte da verdade. Todos eles estavam envolvidos, só que nenhum deles estava por perto quando seus demônios particulares haviam deixado o palco.

Eles tinham trocado suas Brancas.

Duas horas depois, ele e Stupak conduziam Tomas e Marcus Alvarez para fora do prédio onde os dois moravam, a fim de interrogá-los. Sem algemas, os irmãos iam berrando um para o outro para não falarem merda nenhuma. Billy viu então que, como Whelan não havia feito o menor esforço para tirar seu carro da frente do edifício, todos tinham que passar por ele para chegar à van da polícia que os aguardava.

Milton Ramos

Milton recebeu o telefonema de Anita sentado na beira da cama enquanto recolocava a atadura em sua coxa arroxeada, onde a marca da bota de Victor ainda estava tão claramente definida em sua carne que Milton poderia se basear nela para comprar um sapato para o rapaz sem medo de errar o tamanho.

"Milton, a Sofia deixou três mensagens no seu telefone. Por que você não ligou para ela?"

"Estou até aqui de trabalho", ele disse, alcançando o Chartreuse na mesinha de cabeceira. "Ela está bem?"

"A não ser por você não ter ligado para ela, vai muito bem."

Milton tomou uma talagada, levantou-se e começou a procurar as chaves do carro: "Ela ficou aborrecida comigo por causa da noite passada?".

"Ela não comentou nada."

Deitando-se no chão, ele procurou embaixo da cama. "Preciso pedir desculpa pelo meu comportamento. Eu estava nervoso."

"Está bem. Foi o que eu imaginei, com todo esse estresse terrível que você está tendo."

Ele parou de se mexer. "Como assim?"

"O contrato da gangue."

"Contrato..." Deitado no chão, ele se lembrou da história e se pôs de joelhos. "Tenho que te perguntar outra vez. Você ainda quer ficar com a Sofia?"

"Se quero ficar com ela?", repetiu Anita, parecendo não ter entendido o que ele quis dizer. "Claro, ela é adorável."

"Bom", ele disse, retomando sua busca.

"Só me dê uma ideia de quando você vai pegar ela de volta."

"Está quase acabando", ele disse, deparando com as chaves do carro dentro de um pé de sapato que jogara para o lado.

"Não entendo por que você não telefona para ela."

Ele estava convencido de que podia dirigir.

O cemitério era um dos muitos que margeavam o caminho do aeroporto JFK para a cidade, uma bocarra cheia de dentes cinzentos, sujos e desalinhados. Mas, de perto, se você se ajoelhasse diante de um ente querido, ou dois, ou três, não era assim tão ruim. E lá estava ele, agachado na frente das lápides de sua mãe e de seus dois irmãos, desesperado para encontrar seu rumo.

Ele não era um mestre em planejar vinganças, não era um calculista frio e cruel; ele nada mais era que um homem em ruínas cada vez mais violento e fora de controle, cujas mãos agora tremiam sem cessar por causa da bebida, nada mais que um alcoólico raivoso, tão constantemente cansado nos últimos tempos que mal conseguia entrar ou sair da cama. E, supondo que tivessem pego o taco de beisebol na cena do crime, seria apenas uma questão de dias até identificarem suas digitais.

Na escola secundária, como não acreditava que ninguém fosse capaz de ler Moby Dick sem jogar o livro pela janela, seu professor de inglês tinha comprado uma fita cassete do filme, baixado as persianas e o projetado numa tela. A maioria dos alunos morreu de tédio com a exibição em preto e branco, mas ele não. Milton ficara fascinado com o capitão de olhos de aço, com sua abrasadora tenacidade, com o final perfeito, quando ele cai no mar amarrado ao animal que vivera para matar.

E era assim que tinha que acabar entre ele e Carmen.

Sofia estava com as pessoas certas, e aquele pedaço de terra, bem ali em meio aos irmãos e à mãe, parecia muito convidativo. Ele andava exausto o tempo todo! Precisava se pôr em movimento rápido antes que não mais pudesse se mover.

16.

Quando Billy voltou à casa funerária na manhã seguinte, Redman e sua mulher, Nola, estavam sentados em cadeiras de armar, de um lado e do outro do corredor central na capela mal iluminada, ambos olhando para o chão enquanto Rafer voava pela sala brandindo um pincel de maquiagem.

"São dez da manhã", disse Redman. "Esperava você na primeira hora da manhã."

Nola levantou-se e saiu.

Billy aguardou Redman se erguer, tirar o pincel da mão do filho e o pôr no colo.

"Se eu pudesse, eu teria feito, acredite", ele finalmente disse. "A verdade é que eu posso carregar sem problema um corpo de cento e dez quilos por esta sala, da mesa de preparação ao caixão, mas se eu andar mais de um quarteirão para ir comprar cerveja, aí preciso de um andador. Fim de papo? Tudo que eu podia fazer era desaparecer com ele."

"Você pode pôr o Rafer no chão, por favor?"

Redman o olhou como se Billy fosse algemá-lo.

"Não consigo falar sobre isso com o garoto no seu colo", disse Billy.

Curvando-se com dificuldade, Redman acedeu, permitindo que Rafer disparasse para o cubículo do avô, onde o velho estava mais uma vez jogando pôquer no computador.

"O que você quer dizer com isso de desaparecer com ele?", perguntou Billy. "Desaparecer como?"

"Ele saiu daqui num caixão. Debaixo de outra pessoa."

"Debaixo de quem?"

"Daquela garota que eu enterrei pra você."

"Você fez isso com ela?"

"Eu fiz isso com ele."

Tudo de que ele necessitava era uma ordem de exumação, verificar se Martha Timberwolf tinha companhia no túmulo. E, quando os técnicos forenses examinassem o porta-malas de Whelan, certamente encontrariam alguma coisa.

"Você já sabia que o Whelan ia fazer aquilo?"

"Um dia eu acordei, saí para fumar um cigarro, e lá estava Sweetpea Harris no quintal. E é tudo que eu vou dizer sobre o assunto."

"Você pediu que ele fizesse isso?"

"Já falei que era tudo que eu ia dizer sobre o assunto."

"E os outros?"

"Que outros?"

"Quero saber quem fez o quê."

"Por quê?"

"*Por quê?*"

Redman abriu uma caixa de leques baratos com propaganda da casa funerária, depois começou a colocá-los nos assentos das cadeiras.

"Só estou curioso", disse Billy. "Você embalsamou ele?"

"Era isso ou deixar que ele empesteasse a loja."

"Meu Deus, Redman, você não tem sentimentos?"

"E você, tem? Se você for atrás disso, vai separar gente de seus filhos. E aí? Cadê os seus sentimentos?", ele disse, se afastando antes que Billy pudesse ir embora.

No hospital Maimonides, Victor dormia em seu leito, Richard a seu lado, de olhos abertos mas pensativo. Na outra extremidade do quarto, num sofá, Carmen também dormia, as mãos torcidas sob o queixo, o rosto tão enfiado numa almofada que ele precisou fazer um esforço para não ir lá ajeitar a cabeça dela.

Encostado na parede, Billy observava ciosamente os três, até achar que ia enlouquecer.

Quem fez o quê...

Foi para o corredor e telefonou para Elvis Perez.

"Você está no escritório?"

"Por uma hora mais ou menos. O que houve?"

"Ainda tem as fitas da Penn Station?"

"Claro."

"Eu nunca dei uma olhada naquela que foi feita debaixo do painel de informações."

"Porque eu te falei que era perda de tempo."

"Estou indo agora."

"Realmente, se eu pensasse..."

"Estou indo agora."

"Onde está Wally, não é?", Perez disse, olhando por cima do ombro de Billy enquanto viam a fita da cena debaixo do painel de informações da linha férrea. "Entende agora o que eu falei?"

Billy teve que concordar: o amontoado de farristas usando cartolas de plástico era tão grande debaixo do painel que, quando ele finalmente conseguiu identificar a vítima, Bannion já estava deixando pegadas sangrentas a caminho do metrô, um homem morto ainda fazendo seu jogging.

"Onde está Wally no inferno", disse Elvis.

Quando Perez saiu com seu parceiro para ir interrogar uma testemunha, Billy permaneceu diante da mesa dele e repassou a fita. Outra vez nada, só Bannion se destacando do grupo e partindo. Outros chegavam e saíam das imediações do painel além de Bannion: gente cambaleante, gente atrasada para a festa e outros que simplesmente iam embora como se tivessem desistido de voltar para casa. Mas nenhum dos que se afastavam ao mesmo tempo ou pouco depois que Bannion saiu correndo aos tropeções exibia uma linguagem corporal capaz de despertar suspeita, ninguém acelerava o passo, ninguém nem ao menos olhava para trás a fim de olhar a multidão da qual acabara de se separar.

A maioria das pessoas que tinham o rosto voltado para a câmera e puderam ser identificadas já havia sido interrogada pela delegacia centro-sul, inclusive todos os amigos de Bannion presentes naquela noite. Equipes de detetives viajaram para Long Island ou se encontraram com testemunhas em potencial em seus locais de trabalho em Manhattan, mas ninguém oferecera a menor pista.

Billy repassou mais uma vez a fita. Depois outra vez, então em câmera lenta. Na sexta passagem, alguém chamou sua atenção — um dos viajantes, afastando-se da multidão um momento antes, e não depois de Bannion, o que fazia sentido, pois a vítima, estupefata, deveria ter levado alguns segundos até entender o que tinha acontecido.

A figura, de costas para a câmera nos breves instantes em que era vista na parte inferior da fita, parecia nada mais, nada menos que um ursinho andando sobre as duas patas traseiras.

"Eles finalmente recuperaram a fita", disse Billy.

"Que fita?", perguntou Yasmeen, sentada à sua mesa no escritório dos agentes de segurança da universidade.

"Da Penn Station."

"Pensei que já tivessem a fita."

"A outra."

"Que outra?"

Cansado da dança, Billy mostrou-lhe a reprodução de uma figura peluda que se afastava da cena do crime antes que qualquer pessoa percebesse se tratar da cena de um crime.

Yasmeen olhou para a reprodução e em seguida — inconscientemente, Billy deduziu — de relance para seu casaco tibetano, deixado sobre uma cadeira vazia.

"Ou é você, ou é a Janis Joplin se afastando daquele bando de gente."

"Você sabe quantos casacos iguais a esse..."

"Não me faça de bobo", ele disse em tom de desânimo. "Agora não, está bem?"

Ela demorou um bom tempo até responder.

"Você tem dois meninos", disse por fim. "Pode me imaginar indo pra cima de você desse jeito?"

"Eu não matei ninguém, Yasmeen."

"O caralho que não matou. E o que nós fizemos? Cerramos fileiras e protegemos o seu rabo."

"Foi um disparo justificado. Eu não precisava da ajuda de vocês."

"Ah, precisava, sim, seu cheirador de pó."

Um dos outros detetives aposentados entrou no escritório e pôs uma pasta na caixa de entrada da mesa de Yasmeen, que a abriu antes mesmo de ele ir embora.

Billy ficou lá sentado algum tempo, contemplando as fotos presas por alfinetes na parede atrás dela: invasores do campus, uma sala do dormitório vandalizada, fachadas de bares problemáticos do Village.

"Yasmeen, vão acabar sabendo dessa história de um jeito ou de outro."

"Bem, um boa história chama outra", ela disse, dando um leve piparote no lado do nariz.

Billy levantou-se para sair.

"Você sabe, Dennis é um bom sujeito, um bom pai, eu sou obrigada a reconhecer que..."

Billy continuou de pé, aguardando o fim da frase.

"Mas eu podia ter vivido com você todos esses anos, sabia? Podia ter sido sua mulher, Dominique e Simone podiam ter sido suas filhas."

"Te dou uma semana para você arranjar um advogado", ele se ouviu dizendo.

"Você vai me fazer esse favor?", ela disse com doçura, deixando Billy convencido de que ela estava sendo sarcástica.

"Então é isso que você acha", disse Carmen, olhando as reproduções fotográficas da Penn Station espalhadas na mesa da cozinha.

"O que eu acho, não; o que eu sei", retrucou Billy, olhando para ela. "E você também sabe."

Carmen transferiu o olhar da mesa para a janela. "Você se lembra quando eu não consegui sair da cama por quase três meses? O que ela fez por nós?"

"Uma coisa não tem nada a ver com a outra."

"Não? Então tem a ver com quê?"

"Será que eu preciso responder a isso?"

Encostando a testa na palma da mão, Carmen deu a impressão de que preferia estar em qualquer outro lugar que não fosse naquele aposento com aquele homem.

"Preciso mesmo responder?", Billy insistiu em tom lamuriento.

"Por que você se casou comigo?"

"Por que eu fiz o quê?"

"O que é que viu em mim?"

"Não sei. Vi você. Aonde quer chegar com isso?"

Com o braço, Carmen empurrou as reproduções para o chão. "Meu Deus, Billy", disse, sua voz embargada pelas lágrimas, "às vezes as pessoas simplesmente precisam ser perdoadas." Mais merda enigmática e causadora de distância vinda da pessoa que lhe era mais íntima. Billy observou-a subir a escada em direção ao quarto de dormir, sentindo-se mais sozinho com aquilo do que antes.

Três corpos, e até agora todos o desafiando, ameaçando, fazendo declarações dignas da Esfinge. Todos agindo como se o conhecessem muito bem.

Billy telefonou primeiro para Redman e depois para Whelan, deixando a mesma mensagem na secretária eletrônica dos dois: uma semana para arranjarem um advogado. Começou a digitar o número de Pavlicek, mas parou no meio. Com esse tinha que ser cara a cara.

Sem saber muito bem o que veria ao entrar no quarto particular do centro médico Westchester, em Valhalla, Billy deu uma olhada no paciente e recuou às pressas, esperando que ninguém lá dentro tivesse percebido. No corredor, respirou fundo e voltou a entrar, não tendo outra opção a não ser admitir que a figura magra e doentia que jazia aparentemente inerte na cama, com os olhos distantes e resignados, era, ainda era, John Junior, apenas seis meses antes um jovem parrudão que quase sempre precisava passar de lado pelas portas.

Incapaz de dizer qualquer coisa, ele deslizou pelo quarto e se plantou num canto.

"Sabe, eu estava tentando descrever para o Johnnie", disse Pavlicek, sem afastar os olhos do rosto do filho, "como eram as coisas para nós na década de 1990, com aqueles quarteirões fodidos, as gangues, a venda de entorpecentes praticamente na porta da delegacia, aquele circo todo."

Ele estava sentado ao lado da cama, uma das mãos pousada na coxa do rapaz, a outra na testa, como se temesse que o filho fosse levitar.

"John", Billy sussurrou, "eu não fazia a menor ideia."

"Nunca vou esquecer o dia em que comprei meu primeiro prédio na Faile Street, cinco mil dólares, o velho correndo pela rua com o cheque na mão. 'Você nunca vai ganhar um tostão!' Mas aí começou a brincadeira, lembra? Todo mundo trabalhando a noite toda, eu, você, Whelan, Redman, Charlie Torreano, que Deus o tenha... Descascando, lixando, redescobrindo aquelas madeiras bonitas, as cornijas, os abajures de parede, e aí aquela luz do sol entrando de manhã..."

Billy se aproximou da cama e tocou de leve na mão de John, o rapaz voltando a cabeça em sua direção, mas, profundamente imerso no turbilhão medicamentoso, incapaz de levantar os olhos.

"Juro pra você, Billy, que, vinte e seis prédios depois, nada me deu tanto prazer como restaurar aquela primeira ruína na Faile. Bom, que se foda, cuidei do meu pedaço."

Billy não tinha como tocar no assunto que o levara ao hospital, não ali, não naquele momento.

Pavlicek o deixou chegar quase à porta. "Redman me contou que você não conseguiu jogar a bomba pra ele hoje de manhã até ele não pôr o filho no chão", disse, olhando para Billy pela primeira vez desde que tinha entrado no quarto. "Por isso dá pra entender que merda deve ser para você estar aqui agora."

"Tudo isso pode esperar", ele disse.

"Esperar o quê? Que Junior morra? Vai transformar isso no ato de velar um moribundo antes de me denunciar?"

"O que eu quis dizer..."

"Eu sei o que você quis dizer", Pavlicek interrompeu. "Deixa acontecer."

Billy sentou-se na beira da cama estreita do acompanhante situada debaixo da janela, camisas sociais e suéteres saindo para fora de uma maleta em cima das cobertas.

"John, o que é que eu faço?"

Ele sempre buscara a orientação de Pavlicek; todos faziam o mesmo.

"Parece que já está fazendo."

"Como é que você apronta uma coisa dessas comigo?"

"Quer que eu seja sincero? Eu não estava muito preocupado com você na hora", disse Pavlicek. "Além do mais, você é que aprontou com você mesmo. Ninguém te mandou fazer essa porra de investigação."

"Você atirou no Cortez?"

"Precisa que eu diga?"

"Preciso."

"Atirei no Cortez. Fiz uma cagada, mas foi coisa minha mesmo."

"Não posso ficar sentado em cima de três corpos", disse Billy. "Não consigo viver com isso."

"Então não viva."

"Está falando sério?"

"Só não me diga que está pedindo minha permissão."

Mas ele estava; o tempo todo vinha pedindo permissão, e de todo mundo: de Carmen, de seu pai, de Redman, Whelan e Yasmeen, até por fim recebê-la de ninguém menos que Pavlicek. Sentiu que a tensão se esvaía de seu corpo como o ar de um pneu rasgado.

"Depois do Taft no apartamento", disse Pavlicek, "você falou: 'É assim que você homenageia seu filho?'."

"John, para sermos justos…"

"Você acha que eu não entendo o que eu fiz? Você acha que eu não sei que há um preço a pagar? Então me deixe pagar." "Está bem", disse Billy depois de uma pausa. "Está bem." "Quero acabar logo com isso."

"Está bem", Billy repetiu. Em seguida: "Dei aos outros uma semana para arranjarem um advogado".

"Uma semana basta."

John Junior murmurou alguma coisa indecifrável para Billy, mas não para seu pai. Pavlicek enfiou um canudinho no bico de uma garrafa de água, levantando a cabeça do filho apenas o suficiente para que ele tomasse alguns pequenos goles sem se afogar. Junior então disse mais alguma coisa que Billy não entendeu, mas que fez o pai concordar com a cabeça.

Enquanto Billy observava Pavlicek se revezar entre atender o filho e simplesmente ficar a seu lado, um silêncio caiu sobre o quarto, acentuado pelo tique-taque de um relógio distante.

"Yasmeen está usando a cartada da cocaína", disse Billy por fim. "Ela falou que vai usar a minha história."

"Ela é uma babaca", disse Pavlicek sem olhar para ele.

Billy se pôs de pé, se aproximou da cama e se curvou para beijar a testa de John Junior. "Preciso ir."

"Bom, foda-se", disse Pavlicek. "Cuidei do meu pedaço."

Milton Ramos

Ele nunca deu muita importância às roupas que usava no trabalho. Em geral, era um dos três paletós esporte que comprara numa loja barata no dia em que tinha sido promovido a detetive, uma camisa social branca ou azul, calça de algodão ou gabardine de cor cáqui e com vinco permanente. E sempre a bota preta da Nike com cadarço, boa para correr se necessário e discreta o bastante para ser usada socialmente. Nessa noite, porém, vestiria o terno de lã cor de carvão, envergado pela última vez no Dia das Profissões da turma de Sofia na terceira série — que palhaçada tinha sido aquilo! —, uma bela gravata azul de tricô e uma camisa social de casimira rosa, comprada na única vez que tinha ido à Brooks Brothers. Mas preferiria trocar sua Glock por uma atiradeira a trocar sua bota da Nike por outro calçado.

Pouco depois da meia-noite, após finalmente acertar o nó Windsor que vinha tentando dar na gravata, enfiou o coldre na parte de trás do cinto, pôs o pequeno cantil de bebida no coldre do tornozelo e saiu de casa.

Quarenta e cinco minutos depois, entrou na Décima Quinta Delegacia, se aproximou do balcão e apresentou sua identidade ao sargento.

"Já faz algum tempo", disse. "Onde fica mesmo a equipe do plantão noturno?"

17.

Naquela noite, a boca do inferno parecia estar situada na Union Square, três ocorrências na área em menos de cinco horas. A primeira, à uma da manhã, na Irving Place, envolveu a descoberta de um advogado de meia-idade encontrado nu, amarrado e asfixiado de bruços na cama, com a palavra PORCO gravada nas costas com a lâmina de uma tesoura. A segunda, às três da manhã, o roubo de um atum de cauda azul de quase cem quilos e valendo sete mil dólares, da cozinha de um restaurante de sushi na Park Avenue South. A terceira, e desejavelmente a última da noite, aconteceu às quatro e meia, quando no próprio parque, junto à estátua de Gandhi, um mendigo de setenta e cinco anos feriu a facadas dois turistas bêbados de Munique que acharam muito engraçado dar ao vagabundo uma nota de dez marcos que saíra de circulação com a chegada do euro, em vez de alguns dólares americanos.

"Precisava ver a cara deles rindo de mim como se estivessem dando um celular pra um macaco", disse Terence Burns enquanto tomava uma coca-cola às cinco da manhã na sala de interrogatórios da 6ª, a alguns quarteirões do local do crime. De olhos arregalados e ostentando um cavanhaque cor de aço, ele parecia quase dobrado ao meio pela artrite, mas ainda tão ágil quanto um gato. "Como se eu não fosse saber o que era a porra de um marco alemão. Caralho, já vi muitos, já tive muitos e já gastei muitos quando estive lá com o Quadragésimo Batalhão de Blindados em 1961."

"Você esteve lá?", Billy perguntou, tanto por simpatizar com o sujeito quanto por necessitar de distração.

"Não acabei de dizer? E também me diverti um bocado a maior parte do tempo. As putas chamavam a gente de hambúrguer e os brancos de cheesebúrguer. Se viam um grupo nosso entrar na boate, começavam a enxotar os merdinhas: 'Cheesebúrguer não, só queremos hambúrguer!'."

"Verdade mesmo?"

"Ah, eu só falo a verdade."

"Outra coca?"

"Fanta, se você tiver aí. Uva ou laranja."

Billy saiu da sala para ir até a máquina automática de bebidas e voltou com um Mountain Dew.

"E o que mais estava acontecendo por lá?", perguntou.

"O que mais? Não conhece a nossa história? Nunca ouviu falar do Checkpoint Charlie?"

"Ouvi falar."

"Você não sabe nada do impasse dos tanques com os russos? Eu era operador de metralhadora, me fizeram ficar do lado de fora da torre de um M-48, de frente para o canhão de um T-55, durante dezesseis horas de merda, a uns setenta metros de distância. Juro, nunca senti tanto medo. Se eu não estivesse tão de porre, a Terceira Guerra Mundial tinha começado ali mesmo, naquela hora."

Voltando ao parque para pegar uma cópia do relatório da Unidade de Local do Crime, Billy notou que os pequenos caminhões do norte do estado e de Nova Jersey começavam a chegar para o mercado de legumes e verduras da Union Square, os fazendeiros vagamente parecidos com hippies descarregando suas mesas de armar e toldos antes do alvorecer. Viu também um dos voluntários, Milton Ramos, da equipe do Dennis Doyle na 4-6, de pé nas cercanias do local do crime, observando os técnicos guardarem seus equipamentos.

Billy vinha tentando manter distância do sujeito a noite toda; como muitos daqueles membros ocasionais da equipe, havia algo de errado com ele. Além de parecer ao mesmo tempo nervoso e desligado, Billy estava certo de que ele se afastava constantemente para beber uns goles. Não que Ramos fosse o primeiro detetive do turno da noite a aliviar as longas horas de tédio dessa forma; os olhos de Feeley frequentemente pareciam duas cerejas boiando numa taça de creme, mas esse era Feeley.

Os técnicos, homens e mulheres, estavam curvados sobre o capô da van, preenchendo formulários.

"E então, como foi o seu grande roubo do atum?", Billy perguntou a Ramos. "Alguma coisa cheirando mal?"

"Acho que foi coisa de gente de dentro", disse Ramos sem entusiasmo.

Ele era baixo e corpulento, mas forte demais para ser caracterizado como gordo, com olhos apertados que se escondiam sob sobrancelhas grossas e uma expressão o tempo todo impassível. Billy o via como alguém totalmente solitário, dentro e fora do trabalho, o tipo de pessoa sem capacidade de comunicação e sem humor que deixava desconfortáveis todos os integrantes de sua equipe.

"Sabe", Ramos disse, passando os olhos pelo parque, "eu costumava trabalhar à meia-noite nos meus dois primeiros anos.

386

Mas agora não sei se ainda seria capaz de lidar com isso. Como é que sua mulher aguenta?"

"Ela é enfermeira", Billy respondeu. "Ela aguenta qualquer coisa, menos que eu tenha uma segunda família."

"Ah, é? Que tipo de enfermeira?"

"Ala de emergência, mas ela já fez de tudo ao longo desses anos."

"Fez tudo, viu tudo… Tranquilona?"

Billy lançou-lhe um olhar mais demorado. "Encara tudo filosoficamente", ele mentiu.

"Filosoficamente", Ramos repetiu, sacudindo a cabeça e ainda olhando para longe. "É, às vezes as coisas dão em merda."

"É por aí."

Billy viu Stupak, que, vindo do homicídio da Irving Place, entrou no parque e se dirigiu às barracas e mesas, esperando que alguém começasse a servir a clientela.

Levantou o celular a fim de ligar para ela.

"Ela sempre quis ser enfermeira?", Ramos perguntou.

"O quê?"

"Sua mulher."

"O que é isso, um interrogatório?"

"Não, desculpe, eu só estava… Minha mulher morreu faz sete anos."

"Sinto muito saber disso", disse Billy, interrompendo a ligação.

"É. Atropelada por um carro."

"Sinto muito."

"Temos uma filha, ela tem oito anos." Depois: "Se a mãe morreu e a gente diz 'nós', deve ser 'temos uma filha' ou 'tínhamos uma filha'?".

O cara estava sem dúvida bêbado, mas falava sobre a perda da mulher.

"Gramática não é o meu forte", disse Billy.

"Vocês têm filhos?"

"Dois meninos, o dobro da confusão."

Billy verificou com impaciência as horas, eram seis e quinze da manhã, os técnicos ainda debruçados sobre o capô, fazendo seus relatórios.

"Quando nós éramos crianças", disse Ramos, aproximando-se dele, "eu e meu irmão éramos o terror do bairro."

"Ah, é?", disse Billy, tentando mais uma vez ligar para Stupak. "Em que bairro?"

Ramos não ouviu ou não quis responder.

"O que você está fazendo?", Billy perguntou a Stupak.

"Onde você está?"

"Perto da estátua do Gandhi, esperando os técnicos terminarem os relatórios. Me traz um café com creme e açúcar, e um pão com manteiga."

"Sabe", Ramos prosseguiu, "antes de morrer minha mulher trabalhou como radiologista no Beth Abraham durante cinco anos, por isso conheço um pouco as enfermeiras. E o pouco que eu sei é que elas não são como os policiais, entende o que estou dizendo? Você não vira enfermeira porque a sua mãe e a sua avó foram enfermeiras, e desculpe se estou falando de alguma coisa muito pessoal, e pode me mandar cuidar da minha vida, mas é que fiquei curioso. Por que você acha que a sua mulher escolheu ser enfermeira?"

"Será que agora devo dizer 'porque ela gosta de ajudar as pessoas'?"

"De jeito nenhum, eu só estava pensando se houve algum momento em que ela, sabe, algum acontecimento ou sei lá o quê..."

Billy lançou-lhe outro olhar demorado.

"Como no meu caso", Ramos disse rapidamente. "Nunca

pensei que eu ia ser policial, eu era um garoto complicado, briguento. Mas quando fiz dezessete anos perdi minha mãe e dois irmãos assim de repente, num mês, e precisei de um lugar para me esconder."

"O que você quer dizer com 'esconder'?"

"Não foi bem esconder, é mais como se eu precisasse de uma estrutura, sabe, fazer parte de alguma coisa que ia me explicar tudo que eu devia fazer e não fazer, para evitar que eu caísse no lado podre. Demorou alguns anos, mas aqui estou eu."

"Aí está você", disse Billy, não simpatizando nem um pouco com aquele sujeito e com suas copiosas tragédias.

Uma das técnicas por fim se aproximou, entregou uma cópia do relatório a Billy e seguiu para o mercado com seu parceiro.

"Bonito, né?", disse Ramos, quando o sol começou a pincelar os topos dos velhos edifícios de escritórios no lado oeste da praça.

Billy odiava o amanhecer; sabia que eram miragens cruéis, promessas falsas de que um turno havia terminado, quando, de fato, dependendo da época do ano, ainda havia de uma a três horas para que o telefone pudesse tocar, anunciando uma nova desgraça. Todo amanhecer, assim como Ramos ali com ele, o deixava tenso.

Faziam-no sentir-se bem fodido.

"Escuta", disse Billy abruptamente. "Você está com bafo de bebida a noite toda."

Franzindo a testa, Ramos afastou o olhar.

"Não vou te denunciar, mas não quero ver você de novo na minha equipe. Na verdade, pode ir embora agora mesmo. Assino a sua dispensa quando eu voltar para o escritório."

De início, Ramos não reagiu, o franzir da testa se transformando numa careta de desprazer, mas depois começou a sacudir a cabeça como se tivesse tomado algum tipo de decisão.

389

"Peço desculpa", ele disse calmamente, voltando-se para Billy e lhe entregando as chaves do carro da equipe, "e agradeço a sua atenção."

Ramos se afastou em direção à entrada do metrô da rua 14 sem mais uma palavra, enquanto Billy o seguia com o olhar o tempo todo, perguntando-se se havia sido duro demais. Depois, cansado de esperar que Stupak trouxesse seu café da manhã, caminhou até o mercado, onde descobriu que quase todos os policiais envolvidos nas ocorrências locais durante a madrugada percorriam as barracas de comida com a mesma atenção que dedicariam a uma exposição de armas.

Entrando em casa com duas sacolas biodegradáveis cheias de bolinhos adocicados com agave, roscas e donuts, Billy teve a impressão de que o único acordado era seu filho de seis anos. Carlos estava sentado na sala de jantar tomando o café da manhã que ele mesmo havia preparado: suco de laranja numa xícara de chá e um waffle ainda não descongelado.

"Cadê sua mãe?", Billy perguntou, pondo o waffle na torradeira. "Ela ainda está dormindo?"

"Não sei."

"E o seu irmão?"

"Na casa do Theo. Ele dormiu lá."

Através da janela da cozinha, Billy viu o pai sentado na espreguiçadeira debaixo de uma das câmeras instaladas no quintal, lendo como sempre o *New York Times*.

"Como está seu avô hoje?"

"Não sei", disse Carlos. Em seguida: "Um professor da escola foi embora".

"O que você quer dizer com 'foi embora'?"

"Ele não é mais professor."

390

"Ah, é? Que professor?"

"O sr. Lazar."

"O sr. Lazar saiu? Ou foi despedido?"

"Não sei."

"Por quê?", Billy perguntou. Não podia acreditar que a escola o tivesse expulsado por ser veado.

"Ele machucou alguém", disse Carlos.

"Machucou como? Machucou quem?", disse Billy, tentando se lembrar do nome do possível chantagista de Lazar.

"Levaram ele", disse Carlos.

"Lazar?"

"O sr. Lazar."

"Quem levou ele?"

"O pessoal da polícia, na hora da saída. Vou para o porão, o Dec disse que tem um camundongo lá."

Billy subiu para o quarto, esgueirou-se silenciosamente pelo lado da cama, o flanco de sua mulher subindo e descendo sob o lençol como uma série de dunas, e guardou a pistola e as algemas no armário. Depois, pretendendo telefonar para o Departamento de Polícia de Yonkers a fim de saber o que tinha acontecido com Lazar, desceu para a cozinha.

Minutos depois, enquanto aguardava para falar com alguém da equipe de detetives da segunda delegacia, a campainha da porta começou a tocar. Imaginando que fosse algum evangelista ou um técnico da companhia de energia elétrica, e preocupado que o barulho acordasse Carmen, correu para o hall e abriu a porta de um golpe, para dar com Milton Ramos diante dele, com a cara impassível e tão compacto quanto um tronco de árvore, seus olhos frios como navalhas olhando para dentro da casa por cima do ombro de Billy como se ele nem estivesse lá.

Achando que àquela altura ele pudesse estar totalmente bêbado e furioso por ter sido enxotado do turno da noite três horas antes, Billy estava pronto para acalmá-lo com uma boa conversa, quando Ramos pôs a mão atrás das costas — Billy imaginando vagamente que se tratasse de uma carta de reclamação — e a trouxe de volta portando uma Glock.

"Onde ela está?", disse Ramos.

Billy deu um passo para fora da casa e fez um espetáculo, ergueu as mãos para o alto a fim de que as câmeras o flagrassem, embora não tivesse a menor ideia se havia alguém fazendo o monitoramento delas.

"Onde ela está?", Ramos repetiu, empurrando Billy com a ponta do cano de volta para a sala de estar, enquanto com a mão livre o revistava com eficiência, embora os dois ainda estivessem em movimento.

Então, não totalmente bêbado.

"Ramos", ele disse, sem conseguir se lembrar do primeiro nome dele. "O que é que você está fazendo?"

"Onde ela está?"

Dessa vez Billy ouviu a pergunta. "Onde está quem?"

"A sua mulher."

"A minha mulher?"

"A sua mulher, a sua mulher, a sua mulher", ele disse, como se estivesse irritado com um débil mental.

"Espera aí. Fui eu que agi mal com você."

Tendo terminado de fazer o que queria no porão, Carlos entrou na sala e, sem olhar para Ramos ou para seu pai, se sentou no sofá e pegou o controle remoto.

"Ei, companheiro, agora não", disse Billy, sua voz começando a flutuar. "Vai lá pra fora."

"Ele fica", disse Ramos, deixando que o garoto se instalasse e buscasse seu programa.

"Olha, é só falar o que você quer", disse Billy, esforçando-se para aquilo não soar como uma súplica.

"Eu já falei", disse Ramos. Depois, apontando com o queixo para o teto, de onde vinham os sons de passos: "Ela está lá em cima? Chama ela aqui pra baixo".

"Ela ainda não me reconheceu."

Ramos se dirigia a Billy, mas não tirava os olhos de Carmen, sentada à frente dele do outro lado da sala, rígida como um faraó, o olhar cravado no chão. "Como é que pode?"

Carlos, absorto com seus desenhos animados, estava sentado ao lado de Ramos no sofá, a pistola automática escondida debaixo de uma almofada posta entre os dois.

"Para que você precisa do garoto?", disse Billy, tentando manter um tom despreocupado. "Deixa ele vir pra perto de mim."

Ignorando Billy, Ramos se inclinou para a frente a fim de fazer Carmen encará-lo. Em vão.

"Mas você lembra do Homenzinho, certo?", ele perguntou.

"Você é o Milton", Carmen sussurrou com voz apagada.

"Talvez eu seja o Edgar."

"O Edgar está morto", ela disse com o mesmo sussurro sem brilho.

"Então você sabe", ele disse.

Billy, mal conseguindo ouvir, por fim se deu conta de que havia uma conversa em andamento, nem Ramos nem sua mulher levantando a voz.

"Minha família inteira embaixo da terra, onde você botou eles, e todos esses anos eu nunca soube por quê."

Quando Carlos fez menção de se levantar para pegar o controle remoto de novo, Ramos ergueu a mão devagar, pronto para agarrá-lo caso ele decidisse sair correndo. O menino, porém, voltou a se sentar por decisão própria.

"Milton, eu estou bem aqui na sua frente, bem aqui." A voz

de Carmen, apesar do perigo, ainda estava surpreendentemente controlada. "Por favor, não machuque meu filho."

"Ele não vai machucá-lo", disse Billy sem carregar nas palavras, o coração martelando no peito. "Ele também tem uma filha, não é mesmo?"

O som da porta dos fundos se abrindo fez com que Ramos começasse a se levantar, a pistola agora a seu lado. Mas ao ver Billy Sênior de pé na porta, com cadernos do jornal do fim de semana amarfanhados nos braços, ele voltou a se sentar e a esconder a arma sob a almofada.

"Por que você veio tão cedo?", perguntou Billy Sênior, entrando na sala. "Estou trabalhando de noite esta semana. Não te avisaram?"

"Agora eu só vim visitar o seu filho", disse Ramos prontamente. "Mais tarde eu volto para pegar o senhor."

"Bom, então nos vemos, meu amigo", disse o pai de Billy, fazendo um breve aceno e saindo por onde entrara.

De início, Billy ficou perplexo, mas depois se deu conta de que o pai tinha falado com o seu motorista substituto e que Ramos era quem vinha torturando sua família havia semanas.

Milton, ela o tinha chamado.

No peitoril da janela havia um globo de vidro, desses com neve dentro comprado no Jiminy Peak, e numa mesinha ao lado do sofá um candelabro de bronze; o globo estava mais próximo, mesmo assim longe demais.

"Me diz por que você fez aquilo", disse Ramos.

Carmen tentou levantar os olhos para ver Carlos, porém não conseguiu. "Milton, estou com medo de olhar para ele. Por favor."

"Carlos, companheiro, senta aqui do meu lado", disse Billy. "Ramos, seja legal, deixe ele vir."

"Me diz por que você fez aquilo."

"Eu não queria", ela disse. "Tem que acreditar nisso."

"Ramos, seja legal…"

"Por quê?"

"Ramos, se você fizer alguma coisa aqui, quanto tempo acha que vai ter para ficar com a sua filha? Ela já perdeu a mãe, você mesmo me disse."

"Por quê?"

"Porque ele partiu meu coração", disse Carmen, sua voz mal atravessando a sala.

"Ele o quê?", perguntou Ramos, inclinando a cabeça e passando o braço pelos ombros de Carlos.

"Pensa bem", disse Billy, vasculhando a sala com os olhos em busca de alguma arma.

"Ele partiu meu coração."

"Partiu seu coração", disse Ramos. "Ele engravidou você?"

"Não."

"Mas estava trepando com você." Mais uma pergunta que uma afirmação.

Carlos começou a se inquietar sob o peso do braço de Ramos, absorto demais para reparar nisso.

"Fica tranquilo, cara", disse Billy para o filho.

"Ele nunca nem olhou para mim. Só uma vez", disse Carmen.

Pela janela, Billy viu vários carros de polícia se aproximando da casa, e também uma Unidade do Serviço de Emergência de Yonkers, a presença deles, antes tão desejada, agora aumentando sua sensação de perigo.

"Eu tinha quinze anos", Carmen disse em tom lúgubre. "Quando eles chegaram eu estava sentada nos degraus da frente, e ele tinha acabado de ferir os meus sentimentos, eu estava com raiva, e aí eu disse o que disse."

Surpreendentemente e de forma compreensível, Carlos dormiu encostado ao ombro de Ramos.

"Você tinha quinze anos e ele tinha acabado de ferir os seus sentimentos... E aí você disse o que disse", Ramos repetiu consigo mesmo. "Feriu os seus *sentimentos*? Foi isso?" "Quer uma história melhor?", Carmen perguntou, agora chorando baixinho. "Não tenho."

O telefone da casa tocou: negociadores de reféns, sem dúvida, Billy sabia, ninguém fazendo um movimento para atender. "Sabe de uma coisa?", Ramos disse para Carmen, estupefato, a julgar por seu tom de voz. "Acredito em você. Quinze anos... Não sei o que eu estava esperando ouvir esses anos todos."

A linha do fax começou a tocar no porão e depois o celular de Carmen no hall de entrada.

"Seria pouco eu dizer que rezo por ele todos os dias da minha vida?", ela perguntou com ar abatido.

"É", disse Ramos, se pondo de pé com a Glock na mão. "Seria pouco."

Antes que Billy pudesse se lançar contra ele, seu pai reapareceu na porta, dessa vez segurando seu velho revólver calibre 45 com as mãos e o apontando para a parte de trás da cabeça de Ramos. Quando ele deu meia-volta para enfrentar a ameaça e avançou, Billy Sênior apertou o gatilho, mas da porra da arma bem que podia ter saído uma bandeirola com a palavra BANG. Billy pulou para pegar o globo de neve no peitoril da janela e, com uma passada enorme, o arrebentou contra o crânio de Ramos perto da têmpora, fazendo-o cair no chão desmaiado, um lado do rosto brilhando com um líquido viscoso e partículas cintilantes.

Por um instante, Carmen ficou lá plantada, como se ainda perdida no que quer que eles vinham conversando. Depois, saindo do transe, agarrou Carlos no sofá, gritou "*Vem, Billy!*" e, quando ele não foi — seu pai também estava na casa —, permaneceu na porta, as pernas tremendo como varas verdes, até ele empurrá-la para fora da casa na direção dos policiais.

Sem saber onde a Glock tinha caído, Billy arrancou o revólver das mãos do pai e se atirou sobre as costas largas de Ramos, cujo tamanho foi suficiente para forçar os tendões de suas virilhas. Billy Sênior começou a subir a escada. "Papai!", Billy gritou, mas o velho continuou subindo. Com todos os telefones da casa tocando sem parar, como se anunciassem um casamento real — todos menos, estranhamente, o de Billy —, Ramos começou a despertar, os olhos se abrindo e fechando devagar como alguma coisa num terrário de tartarugas. Billy pressionou o revólver com força em sua nuca, apalpando em seguida o corpo de Ramos para ver se ele trazia algemas. Nada.

Precisava alcançar um telefone e dar sinal verde para o pessoal de Yonkers entrar antes que ele perdesse o controle da situação, porém não podia se arriscar a sair de cima de Ramos sem antes amarrá-lo, não podia se arriscar a que o outro visse o cano entupido do revólver e reconhecesse a velha arma, não podia se arriscar a que Ramos encontrasse sua pistola em perfeito funcionamento em algum lugar da sala.

"Tem a porra de um exército lá fora, está ouvindo?", disse Billy, lutando contra o tremor de sua voz. "Por isso, vamos devagar, certo?"

Ramos fez uma careta e depois, sem o menor esforço, mexeu-se ligeiramente sob o peso de Billy, que soube naquele momento não ter força física suficiente para mantê-lo no chão se fosse necessário.

"Milton, certo? Milton, pensa na sua filha, está bem? É só pensar na sua filha e tudo vai correr bem, entendeu?"

Ramos agora estava totalmente desperto, mas não fez nenhum esforço adicional para se mover, deixando-se ficar por ali com o lado do rosto enfiado no carpete grosso, o olhar perdido como se estivesse pensando em outra coisa qualquer.

"Sua filha, como é que ela chama?", perguntou Billy, para puxar conversa. "Me diga o nome dela."

Claramente o mais calmo dos dois, Ramos continuou com o olhar perdido, o peso de Billy e a pressão do cano não o afetando mais do que bicadinhas de pássaros nas costas de um rinoceronte.

"Vamos, Milton, me diga o nome dela."

Ramos limpou a garganta. "Se você, no testamento, dá a tutela do seu filho para alguém", ele disse, a voz um pouco abafada pelo carpete, "e depois vai para a cadeia em vez de morrer, essa pessoa ainda fica com a criança?"

"Claro", disse Billy no mesmo instante, abaixando a cabeça e virando-a de um lado para o outro à procura da automática perdida.

"Ou a prisão acaba com todo o esquema da tutela?"

Billy pensou ter visto a pistola embaixo do sofá, bem no fundo, mas também podia ser o brinquedo de um de seus filhos.

"Ela gosta de ficar lá com a tia", Ramos continuou. "Não quero que ela vá para um orfanato."

"Claro", Billy balbuciou. "Ela fica onde você decidir."

"Como é que você sabe?", disse Ramos com toda a calma e em seguida jogando Billy para fora de suas costas como se estivesse fazendo um exercício de flexão de braços.

A Glock, agora apontada para Billy, tinha estado sob o corpo de Ramos o tempo todo.

"Lá", Ramos disse, "na mesinha."

Billy fez como ele mandou, depositando o revólver do pai na mesinha baixa de centro.

"De qualquer forma essa porra está entupida", Ramos acrescentou.

Se ele sabia disso o tempo todo, Billy pensou sonhadoramente, e sua arma estava debaixo da sua barriga...

"Podemos resolver isto sem problema nenhum", disse Billy.

"É só me deixar atender o telefone. Ou você mesmo atende."

"Vira para a parede, por favor?"

Billy fez como ele mandou, tão apalermado de medo que parecia de porre.

"Você sabia?", Ramos perguntou às suas costas.

"Sabia o quê?"

"Ela nunca te contou?", perguntou Ramos, demonstrando surpresa.

"Contou o quê?", perguntou Billy. E depois: "Então me conta agora. Quero saber".

"Nunca disse uma palavra…"

Enquanto as rachaduras finas na pintura da parede, a centímetros de seu rosto, imprimiam-se para sempre em seu cérebro, enquanto o coro infernal do som de telefones tocando sem parar se transformou aos ouvidos de Billy na música débil e doentia de um carrossel, Ramos deu dois passos para trás.

"Está vendo?", Ramos disse, a voz sombriamente embargada pelas lágrimas. "Esses anos todos, e vocês, seus filhos da puta, vivendo numa boa, numa boa."

Billy tentou se fechar em si mesmo e simplesmente deixar acontecer, mas então ouviu Ramos recuar ainda mais. E mais. Em seguida ouviu a porta da frente se abrir com força, o silêncio do lado de fora, impregnado de uma expectativa letal, penetrando na casa com a intensidade de um furacão.

Ele não soube o que veio antes: os estampidos em staccato da saraivada de tiros ou a visão de Ramos atacando os policiais da força especial com a arma inoperante de Billy Sênior. De todo modo, o resultado foi o mesmo.

De todo modo, os telefones pararam de tocar.

À medida que a casa foi se enchendo de passos e dos guinchos dos rádios da polícia, Billy, decidido a encontrar seu celular, ignorou as vozes tranquilizadoras e se desvencilhou das mãos acolhedoras que estavam esculhambando a sua concentração.

"Onde é que ele foi parar?"

"Billy, onde é que foi parar o quê?", alguém perguntou.

"A merda do meu celular, eu estava com ele hoje de manhã."

"Está no bolso da sua camisa", disse a voz. "Por que você não senta um pouquinho?"

Pegando o celular, Billy viu que havia alguém na linha.

"Quem é?"

"Graves, é você?", disse uma voz conhecida.

"Perguntei quem está falando", disse Billy, finalmente permitindo que alguém o levasse até uma cadeira.

"Evan Lefkowitz, da 2ª."

"Você está ligando para mim?"

"Na verdade, você é que me ligou, ligou aqui pra nós há mais ou menos uma hora, e deixou a linha aberta", disse Lefkowitz. "Estamos te escutando desde aquela hora."

"Bom, já que estamos falando", disse Billy com voz animada, afastando com um aceno de mão o integrante do serviço médico de emergência debruçado sobre ele. "Eu estava conversando com o meu filho mais cedo... O que é que houve com o Albert Lazar?"

Uma nova chamada entrou enquanto os paramédicos decidiam se deviam lhe injetar três miligramas de nitroprussiato de sódio ou deixarem sua pressão arterial cair sozinha.

"Oi, Billy. Bobby Cardozo, da 80. Finalmente conseguimos identificar as digitais no taco de beisebol."

"Bom", disse Bill, observando a agulha ser enfiada.

"Está sentado? Porque você não vai acreditar no que eu vou lhe dizer."

* * *

Quando enfim se viram na sala de traumas do hospital Saint Joseph's, Billy estava tão tonto com a dose de Nitropress e Carmen tão entupida de lorazepam que por algum tempo só foram capazes de se olhar fixamente.

"Quem ficou com os meninos?"

"Millie", ela disse. "Billy, me desculpe."

No silêncio pétreo que se seguiu, fragmentos da conversa dela com Ramos começaram a revisitá-lo.

"Você sabia que ele viria atrás de você?"

"Eu sabia que alguma coisa viria atrás de mim", ela disse. "Só não sabia o quê."

Billy assentiu com a cabeça e depois assentiu de novo. "Então", disse, limpando a garganta, "quem é o Homenzinho?"

Demorou dois dias, nos quais ela praticamente só dormiu, para que Carmen se sentisse pronta para responder à pergunta. Ela anunciou sua disposição de fazer isso na terceira tarde, depois de descer a escada vestindo um longo penhoar branco e simples, beber em silêncio duas xícaras de café e o convidar para irem para cima.

Quando entraram no quarto quase às escuras, Carmen imediatamente se enfiou debaixo das cobertas. Billy, intuindo que ela poderia necessitar de algum espaço para o que viria, optou por se instalar na única cadeira do quarto, arrastando-a do lugar onde costumava ficar sob a janela, para o lado da cama.

"Quando eu tinha quinze anos", ela começou, "teria feito qualquer coisa, mas qualquer coisa mesmo, para que Rudy Ramos gostasse de mim, simplesmente gostasse de mim. Você não faz ideia de como eu me via naquela época. Meu pai era podre demais, um ser humano desprezível, e minha mãe um capacho. Aí meu pai trocou minha mãe por outra mulher e se mudou para Atlanta. O que foi bom, eu pensei, porque aí ficaria melhor para nós, mas ela, da noite para o dia, se transformou numa viúva velha e amarga. Eu dizia: 'Mamãe, fica feliz, você está livre', mas não, ela só respondia: 'Quem vai me querer agora', e ela era bonita, tinha trinta e sete anos, mas se trancou dentro dela, começou a gritar comigo e com Victor sem parar, por nada. Qualquer coisinha, sem parar..."

Apesar das longas horas que ela passara se recuperando naquele quarto, Billy pensou que nunca a vira tão exausta, seus olhos como amêndoas inchadas sob as pálpebras semicerradas.

"Eu conhecia Rudy — todo mundo o chamava de Homenzinho — do prédio e da escola. Não conhecia de verdade, ele estava um ano na minha frente, mas... Eu nem pensava muito nele, até que um dia comecei a pensar e não consegui mais parar, era como se eu tivesse sofrido um dano cerebral, só que eu não era nada para ele, apenas o fantasma de uma garota que morava onde ele morava e que estudava na Monroe... Ele era uma celebridade no time de basquete e, com os jogos e os treinos, raramente saía da escola antes das cinco, e muitas vezes eu inventava coisas para fazer no programa de atividades extracurriculares para poder ir para casa quando ele ia. Quer dizer, eu me sentia tão fodida que nem andava na mesma calçada que ele, mas sempre dava um jeito de entrar no prédio quando ele entrava, por isso subíamos a escada juntos, e eu odiava morar um andar abaixo do dele, porque, se morasse no mesmo andar ou mais alto, eu teria mais um lance de escada para estar perto dele, isso um dia atrás do outro, eu me angustiando de pensar se no dia seguinte eu deveria ir andando na frente dele em vez de andar atrás, ou se eu deveria ir andando atrás dele em vez de andar na frente. E o quarto dele era bem em cima do meu, 3F e 4F, e eu o ouvia andando ali sobre a minha cabeça, e às vezes ele estava se masturbando, as molas da cama rangiam, e eu deitava na minha cama e…"

"Opa, opa."

"Billy, por favor, deixa eu te contar."

"Carmen, não consigo ouvir isto."

"Por quê? Você é o homem que eu amo, o pai dos meus filhos, e eu estou contando coisas sobre mim que antes nunca fui capaz."

"Está bem, meu Deus, está bem."

"O quê, você está com ciúme? Ele está morto há mais de vinte anos."

"Não seja ridícula", Billy disse com ar de escárnio, pensando: Ela vem me traindo com esse garoto, andando com ele na cabeça desde o dia em que se conheceram.

Então, da mesma forma rápida que esse sentimento caíra sobre Billy, ele se diluiu. Billy percebeu que não era o ciúme que na verdade o afligia, e sim a constatação de que, se agora fossem realmente a fundo, aquele dragão enigmático e invisível do qual ele a vinha protegendo em todos aqueles anos poderia, enfim, se materializar, e ele talvez não fosse capaz de enfrentá-lo.

"Você está com raiva de mim?", ela perguntou. "Quer que eu pare? Eu paro, paro mesmo, é só me dizer."

"Não seja ridícula", ele repetiu.

"Estou falando sério, Billy, eu paro."

"Eu também estou falando sério", ele disse, forçando-se a acrescentar: "Quero ouvir tudo".

Ela o olhou por um longo momento, vendo nele o mentiroso que era, e depois continuou.

"Levei acho que uns dois meses até ter coragem de dizer alguma coisa para ele, qualquer bobagem, e um dia decidi que ia dizer: 'Teu suéter é muito maneiro'. Pensei em dizer 'muito bacana', 'muito porreta', 'muito classudo', 'legal', 'duca', 'irado', mas acabei preferindo 'maneiro', e na hora do almoço cheguei perto dele no refeitório, mas eu estava tão nervosa que, em vez de dizer 'Teu suéter é muito maneiro', eu disse 'Meu suéter é muito maneiro', e os garotos na mesa dele ouviram e começaram a rir, e ele também, e aí ele disse: 'Teu suéter é muito maneiro?', mas olhando para os outros e não para mim, 'Que bom pra você', ainda olhando para eles atrás de aprovação. E naquele instante, quando ele olhou para eles em vez de olhar para mim, com aquele sorriso idiota na cara, eu enxerguei quem ele era, um garoto imaturo e egocêntrico, com um toque de crueldade. Mas como eu tinha estado apaixonada por ele, todo aquele tempo essa constatação me atropelou como se fosse um trem... Não sei se eu realmente passei a *odiar* ele, mas, juro por Deus, que naquele dia ele abriu um buraco no meu peito, isso ele fez."

Carlos entrou no quarto, subiu na cama, enroscou-se junto a Carmen e caiu rapidamente no sono. Embora seu filho ainda não tivesse dito uma palavra sobre o outro dia, desde então vinha dormindo quase tanto quanto a mãe.

"Depois da escola, vi ele entrar no nosso prédio e não quis entrar também, não quis subir a escada junto com ele, não quis ficar no meu quarto ouvindo a cama dele ranger em cima da minha cabeça, por isso continuei sentada nos degraus da entrada lembrando da cara dele quando disse 'Seu suéter é muito maneiro?' sem nem a consideração de olhar para mim. E eu estava lá sentada, me sentindo mais e mais humilhada, mais e mais uma coisa invisível, um nada, quando levantei os olhos e vi aqueles dois caras se aproximando do nosso prédio, e o jeito deles me deixou nervosa. Blusões com capuz, óculos escuros num dia nublado, mãos no bolso, eles pareciam essas fotografias que a gente vê nos álbuns da polícia, e aí eles pararam a alguns metros de mim, conversaram, e um chegou até onde eu estava e perguntou: 'Onde é que mora o Eric Franco, em que apartamento?', e eu sabia, todo mundo no prédio sabia, que o Eric Franco traficava cocaína, só que aqueles caras não pareciam compradores, eles pareciam problema." Carlos começou a falar dormindo, palavras sem nexo dirigidas ao irmão. Billy nem ouviu, mas Carmen esperou o filho terminar antes de prosseguir.

"E em vez de dar o número do apartamento dele, o 5C... Não me lembro de ter pensado *conscientemente* no que podia acontecer se eu dissesse 4F. Mas foi o que saiu da minha boca."

Billy se levantou.

"Aonde você vai?"

"O quê? A lugar nenhum."

"Você está indo embora?", perguntou Carmen, como se ele a estivesse abandonando.

"Não, eu só estava esticando as pernas", ele respondeu de um jeito meio apalermado.

"Dá pra você sentar?"

"Já estou sentando. Estou aqui."

Ele começou a estender a mão para pegar a dela, mas recuou, sentindo que, fosse o que fosse que ela precisava agora, contato físico não estava na lista.

"Não sei se eu realmente ouvi o tiro no quarto andar ou só imaginei que tinha ouvido — não sei se seria possível, era um revólver calibre 22 disparando num prédio de seis andares, mas de repente senti um aperto no peito, e um ou dois minutos depois eles saíram do edifício do mesmo jeito que entraram, sem pressa, olhando disfarçadamente em volta. E depois que passaram por mim pararam e tiveram outra daquelas conversas com o canto da boca, e eu sabia que eles estavam falando sobre o que iam fazer comigo, a testemunha... Eu fiquei olhando para o chão, naquela hora eu me sentia tão incapaz de correr quanto de voar, estava totalmente por conta do que eles quisessem fazer comigo. Quando eu consegui levantar a cabeça, eles tinham desaparecido."

"Carm..."

"O que aconteceu é que eles tocaram a campainha e, quando Rudy abriu a porta, atiraram e acertaram no olho dele, e a bala foi para o cérebro."

"Carmen..."

"Eu matei ele. Ninguém podia me dizer que não foi assim. Eu sabia o que eu sabia antes de saber... '4F', eu disse."

"Carmen, me escuta, os assassinos foram os assassinos."

"Billy, por favor."

"Eles é que tinham as armas."

"Billy, estou te implorando..."

"Carmen, você era uma menina, tinha quinze anos, você mesma disse."

"Mais tarde naquele dia os policiais foram ao nosso prédio, conversaram com todos os moradores, ninguém conseguia entender por que aquele garoto que basicamente não criava problema nenhum tinha sido executado. Quando chegaram ao nosso apartamento, me escondi no banheiro enquanto eles conversavam com a minha mãe, e depois que eles saíram contei a ela que eu tinha visto os assassinos e falado com eles. Ela primeiro ficou branca, depois, sem me dar nem dois minutos para eu fazer a mala ou me despedir do meu irmão, me arrancou do apartamento, me pôs num táxi para Port Authority, depois num ônibus, para eu ir morar com o meu pai em Atlanta. Enquanto eu estava lá, ouvi falar que Milton e Edgar mataram os caras que tinham executado o irmão deles e, mais tarde, que Edgar tinha sido morto em retaliação, e que a mãe deles morreu pouco depois. E agora Milton é que se foi."

"Se foi? Ele veio aqui te matar."

406

"E agora você entendeu por quê."

"Carmen, quantas vidas você salvou naquele hospital? Quantas pessoas ainda estão andando neste planeta por sua causa?"

"Por isso, não importa o que a justiça pense de mim, e ela não pensa nada, eu sei o que fiz."

O impulso de Billy era, mais uma vez, tentar defendê-la de si mesma, até por fim aceitar o fato de que estava lhe causando mais dor.

"Aí", ela disse depois de uma longa pausa, "você me fala do Pavlicek, da Yasmeen, do Jimmy Whelan, do que eles fizeram e por quê. Mas eu tenho que responder por mais almas que qualquer um deles, e vivo com isso todos os dias. Vejo a família de Ramos dia após dia, me desculpo com eles tantas vezes na minha cabeça, de manhã até a noite, que é como se eu sofresse de algum desequilíbrio químico."

Billy por fim, cautelosamente, se deitou ao lado dela.

"Sei que você quer me absolver, Billy, mas você não tem esse poder. Bem que eu queria que você tivesse." Em seguida: "Mas pelo menos agora você sabe".

Bem cedo na manhã seguinte, Billy se viu sentado sozinho à mesa da cozinha, olhando pela janela a tabela de basquete torta na entrada da garagem, seu café tão frio quanto um lago de montanha. Assim que despejou para ele seu papel na destruição da família Ramos, Carmen havia apagado, e continuava apagada, Billy consultou o relógio da parede, quinze horas depois. Ele havia perdido a conta das vezes em que vira isso acontecer com assassinos que enfim tinham confessado sua culpa — iam direto para a cela, tendo seu primeiro sono tranquilo em semanas, meses, anos. Impossível acordá-los até com granadas.

Seu celular tocou — Redman —, e Billy encerrou a ligação no ato.

Na véspera, Yasmeen e Whelan haviam tentado falar com ele. Se tivesse atendido qualquer um dos dois, seu palpite era que a conversa se resumiria a perguntas sobre sua família. Perguntarem o que ele estava pensando sobre a decisão de denunciá-los, logo depois do que ele passara, teria sido um erro grave, eles sabiam disso. No entanto, já havia transcorrido mais da metade do período de graça de sete dias que ele lhes concedera para acertarem suas situações, mas, até onde sabia, nenhum deles tinha pisado no escritório de um advogado, muito menos ido a uma delegacia com uma história para contar. A seu ver, todos estavam apostando no trauma, esperando que, depois do que havia acontecido com ele, Billy estaria num tamanho caos emocional que não teria tempo, massa cinzenta nem energia para levar adiante seu ultimato.

Ao ouvir o *New York Times* de seu pai aterrissar na varanda com um baque, Billy abriu a porta e viu um Chevy Tahoe estacionado silenciosamente na frente de sua casa com Yasmeen encarando-o através do para-brisas.

Pelo menos tinha tido o bom senso de não bater à porta.

Billy foi andando pela calçada com seu café e se sentou no banco do passageiro sem dizer uma palavra.

Ela mal penteara o cabelo e só vestia um suéter grosso por cima do pijama, a primeira vez em meses que ele a via sem seu casaco tibetano.

"Oi, te liguei tantas vezes, você não atendeu, eu tive que vir."

Billy olhou as horas: cinco e quarenta e cinco.

"Eu sei, desculpe, eu não conseguia dormir", ela disse. "Só queria saber como todo mundo está aguentando o tranco."

"Vamos dar a volta por cima."

"Nem consigo imaginar, deve ter sido um pesadelo para você."

"Não quero falar sobre isso."

"Não, claro", ela disse rapidamente. "Eu entendo. Vou para casa", continuou, deslizando a palma das mãos na parte de cima do volante, mas sem fazer nenhum movimento para ligar o motor. Ter ido lá para saber de sua família era tão mentira quanto seria ela ter ido lá para saber sobre os últimos resultados dos jogos de basquete, e o odor de sua angústia se tornava tão intenso que ele precisou baixar um pouco o vidro da janela.

"Desculpe", ela disse. "Saí correndo de casa."

"Esta foto", perguntou Billy, batendo com o dedo na fotografia plastificada de suas duas filhas presa ao suporte do retrovisor, "sempre esteve aqui? Ou você pôs agora de manhã?"

"Não", ela respondeu debilmente, "são as minhas meninas, você sabe."

O primeiro papa-figo da estação atraiu o olhar dele, uma centelha de cor no início cinzento da primavera.

"Só as minhas meninas", ela murmurou, afastando a vista.

Ele removeu a foto da corrente de contas e a jogou no colo dela. "Está vendo elas? Em que porra você estava pensando?"

"Era fazer o que fiz ou me matar. Melhor uma mãe na prisão do que numa cova."

"Não consigo ouvir esse tipo de merda", ele disse, pegando a maçaneta da porta.

Yasmeen agarrou a mão dele. "Pensa que eu não sei o que fiz?", ela gorjeou. "Pensa que eu não sabia como ia me sentir depois? Mas pelo menos estou viva. Era ele ou eu."

"Quem é ele?"

"O quê?"

"Cortez ou Bannion?"

"Nem cheguei perto do Cortez", ela disse.

"Quer dizer que está de mãos limpas nesse caso, certo?"

Na varanda, Milton Ramos estava encostado na porta da frente num ângulo incrivelmente baixo, seu corpo rígido alguns centímetros acima do chão. De lá, os olhos de Billy subiram até a janela do quarto, onde Carmen tentava desesperadamente exorcizar sua história recorrendo à hibernação.

E tudo que ele queria naquele momento era estar com ela. Tudo que ele queria naquele momento era livrar-se de si mesmo, livrar-se de todos os cadáveres e cuidar de sua família.

"O que aconteceu com o seu casaco?", ele perguntou, os olhos ainda fixados na janela.

"O quê? Queimei ele."

"Ainda bem."

"O que você quer dizer com isso?", ela perguntou em voz baixa.

"Que na próxima vez em que você for comprar um casaco, leve uma amiga."

"Billy, diga o que está na sua cabeça", disse Yasmeen inclinando-se para ele, alerta como um passarinho.

Billy tomou um gole do café frio, abriu a porta e jogou o resto na entrada da garagem.

"Sabe", ele disse, "às vezes, quando pego uma noite tranquila e consigo escapar mais cedo, passo naquela curva mais ou menos a esta hora e chego em casa de mansinho."

"Billy, por favor…"

"E fico sentado aqui como agora", ele disse. "Como se eu estivesse esperando eu mesmo aparecer."

"Não fode, Billy", Yasmeen disse impulsivamente enquanto ligava a ignição. "Não fode, Billy."

A inesperada explosão da voz de Mariah Carey nos alto-falantes do carro a fez soltar um berro.

Chega.

"Já arranjou um advogado?", ele perguntou, desligando o rádio.

"Tem um sujeito aí", ela respondeu, mal-humorada. "Vou ver ele hoje."

"Guarde o seu dinheiro", ele disse, finalmente descendo do carro.

"O quê?"

Mas ela sabia o quê. Yasmeen cobriu a boca com a mão como se fosse uma mordaça, as lágrimas rolando por cima de seus dedos.

"E vai chorar em casa."

Carmen chegou cambaleante à cozinha uma hora depois, o rosto desfeito.

"Fiquei apagada por quanto tempo?"

"O suficiente."

"Então por que ainda estou exausta?", ela disse, indo se servir de café.

"Ouvi dizer que Victor volta para casa amanhã", ele disse.

"Isso mesmo."

"Ele sabe?"

"Sobre o Milton?"

"Sobre você."

"Eu? Não. Nunca pude contar para ele."

"Bom, talvez agora você possa."

"Agora preciso contar."

"Só espere um pouquinho até ele se arranjar com os bebês."

"Claro", ela disse. "Claro."

"Yasmeen veio aqui hoje de manhã."

"Hoje de manhã?", ela disse, sentando-se na cadeira próxima à dele. "Não ouvi nada."

"Ela não saiu no carro."

"Você falou com ela?"

"É, falei."

"E?"

"E tudo acabou", ele disse.

"Acabou. O que você quer dizer com 'acabou'?" Depois: "Só com ela ou com os outros também?".

Billy deu de ombros.

Ficaram sentados em silêncio por algum tempo, Carmen se unindo a ele na contemplação do quintal.

"Fico feliz", ela disse por fim. "Obrigada."

Ele queria dizer que não tinha feito aquilo por ela, mas... quem sabe?

Milton Ramos reapareceu, dessa vez sentado no sofá da sala de visitas, imóvel porém tomado por um desespero homicida.

Bem, Billy disse a si mesmo mentalmente, o que você esperava?

E se Carmen ainda não o tinha visto, em breve o veria.

"Acho que acordei cedo demais", ele disse.

"Eu também", disse Carmen, tentando alcançar, mas errando, a mão dele. "Vamos voltar para a cama."

O telefonema de Stacey Taylor veio uma semana depois.

"Preciso te contar uma coisa."

"O quê?"

"Venha tomar um café da manhã comigo. É uma história longa."

"Me dá a manchete."

"Apenas venha tomar o café da manhã comigo", ela disse. "Depois você vai gostar de ter vindo."

"Você falou a mesma coisa na última vez."

"Desta vez é verdade."

"Tenho uma sessão de terapia às duas."

"Física?"

"Familiar."

"Onde?"

"No lado oeste das ruas 40."

"Então passa aqui depois."

"A sua baleia, Curtis Taft", ela disse a ele enquanto tomavam o café da manhã às quatro da tarde em outro de seus restaurantes instalados em vagões, "atirou na namorada ontem à noite."

"Namorada ou mulher?", Billy perguntou, pensando em Patricia Taft, grande e imponente, empurrando um carrinho de bebê aquele dia no hall do hospital.

"Namorada."

"Você tem uma definição engraçada de boas notícias."

"Ela vai sobreviver", disse Stacey, acariciando um maço fechado de Parliament, "mas ele também feriu o primeiro paramédico que apareceu na porta, por isso provavelmente nunca mais vai sair da prisão."

Tudo bem, talvez as notícias fossem mesmo boas, mas não o entusiasmaram. "Ele escapou de um triplo homicídio", disse, "igual a um patinador no gelo."

"A gente pega eles como pode. Você mesmo me disse isso."

"Memori Williams, Tonya Howard, Dreena Bailey", ele disse em voz tão alta que algumas cabeças se voltaram para eles.

E Eric Cortez, Sweetpea Harris, Jeffrey Bannion, se queria mesmo fazer uma lista correta.

A comida chegou, dois omeletes tão gordurosos que pareciam envernizados.

"E, entrando agora numa outra faixa de onda", disse Stacey, empurrando seu prato para o lado, "tenho ouvido umas fofocas bem doidas."

"Sobre…"

"Delinquentes sendo apagados por policiais frustrados."

"Frustrados, é?", Billy disse, pensando que talvez eles se safassem, talvez não, mas se Stacey o tinha chamado lá na esperança de que a ajudasse, então ela estava sonhando. Jamais falaria com ela sobre nenhum de seus amigos, como eles não tinham falado dele dezoito anos antes.

Ignorando a comida, tomou um gole de café. "Onde você ouviu isso?"

"Você sabe que eu não posso contar."

"Ética jornalística?", ele disse, com uma agressividade maior do que pretendia.

A tirada a fez murchar como se espetada por um alfinete. "É, bom, a gente costumava ouvir boatos desse tipo o tempo todo lá no *Post*. Raramente davam em alguma coisa."

Ele teve vontade de lembrá-la de que raramente não era o mesmo que *nunca*, de que dezoito anos antes, quando ela era jovem e loucamente ambiciosa, palavras como *"raramente"*, *"improvável"*, *"implausível"* nunca a fariam reduzir a velocidade. Mas de que serviria isso?

A mulher sentada à sua frente — de rosto cinzento e tão ossuda na meia-idade que ele podia contar as costelas dela através do suéter — já perdera o instinto caçador; *raramente* era agora justificativa suficiente para ela desmontar a barraca e voltar para casa em busca de cigarros, vinho e de seu namorado bêbado com pulsão de morte.

"Preciso te contar uma coisa", ele disse, antes que pudesse se controlar.

"Me contar uma coisa?" Stacey o olhava com cautela, preocupada com o tom confidencial que ele adotara de repente.

"Sobre nós dois." Billy pensava que com isso ela poderia voltar ao jogo. Voltar ao jogo e recuperar sua reputação.

"Posso ir lá fora fumar primeiro?", ela quase suplicou, os olhos inundados de medo.

A resistência dela em ouvir por fim as palavras que iriam absolver as duas últimas décadas cruéis de sua vida o deixou de início perplexo, porém depois o fez refletir melhor. Que idiotice era aquela que ele estava pensando em fazer? As consequências para a sua família e para ele próprio...

"Esquece, não é nada."

Ele sabia que ela não iria insistir, e assim foi, Stacey ocultando seu alívio ao fingir que alguma coisa na rua chamara sua atenção. E Billy, desempenhando seu papel, começou a atacar os ovos como se eles fossem comestíveis.

"Deixe eu te perguntar uma coisa", ela disse depois de algum tempo. "Se você estivesse ou não drogado naquele dia e aquele maluco com o pedaço de cano fosse para cima de você como ele foi... Você faria alguma coisa diferente?"

"Em tese? Não, acho que não." Em seguida: "Não, não faria".

Stacey voltou a olhar pela janela, os traços de seu rosto magro se desfazendo na luz diagonal do fim de tarde que atravessava a vidraça.

"Quer dizer, não é que às vezes eu não pense em voltar de algum modo ao jornalismo", ela disse, pressionando de leve os dedos contra a garganta. "Mas... sabe aquela coluna de aconselhamento sexual para homens que eu escrevo? Tivemos nove mil acessos no último número. Na edição anterior tinham sido cinco mil e quinhentos e uma antes desta, três mil. Por isso acho que posso dizer com segurança que estou no caminho certo."

Billy assentiu com a cabeça, agradecido.

"Posso ir lá fora agora fumar meu cigarro?"

Pavlicek telefonou quando ele estava saindo do restaurante, o único que não o havia procurado nos dias que se seguiram ao episódio com Ramos. Como os outros tinham parado de telefonar logo depois de seu encontro com Yasmeen, Billy deduziu que ninguém queria arriscar uma conversa na qual, se dissessem algo errado ou adotassem um tom errado, ele pudesse mudar de opinião. No entanto, Pavlicek não ligara nem uma vez, por isso, na terceira chamada, que ocorreu quarenta minutos depois da primeira, Billy cedeu à curiosidade e atendeu. Mas, em vez de ouvir a voz de Pavlicek, ouviu a de Redman.

"É sobre o John Junior", disse. "O funeral vai ser aqui na quinta-feira."

Diferentemente da cerimônia para Martha Timberwolf, no serviço em homenagem a Junior só havia espaço de pé.

De início, quando entrou na capela apinhada com sua mulher e os meninos, Billy se perguntou se estava realmente disposto a abrir o coração nem que fosse apenas por um dia. Mas quando viu Pavlicek caminhando pesadamente com olhar desolado entre o caixão e o piano de Redman como um urso acorrentado, não controlou o impulso de abrir caminho entre as pessoas que se espremiam na sala e abraçá-lo.

"Está tudo acabado agora, certo?", disse Pavlicek com uma animação forçada, seu bafo cheirando a sofrimento. "Acabou, agora é só ouvir os gritos de alegria da torcida."

"Certo", disse Billy, desejando que fosse assim.

"Vem aqui", disse Pavlicek, pegando Billy pelo cotovelo e o levando até o caixão aberto. "Olha isto aqui, dá pra acreditar?", perguntou, tocando o rígido dedo mindinho esquerdo do filho, que escapava do entrelaçamento sóbrio das mãos. "Ele está parecendo a porra de um veadinho segurando uma xícara de chá. E isto aqui?", disse, passando um dedo no lado esquerdo do queixo de Junior, a pele ali três tons mais escura que do lado direito. "E o cabelo? Não sei o que deu na cabeça do Redman, mas esse garoto nunca usou um topete na vida."

A voz de Pavlicek era clara, segura e, surpreendentemente, não estava afetada pelas lágrimas que corriam sem cessar por seu rosto. "Nunca achei que o nosso amigo fosse o melhor agente funerário do planeta, mas isso é ridículo."

"Talvez ele apenas não esteja muito acostumado a trabalhar com gente branca", disse Billy cuidadosamente.

"E, olha, vou deixar aquilo lá", disse, apontando para seu distintivo dourado num canto do caixão. "E isto", levantando uma fotografia emoldurada dos dois, tirada em Amsterdam alguns anos antes. "E isto", um retrato de Junior bebê com sua mãe antes de ela tentar afogá-lo. "Pensei muito se devia pôr esta, mas..."

A desconexão entre a voz e as lágrimas se manteve, Billy se perguntando por quanto tempo conseguiria aguentar aquilo.

"Já leu esse?", Pavlicek perguntou, indicando um exemplar de bolso de O lobo da estepe perto dos pés de Junior. "No ano passado ele me disse que esse livro mudou sua vida, por isso tentei encarar o troço algumas vezes, para ver o que ele tinha visto", as lágrimas finalmente chegando à garganta, "mas, sinceramente, achei uma merda. Seja como for, agora tudo acabou, certo? Acabou, agora é só ouvir os gritos de alegria da torcida."

"Johnny", disse Billy, afastando-se do corpo de Junior. "Estou morrendo por você."

Envergonhado pela escolha das palavras, Billy começou a se desculpar, mas não precisava ter se dado ao trabalho, pois Pavlicek já tinha se afastado um pouco e submetia Ray Rivera, pai do assassinado Thomas, à mesma excursão alucinada ao caixão e a seu conteúdo a que submetera Billy.

Estavam todos lá com suas famílias, os que tinham famílias:

Yasmeen, Dennis e as meninas; Redman, que havia preparado o corpo, mas passara a seu pai a responsabilidade de conduzir o serviço, para que ele fosse um mero espectador, junto com Nola, Rafer e dois de seus outros seis ou sete filhos; e Jimmy Whelan, que pela primeira vez demonstrou bom senso ao não levar uma acompanhante.

Todos fizeram algum contato com Billy, em geral modestos acenos de cabeça, alguns cumprimentos breves, Yasmeen tendo chegado a abraçar Carmen e afagado os meninos. Mas a maioria se manteve distante, o que ele interpretou como uma forma de deixar que tudo se acomodasse, mais do que qualquer outra coisa, e assim estava ótimo para ele. Preferia daquele modo.

"Acho que chegou a hora", o pai de Redman anunciou com tranquila autoridade, "de todos nos sentarmos."

Como parecia que Junior tinha sido indiferente à ideia de algum tipo de Deus, Pavlicek, também não muito chegado à Bíblia, dispensou celebrações religiosas e, em vez disso, deixou o programa na mão dos amigos de seu filho, que apresentaram uma meia dúzia de discursos muito bem elaborados, um dueto acústico de "I'll Fly Away" e um solo lacrimoso de "Angels Among Us", cantado por uma jovem que tinha sido a coisa mais próxima de uma namorada que Junior havia tido em seu último ano de vida.

Quando a garota voltou a se sentar, um detetive aposentado da seção de homicídios do Bronx, que não fazia parte do programa, se levantou espontaneamente e cantou à capela uma versão de "Tears in Heaven", de Eric Clapton. Isso fez metade dos presentes chorar como bebês, inclusive Carlos e Declan, eles mesmos pouco mais do que bebês. Billy não soube o que mais o perturbou, se a empatia intuitiva de seus filhos num ambiente que ia além da experiência deles ou a visão de Jimmy Whelan, que não tinha filhos nem mulher, o eternamente controlado dono de um harém no gueto, soluçando mais alto que todo mundo.

Quanto ao próprio Billy, as últimas semanas o tinham esgotado tanto que seria necessário mais que uma triste canção popular, com uma dolorosa história por trás dela, para fazê-lo chorar. Redman Sênior, que parecia cantar especialmente para o pai de Junior, fechou o concerto com "The Battle Is Not Yours".

Então chegou a vez de Pavlicek, que se pôs de pé na primeira fila e, de costas para a sala, debruçou-se em silêncio sobre o caixão. Billy o ouviu sussurrar alguma coisa para o filho, mas de forma indistinta demais para que alguém entendesse. Por fim, quando se voltou para a plateia, tinha uma expressão homicida no rosto.

"Não sei se alguém veio aqui homenagear a vida de John Junior, mas eu com certeza não vim", ele disse, agarrando o púlpito como se quisesse transformá-lo em pó. "Estou aqui diante de vocês, estou aqui no meio de vocês, para manifestar a minha ira, para maldizer Deus por ser o filho da puta arbitrário e criminoso que é — e eu não sou o primeiro pai ou mãe a sentir isso — e para conceder a mim mesmo ao menos uma tarde em que o suicídio seja logisticamente difícil."

Excitado com a irreverência, Carlos levantou os olhos para Billy e sorriu.

"Vocês sabem, lemos o jornal depois que um jovem morre nesta cidade e alguém sempre diz: 'Ele estava começando a acertar na vida, estava falando em voltar para a escola, obter o diploma do ensino médio, arranjar um emprego, virar um pai de verdade para a sua filha, se afastar das gangues, entrar no Exército, casar com a noiva, ele estava sempre prestes a fazer isso ou aquilo'. Todos eram 'começos', verdadeiros ou não, porque morreram jovens e tudo que tinham eram esses 'começos', o amanhã era tudo que possuíam. O mesmo se pode dizer do meu garoto. Ele estava 'começando' a acabar seus estudos, estava 'começando' a achar seu caminho no mundo, 'começando' a me mostrar o homem que agora, agora nunca será. O homem que no futuro anularia todos os problemas, todos os sofrimentos que suportei na vida."

Pavlicek fez uma pausa, foi para perto do caixão como se para uma breve consulta, depois se voltou de novo para a plateia. "Querem saber que rapaz fabuloso ele era? Como possuía um coração de ouro? Como amava a vida, amava as pessoas, amava um desafio, todos esses lugares comuns etc. e tal? Todos que gostariam de ouvir tudo isso considerem que tudo isso foi dito. A verdade nua e crua é que ele estava começando a ser, e agora não é mais."

Olhando em torno da sala, Billy reparou que os três Gansos Selvagens estavam aos prantos, os rostos exibindo vários estágios de contorção. Até Redman, o rei da cara de pôquer e realizador de setenta e cinco a cem cerimônias daquele tipo por ano, enxugava o rosto com seus dedos quilométricos.

Todos tinham matado ou participado de alguma morte, passionalmente mas também de olhos bem abertos e com um propósito claro, porém não tinham problema em se entregar à dor quando se tratava de um deles. Ele tinha quase enlouquecido tentando levá-los à Justiça, voltando-se contra seus amigos de longa data a fim de fazer o que era certo, o que ele achava que era certo, e, por causa disso, naquele dia seus olhos estavam tão secos quanto areia. No entanto, eles tinham sido tão unidos nas últimas duas décadas, haviam enfrentado tanta coisa juntos, que por um louco instante a raiva de Billy por eles o terem excluído de seus planos assassinos foi maior que sua indignação pelo que haviam feito. Mas, em vez de passar, a raiva perdurou, e Billy se perguntou se a fúria intempestiva que estava sentindo por ter sido excluído daquele pacto tão desesperado entre amigos não fora parte da raiva que havia sentido deles desde o início.

"Há gente aqui nesta sala", continuou Pavlicek, "que dedicou vinte anos ou mais ao trabalho na polícia, inclusive eu. Vimos de tudo, lidamos com tudo e, quando um jovem morria, todos nós subimos as escadas, batemos nas portas e demos a notícia a um exército de pais e mães. Seguramos eles quando iam cair no chão, levamos para seus quartos ou salas, depois fomos às suas cozinhas pegar um copo d'água — ao longo dos anos, um oceano de água, copo a copo. Por isso, quando tudo acabava, achávamos que sabíamos o que um daqueles pais e mães devia estar sentindo, mas não sabíamos. Não podíamos saber. Eu ainda não sei. Mas estou chegando lá."

Billy, num gesto involuntário, olhou para Ray Rivera do outro lado da sala, imaginando que ele estivesse assentindo com a cabeça, numa demonstração de concordância, mas, em vez disso, viu um perfil talhado em pedra.

"Mas, então, meu filho..." Pavlicek fez uma nova pausa, procurando em si mesmo alguma coisa, como se a tivesse posto num lugar errado, e depois parecendo ter desistido de encontrá-la. "Acho que só quero ler isto", disse, puxando um envelope do bolso do paletó e pegando ali dentro uma página retirada de algum livro. "Um amigo me entregou isto hoje, e é um adeus tão bom para ele como qualquer outro."

Depois de fazer uma última leitura silenciosa, Pavlicek começou a recitar, incapaz de apreender o ritmo das palavras.

Estes corações foram tecidos de humanas alegrias e angústias,
Lavados prodigiosamente pela tristeza, sempre ávidos de prazer.
O tempo os presenteou com a bondade. A eles pertenciam
As alvoradas, os poentes e as cores da terra.

Era o soneto de Rupert Brooke "Os mortos" — "Os mortos (IV)", de fato, e Billy sabia disso porque seu pai o lera para ele várias vezes quando criança, e, depois de adulto, Billy o lera mais de uma vez.

... Ele deixa um belo e permanente alvor,
Uma luminosidade intensa, uma vastidão,
Uma paz cintilante sob a noite.

No final da cerimônia, Pavlicek se postou na cabeceira do caixão para receber mais uma vez os pêsames, a fila se estendendo desde a frente da capela até o pequeno vestíbulo sem janelas e de lá para a calçada.

"Tudo acabado, certo?", Pavlicek disse quase cantando para Billy. "Tudo acabou, agora é só ouvir os gritos de alegria da torcida."

"Acabou", disse Billy. "Tudo."

Apesar de seu estado de espírito, Pavlicek entendeu de imediato o sentido daquelas palavras. "Billy, eu sei o que fizemos com você. O que todos fizemos com você. Me desculpe."

"Hoje não", disse Billy. "Hoje é hoje, está bem?"

"A gente sabia que você...", Pavlicek começou, depois se interrompeu, deixando Billy imaginar como ele teria terminado a frase.

"Outro dia, está bem?"

"Certo", disse Pavlicek. "Outro dia."

Quando Billy deu meia-volta para se afastar, Pavlicek agarrou seu pulso.

"Você ouviu sobre o Curtis Taft?"

"Ouvi", respondeu Billy.

"Não sei, mas talvez o estresse pós-traumático que fizemos ele ter naquele dia o levou a fazer isso."

"Hoje não, está bem?"

"Puta merda, espero que tenha sido", disse Pavlicek com

voz áspera, mas com um toque de satisfação mórbida. Olhando no fundo dos olhos dele, Billy soube com absoluta certeza que, se o tempo voltasse atrás e Pavlicek tivesse de fazer tudo de novo, dar um tiro na cabeça de Eric Cortez ou matar outra vez alguma daquelas Brancas com uma pistola, uma faca ou com suas mãos, ele o faria alegremente.

Voltando-se para as pessoas presentes, Billy viu que Whelan, Redman e Yasmeen, de lugares diferentes da sala, vinham observando atentamente a conversa e as expressões dos dois; em seguida, um por um, eles lhe deram as costas, com um olhar frio e alerta, pensou Billy, como era de esperar.

O carro achava-se estacionado a quatro quarteirões da casa funerária e, ao norte pelo Adam Clayton Boulevard, os garotos foram deslizando na frente deles em seus skates, fazendo zigue-zagues bruscos como mergulhões, subindo nos degraus de entrada dos prédios e saltando sobre cada minúsculo pedaço de cocô que encontravam na calçada.

"Aquele poema que ele leu", Billy disse a Carmen, "é da Primeira Guerra Mundial. Me lembrou meu pai."

"Bom, e devia lembrar mesmo. Ele me deu hoje de manhã para entregar ao John."

"Meu pai te deu?"

"Bom, eu estava lá quando ele me deu."

"Eu não fazia ideia de que ele sabia do funeral." Depois: "Por que ele não deu para mim?".

"Acho que ele sabia, que ele sabe, o que está acontecendo com você e os outros, por isso preferiu me dar."

"E como ele pode saber dessa porra toda?"

"Não me pergunte", Carmen disse. "O pai é seu."

Mais tarde, enquanto eles deixavam os meninos descer em frente à garagem e depois entravam em casa, Billy se lembrou de que teria que voltar a trabalhar naquela noite após duas semanas de licença médica.

"Estou pensando em telefonar e dizer que estou doente", ele disse a Carmen na cozinha. "Eu realmente não quero ir."

"Acho que você devia ir", ela disse.

"Não sei se estou em condições."

"Acho que você devia ir", ela repetiu enquanto ia até o freezer para pegar a vodca e, depois, até o armário para servir o suco em dois copos.

"É? E você?", perguntou Billy, observando-a despejar uma quantidade excessiva, sinal certo de quem não costumava beber, como era o caso dela em circunstâncias normais.

"Já telefonei para o hospital e disse para eles me colocarem na escala a partir de amanhã."

"Tem certeza que já está em condições?"

"Mantenha a calma e siga em frente", disse Carmen, erguendo o copo.

"O quê?"

"Vi isso num ímã de geladeira", disse Carmen, tomando um gole e fazendo uma careta. "Quero dizer, Meu Deus, Billy, o que mais a gente pode fazer?"

A terceira ocorrência daquela noite foi às quatro da manhã na Madison Avenue, bem no centro da cidade, onde alguém tinha arrebentado com um tijolo a vitrine de uma pequena joalheria situada no pórtico de um edifício comercial. Quase todo o estoque fora roubado, tendo restado apenas mostradores vazios de brincos em meio a vidros estilhaçados.

Àquela hora, a rua era um cânion deserto, e Billy localizou

com facilidade na direção sul o último modelo de um Nissan Pathfinder se aproximando lentamente, a três quarteirões dali. Quando por fim ele parou, uma mulher idosa, com um capacete alto de cabelo laqueado cor de laranja, lábios muito pintados e vestindo um tailleur de tecido axadrezado e rugoso, como se ela houvesse passado a noite acordada esperando o telefone tocar, desceu cuidadosamente do lado do passageiro. O motorista — seu marido, Billy supôs — continuou ao volante, com o motor ligado, olhando para a frente como se aguardasse o sinal ficar verde.

Ela contemplou o estrago sem demonstrar emoção. "Estou neste lugar há trinta e sete anos e nunca aconteceu nada", ela disse serenamente, um leve sotaque da velha Europa em suas palavras.

Quando Billy era criança, todas as suas tias usavam cabeleiras que lembravam gaiolas de pássaros como a dela, e ele nunca conseguiu imaginar como elas dormiam.

"Como está o seguro da senhora?"

A mulher corou. "Ele só cobre as joias que estão no cofre."

"Quanto tem no cofre?"

"Eu tenho artrite. Cada pequena peça, para pôr e tirar, pôr e tirar, toda manhã, toda noite, me toma duas horas. Não consigo mais fazer isso." Ela estava arruinada.

"Aquele é o seu marido?", Billy perguntou.

Ela olhou de relance para o velho ainda ao volante, mas não disse nada.

"Onde ele estava esta noite?", Theodore Moretti perguntou.

"Será que eu preciso responder a uma pergunta dessas?", disse a mulher, dirigindo-se a Billy, mais surpresa que insultada.

Ele não tinha ideia de como Moretti voltara a trabalhar para a equipe depois de ter sido vetado um mês antes, mas o fato é que ele estava lá. "Pensei que você estivesse na 3-2", disse Billy asperamente.

O celular de Moretti tocou e ele se afastou, sibilando ao fone.

"O que acontece agora?", ela perguntou. Billy captou mais uma vez a inflexão quase extinta da antiga refugiada e pensou: Ela já viveu coisa bem pior.

Antes que ele pudesse responder, uma radiopatrulha, vindo a toda pela Madison na contramão, freou de estalo diante da loja. Um policial uniformizado pulou para fora, segurando um saco de lixo preto.

"Pegamos o cara correndo pelo parque", ele disse, apontando para o ladrão algemado e de cabeça baixa no banco de trás. "Estou me sentindo o próprio Papai Noel."

A mulher pegou o saco e olhou dentro dele, onde estava sua vida, e depois para Billy.

"Quem faria uma coisa dessas?"

"Desculpe", disse Billy, "mas tudo isso vai ter que ser registrado como prova."

Como ela o olhou sem manifestar nenhuma reação, Billy ficou sem saber se ela não havia entendido ou não se importava. De todo modo, concluiu, era um final razoavelmente feliz.

Agradecimentos

A meu editor, John Sterling, um mestre de obras incisivo e diligente — e impiedoso como sempre.

A todos os amigos e guias que me ensinaram tanto ao longo dos últimos anos:

Em primeiro lugar e sempre, John McCormack.

Irma Rivera, Barry Warhit, Richie Roberts, Rafiyq Abdellah, John McAuliffe.

E aos meus heróis, na categoria de escritores de rua, Michael Daly e Mark Jacobson.

ESTA OBRA FOI COMPOSTA PELO GRUPO DE CRIAÇÃO
EM ELECTRA E IMPRESSA PELA GRÁFICA BARTIRA EM OFSETE SOBRE
PAPEL PÓLEN SOFT DA SUZANO PAPEL E CELULOSE PARA A
EDITORA SCHWARCZ EM JULHO DE 2017

A marca FSC® é a garantia de que a madeira utilizada na fabricação do papel deste livro provém de florestas que foram gerenciadas de maneira ambientalmente correta, socialmente justa e economicamente viável, além de outras fontes de origem controlada.